Het eiland van de zielen

Piergiorgio Pulixi

Het eiland van de zielen

Vertaald uit het Italiaans door
Guanita Milder-Wolbers en Saskia Peterzon-Kotte

A.W. Bruna Uitgevers

Oorspronkelijke titel
L'isola delle anime

First published in Italy in 2019 under Rizzoli trademark.
This edition published in agreement with the Author represented by United Stories Agency – Roma, in conjunction with Piergiorgio Nicolazzini Literary Agency (PNLA).
Vertaling
Guanita Milder-Wolbers en Saskia Peterzon-Kotte
Omslagbeeld

Omslagontwerp
Studio Jan de Boer

ISBN 978 94 005 1722 6
NUR 305

De vertaling van het citaat op p. 405 is overgenomen uit Salvatore Satta, *De dag des oordeels*, vertaald door Frida de Matteis-Vogels, Meulenhoff, 1982.

Voor mijn volk

Non timas sos mortos, ma time sos bios.
Vrees niet de doden, maar de levenden.

– Sardijns spreekwoord

Dit land lijkt op geen enkele andere plek…
Betoverende ruimten en afstanden om doorheen te reizen,
niets voltooid, niets definitief.
Het is als de vrijheid zelf.

– D.H. Lawrence, *Sea and Sardinia*

Proloog

Van de vijf inspecteurs die in de loop van de tijd bij de moord op Dolores Murgia betrokken zijn geweest, ben ik de enige die nog leeft. Ik heb vier collega's verloren, vier vrienden. Sommige mensen zeiden dat de zaak ongeluk bracht. Dat we alles beter met rust konden laten. In plaats daarvan hebben we met ons driftige gewroet de *animas malas*, de boze geesten, wakker gemaakt en heeft de duisternis ons allemaal ingehaald, een voor een. Als een vervloeking.

Ik weet ook wel wat ze over mij zeggen: ze beweren dat mijn collega's nog het best af zijn; de vrouw die de grootste last heeft gedragen en nog zal moeten dragen, dat ben ik: degene die nog leeft. De vloek rust nu op mij. En het is een verschrikkelijk kruis om te dragen. Op betere dagen probeer ik mezelf ervan te overtuigen dat het er niet toe doet: het was ons werk en het meisje moest hoe dan ook gerechtigheid krijgen. Op slechtere dagen heb ik het gevoel dat ik alles verkeerd heb gedaan, dat het mijn schuld is en dat de anderen voor niets zijn gestorven. De laatste tijd hebben de slechte dagen sterk de overhand: opstaan of aan het werk gaan wordt steeds moeilijker. Ik had ontslag moeten nemen toen ik alleen achterbleef, maar ik kon het niet. Te veel hersenspinsels, te veel zelfverwijten. En wie zegt dat de demonen met het verstrijken van de tijd vervagen, rustiger worden en verdwijnen, die liegt. De mijne zijn levendiger dan ooit. Ze herinneren me eraan dat ik als enige rechercheur ben overgebleven van wat eens de speciale eenheid was. Op mij rust de verantwoordelijkheid om het werk af te maken, ook al lijkt het alsof iedereen Dolores en de andere meisjes al is vergeten.

Maar mijn schuldgevoel is hen nog niet vergeten: de geesten. Ze blijven maar door mijn hoofd spoken. Ze zijn onmogelijk te negeren. Daarom werk ik nog steeds bij de politie. Niet voor Dolores, maar voor hen. Omdat ik weet dat ze niet weggaan tot dit voorbij is.

Ik kijk naar de foto van mijn eenheid die aan de muur hangt. In hun glimlach zoek ik kracht en een vreemde vorm van verzoening. Voordat ik naar buiten loop, werp ik een blik in de spiegel. Wat ik zie bevalt me niet. Ik onderscheid alleen mijn lichaam, maar mijn ziel is er niet meer. Die heb ik achtergelaten op die macabere plaats delict. Juist daar moet ik weer naartoe, om mijn ziel terug te vinden.

Ik hoop alleen dat het nog niet te laat is.

Eerste deel

Sa die de sos mortos

Er bestaat een andere tijd.
Die heb ik gezien.
Voordat er uit de aarde bloed opwelde.
Voordat het magma door de scheuren brak.
Lag ik met mijn mond op de aarde.
Te wachten tot het seizoen voorbij was.

– Marcello Fois, *L'infinito non finire*

1

Aratu-dal, Barbagia-gebergte, Sardinië, 1961

De hond rook de geur van bloed op honderden meters afstand. De vochtigheid van de nacht versterkte de aroma's van het mediterrane struikgewas en creëerde een feestelijk bouquet van geuren: mirte, cistus, *corbezzolo*, brem, wilde tijm… En toch, onder het geurenmengsel dat zo kenmerkend was voor dit gebergte en dat door de wind via een barst in het raam de kamer binnendrong, ving het dier een onmiskenbare metaalachtige, zurige lucht op: menselijk bloed. Hij spitste zijn oren, krabbelde vlak bij het bed van het kind overeind en liet een dof gejank horen.

De jongen werd wakker en beval hem weer te gaan slapen. Het dier leek hem niet eens te horen; alsof hij werd aangetrokken door een vreemd commando sprong hij de kamer uit en verliet het huis. Razendsnel rende hij het struikgewas achter het huis in en volgde het spoor dat hij oppikte boven de aardse geuren van het kreupelhout en de vochtige geuren van het met dauw bedekte gras. Zijn reukorgaan leidde hem als een radar. Hij rende door een bos van gigantische, honderd jaar oude eiken en haalde zijn vacht open in een doolhof van wilde braamstruiken. De pijn hield hem niet tegen. Hoe dichter hij bij de bron kwam, hoe duidelijker en krachtiger de geur werd, bijna alsof het bloed vanuit een achtergrondgeluid was veranderd in een schel gekrijs. Hij ging langzamer lopen toen hij een open plek aan de voet van een rotsachtige helling bereikte waar slechts een paar bomen en struiken stonden. De plek was omringd met jeneverbessen, *corbezzoli* en eeuwenoude steeneiken zo oud als de bergen zelf. De boomtoppen ritselden niet meer. Zelfs het getjirp van de insecten was verstomd, waardoor er een bovennatuurlijke stilte hing over de open plek die tussen de heuvels verscholen lag. Een wassende maan wierp een zilverachtig licht op het schouwspel waarin de omtrek van een mens te zien was die gehurkt op de grond zat, gehuld in een mantel van schapenvacht en omringd door een zwerm muggen.

De bastaardhond keek angstig om zich heen. Midden in de natuurlijke, met mos en korstmossen bedekte rotsterrassen en afgeschermd door dicht bebladerde takken die ter verdediging leken te zijn neergezet, stond een oud stenen gebouw dat werd opgeslokt door een enorme muur van door elkaar heen groeiende planten: een soort spleet van trachiet tussen de rotswanden. Vanuit de tempel steeg een sluier van blauwachtige mist op en de hond hoorde dat er water borrelde: het was een bron waarbij hij altijd uit de buurt was gebleven, zelfs op de heetste zomerdagen als de dorst het ergst was. Deze plek, die gehuld was in een naargeestige, doodse stilte en leek op te gaan in de weelderige plantengroei, verspreidde een onheilspellende siddering. Zijn zintuigen schreeuwden dat hij ervandoor moest gaan, maar hij kon zich niet bewegen. Hij besloot om die onzichtbare grens over te gaan. Hij liep een klein stukje op het menselijke wezen af. Het was een vrouw die naakt onder schapenvachten lag. Uit een gapende keelwond droop bloed dat de vochtige grond doordrenkte. Haar handen waren achter haar rug gebonden. Ze lag midden in een megalithische cirkel, een spiraalvormige kring voor de tempel, die de heilige bron beschermde. Het geklater van water in het gebouw klonk nu krachtiger. De dood waarde nog rond het warme lijk en midden tussen de zware stenen kon de hond de echo ervan nog bijna horen. Het zachte maanlicht viel op een steen die nog imposanter was dan de andere en het leek alsof de maansikkel er hoog bovenop stond. De steen leek ijzig naar het levenloze lichaam te staren.

De poten van de hond trilden als twijgjes. Hij proefde de zure smaak van gevaar in zijn bek. Hij wist dat hij daar niet hoorde te zijn en dat hij met zijn aanwezigheid het natuurlijke evenwicht verstoorde. Zijn ribbenkast brandde door de pijn van de stekelige braamstruiken en andere wonden die hij had opgelopen tijdens het rennen door het struikgewas. Dat fysieke lijden was echter niks vergeleken met de verlammende angst die hij voelde. Elk geluid viel in het niet bij het razende gebonk van zijn hart.

'Angheleddu!' Op een paar meter afstand hoorde hij het kind roepen.

Het dier draaide zich ogenblikkelijk om. Hij zag dat zijn kleine baasje op hem afkwam en bleef staan vlak voor de vrouw die gehurkt op de grond zat. De stank van de schapenvachten om haar heen was zo sterk dat die de geur van het lichaamsvocht en bloed overvleugelde. De smerige geur was zo allesoverheersend dat zelfs de zurige lichaamsgeur van het kind erdoor naar de achtergrond verdween.

Angheleddu liet een dof gejank horen, alsof hij de jongen wilde beletten om dichter naar het slachtoffer en het heiligdom toe te gaan.

Het was zo'n nacht die zo ijzig koud was dat je kloofjes in je lippen kreeg en de huid van je knokkels barstte. De jongen rilde, ja, maar niet van de kou: de aanblik van het lijk op de grond verdrong elke fysieke sensatie. Behalve het bloed, dat bijna allemaal leek te zijn afgevoerd tussen de stenen gleuven naar de put, was er nog iets wat het kind beangstigde: het gezicht van het lijk was bedekt met een houten masker in de vorm van een rund met lange, puntige hoorns. Het deed hem denken aan die van het dorpscarnaval waar zijn vader hem ooit mee naartoe had genomen en dat hem wekenlang uit zijn slaap had gehouden. Hij zou er al zijn speelgoed om durven te verwedden dat het gezicht van de vrouw schuilging achter het *carazza 'e boe*, het masker van de os.

Hij ademde uit en voelde zowel verbazing als afgrijzen bij de aanblik van de bos donker haar die tegen de transparante huid van de vrouw en de schapenvacht afstak.

De hond ging voor hem staan, alsof hij hem tegen het tafereel wilde beschermen, en probeerde de jongen weg te duwen.

Ze hoorden allebei een geluid waarvan ze huiverden. Het kwam uit de brontempel, die door een sluier van nevel moeilijk zichtbaar was.

Het flakkerende licht van de sterren aan de nevelige novemberhemel verlichtte het lagergelegen gedeelte maar nauwelijks, zodat het moeilijk was om de contouren van het heiligdom te onderscheiden. Hoewel ze er pas kortgeleden naartoe waren verhuisd, vanwege het werk van zijn vader als kolenboer, had de jongen de hele omgeving al uitgebreid verkend, maar op deze primitieve plek was hij nog nooit geweest. Het was alsof de begroeiing eromheen het bestaan ervan wilde verbergen.

Hij wilde naar de bron lopen, maar de hond versperde hem de weg.

Ze hoorden zware voetstappen van iemand die een trap op liep en naar boven kwam. Elke stap werd gevolgd door een scherp, metaalachtig gerinkel.

De hond en de jongen bleven roerloos staan, alsof ze verlamd werden door een bezwering. Met het hart in de keel zagen ze dat het gordijn van nevel opentrok en doorkliefd werd door een gigantische gestalte die uit het binnenste van de aarde aan de oppervlakte verscheen, als een oergod van de bossen die zich na een zeer lange winterslaap openbaarde. Een beest-god. Een wezen met een menselijk, maar wel reusachtig uiterlijk, waarvan het gezicht ook schuilging achter een angstaanjagend masker met lange, puntige geitenhoorns dat verlicht werd door de vlammen van de fakkel die hij in zijn hand hield.

Hij droeg een zware mantel van donkerkleurige, ongeschoren geitenhuiden die vastgebonden waren met een grote riem. Op zijn brede schouders droeg hij een tros ijzeren koebellen en in zijn linkerhand, die zonder twijfel die van een mens was, hield hij een mes met een gebogen blad waar water en bloed vanaf dropen. Hij had een zwarte, vrouwelijke zakdoek om zijn hoofd, zoals de *muccadore* die de grootmoeder van de jongen ook droeg, en zijn benen, die lang en stevig waren als boomstammen, waren in een strakke leren broek gestoken met hoge zware laarzen die op de *cusinzos* leken die de vader van het kind droeg als hij de natuur in ging.

De reus merkte hen op, maar leek zich niets van ze aan te trekken.

Angheleddu en zijn baasje bleven als versteend staan. Ze keken toe terwijl de kolos op de vrouw afliep, vastberaden de *pesses* wegnam en haar bloederige rug ontblootte. Het wezen liet de fakkel op het gesteente vallen en trok de ramshoorn uit zijn riem, waaruit hij water over de huid van het lijk liet lopen. Hij onthulde daarmee een verse wond die met de punt van een mes was gemaakt, in de vorm van een spiraal: het leek op de *pintadera* die de moeder van de jongen in het brooddeeg maakte voordat het de oven in ging. Daarna, bijna alsof hij op een teken wachtte, hief de reus zijn gezicht, dat achter het masker schuilging, naar de sterrenhemel. De hemel leek op hem te reageren, want na een paar seconden begon het te waaien. De wind hijgde door het bos als een groot, razend beest.

Voor het kind leek het alsof zijn ziel door die ijzige adem werd meegesleurd, en hij had het gevoel alsof er na een lange slaap iets in het bos was ontwaakt.

Achter het zware houten masker klonk de holle stem van de reus alsof hij een gebed tot de sterren voordroeg: '*A una bida nche l'ant ispèrdida in sa nurra de su notte. Custa morte est creschende li lugore a sa luna. Abba non naschet si sàmbene non paschet.*'

De kleine jongen begreep van slechts een paar woorden de betekenis: water, dood, maan, bloed; maar alleen de toon van de demon was al voldoende om hem een ontzaglijke angst in te boezemen, alsof het een gebed was dat een voorgeborchte van de *animas* had geopend, want die voorouderlijke taal sprak niet tot je brein, maar tot je binnenste. Tot de kern van de mens en de aarde.

Angheleddu doorbrak de stilte en begon te grommen.

De beest-god draaide zich naar de hond toe, boog voorover en stak een kolossale hand uit. Op de rug van de hand zag het jongetje een glanzend litteken in de vorm van een halvemaan; ook zag hij het stalen lemmet glinsteren in het maanlicht en hij sloot zijn ogen, bang voor het ergste. De reus had echter geen moorddadige bedoelingen: hij aaide over de kop van de hond, die stil bleef staan alsof hij gehypnotiseerd werd door de duistere holten in het stierenmasker. Toen de jongen zijn betraande ogen opende, zag hij tot zijn verbazing dat het dier heelhuids naast hem stond.

De reus had een soort kroon van bladeren op het hoofd van de vrouw gezet en liep met langzame stappen weg in de richting van het bos, totdat de duisternis hem opslokte. Nog voordat hij de vlammen zag, hoorde het kind het vuur al knetteren. Eerst begon het struikgewas te branden, vervolgens de bomen. Het duurde nog geen minuut of de vlammen bereikten ook het heiligdom.

Met zijn tanden greep Angheleddu de korte broek van de jongen vast, alsof hij hem wilde wegtrekken en wakker schudden uit zijn verstijfde toestand.

Het woeste geblaf was niet veel meer dan achtergrondgeluid voor de jongen, die maar bleef staren naar het lijk van de vrouw dat op het punt stond om door de vlammen verslonden te worden. Alleen de beet van het dier in zijn kuit kon hem uit de duistere diepten van zijn bewustzijn halen en bracht hem weer bij zijn positieven. Om hen heen had een groot deel van de heuvel vlam gevat. Het vuur knetterde overal. Zijn ogen traanden van de dikke zwarte rook en de hittevlagen werden steeds heviger. Nog een paar seconden en het zou onmogelijk zijn om te ontsnappen, of zelfs maar te ademen.

De jongen vluchtte door de bosjes die nog niet in brand stonden zonder zich nog eens om te draaien naar het lijk, dat inmiddels in vlammen opging. Van de vrouw bleef niets anders over dan een handjevol as.

Het kind zou, uit angst dat het monster hem zou komen halen, nooit aan een levende ziel vertellen waar hij getuige van was geweest.

Thuisgekomen kroop hij in bed, nog steeds stinkend naar rook en met Angheleddu bevend aan zijn voeten. De jongen hield zichzelf voor dat hij het allemaal gedroomd had, maar de vrouw met het masker van de os was niet van plan om uit zijn dromen of uit zijn dagelijkse werkelijkheid te verdwijnen.

Het zou hem zijn hele leven blijven achtervolgen.

Tot aan het einde.

Net als die geheimzinnige formule die hij nooit zou kunnen vergeten: *Abba non naschet si sàmbene non paschet.*

Het water stroomt pas als er bloed heeft gevloeid…

2

Nuraghe-complex van Sirimagus, Tratalias, Zuid-Sardinië, 2016

Op Sardinië is stilte bijna religieus. Het eiland bestaat uit eindeloze afstanden en oerstiltes die iets heiligs hebben. Alles is ervan doordrongen: de heuvels met de mediterrane struikgewassen die zich uitstrekken tot aan de horizon, de oneindige tarwevelden, de vlakten bedekt met *cisto, lentischio, mirto* en *corbezzolo* – Sardijnse struiken en bomen die de lucht overvoeren met bedwelmende aroma's – en de bergen die schuchter tegen de hemel afsteken alsof ze bang zijn om die te ontheiligen. De hoogvlakten en weiden waarop de kuddes lopen zijn kaal geworden door de mistral. Overal hangt een doordringende stilte. De mens probeert de natuur die hij vreest niet te overheersen. Het is een aangeboren angst, geërfd van zijn voorouders. Instinctief weet hij dat de omgeving het lot van mens en dier bepaalt, en al snel is het hem gelukt om alle natuurlijke gebeurtenissen te herkennen en te vertalen omdat – hoe bizar het ook mag lijken – de stilte spreekt, instrueert, waarschuwt, adviseert en ontraadt. En degene vervloekt die niet de gepaste eerbied toont.

Op de top van de hooggelegen Sirimagus observeerde Moreno Barrali de vlakte beneden, te midden van een onwerkelijke stilte die hij in een hypothese probeerde te vangen. Ze hadden hem verteld dat het meisje in deze omgeving was verdwenen. De vlakte was bezaaid met *nuraghi*, reuzengraven, megalithische muren en overblijfselen van Sardijnse nederzettingen. Een mystieke plek om goden te vereren, net als in de andere gevallen. Alleen had hier geen moord plaatsgevonden. Naar aanleiding van het bericht over de verdwijning had hij samen met de lokale herders en boeren het hele gebied zorgvuldig uitgekamd, maar geen spoor gevonden.

Op zich betekent dat niets. Het meisje is twee dagen geleden verdwenen, dacht hij. *Degene die haar heeft meegenomen kan alle sporen hebben gewist.*

Hij geloofde zelf niet eens in die veronderstelling: in de andere gevallen had het lijk goed in het zicht gelegen. Bovendien was het nog niet *sa die de sos mortos*, 'de dag van de doden': Allerzielen. Dolores leefde nog, hij voelde het. Ze werd ergens verborgen gehouden tot aan die vervloekte nacht.

De man keek om zich heen. Het was een prachtige dag, ook al was het bijna eind oktober. De wolken verdwenen langzaam aan de strakblauwe hemel. De lucht was zoet en puur. De zon verspreidde een romig, geelachtig licht.

Met zijn ogen zocht hij het kunstmatig aangelegde meertje af.

Sirimagus betekent het magische of duivelse meertje, bedacht hij. Volgens de legende die op het platteland rondging hadden dit soort plekken bovennatuurlijke eigenschappen. Zou deze plaats om die reden zijn uitgezocht?

Zijn overpeinzingen werden onderbroken door een plotselinge hoestbui waardoor hij ineenkromp; het voelde aan alsof hij schuurpapier tussen zijn longen had. Dit herinnerde hem eraan dat hij een afspraak had die hij niet mocht missen. Hij was al aan de late kant. Hij keek nog een keer goed rond, op zoek naar elk detail dat hem zou kunnen vertellen wat er met het meisje gebeurd was, maar tevergeefs.

Met een somber voorgevoel liep de man het pad af. *Misschien vergis je je. Misschien is ze weggelopen en heeft het niks met de anderen te maken*, dacht hij.

In werkelijkheid wist hij heel goed dat dat niet zo was.

Of liever gezegd: hij voelde het.

Hij bereikte de kleine groep die hem naar de top had vergezeld en ze keerden terug naar het dal.

3

Businco-ziekenhuis, Cagliari

Iedere rechercheur heeft er minstens één: een onopgeloste zaak. Die houdt je uit je slaap en achtervolgt je zelfs jaren later nog, waardoor je midden in de nacht wakker wordt vol schuldgevoelens, herinneringen en beelden die je niet uit je gedachten krijgt. En als je te jong bent om er zelf een te hebben, erf je er wel een van een rechercheur die ouder is dan jij. Alsof je het stokje overneemt. Een soort pact om de demonen uit het verleden het zwijgen op te leggen, om de geesten tot bedaren te brengen en in vrede te kunnen sterven zonder spijt te hebben over alles wat je had kunnen doen maar niet hebt gedaan.

Moreno Barrali, de hoofdinspecteur van de staatspolitie, dacht aan zíjn zaak op het moment dat de oncoloog van het Businco-ziekenhuis in Cagliari hem omslachtig meedeelde dat de bestraling niet het gewenste effect had gehad.

Hij onderbrak hem met de vraag: 'Hoeveel?'

'Hoe bedoelt u, hoeveel?' vroeg de arts verstrooid.

De inspecteur stond op. Op dat moment leken zijn spieren uit elkaar te scheuren alleen al bij het opstaan van de stoel. Als hij zijn wandelstok niet had gehad, was hij waarschijnlijk niet overeind gekomen. Dit had hij te danken aan de wandeling op de Sirimagus, maar niet alleen daaraan; hij voelde dat hij niet veel tijd meer had. Maar hij moest weten hoeveel.

'Hoe lang heb ik nog ongeveer?'

'We zouden nog een aantal onderzoeken moeten doen om beter te weten...'

'Dokter, ik ga dood, laten we er geen doekjes om winden. Ik wil alleen weten hoe lang ik nog heb om... alles te regelen.'

'Met deze diagnose hebt u nog vier tot zes maanden, maximaal acht. Het punt is uw algehele conditie. Als we de behandeling voortzetten...'

'Nee, geen behandelingen meer. Soms moet je je situatie accepteren. Ik ben te moe om nog te vechten,' zei de inspecteur.

'Ik begrijp het. Dan misschien wel minder.'

Barrali schrok.

'Het spijt me.'

'En dit,' zei Moreno, terwijl hij op zijn slaap tikte, 'hoe lang functioneert het hier nog normaal, denkt u?'

Dat was zijn grootste zorg. De ziekte begon zijn mentale helderheid te verstoren, tastte zijn geheugen aan. Nadenken werd met de dag moeilijker. Soms zat hij midden in een verhaal zonder een idee te hebben waar het naartoe ging, zodat hij zijn gesprekspartners ernstig in verlegenheid bracht.

De blik van de dokter was veelbetekenend. Op dat moment besefte Moreno dat hij niet langer kon wachten. Hij had tot het laatst gehoopt de zaak zelf te kunnen oplossen, maar nu was het tijd om om hulp te vragen. En wel meteen.

'Bedankt voor alles, dokter.'

Moeizaam verliet hij het ziekenhuis. Hij nam een taxi en liet zich afzetten voor een oude bar waar hij vaak na zijn nachtdienst naartoe was gegaan toen hij nog een jonge patrouilleagent was. Binnen was alles nog hetzelfde als vijfendertig jaar geleden: het gedempte licht, de geruite vloer, de leerachtige toonbank van donker mahoniehout, het messing van de tap dat glansde in het schemerdonker, de neonreclames, de Cinzano-asbakken, de stoffige jukebox en de vergeelde Campari-posters die de ruimte aan de muren moesten delen met de zwartwitfoto's van bokswedstrijden. Het enige verschil was dat de barman bij de kassa niet achter de krant zat, maar het nieuws las op zijn tablet.

Ja, behalve dat is alles hetzelfde. Alleen jij bent onherkenbaar, dacht Barrali toen hij zijn eigen spiegelbeeld zag. Dat uitgeteerde individu, verzwakt door ziekte, met ingevallen wangen en een verschrikte, ongelovige blik kon hij niet zijn. Maar de spiegel loog niet.

Ondanks het tijdstip bestelde hij een grappa en ging buiten adem van vermoeidheid in een zijkamer zitten. Hij nipte van het drankje. Hij had het verdiend, hoewel de arts het daar vast niet mee eens zou zijn geweest.

Lazer maar op met die artsen. Ik ben klaar met ze, dacht hij, terwijl hij merkte dat zijn rechterhand nu zelfs moeite had om het borrelglas vast te houden. Hij bekeek zijn trillende hand alsof die niet van hem was, alsof het onvoorstelbaar was om gevangen te zitten in dat zieke lichaam dat met de dag zwakker werd. *Zou je besmet kunnen worden door al het kwaad dat je hebt gezien?* vroeg hij zich af. Hij gaf er liever geen antwoord op. Hij had belangrijker zaken om zich mee bezig te houden.

Hij haalde een briefje uit zijn zak. *Het telefoontje kan niet langer wachten*, dacht hij. Hij had er al te lang mee gewacht; zichzelf wijsgemaakt dat hij, als hij de tumor niet kon verslaan, toch zeker nog wel een paar jaar zou hebben, minstens twee. Op dat ogenblik werd hij zich ervan bewust dat hij er niet langer in zijn eentje voor kon zorgen dat er gerechtigheid kwam. Die bewustwording werkte bijna bevrijdend. Hij voelde zich opgelucht.

Hij nam de laatste slok, zette zijn bril op en toetste het nummer in van de enige persoon die hem waarschijnlijk kon helpen.

'Dag Mara. Met Moreno Barrali... Ik hoop dat ik niet stoor. Ik heb je nummer van commissaris Farci... Ja, ik ben nog steeds ziek. Ik zou je graag willen spreken... Nee, liever niet op het bureau... Ja, Farci heeft me aangeraden om je te bellen. Ik weet wat ze over me zeggen, maar ik vraag je alleen om te vertrouwen op... Ik zit nu in een café... Zou je misschien kunnen... Ja, het is nogal dringend... Dank je.' De inspecteur gaf haar het exacte adres. 'Fijn. Ik wacht hier op je. Tot zo dan.'

Hij bestelde nog een grappa en pakte een foto van Dolores, het laatste meisje. Vervolgens haalde hij nog twee foto's tevoorschijn; het waren veel oudere afbeeldingen, vergeeld door de tijd. Hij had ze zo vaak bekeken en bestudeerd dat hij zijn ogen had kunnen sluiten zonder dat ze in zijn hoofd aan scherpte zouden inboeten.

Terwijl hij naar de afbeeldingen keek, werd hij zoals gebruikelijk overspoeld door herinneringen, woede en schuldgevoelens, maar de inspecteur zette zijn gedachten op een rijtje zodat hij zijn collega kon overhalen zijn enige onopgeloste zaak over te nemen en zo de moord te voorkomen die – dat wist hij zeker – binnen enkele dagen gepleegd zou worden.

4

Kantoor van de afdeling Moordzaken en Misdaden tegen Personen, hoofdbureau Cagliari

Inspecteur Mara Rais legde de telefoon neer en schudde razend van woede haar hoofd. 'Shit,' vloekte ze zachtjes.

Haar collega's keken op van hun dossiers en staarden haar lachend aan. Terwijl ze hen bekeek, begreep ze dat iemand hen al had ingelicht. Het zoveelste mes in haar rug.

'Wat is er, Mara?' vroeg een van hen plagend. 'Problemen?'

'Farci heeft me die gestoorde Barrali in de maag gesplitst. Hij met zijn seriemoorden.'

Het personeel van de recherche-eenheid, dat gedwongen een gemeenschappelijke ruimte deelde, barstte in lachen uit. Moreno Barrali was het lachertje van de afdeling Moordzaken geworden. In de loop van de jaren had hij een ware obsessie ontwikkeld voor oude, naar zijn zeggen rituele misdaden en bleef hij zijn collega's lastigvallen met verzoeken om de zaken te heropenen.

'Tja, Mara, ze hebben je net overgeplaatst naar Onopgehelderde Zaken, het lijkt me dan niet meer dan logisch dat ze je vragen om met Barrali samen te werken, toch?'

'Uiteraard. Ik kijk ernaar uit. Het heet trouwens Onopgeloste Zaken, Piras,' zei Mara terwijl ze opstond en wegliep van de dozen waar ze haar persoonlijke spullen in stopte vanwege haar overplaatsing naar wat in het algemeen door ieder lid van het rechercheteam als het voorgeborchte van de boetedoening werd gezien.

'Waar ga je naartoe?'

'*Fariscazzustusu*,' beet Mara haar collega in het Sardijns toe om hem de mond te snoeren. Op oorlogspad liep ze naar het kantoor van hun leidinggevende, Giacomo Farci.

'Mara, dit lijkt me geen goed plan,' riep Ilaria Deidda, een van de collega's met wie ze het best kon opschieten, haar waarschuwend na. Mara Rais was een goede rechercheur, maar ze had een nare karaktertrek: ze was zo iemand die nooit haar mond kon houden en dat gebrek maakte haar niet bepaald geliefd bij haar superieuren. Ze vergaten haar onderzoeksvaardigheden en concentreerden zich in plaats daarvan op haar 'grote mond': elke gelegenheid werd aangegrepen om haar binnen de kantoormuren te houden en zo de schade van haar 'kleurrijke taalgebruik' te beperken, zoals de hoofdcommissaris het definieerde.

'Rustig maar, ik ben niet van plan hem neer te schieten. Tenminste, niet hier,' grapte Rais.

De rechercheur klopte en wachtte niet tot haar leidinggevende haar binnenriep.

'Ga lekker zitten, Rais,' zei commissaris Giacomo Farci spottend tegen de bijdehante inspecteur en voormalig partner met wie hij jaren geleden had samenwerkt bij de afdeling Georganiseerde Misdaad.

Rais sloot de deur, trok haar wenkbrauwen op en stak haar handen vol ongeloof de lucht in. 'Kijk, ik begrijp het allemaal wel. Willen ze wraak op me nemen? Prima, het is misselijk, maar ik begrijp het. Willen ze mijn carrière om zeep helpen? Dat hebben ze in feite al gedaan. Maar Barrali?' zei ze. 'Ben ik echt zo diep gezonken?'

'Hij gaat dood, Mara. Het is het minste wat we kunnen doen. Luister naar wat hij te zeggen heeft, laat hem denken dat we rekening met hem houden, meer vraag ik niet. Hij is een van ons, ondanks alles,' zei de chef.

'Wat moet ik dan doen? Een koppel met hem vormen of zo?' Haar woorden klonken spottend.

'Nee, Moreno is nog steeds met ziekteverlof. Hij is min of meer terminaal en we denken niet dat hij nog terugkomt.'

'Ik heb erg met hem te doen… Maar, dus? Moet ik naar zijn

gezwets over de nuraghe-*serial killer* luisteren alleen omdat hij doodgaat?'

'Ga zitten.'

'Ik wil niet zitten. Was dit jouw idee?'

Farci antwoordde niet en klapte een map van het parket dicht.

'Dacht ik het niet. Het is de zoveelste rotstreek van Del Greco, hè?'

Farci knikte. Hij wierp haar een blik toe en gebood haar zachter te praten. 'Rustig aan, en ga zitten, verdomme.'

De rechercheur sloeg haar armen strijdlustig over elkaar.

'Mara, kom nou,' zei Farci, terwijl hij een dossier pakte en het haar overhandigde.

Achterdochtig opende de vrouw het dossier. Het was het persoonlijke dossier van hoofdinspecteur Eva Croce.

'Wat…?'

'Lezen,' zei Farci.

Inspecteur Eva Croce was gespecialiseerd in sekten en rituele misdaden, en was verbonden aan de tweede divisie van de Servizio Centrale Operativo of SCO: de elite-eenheid van de politie, de afdeling die de gruwelijkste misdaden op het nationale grondgebied onderzocht. Na een aantal jaren in Rome te hebben gewerkt, waar ze was opgeleid op het hoofdkantoor van de SCO bij de centrale afdeling Georganiseerde Misdaadbestrijding van de staatspolitie, was ze overgeplaatst naar haar geboortestad Milaan, waar ze als rechercheur de afdeling Recherche had ondersteund, aldus het dossier. Op dit moment werkte ze bij de eenheid Onopgeloste Zaken, een nationale eenheid die ondersteuning en advies aan de regionale recherche-eenheden gaf.

'Leuk voor haar, maar…'

'Lees ook de begeleidende notitie.'

De tweede pagina was een dienstbevel dat was gericht aan Croce en de afdeling Recherche in Via Amat, met de mededeling dat ze werd overgeplaatst naar de onlangs opgerichte en experimentele afdeling Onopgeloste Zaken bij de afdeling Moordzaken in Cagliari.

'Je gaat me toch niet vertellen dat...'

'Ja, ze is je nieuwe collega.'

'Tuurlijk, waarom heb ik dat niet zelf bedacht? Alsof het niet genoeg is om me van Moordzaken te halen. Nu sturen jullie me ook nog een babysitter van het vasteland. Superbedankt, Giacomo,' zei Rais, terwijl ze het dossier dichtsloeg.

'Als je zo doorgaat, stuur ik je naar de Mobiele Eenheid in Sant'Elia, *cumprendiu*?'

De scherpe toon van de man verraste Mara: Farci was onder zijn harde buitenkant een goedaardige man, een van de weinige bondgenoten die ze binnen het politiebureau had, en hij sprak bijna nooit Sardijns tijdens het werk. Dat hij dat zojuist wel had gedaan, betekende dat zij en haar 'grote mond' de grens hadden overschreden.

'Ik heb geen enkel idee wie die Croce is, maar dat ze iemand met zo'n cv deze kant op sturen betekent beslist dat het om een sanctie gaat,' vervolgde haar leidinggevende. 'Ze is langer dan een jaar met ziekteverlof geweest en op dit moment is ze op grond van een voorzorgsmaatregel met betaald verlof, wat dat ook betekent. Ze heeft óf iets op haar kerfstok, óf ze heeft een hooggeplaatst iemand op de tenen getrapt. Het kan me niks schelen. Wat ik belangrijk vind, is dat jullie twee onmiddellijk aan het werk gaan.'

'Over welk werk hebben we het dan? Die idioot van een Barrali verzorgen?'

'Nee, dat heb ik je al gezegd, en ik herhaal het nu voor de laatste keer. Als afdeling Onopgeloste Zaken hebben jullie drie taken. Eén: bekijk de dossiers die Rome ons aanreikt en controleer of er zaken zijn die moeten worden geanalyseerd, dan wel of er aanwijzingen zijn die destijds niet zijn nagegaan. Twee: beoordeel of we de losse eindjes alsnog kunnen uitzoeken. Daarbij bepalen we vooraf wat het tijdsbestek is; twee, maximaal drie maanden per dossier. Drie: voor de zaken die het haalbaarst zijn stel je aan het Openbaar Ministerie een onderzoeksplan voor, en als we groen licht krijgen, gaan we aan de slag. Alles duidelijk?'

'Het moet niet gekker worden,' mompelde de vrouw.
'Dat heb ik niet gehoord.'
'Ik zei dat de oudgedienden niet blij zullen zijn als ik onderzoek ga doen naar hun...'
'We zijn hier niet om fouten van onze collega's te verbeteren. Integendeel. Als ze nog leven, nemen jullie contact met ze op omdat we hun mening willen horen. Jullie krijgen ondersteuning van een beperkt forensisch team dat jullie zal bijstaan als het parket er toestemming voor geeft.'
'Het is tijdverspilling.'
'We hebben aantallen nodig: als rechercheteam moeten we een hoger gemiddeld aantal opgeloste zaken kunnen laten zien. Lukt dat niet, dan kunnen we verdere subsidies en meer personeel wel vergeten. Het percentage opgeloste zaken moet omhoog. Of het nu gaat om actuele zaken of om zaken van dertig jaar geleden, dat doet er voor de statistieken niet toe.'
'En Barrali?'
'Of we hem nu erkenning geven of niet, hij is een zwaargewicht van het hoofdbureau. Hij is iemand die zich al meer dan veertig jaar uit de naad heeft gewerkt. Niemand heeft hem ooit een kans gegeven...'
'Ja hoor. En je hebt je zeker nooit afgevraagd hoe dat komt?' vroeg Rais spottend.
Farci ging er niet op in. 'De adjunct-hoofdcommissaris, Del Greco en ik willen hem een kans geven. Zoals ik al zei: we zijn het hem verschuldigd. Jij en Croce kunnen hem als adviseur gebruiken en zowel aan zíjn moorden als aan de andere onopgeloste zaken werken.'
'Het zijn fabeltjes.'
'Nee, niet voordat iemand de zaak afrondt. Ik wil hoe dan ook dat jullie er een blik op werpen. Vaststaat dat er ten minste twee slachtoffers zijn. De moorden zijn nooit opgelost, en dat betekent dat de moordenaar of de moordenaars nog kunnen rondlopen.'
'Zelfs als het allemaal flauwekul is, dan is de moordenaar intussen ongetwijfeld allang dood.'

'Dat kan best zo zijn, maar Barrali wil niet met dit gevoel van wroeging achterblijven, en eerlijk gezegd wil ik dat ook niet. Dit is het nummer van je partner,' zei hij, terwijl hij haar een strookje papier overhandigde. 'Ik weet dat je op dit moment vast liever in je eentje zou willen werken, maar ik stel hier niet de regels op en bepaal niet wie er met wie samenwerkt.'

'Ik kan het niet geloven,' fluisterde de vrouw, en ze wreef stevig over haar voorhoofd in een poging zich te beheersen.

'Jullie zullen aardig wat tijd samen moeten doorbrengen, dus ik raad je aan om op goede voet te beginnen en een beetje aardig te doen. Bel haar op en kijk of je iets voor haar kunt doen. Kortom, laat haar zien dat de beroemde Sardijnse gastvrijheid geen mythe is.'

'Giacomo...' verzuchtte de rechercheur. Ze stond op en legde het dossier op het bureau.

'Commissáris. Ik ben nu commissaris Farci voor jou, Mara.'

'Uiteraard. Moet ik ook u tegen je zeggen?'

'Hou je sarcasme maar voor je, Rais. Vergeet niet dat je op dit moment onder toezicht staat, en dat dit,' zei de man, tikkend op het dossier, 'een gunst is, want als ik niet voor je had ingestaan, had de hoofdcommissaris je overgeplaatst naar Barbagia.'

'Dat zeg je omdat die kruiperige *malarione* zich niet aan jou vergrepen heeft.'

'Er is een intern onderzoek gedaan dat...'

'Dat mij de mond heeft gesnoerd en waardoor ik aan de kant ben geschoven, Farci. Excuus, commissáris Farci. Hij heeft mijn carrière verwoest, die hufter, snap je dat niet? En mede dankzij die teringlijers van collega's die zijn kant hebben gekozen.'

'Rais, laat het los en wees dankbaar dat je nog een baan hebt. Je hebt gevochten, maar hij heeft gewonnen. Ik raad je aan om het erbij te laten zitten, voor ieders bestwil. Vooral voor jezelf.'

De vrouw wierp hem een minachtende blik toe en maakte aanstalten om te gaan.

'En onthoud,' zei Farci. 'Mijn moeder zei altijd tegen me: spreken is zilver, zwijgen is goud.'

'Je maakt een geintje zeker?'
'Dat is je op het lijf geschreven, hè?'
'*Ma ba'farì coddai*,' vloekte de vrouw binnensmonds, en ze liep het kantoor uit.

5

Villa Invernizzi, Via Cappuccini, Milaan

Je bent veel te betrokken geraakt… Je hebt er een obsessie van gemaakt… Je bent vergeten wat je rol was, je hebt een grote fout gemaakt… Door jou is het hele onderzoek naar de filistijnen. Weet je wel hoe ernstig dit is? Misschien moet je nog een tijdje over je fouten nadenken…

De woorden bleven maar door haar hoofd galmen en het lukte haar niet om ze te onderdrukken. Ze had gehoopt dat na vier maanden gedwongen verlof de gemoederen van haar superieuren wel wat bedaard zouden zijn. Integendeel; het had niks opgeleverd, hun ongenoegen was alleen maar toegenomen. Haar bazen hadden het juiste moment afgewacht om haar te kunnen lozen. Die woorden waren in feite de inleiding geweest tot een onherroepelijk vonnis: 'We hebben besloten om je een tijdje over te plaatsen. De officier van justitie heeft druk uitgeoefend, maar niet alleen hij. Deze keer ben je te ver gegaan, Eva. We hebben allemaal begrip voor je situatie, voor wat je hebt meegemaakt… Maar we kunnen niets doen. We moeten een signaal afgeven.'

'Waarnaartoe?' had ze gevraagd.

'Cagliari. Sardinië. Je wordt ingezet bij hun afdeling Onopgeloste Zaken.'

Hoofdinspecteur Eva Croce had geglimlacht. Dit ging niet om een overplaatsing, maar alleen over een slinkse manier om haar zover te krijgen dat ze het opgaf en de handdoek in de ring zou gooien.

'Het is een nieuwe afdeling die jurisdictie krijgt over het hele regionale grondgebied. Je zult ze een handje moeten helpen bij het opzetten van het team. Zie het als een vakantie, een periode om afstand te kunnen nemen en je batterij weer op te laden.' Zo hadden ze het verpakt.

Tegen alle verwachtingen in had ze geaccepteerd, zonder ook maar te protesteren. Ze zou met alles akkoord zijn gegaan om maar weer aan het werk te kunnen. Het was alles wat ze nog had, de enige manier om de ondraaglijke leegte van haar bestaan te verdrijven en op te vullen. Nog meer van die stuurloze dagen vol herinneringen en wroeging en ze zou gek worden. Dus liever een bureau in Cagliari dan met al die pijnlijke herinneringen op de bank in haar lege appartement in Milaan. Het was misschien best goed als er een hele zee zou zitten tussen haar en die gevangenis van herinneringen.

'Wanneer begin ik?'

In al hun haast om van haar af te komen hadden ze de administratieve procedures wat versneld. Vier dagen later kreeg ze een telefoontje van de afdeling Personeelszaken: ze moest een aantal stukken bekijken die ze van het ministerie zou ontvangen en ze ondertekenen. Ze had het gedaan zonder ook maar iets te vragen. In hun ogen moest de overplaatsing uit Milaan een straf hebben geleken, maar in haar beleving was het een vorm van verlossing, en wie weet misschien wel een nieuw begin. Alleen God wist hoe hard ze het nodig had.

Die middag had de zon zich achter de wolken teruggetrokken en dreigde het te gaan regenen. In de koude lucht van Milaan had zich een sluier van loodgrijze wolken samengepakt die een akelige schaduw over de straten wierp. Er hing een verstikkende zwavelgeur in de lucht die de mensen bedwelmde met treurigheid. De metropool werd al wekenlang geteisterd door bar oktoberweer, alsof de stad moest boeten voor een zomer waarin de zon te gul had geschenen. Het enige beetje kleur kwam van de roze mantels van de flamingo's die de rechercheur door het traliewerk van Villa Invernizzi stond te bekijken. Ze wist niets van haar bestemming. Ze was nog nooit op Sardinië geweest. Dus had ze op internet gezocht. Roze flamingo's behoorden tot de belangrijkste symbolen van Cagliari. Ze bedacht dat er in Milaan ook een kleine kolonie was, iets wat zelfs veel Milanezen niet wisten. Eva besloot eropuit te gaan om ze te bekijken, alsof ze een eerste contact wilde leggen met haar nieuwe stad.

Het zien van de dieren gaf haar een gevoel van lichtheid: het kalmeerde haar, de schoonheid en elegantie bedwelmden haar. De villa lag in een gebied dat 'het stilteblok' werd genoemd: een paar straten achter de Corso Venezia verdween het lawaai van de stad achter de prachtige neoklassieke huizen en gebouwen in jugendstil, standbeelden, verborgen tuinen, en villa's die zo stijlvol waren dat het leek alsof de tijd in deze buurt in de jaren dertig was blijven stilstaan.

Eva was er niet alleen naartoe gegaan om te genieten van de kunst of van de oase van rust en – hoezeer ze zichzelf ook voor de gek hield – zelfs niet om een eerste contact te leggen met de stad waar ze naartoe zou gaan.

De echte reden was een andere, die veel dieper zat.

Ze pakte de tralies van het hek en omklemde ze. Ze sloot haar ogen. In eerste instantie voelde ze alleen de kou van het metaal. Toen, alsof het hekwerk doorspekt was met herinneringen, gingen er beelden en flarden van gesprekken door haar hoofd.

Ze zijn prachtig, hoorde ze in gedachten. *Mogen we er een mee naar huis nemen?*

Eva Croce glimlachte onwillekeurig. Ze veegde met de rug van haar hand een traan weg die over haar wang was gelopen en liep naar huis.

Ze had geen excuus meer.

Het was tijd om haar koffers te pakken en te vertrekken.

6

Barbagia Superiore, het Sardijnse binnenland

Ze werden de 'Berg-Ladu' genoemd om ze te onderscheiden van de Ladu uit het dorp. Legenden over hen waren er in overvloed. Er werd gezegd dat de Ladu sinds de oudheid een inteeltvolk waren, waardoor er een ras van woeste, gewelddadige mannen was ontstaan, onvoorspelbaar als wilde beesten, die een ouderwetse, bijna primitieve manier van leven hadden behouden die ver van de beschaafde samenleving af stond.

Zente mala, mannen om verre van te blijven; gespuis dat werd gerespecteerd, maar het was het soort respect dat eigenlijk voortkomt uit angst. Hun territorium lag op een paar kilometer afstand van een fabelachtig dorp, in het hart van de Barbagia Superiore, op een hoogte van ongeveer duizend meter tegen de berg Santu Basili, in een gebied met dichte eeuwenoude bebossing, rijk aan bronnen en rivieren, het ongerepte domein voor wellustige, wilde en primordiale types. Je zag ze zelden in het dorp, omdat ze zich niet graag onder de mensen begaven. Ze wantrouwden anderen en dat openbaarde zich vaak in openlijke vijandigheid.

Over de Ladu werd gezegd dat ze het beter met dieren konden vinden dan met mensen. Het lange isolement had een eeuwenlange stilstand tot gevolgd gehad, ook op het gebied van taal: iedereen die hen met elkaar zou horen spreken, zou weinig begrijpen van hun oeroude, authentieke Sardijns uit lang vervlogen tijden, dat zelfs voor degenen die slechts een paar kilometer bij hen vandaan woonden bijna onmogelijk te begrijpen was. Dit alles droeg bij aan de mythologie die in de loop van de tijd rond de clan was ontstaan. Het gerucht ging bijvoorbeeld dat ze mensenvlees aten en dat hun vrouwen werden onderworpen aan heidense rituelen die werden uitgevoerd in de meer dan driehonderd hectare aan akkers en bossen die ze bezaten, dat verscheidene van hun kinderen nooit waren ingeschreven bij de burgerlijke stand en dat sommige herders hadden geprobeerd het land van de Ladu te betreden en nooit waren teruggekeerd. Ze waren waarschijnlijk – zoals boze tongen beweerden – begraven op de bloederige slachtvelden of op een berg in een kalksteengrot gegooid. Of ze waren – zoals aan de kinderen werd verteld om ze ervan te weerhouden de bossen in te gaan – gespietst als speenvarkens en verslonden tijdens de macabere, giganteske banketten in de nacht bij vollemaan. De legenden voedden zichzelf en met de jaren werden de verhalen steeds sterker. Zoals het gerucht dat de Ladu zichzelf beschouwden als enige erfgenaam van de *Civitates Barbariae*, een inheemse Sardijnse gemeenschap die weerstand had geboden aan de kerstening door de Romeinen en de Byzantijnen die zich verschansten in de ruige gebieden en de spot dreven met de Christus-strijders die al honderden jaren tevergeefs hadden geprobeerd hen te 'verlossen'. Dit alles had bijgedragen aan hun marginalisatie, zo insinueerde men.

Na verloop van tijd namen de verhalen de vorm aan van folklore; verhalen over herders die van de aardbodem verdwenen, over bandieten en *balentes* die hadden geprobeerd de gebieden te plunderen en van wie alleen hun paarden of muilezels waren teruggekeerd, of over priesters die de heuvels van de Ladu in waren getrokken om er het evangelie te prediken en die gecastreerd werden, tot slaven werden gemaakt of werden gebruikt als voer voor varkens. Dit was het duidelijkst zichtbaar in het gedrag dat de oude vrouwtjes van het dorp vertoonden in de zeldzame gevallen waarin een van de Ladu zich er vertoonde, of in de stilte die ineens viel in de *tzilleri* – de kroeg – als er een Ladu binnenkwam om zijn dorst te lessen en hij zoals altijd van de waard niet hoefde te betalen.

Sebastianu Ladu was zich bewust van de geruchten die er in de dorpen rondgingen over zijn familie en diep in zijn hart hield hij ervan. Over hem werd gezegd dat hij de lichaamsbouw had van een stier en een geest zo scherp als de slagtanden van een zwijn. Hij was beslist de enige van zijn familie die was afgestudeerd, terwijl het overgrote deel van zijn broers en neven er niet eens in geslaagd was om de middelbare school af te maken voordat ze, jong en onervaren, op de weidegronden van de clan aan de slag gingen. Bastianu had zich al jong aangesloten bij de natuurbescherming en kende de Barbagia op de hellingen van het Gennargentu-gebergte als zijn broekzak. Ondanks het feit dat hij een Berg-Ladu was, hadden veel herders, jagers, stropers en boeren hem vanwege het uniform dat hij droeg al om zijn gunsten gevraagd. In tegenstelling tot zijn familieleden werd Bastianu gezien als een man met wie te praten viel. Door de jaren heen had hij geprobeerd om iedereen tegemoet te komen die hem om hulp vroeg en daarmee had hij in de landbouwgemeenschap van de Barbagia respect verdiend dat op de hele clan afstraalde. Dankzij hem was in de afgelopen jaren de slechte naam van de Ladu, *animas dannadas* – verdoemde zielen – langzamerhand aan het verdwijnen.

Die late namiddag was Bastianu in een sombere stemming. Hij stuurde zijn jeep over de onverharde weg naar huis en zoals gewoonlijk genoten een aantal honden ervan om de terreinwagen door de stofwolken te volgen. Hij passeerde het roestige karkas van een tractor dat was achtergelaten in de velden en parkeerde bij het gehucht dat uit een dertigtal her en der verspreide huizen bestond. Toen hij uit de auto stapte, drong de harsachtige geur van de struiken zijn neusgaten binnen. Het groepje kleine stenen huizen van twee verdiepingen maakte de indruk van een klooster dat zich vastklampte aan de heuvel en bijna werd opgeslokt door het aangrenzende bos. De lage daken bedekt met aflopende dakpannen die onder het mos en korstmos zaten waren donker geworden door de rook uit de schoorstenen. De huizen straalden dezelfde stilte uit als de *tzie*, die gehuld in hun zwarte sjaals roerloos vanuit hun ramen toekeken, net zo uitdrukkingsloos als de kale stenen muren. Blaadjes van het struikgewas dwarrelden langs de smalle, geplaveide straatjes die samenkwamen in een wirwar van steegjes, allemaal identiek aan elkaar. Enkelen van zijn oudere ooms, die op de stenen bankjes zaten, hieven ter begroeting bijna onmerkbaar hun kin.

De intense vredigheid werd verbroken door het geweld van een bijl die met kracht neerkwam op de boomstammen. Zijn neef Zirolamu, doofstom en traag van geest, was ondanks de kou met een ontbloot bovenlijf en loeiend als een os van inspanning aan de rand van het groepje huizen hout aan het hakken. Bastianu begroette hem met een knikje en keek in de verte naar zijn broers en neven, die op door ezels getrokken karren terugkeerden uit de velden. Die natuurlijke taferelen riepen gewoonlijk een soort sereniteit in hem op, maar niet die avond. Zonder zijn huis binnen te gaan liep hij naar de stal en bracht een van de jongere paarden naar buiten. Hij besteeg hem zonder zadel en galoppeerde naar een huisje dat in het open veld langs een heuvelrug met wijngaarden stond.

Hij liet het dier achter zonder het vast te maken en ging de boerenwoning binnen. Die was met ongebakken stenen gebouwd en van de muren, die waren aangetast door het vocht, liet het pleisterwerk los. Binnen hing een geur van hout en verf die zo doordringend was dat de tranen ervan in je ogen sprongen. Het was halfduister, maar zelfs als er daglicht in de kamer had kunnen binnendringen, zou dat voor de oude man geen verschil hebben gemaakt, want hij was al zo'n tien jaar volledig blind.

'Wie is daar?' vroeg de oude man in de oude Sardijnse taal.

'Ik, Bastianu.'

Benignu Ladu legde met door artritis vertraagde bewegingen de steenbeitel neer en draaide zich naar zijn kleinzoon. Het zwakke licht van buiten bescheen zijn gezicht: een masker van rimpels met daarin de levenloze ogen, gedesoriënteerd als vleermuizen die uit de grot in het licht werden geworpen.

'Je klinkt niet goed,' zei de oude man.

'De Ciriacu hebben niet naar ons geluisterd. Ze gaan gewoon door.'

'Wie zegt dat?'

'*Sos carabineris*.'

Bastianu kreeg veel verzoeken om hulp en vaak kwamen die verzoeken van de commandanten van de carabinieriposten uit de bergdorpen. De meesten van die carabinieri kwamen van het vasteland, waren pas aangesteld en begrepen niets van de taal, de gewoonten en gebruiken van de lokale bevolking. En dus trad Bastianu vaak op als tussenpersoon in het contact met struikrovers of stropers, en in ruil daarvoor knepen de carabinieri een oogje dicht voor sommige van zijn activiteiten en bleven ze uit de buurt van het land van de Ladu.

'Vergis ik me of hebben we die rotzakken dieren gegeven?'

'Twee paarden, twintig geiten, een ram, twee ezels en drie zeugen,' somde Bastianu op. 'Van dat aantal hadden ze al een fortuin kunnen maken.'

Benignu Ladu nam een handjevol bessen van de *corbezzolo*, de aardbeistruik, uit de *taschedda*, een leren zadeltas, die zijn jongere kleinkinderen elke ochtend met fruit vulden, en kauwde met de paar tanden die hij nog had op de vruchten.

Na een paar seconden zei hij op onverbiddelijke toon slechts één woord voordat hij weer met het hout aan het werk ging: '*Sàmbene.*'

Bastianu verliet het huisje dat voor zijn grootvader als werkplaats diende en floot twee keer om zijn broers bij elkaar te roepen. De fluittoon weergalmde door de hele vallei.

'Wacht, neem Micheli mee!' riep zijn opa vanuit het huis. 'Zijn moment is aangebroken. En controleer of de wolf zijn tanden heeft gebruikt.'

Bastianu besteeg zijn paard, hield de manen in zijn handen geklemd en stuurde het dier in galop in de richting van het dorp.

Zoals jij wilt, mannoi, dacht hij. *Bloed zal het zijn.*

7

Cagliari

De band die tussen een rechercheur en het slachtoffer van een moord ontstaat heeft iets heiligs. Het gaat verder dan alleen maar bureaucratie, onderzoeksdossiers, autopsierapporten en documenten die opgesteld moeten worden voor de officier van justitie. Het wordt iets veel persoonlijkers. Wanneer een zaak niet wordt opgelost en de dader op vrije voeten blijft, kan die heilige, onlosmakelijke band overgaan in een nietsontziende obsessie waaraan je onmogelijk kunt ontsnappen. Het verstrijken van de tijd versterkt het schuldgevoel, voedt de gedachte dat de moordenaar misschien opnieuw zou kunnen toeslaan, en nog eens… Het leven gaat gewoon door, maar de angst dat je het fout hebt gedaan, dat je niet tegen de taak was opgewassen, dat er door jouw schuld anderen zijn gestorven, blijft op je hart en ziel drukken. Naarmate de jaren verstrijken wordt het steeds moeilijker te verdragen. Een onopgeloste zaak is de grootste straf die een politieagent kan overkomen. Soms kun je het niet loslaten; het blijft aan je kleven.

Mara Rais had Moreno Barrali door zijn verlof meer dan een jaar niet meer gezien, maar nu ze hem weer zag, snapte ze helemaal wat een impact een onopgeloste moord op het leven en de lichamelijke gesteldheid van een inspecteur kon hebben. De kwelling van die moorden was de nectar van zijn bestaan, en op dat moment zelfs het enige waarvoor hij nog leefde.

'Hallo Barrali,' zei de rechercheur, en ze schudde de krachteloze hand van haar collega. 'Zelfs door kanker laat je je niet tegenhouden, hè? Je overleeft ons allemaal, denk ik.'

Barrali glimlachte om de spot van de vrouw. In tegenstelling tot de anderen had Mara hem niet met beleefdheden en sentimentaliteit overladen waardoor hij zijn eigen toestand nog somberder inzag, maar was ze hem met haar gebruikelijke scherpe cynisme blijven benaderen, als een ware Cagliaritaanse die niemand ontziet, zelfs een man op het eind van zijn leven niet.

'Dag rechercheur. Uiteraard, voordat ik sterf moet ik je het vak nog leren,' antwoordde hij op zijn beurt.

'Eh, dat zou verspilde moeite zijn, denk ik, Barrali. Je weet wat ze hier zeggen, hè? Wie als ezel geboren wordt, sterft niet als paard.'

'Klopt, Rais, zo is het maar net. Ik heb gehoord dat je het niet zo heel veel beter doet dan ik, op het professionele vlak. Van Moordzaken naar Onopgeloste Zaken… Als je niet oppast, patrouilleer je binnenkort in parkjes om potloodventers en tasjesdieven op te pakken.'

'Laat maar. Ooit leg ik je wel uit wat er aan de hand was, vertel me nu maar over jezelf.'

'Er valt niet zoveel te vertellen, zoals je ziet.'

Zijn kleren slobberden om hem heen; de inspecteur was minstens tien kilo afgevallen sinds de laatste keer dat ze hem had gezien, en hij was al nooit erg stevig gebouwd geweest. Rais merkte ook de wandelstok op die tegen de tafel stond.

'Ik vind het heel erg voor je. Echt,' zei ze.

'Ik weet het. Dank je, maar ik heb je niet gebeld om medeleven te krijgen.'

'Natuurlijk, en ik denk dat ik ook wel weet waarom je me wilt spreken. Ik zal meteen maar zeggen dat je zoveel als je wilt…'

De inspecteur maande haar tot stilte door een aantal foto's op tafel te leggen. Sommige waren oude polaroids. De andere waren afbeeldingen die in de loop van de tijd donkerder en vager waren geworden, bruinig verkleurd. Je kon alles echter nog goed onderscheiden. De foto's toonden twee lijken met een aantal gemeenschappelijke kenmerken: het waren allebei vrouwen, voorovergebogen, de handen op de rug gebonden, ze waren bedekt met ongeschoren schapenvachten, en hun gezicht was verborgen achter een houten dierenmasker met lange, puntige runderhoorns. Ook de doodsoorzaak was hetzelfde: een gapende wond in de keel. Wie hen had gedood, had hen als geiten geslacht. Uit de kwaliteit van de afbeeldingen begreep Mara Rais dat er een vrij lange tijd tussen de twee moorden moest zitten: minstens tien, twaalf jaar. Een andere overeenkomst was de plaats delict: in het oudste geval leek het een Nuraghen-heiligdom te zijn met een brontempel die gedeeltelijk bovengronds was gebouwd. De recentere foto's toonden weliswaar ook een slachtoffer dat aan de voet van een heilige bron lag, maar op die plaats delict waren ook nog twee andere brontempels aanwezig die – in tegenstelling tot de heilige bron in het oudste geval – in de rotsachtige grond waren uitgegraven. In beide gevallen ging het om plaatsen met een cultische waarde die uit de oudheid stamden.

'Je hebt er vast al over gehoord. Het eerste slachtoffer dateert uit 1975, het tweede is elf jaar later vermoord, in 1986. Het eerste in de provincie Nuoro, het tweede in de bergen van Vallermosa. Meer dan tweehonderd kilometer uit elkaar, twee nagenoeg tegenovergestelde punten op het eiland... De slachtoffers hebben min of meer dezelfde leeftijd: het eerste is een jaar of achttien, negentien, en het tweede zestien of zeventien. De moorden verschillen in nauwelijks waarneembare details. Volstrekt verwaarloosbare verschillen. Beide zijn onopgelost en ze zijn nooit in enig dossier met elkaar verbonden. De meisjes zijn allebei vermoord in de nacht van *sa die de sos mortos*, dus in de nacht van Allerzielen. Geen getuigen, geen verdachten. Een mysterie dat nooit is opgelost.'

Mara richtte haar blik weer op haar collega. Na al die jaren bij Moordzaken was ze wel gewend aan wreedheid en horrortaferelen, maar de afbeeldingen van de meisjes hadden haar diep geschokt, misschien door het beestachtige ritueel waarmee ze waren afgeslacht.

'Het grootste raadsel is eigenlijk iets anders,' vervolgde de inspecteur. 'Het is nooit gelukt om ze te identificeren. In beide gevallen niet. Geen naam, geen achternaam. Geen aangifte van een verdwijning. Niemand heeft ze ooit gezocht. Geen vader, geen moeder, niet eens een familielid. *Pantumas*. Geesten.'

Dat Barrali het woord in het Limba uitsprak, deed Mara eraan denken dat hij uit de omgeving van Barbagia kwam, maar ze kon zich niet herinneren uit welk dorp.

'Luister, Barrali...'

'Door de jaren heen heeft iedereen het al tegen me gezegd. Dat ik een dwaas ben is nog het minste. Dat ik de feiten heb verdraaid om ze aan te passen aan mijn theorieën, dat ik er zelf een belang bij had, en noem maar op. Deze...' zei hij, terwijl hij naar de foto's wees, 'hebben mijn professionele loopbaan bepaald geen goed gedaan. Ze hebben mijn carrière verwoest. Ik ben nooit een masochist geweest, maar op een of andere manier voel ik me verantwoordelijk, ik kan het niet negeren of naast me neerleggen.'

'En ik begrijp dat, en respecteer dat ook,' bracht de rechercheur in, maar hij onderbrak haar opnieuw.

'En nu ga ik dood, Rais. Letterlijk. Nog een paar maanden en dan is het afgelopen. En hier' – hij trommelde met zijn vingers tegen zijn slaap – 'zal het nog sneller gaan. Ik ben niet van plan om je ergens van te overtuigen, maar ik zou graag willen dat het werk van al die jaren niet naar de kloten gaat. Ik wil dat de zaak opnieuw bekeken wordt.'

'Daar kun je gerust op zijn. Farci heeft me verzekerd dat eraan gewerkt moet worden en dat het een van de prioriteiten van de afdeling Onopgeloste Zaken zal zijn...'

'Nee, misschien ben ik niet duidelijk genoeg geweest, Rais,' zei Barrali. Zijn gezicht betrok ineens. 'Het gaat niet alleen over oude zaken die nooit zijn opgelost of over wie weet wat voor mysterieuze rituelen.' Hij liet haar een andere, veel recentere foto zien. 'Ze heet Dolores Murgia, is tweeëntwintig jaar en ze is een paar dagen geleden verdwenen. Ik denk dat er in al die jaren nog veel meer moorden zijn geweest en dat ze nooit zijn gestopt. En ik ben bang dat Dolores het volgende slachtoffer zal zijn.'

8

Corso Indipendenza, Milaan

Als ze in de spiegel keek, was het alsof ze háár aankeek. De gelijkenis was verbazingwekkend, maar ook hartverscheurend. Ze kon de pijn niet langer verdragen. Ze wilde niet bij elke weerspiegeling van zichzelf met onverdraaglijke herinneringen worden geconfronteerd.

Nadat ze het kleurmengsel een halfuur had laten inwerken, keerde Eva terug naar de badkamer. Ze droeg alleen een spijkerbroek en een beha. Ze spoelde haar haren uit aan de wastafel en keek toe hoe de donkere verf in de wasbak wegspoelde totdat het water weer helder was. Ze wreef haar haardos droog met de handdoek en bekeek zichzelf vervolgens in de spiegel. Van haar felrode haar was geen spoor meer te bekennen. De gitzwarte verf had elke glimp rood van haar natuurlijke haarkleur verdrongen.

Ze herkende zichzelf bijna niet meer, maar dat was juist goed. Het zwarte haar deed haar lichtblauwe ogen, haar bleke gelaatskleur, haar zomersproeten en de dunne, blauwige ader onder haar rechterwenkbrauw nog beter uitkomen. Ze ervoer een aangename sensatie van verwarring: het was alsof ze naar een vreemde gluurde.

En dat is waarvan je jezelf moet overtuigen, dacht ze. *Dat je een ander mens bent.*

De rechercheur wikkelde een handdoek om haar hoofd en keerde terug naar de slaapkamer om de laatste spullen in de koffer te stoppen.

Het was tijd om het huis vol leed achter zich te laten en weer te gaan leven.

Of om dat in elk geval te proberen.

9

Het platteland van Barbagia Superiore, het Sardijnse binnenland

Het land laat je minder snel in de steek dan de mensen. Dat was een les die de moderne Sardijnse kinderen allang vergeten waren. Ze hadden zich laten verlokken door de beloften van de industrie, waaraan ze zich enthousiast hadden overgegeven, en verloochenden daarmee de natuur, waarvan hun voorouders eeuwenlang de vruchten hadden geplukt. Maar na die schitterende vooruitzichten van een beter en rijker leven hadden die wispelturige en grillige beloften hen laten vallen en ze achtergelaten met ellende, werkloosheid, ontbossing, massale emigratie, zielen die maar in de roes van de *abbardente* bleven hangen, en landerijen en dieren die voor altijd vergiftigd waren. Jarenlang werden de jongere generaties alleen aan de wereld van hun voorouders herinnerd met Kerstmis en Pasen, als ze lammetjes en speenvarkens 'van het land' nodig hadden om goed voor de dag te komen en iets landelijks uit te stralen bij hun stadse vrienden, terwijl ze in werkelijkheid nog nooit een schoffel of een *leppa* in handen hadden gehad en grote moeite zouden hebben om een os van een koe te onderscheiden. Verder had de welvaart beroepen verdrongen die honderden jaren oud waren en die daardoor in de vergetelheid raakten. Het was steeds moeilijker om paarden- of ossentemmers, geitenhoeders, herders, boeren, kolenboeren, handwerklieden en meester-houtbewerkers te vinden die hun naam waardig waren. Generaties van zonen hadden het platteland van hun vaders verlaten en gaven de voorkeur aan de steden of aan de seculiere kathedralen die ze fabrieken noemden, terwijl ze de 'herinnering aan hun grond' verloren. Talloze dorpen waren ontvolkt, vooral in het binnenland van het eiland, waar de kleinste gehuchtjes nu een vagevuur voor de zielen leken, spookdorpen die bijna alleen bewoond werden door oudjes die wachtten tot de grote duisternis ze kwam halen om ze te bevrijden van de schaamte die ze niet onder ogen konden zien. De paar zonen die op het eiland waren gebleven hadden ironisch genoeg hun ziel verkocht aan de Noord-Afrikanen en de *continentales* die de regio eeuwenlang hadden onderdrukt. Ze onderwierpen zich aan hun grillen, vernederden zichzelf door met gebogen hoofd om wat kleingeld te bedelen, en door de staat om een bijdrage te vragen. En dat terwijl het bloed van een nijver volk door hun aderen stroomde; een volk met een levenshouding zo ontembaar als de ruige bergen waar het vandaan kwam. Toen ook de staat de hand op de knip hield, keerden de 'jonge verbrassers' wanhopig terug om kronkelend als bloedzuigers aan de speen van Moeder Aarde te zuigen met de hoop er ten minste een paar druppels melk uit te kunnen halen.

Dit was allemaal precies zo van toepassing op de gebroeders Ciriacu: nadat hun vader was overleden, die hun slechts een paar stukjes land en een paar honderd schapen had nagelaten, dachten zij – die het boerenleven altijd hadden geminacht – te kunnen terugkeren naar het dorp en daar rijk te kunnen worden door het land te bewerken.

Duizenden jaren lang werd het ritme van de mens bepaald door het ritme van de natuur. De Ciriacu daarentegen – en met hen de meerderheid van deze provisorische boeren – probeerden het land hún ritme op te leggen: ze stonden laat op, zaaiden wanneer het hun uitkwam, verwaarloosden hun kuddes, verruïneerden hun tuinen en wijngaarden met chemicaliën, verwisselden van de ene dag op de andere de zaden, en na een aantal jaren werden de vruchtbare velden die ze geërfd hadden zo onvruchtbaar en dor als hun hart, en het vee stierf al snel door ziekte en verwaarlozing. Dwaas en hebzuchtig speelden ze hun enige overgebleven troef: met het laatste geld dat ze hadden verdiend met de verkoop van een deel van hun *tancas* legden ze een irrigatiesysteem aan, bestaande uit een ad hoc gebouwde artesische put. Ze kochten generatoren, pompen, reservoirs en honderden meters buizen waarmee ze meer dan tweeduizend cannabisplanten bewaterden. Ze vertrouwden erop dat de dichte begroeiing van de Barbagia deze verboden planten zou verbergen voor de gulzige blik van justitie.

Een paar kilometer lang grensde het land van de Ciriacu aan dat van de Ladu, en er was maar één ding waar de Ladu een grotere hekel aan hadden dan aan priesters en hun kerken: aan de overheid. Herders en boeren uit de omgeving wilden geen problemen met de carabinieri, terwijl de Ciriacu met hun plantages iedereen in gevaar brachten, met het risico dat de plaatselijke functionarissen de neus ook in hún zaken kwamen steken. Dus was er een afvaardiging van herders en boeren uit de Barbagia in overleg gegaan met Sebastianu Ladu om hem te vragen te bemiddelen voordat het uit de hand zou lopen. Met 'uit de hand lopen' bedoelden ze een schot in het voorhoofd *a balla sola*.

'Het wordt steeds erger, Bastianu,' hadden ze gezegd. 'Hoe sneller we dit oplossen, hoe beter het voor iedereen is.'

Bastianu had het met het familiehoofd van de Ladu besproken en die had een oplossing bedacht waar iedereen het wel mee eens zou zijn. Benignu had voorgesteld om te handelen overeenkomstig het oude gemeenschappelijke gebruik van de *paradura*: omdat het vee van de Ciriacu gestorven was, en omdat ze wilden dat de Ciriacu hun illegale activiteiten vervingen door legale, zouden alle herders in het gebied een klein deel van hun schaapskudde aan hen afstaan, volgens het eeuwenlange gebruik in de Barbagia om degenen te helpen die een ernstig verlies hadden geleden door een overstroming, of vee hadden verloren door een brand of een hongersnood.

Toen Juanne Ciriacu werd benaderd door Sebastianu, had hij niet de moed om hem tegen te spreken en accepteerde hij het aanbod van zijn 'collega's' die zich solidair met hem hadden verklaard. Er werd een royaal aantal dieren gebracht, tezamen met honderd kilo kazen, honderd liter olie en zoveel *binu nieddu* dat het hele gebied zich zou kunnen bezatten.

Met de woorden 'Ik sta bij je in het krijt' bedankte Juanne hem, en hij beloofde dat hij de plantage in de fik zou steken.

Een paar dagen later hadden de Ladu rook gezien boven het land van de Ciriacu. Maar die rook stelde niet veel voor. Als de profiteurs die ze waren, hadden de Ciriacu de *paradura* geaccepteerd en maar een minimaal gedeelte van hun cannabisteelt opgeofferd. Dit werd bevestigd door een corrupte functionaris van de carabinieri die met de Ladu samenwerkte en die Sebastianu had geadviseerd het probleem op te lossen voordat het de aandacht van het provinciebestuur van Nuoro zou trekken, waar hij geen zeggenschap had.

Welnu, die nacht staken de Ladu het door vorst geteisterde land van de Ciriacu over en naderden als geesten in stilte de woning waar Juanne en Gianmaria sliepen, dicht bij de marihuanavelden, op meer dan een kilometer afstand van het dichtstbijzijnde dorp. De maan wierp een bloedrood licht op het landschap. Het gezang van de krekels en het rauwe geloei van de mistral vergemakkelijkten het werk voor de Ladu. Ze waren zonder vuurwapens gekomen; voor figuren zoals de broers Ciriacu had je geen geweren of pistolen nodig.

Bastianu keek naar zijn jongere broer Nereu, zijn doofstomme neef Zirolamu en zijn vijftienjarige zoon Micheli, voor wie het volgens zijn grootvader tijd werd dat hij 'een man zou worden'. Naast hun ruwe karakters stonden de Ladu bekend om hun reusachtige bouw: Bastianu, Nereu en Zirolamu waren ieder langer dan twee meter en Micheli was de één meter vijfentachtig al gepasseerd. Ze hadden grote, harde handen met dikke vingers van het werk op het land, brede schouders en een ongekende kracht; het leek wel alsof ze geboren waren uit de buik van hun bergen.

Met een knik gaf Bastianu een opdracht aan zijn broer, die daarop naar de schaapskooi liep en terugkwam met een schaap dat hij aan een oor meetrok. De leider liep op het dier af en gaf het met zijn *arresoja* twee kletsen tegen de flanken. Het schaap begon wanhopig te blaten en trok de aandacht in het huis, waar na ongeveer tien seconden het licht werd aangedaan.

Nereu liet het dier los en gaf zijn neef het teken dat hij zich moest verstoppen.

De deur ging open en Juanne kwam hijgend naar buiten met een buks in zijn hand. 'Wie is daar in godsnaam?' vroeg hij in de duisternis met een stem die hees was van de slaap en de *fil'e ferru*, Sardijnse grappa.

Op aanwijzingen van zijn vader liep de jongen dichter naar het huis. 'Micheli,' antwoordde hij.

'Wie ben je?' vroeg Juanne alsof hij hem niet gehoord had, en hij deed een stap naar voren.

'Micheli Ladu,' herhaalde hij. Zijn pikzwarte haar, dat zo typisch was voor het gebroed waartoe hij behoorde, glansde in het maanlicht.

'Wat moet je?'

'*Sàmbene*,' antwoordde de jongen.

Juanne lachte hem in zijn gezicht uit. 'Ben je alleen?' vroeg hij zonder zijn wapen te laten zakken.

'Nee,' antwoordde Bastianu voor zijn zoon, terwijl hij uit de duisternis stapte. Met de ene hand pakte hij het geweer en griste het uit de handen van de man, met de andere hand greep hij hem bij de keel en slingerde hem over de binnenplaats alsof hij een lege zak was. In een oogwenk zat Zirolamu boven op hem en zette het lemmet van de *resolza* op zijn keel.

Gianmaria kwam vloekend naar buiten en Nereu legde bliksemsnel een strop om zijn hals, terwijl hij hem op de grond duwde.

De Ladu sleepten hen mee naar een dikke, eeuwenoude olijfboom aan de rand van het veld. De Ciriacu spartelden als beesten op weg naar de slachtbank, schuimbekkend terwijl ze zich uit de henneptouwen probeerden te bevrijden. Nereu en Zirolamu hingen Gianmaria zodanig aan zijn hals op aan een van de takken dat ze hem dwongen om op zijn tenen te staan als hij niet wilde stikken. Ze stopten een zakdoek in zijn mond om hem stil te houden. Juanne bonden ze rechtop vast aan de dikke stam. Het touw zat zo strak dat hij bijna niet kon ademhalen. Hij werd lijkbleek en wist wat hem te wachten stond.

'Vertel me waarom,' zei Bastianu met zijn zware stem.

'Je hebt gelijk, Bastianu,' prevelde Juanne. 'We wilden de rest van de velden ook verbranden, ik zweer het je.'

'*Vesserias*,' bromde Nereu, die boven hen uittorende als een eik. 'Hou ons niet voor de gek...'

'Moet je jezelf eens zien huilen en smeken om vergeving als een *feminedda*,' siste Bastianu.

'Alsjeblieft, Bastianu. Ik smeek je...'

'Ga maar smeken in de kerk,' brieste hij. Hij had Italiaans tegen hen gesproken, alsof ze zelfs de taal van hun voorouders niet waardig waren.

'Micheli!' riep hij naar zijn zoon. De jongen kwam dichterbij. De vader trok zijn *arresoja* tevoorschijn en gaf hem aan zijn zoon. Het mes had een handvat van ramshoorn en een lang blinkend blad met negen kartels. 'Ben je bang?' vroeg hij hem in hun eigen taal.

Micheli schudde zijn hoofd. Zijn ogen leken twee ijzige, zwarte edelstenen. Uit zijn houding maakte de vader op dat zijn zoon stond te springen om een man te worden. Dat was een geruststelling voor de toekomst van de Ladu.

'Maak hem maar af.'

Voordat Juanne kon schreeuwen, duwde Zirolamu een lap in zijn mond die zijn gebrul in de kiem smoorde.

'Goede reis naar de hel,' fluisterde Nereu in zijn oor.

Een paar seconden lang staarde de jongen naar de weerspiegeling van de bloedrode maan in het lemmet, die hem bijna tot geweld leek aan te sporen, en vervolgens stak hij. Het mes gleed door het vlees alsof het zachte boter was. Bedwelmd door dat nieuwe gevoel van macht hield de jongeman zijn gevangene stevig met links vast bij zijn keel en met rechts bleef hij hem steken, steeds feller, alsof hij buiten zinnen was.

Zijn vader riep hem tot de orde: 'Stop met spelen!'

Met de vaardigheid van een slager reet de jongen de buik van Juanne Ciriacu open en kneep zijn neus dicht tegen de scherpe geur van de ingewanden. Hij deed een paar stappen naar achteren en bleef kijken hoe het bloed uit de opengereten buik sijpelde en de grond doordrenkte, terwijl de ogen van de man doofden als houtskool in de as.

Bastianu kwam dichterbij en griste de *leppa* uit de handen van zijn zoon om hem uit zijn moorddadige trance te schudden. 'Ik hoop dat je er niet verslaafd aan raakt, *fizzu meu*,' zei hij, terwijl hij hem liefdevol een stomp gaf.

De jongen keek verrukt naar het bloederige tafereel. Hij was buiten adem, maar knikte met een glimlach om zijn lippen. Hij voelde dat hij een volwaardige Berg-Ladu was geworden. Eindelijk.

Sebastianu liep naar de hulpeloze Gianmaria, die getuige van de afslachting was geweest, en veegde het bebloede mes af aan diens ruw bebaarde wangen.

'*Segundu sa vida, sa morte*,' zei hij tegen de man. Hij veegde de vingerafdrukken van zijn zoon van het handvat, opende met zijn tangen van vingers de hand van de Ciriacu, stopte de *resolza* in zijn vuist en drukte die met zijn hand stevig dicht. 'Jouw tijd is gekomen.'

Gianmaria begon te trappelen als een varken dat het mes voelde aankomen.

Nereu en Zirolamu trokken aan het touw en tilden hun rivaal zo'n anderhalve meter van de grond. Ze knoopten het koord strak om een knoestige tak en de vier Ladu keken onbewogen toe terwijl hij opgehangen als een judas de *dillu* danste, totdat Gianmaria in zijn broek plaste, met een laatste dierlijke beweging zijn nek draaide en zijn laatste adem uitblies onder begeleiding van het aanhoudende koor van krekels. Het mes was aan zijn voeten gevallen.

Zonder een woord te zeggen haalden Nereu en Zirolamu een paar jerrycans benzine en goten de vloeistof over de gewassen uit, terwijl de andere twee met olijfboomtakken de grond aanveegden om hun voetsporen uit te wissen.

'Doe je trui en je shirt maar uit,' beval Bastianu zijn zoon, die rillend gehoorzaamde in de ijskoude nacht. De man pakte de kleren aan en sloeg zijn eigen warme loden jas om de jongen heen. 'Je grootvader zal tevreden zijn,' zei hij, terwijl hij door zijn haar woelde.

Vader en zoon liepen in stilte naar huis alsof er niets gebeurd was.

Toen achter hen de velden begonnen te branden, draaiden ze zich niet eens om.

10

Ligurische Zee

Vliegen zou gemakkelijker zijn geweest, maar ze had de drang gevoeld om over zee te gaan, de illusie te koesteren dat ze uit haar eigen verleden kon wegvaren en ze ervan gescheiden kon worden door die eindeloze uitgestrektheid van vloeibare duisternis. Ze wilde die allesverslindende kracht van herinneringen bedwingen en onverhoeds in de diepten laten zinken. Het was niet simpelweg een vertrek, maar een vlucht. Het was dus beter om de navelstreng van herinneringen resoluut te verbreken en te vertrouwen op iets concreets, iets tastbaars, een symbool van haar wedergeboorte: water. Daarom was ze op het hoogste punt van het schip gaan staan dat ze kon bereiken. Ze had niet één keer omgekeken naar Genua, naar het vasteland. Ze had alleen maar voor zich uit gekeken, naar de toekomst, hoe onbestemd en ongewis die dan ook was.

Op het dek overheersten de geuren van brandstof en verroesting, de zilte geur van de zee. De reling was kleverig van het zout, maar dat weerhield haar er niet van om hem stevig vast te houden. De golven klotsten om haar heen, terwijl een felrode maan de contouren van Corsica verlichtte. Sardinië was nog steeds een vage illusie. Maar het lag daarginds, in die gitzwarte duisternis, in dat vruchtwater dat de afscheiding vormde.

Eva merkte dat er op het benedendek nog andere passagiers waren die niet konden slapen. Ze kon hun silhouetten niet onderscheiden, maar zag alleen hun gloeiende sigaretten en de rook die de duisternis in kringelde. Ondanks hun aanwezigheid voelde ze zich eenzaam.

Het deinen van het schip deed haar denken aan de weeën van een barende vrouw, het klotsen van de golven aan het gekreun van de barenspijn. Het suizen van de wind aan de moeizame ademhaling van de zwangere vrouw die de vliezen voelt breken. En het doffe ronken van de motoren van de veerboot die steeds hogere toeren draaiden aan de duizelingwekkende toename van de weeën. Ze glimlachte bitter. In feite zat het zo: de nacht die haar omhulde was de baarmoeder die haar nog een paar uur zou vasthouden, totdat die een nieuw leven op de wereld zou zetten, een nieuwe *zij*.

Eva trok de capuchon van haar jas over haar hoofd en maakte zich klaar voor de weeën die haar wedergeboorte zouden inluiden. Er zou geen vroedvrouw zijn om haar bij te staan. Ze zou het helemaal zelf moeten doen. Dus klemde ze haar tanden op elkaar en keek de diepte van de nacht in, wachtend op de zonsopgang die vroeg of laat zou komen en haar weer in het licht zou werpen.

11

Stampace alta, Cagliari

'Het is niet eens dat wat je ziet. Wat het lastig maakt, is een manier vinden om ermee te kunnen leven.'

Dit had een lijkschouwer ongeveer tien jaar geleden tegen haar gezegd tijdens een autopsie van een Slavische sekswerker die door een sadist was vermoord. Mara Rais had die opmerking in een vergeten laatje van haar geheugen opgeborgen. Maar die nacht bleven de woorden van die arts maar door haar hoofd gaan, alsof ze op dat moment pas echt betekenis voor haar kregen.

Ze was rond drie uur midden in een nachtmerrie wakker geworden. In haar slaap had ze zoveel liggen woelen dat ze haar dochter had wakker gemaakt, die na de scheiding bij haar 'in het grote bed' was gaan slapen, zoals ze het noemde. Het kind viel na een paar minuten weer in slaap. Voor haar was dat helaas niet weggelegd. De gruwelijke beelden van de lijken bleven maar door haar hoofd gaan.

Allemaal de schuld van Barrali en zijn verdomde gezwets, dacht Rais. Ze glipte onder de dekens vandaan en lette op dat ze het kleine meisje niet wakker maakte. Nadat ze haar tas uit de woonkamer had gepakt, ging ze in de keuken zitten. Ze had zin in iets alcoholisch, maar koos voor een extra sterke kamillethee.

Zie jezelf nou zitten. Je wordt oud, dacht ze spottend, en ze keek met afschuw naar de theezakjes.

Terwijl ze wachtte tot het water kookte, pakte ze uit haar handtas de foto's die de inspecteur haar had gegeven, ondanks de bezwaren die ze daartegen had gemaakt. Hij had gezegd: 'Alsjeblieft, *sa sposa*, doe het voor mij.' En omdat hij haar daarbij had aangekeken als een in de steek gelaten bastaardhond, durfde Mara geen nee tegen hem te zeggen. Ze schikte de foto's op tafel en bekeek ze. De arme meisjes hadden zoveel indruk op haar gemaakt dat ze over hen gedroomd had. *Vijones malas* zou haar grootmoeder ze genoemd hebben, duivelse nachtmerries. Door de jaren heen had ze weleens iets gehoord over die twee ogenschijnlijk rituele moorden, maar ze had er nooit veel aandacht aan besteed, vooral niet sinds op het politiebureau het gerucht rondging dat Barrali door de zaak was geobsedeerd en daardoor eigenhandig zijn carrière verwoestte. Hij had zijn collega's en leidinggevenden met zijn gezeur om de zaken te heropenen zo stapelgek gemaakt dat ze hem alleen nog maar bureauwerk lieten doen om van hem af te zijn, en daar was hij voortijdig oud door geworden. Aan alle nieuwe rekruten bij Moordzaken werd hij als voorbeeld gesteld van hoe het niet moest.

'Het is wel vreemd,' zei ze bij zichzelf, terwijl ze de foto's bekeek.

'Mama, is alles goed?'

Als een scholier die op spieken wordt betrapt liet Mara met de snelheid van het licht de foto's verdwijnen.

'Schatje, waarom ben je op?' zei ze, en ze liep naar haar toe.

'Ik was bang, want ik merkte dat je er niet was. Wat doe je?'

'Ik neem wat kamillethee en dan kom ik weer naar bed. Wil je ook?'

'Ik dacht dat je weer begonnen was met roken.'

Mara lachte. *Niet alleen heb ik de hele dag op het bureau smerissen om me heen, nu heb ik ook nog een mini-smeris in huis... Dat vind ik als volwassen vrouw best vervelend*, bedacht ze.

'Nee, schatje. Ik heb je beloofd dat ik niet meer zal roken en dat doe ik dus ook niet meer. Kom eens hier.' Ze sloeg haar armen om het meisje heen, drukte haar dicht tegen zich aan en overlaadde haar met kusjes. Ze rook naar slaap.

Vanuit het raam zag Mara de contouren van de Torre dell'Elefante en van het bastion dat de grens vormde van de *Casteddu 'e susu*, de wijk Castello, en dat ooit de adel van de stad beschermde. Mara had er altijd van gedroomd om daar te wonen en als een koningin over de stad te kunnen kijken. Haar ex-man had er een huis. Ze was er meteen na hun huwelijk ingetrokken en had zo haar kinderwens vervuld. Na de scheiding had ze het appartement verlaten om hem niet meer tegen het lijf te lopen – en om serieus het risico te vermijden dat ze hem een kogel door zijn kop zou schieten – en ze had haar intrek genomen in de kleine huurwoning buiten de muren, veroordeeld om vanuit het raam naar de stand te kijken die ze was kwijtgeraakt.

Liever in dit hok dan naast die klootzak, dacht ze, terwijl ze aan de stagiaire van begin twintig dacht – de laatste van een lange reeks, had ze later ontdekt – met wie hij haar had bedrogen. Op die dag had ze begrepen waarom ze telkens als ze moest getuigen bij een of ander proces, of steeds als ze door de gangen van het Openbaar Ministerie liep, door iedereen werd uitgelachen en blikken van medeleven kreeg toegeworpen. Rechtbanken en gerechtshoven zijn namelijk de minst geschikte plaatsen om een geheim te bewaren. Wat haar ex betreft: die had niet eens de moeite genomen om zijn avontuurtjes een beetje te verbergen. Daarmee had hij haar tot een mikpunt van spot gemaakt.

'Laat het rusten. Het heeft geen zin om die vernederingen weer op te rakelen,' sprak ze zichzelf toe, terwijl ze de laatste slokken thee naar binnen werkte.

De kamillethee werkte niet. Eenmaal weer in bed bleef Mara maar draaien en woelen, als een verloren ziel. Ze bleef die *caras de bundos* telkens maar voor zich zien, die demonische maskers, en ze vroeg zich af waarom de lijken nooit geïdentificeerd waren en wat de reden van het tijdsverloop tussen de twee moorden was.

Op dat moment was ze zich er nog niet van bewust, maar het was alsof ze een transfusie had ondergaan: ze was nu besmet geraakt met Barrali's obsessie.

12

Barbagia Superiore

In de dorpen op het Sardijnse platteland worden de belangrijke mijlpalen in het leven van de inwoners - geboorten, bruiloften, sterfgevallen en religieuze feesten - nog altijd aangekondigd door de *oghe de Deu*, de kerkklokken. Ze waren op een of andere manier de stem van de gemeenschap. Het klokgelui had iedereen van jongs af aan wegwijs gemaakt in het dorpsleven.

Voordat hij naar zijn werk ging, parkeerde Bastianu Ladu zijn jeep bij de *tzilleri*. Hij liep naar binnen en de barista maakte, na hem te hebben gegroet, een dubbele espresso met een scheutje grappa voor hem.

In de bar heerste een gesmoorde stilte. Nog voordat hij het kopje vastpakte hoorde Bastianu het luiden van de *toccu de s'ispiru*, de doodsklokken.

De aanwezigen staarden elkaar aan en de blik van de barman kruiste even de kille ogen van de Ladu, die onder het insinuerende zwijgen en het ritme van de bronzen klokken van zijn koffie nipte. Iedereen, ook al deden ze of ze van niets wisten, had van de brand gehoord die 's nachts het landgoed van de familie Ciriacu in de as had gelegd. Ze waren dood aangetroffen na een ogenschijnlijke zelfmoord die waarschijnlijk het gevolg was geweest van een ruzie.

Zodra Bastianu zijn portemonnee wilde pakken, knikte de barman hem toe dat hij niet hoefde te betalen.

'Nee, ik sta erop,' zei de Berg-Ladu, en hij legde een aantal bankbiljetten op de plakkerige bar. 'Vandaag betalen de gebroeders Ciriacu. Voor iedereen.'

Iedereen in de bar knikte formeel en gezamenlijk klonk het: '*Deus ti lu pachete.*'

'Een fijne dag gewenst,' groette Bastianu terug met zijn sterke accent uit Barbagia.

'Een fijne dag!' antwoordden de dorpelingen in koor.

Bastianu liep tevreden naar zijn jeep. Via de *tzilleri* zou het gerucht zich in een paar tellen door het hele dorp verspreiden en als er overheidsfunctionarissen zouden komen om vragen over de Ciriacu te stellen, zou er niemand durven praten, zelfs niet onder druk. Voor de carabinieri zou het eenvoudiger zijn om stenen te laten zingen dan deze mannen, die van Bastianu de rillingen van *balentia* hadden gekregen.

13

Spiaggia del Poetto, Cagliari

Toen ze blootsvoets langs het strand van Poetto liep, ontdekte Eva Croce dat Cagliari twee zeeën had. De eerste lag voor haar: het was een oneindige watervlakte die vrij kalm was voor eind oktober. De tweede had een duidelijk andere vloeibaarheid: het was een zee van licht, een zachte helderheid van een moederlijke lieflijkheid die zich over de hele stad verspreidde en in al haar uithoeken stroomde. Een zee van licht die het water bedekte met fonkelingen in alle kleuren van de regenboog, die het zand dat zo fijn als meel was liet glinsteren, en die kilometers en kilometers lang doorstroomde tot aan wat de Golfo degli Angeli heette.

Eva kon het niet weerstaan: ze trok haar schoenen uit en liep naar de zee totdat ze met haar voeten in het smaragdgroene water stond. Het was koud, maar niet zo koud als ze gedacht had. Het was verkwikkend na een vrijwel slapeloze nacht en na de lange autorit van de ene kant van het eiland naar de andere.

'Jij moet Eva Croce zijn,' zei na een paar minuten een vrouwenstem achter haar.

De rechercheur draaide zich om en stond oog in oog met een knappe vrouw van in de veertig, elegant gekleed in een donker maatpak dat haar zachte rondingen accentueerde. Ze was blond, had een gemiddelde lengte en had helblauwe ogen, die in combinatie met de rest van haar verschijning alle vooroordelen onderuithaalde die Eva over de Sardijnen, hun postuur en hun mediterrane huidskleur had gehoord; haar harde, lijzige accent was beslist Sardijns. Ze herkende de stem van haar collega die haar een uur geleden had gebeld om af te spreken bij de zee, bij de zesde halte. Om te begrijpen wat ze bedoelde met 'de zesde halte' had Eva moeten googelen.

'Hoe kom je daarbij?' antwoordde de Milanese.

Mara Rais keek om zich heen. 'Je bent de enige *macca* die in deze verrekte kou met haar voeten in het water staat,' zei ze, terwijl ze haar collega weer aankeek.

'Koud? Het is zo'n achttien graden.'

'Dat bedoel ik! Kom eruit, echt, ik krijg kippenvel van je.'

'"Macca" betekent zeker "gek"?' vroeg Eva, terwijl ze naar haar toe liep en haar rechterhand uitstak.

'Exact,' zei de Sardijnse, die haar stevig de hand schudde. 'Hoe was je reis?'

'Lang, maar mooi.'

'Fijn. Welkom op Sardinië,' zei Rais, maar haar toon klonk allesbehalve vriendschappelijk.

14

Torre Spagnola, Poetto, Cagliari

Al snel ontdekte Eva dat op het eiland de tijd op een andere manier verstreek: trager, meer ontspannen, en soms – vooral aan zee en in die eindeloze prairie van turquoise lucht – even overging in een tijdloosheid die zijn inwoners beïnvloedde. Vergeleken met Milaan leek het alsof de mensen zich in slow motion bewogen en op die manier rustiger van het leven genoten, zonder al te veel te hoeven nadenken. Dat beviel haar meteen.

Ze waren gestopt voor een drankje bij Corto Maltese, een van de kleine houten barretjes langs de kust. De met pergola's overgroeide terrasjes werden tezamen met de bushaltes door de Cagliaritanen gebruikt als ontmoetingspunten, had Rais uitgelegd. De kustlijn was bezaaid met rijen palmbomen en ertussendoor liep een lang fiets- en voetpad. Op deze warme middag waren er veel mensen op een paar honderd meter van de zee aan het joggen, wandelen of fietsen.

'Uit jouw verrukte blik maak ik op dat dit je eerste keer in Cagliari is,' zei de Sardijnse, nadat ze minachtend de outfit van haar collega had bestudeerd: donkere laarzen, gescheurde jeans en een versleten leren jas. Haar ogen bleven rusten op de neuspiercing die de vrouw uit Milaan eerder de uitstraling gaf van een rocker dan van een rechercheur. Geen nagellak, geen spoor van lipgloss, laat staan lippenstift. Geen handtas, aktetas, clutch of een ander accessoire waarin in elk geval een pakje zakdoekjes paste. Dit detail baarde haar nogal zorgen, want een vrouw zonder handtas is net zo onvoorspelbaar als een kat die high is van de amfetaminen.

Als jij je vrouwelijkheid wilt verbergen, dan doe je dat heel goed, lieverd, dacht Rais sarcastisch.

'De eerste keer ooit op Sardinië,' antwoordde Croce, die bekeek hoe de vrouw uit Cagliari zich had uitgedost: in haar ogen nogal overdressed voor een smeris.

Als je je op die manier kleedt heb je of aandacht nodig, of je wilt dat de ander zich minderwaardig voelt. Het is hoe dan ook geen goede instelling, dacht Eva. *En als je zo naar me blijft staren, loopt het niet goed af.*

'Nou, je had het slechter kunnen treffen, toch?' zei Mara voordat ze nog een slok bier nam.

'Ik weet het niet. Zeg jij het maar.'

'Weet je wat het is? Ik wil de verrassing niet voor je verpesten,' reageerde Rais met een gemaakt lachje.

Eva bespeurde een nauwelijks verborgen afkeer; het leek bijna alsof Rais gedwongen was om haar te verwelkomen. Ze hoopte dat het gewoon het beruchte, instinctieve wantrouwen van de Sardijnen tegen de 'continentalen' was.

'In eerste instantie hield ik je voor een toerist. Je hebt geen typisch Italiaanse trekken,' zei Rais, terwijl ze de bleke gelaatskleur, de lichtblauwe ogen, de sproeten en de fijne, elfachtige gelaatstrekken van haar collega bestudeerde. Een blik op het pikzwarte kapsel volstond voor Mara om te weten dat Croce kortgeleden haar haren had geverfd. Dat had ze zelf gedaan, schatte ze zo in, met spul van een paar euro uit de supermarkt. Uit de duidelijke kleur van de dunne wenkbrauwen leidde ze af dat het haar oorspronkelijk blond was, of roodachtig.

'Mijn moeder is Iers. Ik lijk veel op haar,' zei Eva kortaf.

Mara Rais trok verbaasd een wenkbrauw op. 'Een Ierse vrouw in Milaan. Klinkt als een titel van een film.'

'Dus jij bent mijn nieuwe partner?' vroeg Croce, die snel van onderwerp veranderde, alsof ze het moeilijk vond om over zichzelf te praten.

'Precies. Wil je al een klacht over me indienen om te melden dat ik een "verstorende factor" ben? Dat zal niet voor het eerst zijn.'

'Laten we voorlopig zeggen dat ik het even aankijk,' kaatste Eva terug. 'Ik heb nog nooit een vrouwelijke partner gehad.'

'Ik ook niet. En ik moet je zeggen dat ik niet sta te springen van vreugde.'

'Nou, daar was ik nou nooit op gekomen,' zei Croce ironisch. 'Je lijkt zo blij om me te zien...'

Op het gezicht van Rais kwam een lachje, deze keer oprecht.

'Hoe lang werk je al bij Onopgeloste Zaken?' vroeg Eva.

'Ik ben pas overgeplaatst. In feite ben ik nog niet begonnen. We beginnen samen.'

'Ik weet niet hoe het hier zit, maar in Milaan word je weggepromoveerd naar de afdeling Onopgeloste Zaken als je je werk verkloot hebt. Een functie voor dombo's dus.'

'Dat is hier ook het geval, met het verschil dat het om een nieuw opgerichte afdeling gaat, en dat jij en ik niet alleen worden opgezadeld met het werk en alle onopgeloste zaken van Cagliari, maar van het hele eiland omdat ons bureau de afdeling gaat opzetten voor alle andere bureaus,' zei Mara.

'Je maakt een grapje.'

'Was het maar waar. Nee, ik ben heel serieus. Dat betekent niet alleen dat ze ons overal zullen haten en als twee bemoeiallen zullen zien, maar ook dat als er iets verkeerd gaat, ze al twee mooie slachtoffers hebben die als zondebok kunnen dienen: jij en ik. Een win-winsituatie dus... Rook je?'

'Nee.'

'Ik ook niet. Gelukkig maar, anders stink ik naar rook en denkt mijn dochter dat ik weer begonnen ben. Luister, ben je van plan om het spelletje mee te spelen of ga je je ziek melden tot je weer wordt overgeplaatst?' vroeg Rais bot, bijna beledigend.

Eva moest zich bedwingen om niet het bier te pakken en het over haar heen te gieten. 'Zo iemand ben ik niet, Rais. Ik wil gewoon mijn werk doen,' wist ze inschikkelijk te zeggen.

'Hopelijk laten ze ons dat ook inderdaad doen.'

'Hoezo?'

'Ik zal maar zeggen dat de omgeving nou niet echt optimaal is. En ik ben ook niet bepaald bij Onopgeloste Zaken beland voor mijn verdiensten op de werkvloer.'

Er was een warme wind opgestoken die de geluiden van de zee mee naar de kustlijn voerde en de palmbomen op de promenade zachtjes liet ruisen. In de lucht was de overgang van de middag naar de avond merkbaar.

'Voor het geval dat je het je afvroeg, dit is de sirocco. Die waait vanaf de zee naar de kust en brengt in de zomer de Afrikaanse hitte hiernaartoe. Dat zet de stad in de fik. Letterlijk, want het wakkert de zomerbranden aan en de mensen worden er gek van.'

'Hoeveel krijg jij betaald om mijn gids te zijn?' zei Eva jennend.

'Tjonge, de nieuweling begint zich al op haar gemak te voelen. Je geeft haar één vinger en ze wordt meteen familiair.'

Ze zei het met een half lachje. Eva vatte het maar weer op als een teken dat ze wat ontdooide.

'Wanneer begin je officieel?' vroeg Mara.

'Overmorgen. Ik ben wat eerder gekomen om te acclimatiseren en wat rond te kunnen kijken.'

'Oké. Luister, ik zal je maar vast zeggen dat we naast deze shitzooi van Onopgeloste Zaken ook nog opgezadeld zitten met een ander drama.'

'Wat dan?'

'Als je wilt, laat ik het je rechtstreeks vertellen door degene die erover gaat.'

15

Hoofdbureau Cagliari

Eva Croce had genoeg dienstjaren achter de rug om een klinisch oog te hebben ontwikkeld voor de professionaliteit en toewijding van superieuren: door simpelweg een blik in hun kantoor te werpen kon ze de onverschilligheid of laksheid van een manager vaststellen. Gebaseerd op haar eigen ervaring behoorden de netste kamers meestal toe aan ongeïnteresseerde leidinggevenden die weinig contact hadden met hun ondergeschikten en zich vooral bezighielden met journalisten en televisie. In het omgekeerde geval weerspiegelden de slordigste kamers vaak een persoonlijkheid die eerder geneigd was betrokken te zijn bij het personeel. De kamer van commissaris Farci was vergelijkbaar met die van tientallen leidinggevenden voor wie Eva had gewerkt: er heerste een soort georganiseerde chaos. Maar uit de rij kladblokhouders met verslagen en de recentste dienstrapporten aan de muur, het whiteboard met verscheidene doorhalingen van diensten en vakanties van de rechercheurs, de vaantjes en wapenschilden die als presse-papier werden gebruikt op een met papierwerk overladen bureau – en niet om indruk te maken op bezoekers – uit al die bekers met koffieresten die op de onwaarschijnlijkste plaatsen waren achtergelaten en uit het feit dat hij nog steeds op kantoor was ook al was zijn dienst allang voorbij, kon Eva duidelijk afleiden dat Farci geen bureaucraat was, maar van zijn werk hield, zich er met passie aan wijdde en oog had voor zijn werknemers. Iets anders wat die indruk bevestigde was het feit dat hij haar meteen bij haar voornaam aansprak, wat niet vanzelfsprekend was voor managers. Net zoals een beetje gevoel voor humor niet standaard was, maar Farci beschikte daar in behoorlijke mate over, te oordelen naar een kleine poster aan de muur achter hem waarop stond: ALS JE HIER NIET BINNENKOMT MET EEN OPLOSSING, BETEKENT HET DAT JE DEEL UITMAAKT VAN HET PROBLEEM.

'Allereerst moet je weten dat Rais zich die vertrouwelijkheid met mij permitteert, overigens ongevraagd, omdat we een paar jaar als partners bij Georganiseerde Misdaad hebben samengewerkt en ze denkt dat we allebei nog steeds dezelfde rang hebben,' begon de commissaris nadat ze na het uitwisselen van de gebruikelijke beleefdheden waren gaan zitten. 'Ik kan maar niet in haar hoofd krijgen dat er rangorden en formaliteiten zijn die gerespecteerd moeten worden.'

'Het feit dat we partners waren betekent niet dat we het ooit gedaan hebben, hoor,' maakte Mara duidelijk. Ze lag languit op de bank die tegen de muur stond.

'Rais!'

Eva kon ternauwernood een lach onderdrukken.

'Dat had je wel gewild, hè?' vervolgde Mara, en ze knipoogde naar hem.

'Wil je dat ik je eruit gooi?' dreigde Farci. 'Hou eens op.'

De man draaide zich naar Eva. 'Ze is boos op me omdat zij hier had willen zitten,' legde hij uit. 'Je had meer moeten studeren, partner.'

'Probeer jij maar eens om voor een examen te leren met een klein kind en een man die Google Maps nodig heeft om in huis de weg te vinden,' zei Rais droog.

'Voor de goede orde bevestig ik dat haar ex-man een eikel is, en dat hij een aantal van ons alle hoeken van de rechtszaal heeft laten zien. Hij is advocaat... Hoe dan ook, niemand weet beter waarmee je te stellen hebt dan ik, Croce. Als je zin krijgt om haar neer te schieten, en geloof me, dat wil je heel graag, bel me dan maar. Dan neem ik haar een tijdje van je over.'

'Ik denk niet dat dat nodig is, commissaris,' zei Eva.

'Dat hopen we dan maar... Oké, ik heb gelezen dat je een uitstekende staat van dienst hebt. Je hebt verschillende onderscheidingen gekregen, veel cursussen gevolgd, je hebt in verschillende wereldsteden en in kleinere oorden gewerkt, en je bent nog erg jong. Gefeliciteerd. Het feit dat ze je hierheen hebben gebonjourd is geen goed teken, maar wat de reden van je aanwezigheid hier is kan me eerlijk gezegd geen bal schelen. Beschouw het als een nieuw begin.'

'Dank u, commissaris.'

'Bedank me maar niet. Ik heb dringend behoefte aan gekwalificeerd en professioneel personeel, dus jouw aanwezigheid komt me goed uit. Je hebt op verschillende plekken ervaring bij Onopgeloste Zaken opgedaan en dat is een pre voor ons. Zoals Rais zal kunnen uitleggen, beginnen we als hoofdbureau van politie nu pas met het opzetten van een afdeling Cold Cases. Cagliari is geen Milaan of Rome. Het is niet zo'n grote stad, en qua aantal moorden hebben we een vrij laag gemiddelde. De enige grote problemen die we hier hebben, hebben te maken met drugs. Het eiland is de afgelopen tijd een doorvoerroute geworden voor drugshandelaren en hun handelswaar, en daarom heeft het ministerie van Binnenlandse Zaken de afdeling Drugscriminaliteit versterkt. Ze willen de doorvoer afsnijden voordat het te laat is.'

'Oké.'

'Het team wordt geleid door een senior manager, bijgestaan door een adjunct. Ze komen allebei uit Calabrië en zijn gespecialiseerd in de strijd tegen de drugshandel. Om een lang verhaal kort te maken: vanuit het ministerie is genoeg gekwalificeerd personeel gestuurd, maar de inbeslagnemingen en arrestaties zijn niet wat ervan verwacht werd.'

'Vertaald: daarmee staat hun positie op het spel,' zei Mara.

'Kort gezegd zit het inderdaad zo,' gaf Farci toe.

'Ik kan me zo voorstellen dat dit betekent dat ze vanuit het ministerie druk uitoefenen om de statistieken te verbeteren, zodat ze de uitgaven voor leidinggevenden, overuren, afluisterkosten enzovoort kunnen rechtvaardigen.'

Farci knikte.

‘En omdat ze daar voorlopig met hun drugsoperaties niet in slagen, moet het gemiddeld aantal opgeloste moordzaken omhoog,’ ging Eva verder. ‘Gezien het feit dat het om een dunbevolkte provincie gaat, met een laag aantal moorden, is om de statistieken op te krikken neem ik aan besloten om toevlucht te nemen tot onopgeloste zaken, in de hoop oude moorden op te lossen met behulp van de forensische wetenschap en nieuwe technologieën.’

‘Je slaat de spijker op zijn kop, Croce,’ zei de commissaris, die zijn blik weer op de nieuwkomer richtte. ‘Uiteindelijk is het allemaal een kwestie van getallen: een echte kosten-batenanalyse, alsof het om een multinational gaat.’

‘En u bent degene die de balans sluitend moet krijgen.’

‘Precies. Ik ben hier meer een accountant dan een smeris. Officieel ben ik het hoofd van de afdeling Moordzaken, en terwijl die twee hoge piefen met hart en ziel aan inbeslagnemingen werken om hun functie veilig te stellen, moet ik mijn mensen ertoe bewegen om moordzaken op te lossen.’

‘We zullen ons best doen, dat verzeker ik u,’ zei Eva, mede namens haar collega.

Dat beviel Farci wel. Hij was bang geweest dat Croce met dat prachtige cv gewend was om in haar eentje te opereren, maar de woorden ‘We zullen ons best doen’ stelden hem gerust.

‘Buiten het feit dat je naaste collega een belabberd karakter heeft…’

‘Gaan we zo beginnen?’ vroeg Mara beledigd.

‘… is Rais een van de beste krachten van het team. Ze zit op dit moment in een wat lastige positie om redenen die… Ze zal het zelf uitleggen, als ze dat wil. Wat ik duidelijk wil maken, is dat ik aan jullie kant sta. Ik ontken niet dat de hoofdcommissaris, Carlo Del Greco…’

‘*Bellu arroghe merda*,’ fluisterde Mara.

‘Ik begrijp uit de toon dat dit geen blijk van achting is,’ zei Croce.

‘Dat heb je goed gegokt,’ antwoordde Farci. ‘Rais, hou op. Ik wilde zeggen dat de hoofdcommissaris niet echt een fan is van de afdeling Onopgeloste Zaken. We hebben het divisiehoofd echter aan onze kant, omdat zijn lot deels van ons afhangt... Van júllie, welteverstaan.'

'Welke jurisdictie hebben we, geografisch gezien?' vroeg Eva.

'Goeie vraag. We zullen samenwerken met het Openbaar Ministerie in Cagliari, dat ons de bevoegdheid zal geven voor alle zaken op het hele eiland. Ik weet dat dit wat weerstand zal oproepen, maar je kunt in de hele regio aan de slag met de hulp van de politiebureaus. Of lokale dependances. Dit is omdat...'

'Zo krijgen we meer zaken en de kans is groter dat we er een kunnen oplossen,' anticipeerde Eva.

'Ze hebben ons er in elk geval eentje gestuurd die bijdehand is. Binnen een maand neemt ze jouw plaats in, denk ik,' zei Rais tegen haar oude partner.

'Ik weet niet of het iets voor haar is. Maar goed, Croce, inderdaad, zo is het maar net. Lang zal het niet duren, want de andere hoofdsteden zullen binnenkort ook een afdeling Onopgeloste Zaken gaan opzetten, maar op dit moment heeft Cagliari dit strategische voordeel.'

'Mogen we alleen onze eigen zaken heropenen, dus die van de politie, of ook die van de Caramba?' vroeg Mara.

'Eindelijk iets intelligents uit jouw mond, Rais. Voor de goede orde: met de Caramba bedoelen we de carabinieri, Croce.'

'Oké.'

'Rais, dat hangt van de officier van justitie af. Jullie krijgen een hele reeks dossiers aangewezen vanuit Rome en in overleg met het parket beslissen jullie welke zaken de meeste kans hebben om te worden opgelost. Als de officier van justitie vindt dat wij als staatspolitie meer expertise of ervaring hebben voor een bepaalde zaak, dan maakt het niet uit wie het onderzoek heeft uitgevoerd. Het belangrijkste is dat het wordt afgerond. Als wij dat zijn, dan is dat beslist het beste.'

'Zeg, we krijgen op z'n minst een kantoor van jullie, toch?' vroeg Mara.

Er verscheen een wrede grijns op Farci's gezicht, zoals bij iemand die bij voorbaat geniet van een slechte grap. 'Min of meer,'

zei hij, terwijl hij een lade opentrok en er een sleutelbos uit nam.
'Wat bedoel je in godsnaam met "min of meer"?'
'Dat laat ik aan jullie over,' antwoordde hij, en hij stond op. 'Kom mee. Ik zal jullie je nieuwe "kantoor" laten zien.'

16

Archiefruimte van het rechercheteam, hoofdbureau Cagliari

Terwijl de chef Moordzaken hun voorging in een soort souterrain dat trilde door het doffe, sinistere gezoem van de neonverlichting, en ze zich een weg baanden tussen kartonnen dozen en stapels mappen door die overal op de grond lagen, ving Eva Croce achter haar alleen de laatste paar woorden van de scheldkanonnade van haar collega op, die eindigde met het raadselachtige – in elk geval voor haar – *'nne tzia rua…*

Mara was zo verstandig geweest om zachtjes te vloeken, buiten gehoorsafstand van Farci, die hen door het oude papierarchief van de afdeling Moordzaken leidde. Hier beneden leek het alsof de temperatuur minstens vijf, zes graden gedaald was. In de lucht hing een metalige geur van roest en een vochtige, bitterzoete walm, afkomstig van het oude papier.

'Heeft iemand van jullie last van astma?' vroeg de commissaris cynisch. Zijn voetstappen lieten afdrukken achter in het stof dat de zwart met bordeauxrood geblokte vloer bedekte.

Met de woorden '*'stizia ti coddiri…*' begon Rais opnieuw een onophoudelijke stroom van onbegrijpelijke verwensingen.

In het souterrain stonden rijen archiefkasten en rekken van twee meter hoog, waardoor de ruimte op een oude en vergeten ondergrondse bibliotheek leek.

De man bleef voor twee tegenover elkaar geplaatste bureaus staan. Twee lompe, antieke computers stonden op de werkbladen, waar zoveel dossiers en bundels opgestapeld lagen dat het leek of het hout gevaarlijk doorzakte.

'Dit is vast ook door de hoofdcommissaris bedacht,' zei Mara, terwijl ze ontsteld om zich heen keek.

'Eigenlijk wel,' gaf hij toe.

'Farci, echt waar, zeg dat dit een grap is,' smeekte Mara hem bijna.

'Helaas niet. Maar als je erover nadenkt is het vrij logisch: de afdeling Onopgeloste Zaken zal zich bezighouden met zeer oude zaken die dateren uit tijden waarin er nog geen digitale archieven waren. Jullie zullen door de schappen moeten gaan, op zoek naar dossiers die interessant voor jullie zijn. Slechts twintig procent van het archief is gedigitaliseerd en je moet beginnen met de recentste zaken, niet de oudste. Je bespaart jezelf nu tenminste de moeite om steeds heen en weer te lopen en honderden keren de trap te moeten nemen.'

'Kraam nou geen onzin uit, Giacomo. Die hufter speelt een smerig spelletje: hij probeert alles om me zover te krijgen dat ik de handdoek in de ring gooi en overplaatsing naar een andere locatie vraag. Zo is het en niet anders, iedereen weet wat een zakkenwasser hij is. Maar hoe past zíj in dit plaatje? Ze vraagt zich vast af of ze in Burundi is,' barstte Rais los. 'Zeg nou zelf, lijkt je dit echt een geschikte werkplek voor twee inspecteurs van het politiekorps?'

Eva kwam ter verdediging tussenbeide. 'Deze keer kan ik het alleen maar met haar eens zijn. In deze omstandigheden kun je niet werken, chef.'

'Dit zijn orders van bovenaf, dames. Ik kan er niets aan doen.'

De woorden van de man werden onderbroken door een beweging achter een van de metalen planken. Beide vrouwen deden een stap achteruit en zochten de vloer af met hun ogen, op zoek naar de oorzaak van het geluid.

'*Merdonasa!*' riep Rais hysterisch.

'Pardon?' vroeg Croce.

'Ratten! Ik wist het… Ik zweer bij God: als er een rat in mijn buurt komt, schiet ik hem neer, Farci. Ik zweer het op het hoofd van mijn dochter.'

Vanachter een grote archiefkast kwam een man van in de zestig tevoorschijn.

'Wees gerust, *sa sposa*. Vorige week is de rattenverdelger nog geweest,' zei Moreno Barrali en hij glimlachte naar haar. 'En de echte *merdonasa* zitten niet hier beneden, maar op de bovenste verdieping.'

17

Archiefruimte van het rechercheteam, hoofdbureau Cagliari

Het gezicht van Moreno Barrali zag er zo getekend en verweerd uit als een granieten rots die gevormd is door eeuwenlange onstuimige mistralwinden. In zijn gezicht, dat vermagerd was door de ziekte, stonden zeegroene ogen met een licht verwilderde blik. Hij had een gemiddelde lengte, gemillimeterd, staalgrijs haar en hij had een soort kruk om zijn evenwicht te bewaren en met meer vertrouwen te kunnen lopen. Met zijn ongedurige, rusteloze blik leek hij zich bijna te willen verzetten tegen het verraad van zijn lichaam, waarin hij zich ongemakkelijk leek te voelen, alsof hij erin gevangenzat.

‘Verdomme, Barrali! Je bezorgde me bijna een hartverzakking,’ riep Mara. ‘Waar kom jij in godsnaam vandaan?’

‘Er is een nooduitgang die rechtstreeks naar de straat leidt,’ zei Farci nadat iedereen aan elkaar was voorgesteld. ‘En dat is een van de redenen waarom ik me niet verzet heb tegen het bevel om jullie hierheen te sturen. Moreno kan naar believen komen en gaan zonder de hoofdingang te hoeven gebruiken en in het oog te springen. Veel collega’s zouden het niet goedkeuren, of in elk geval zou er over zijn “samenwerking” worden geroddeld, en dat wil ik voorkomen. Croce, Moreno is…’

Mara viel hem in de rede en zei: ‘Ik heb haar al het een en ander verteld. Ook heb ik tegen hem gezegd dat we bij het politiebureau langs zouden gaan, dat was ik even vergeten. Ik had me er alleen niet op voorbereid dat hij deze ninja-achtige introductie zou maken.’

'Hoe dan ook: Moreno is ons historisch geheugen en kan jullie een handje helpen bij het verzamelen van bewijsmateriaal en andere stukken in oude zaken,' ging Farci verder.

'Ja, ik ben de dinosaurus van het rechercheteam. Ze hebben me voor een tijdje hier naar beneden gestuurd, in "quarantaine",' zei Barrali. 'Ik weet in elk geval wel de weg hier, mocht het nodig zijn... Het is prettig met u kennis te maken, inspecteur.'

'Zeg gerust "je" tegen me. Het genoegen is wederzijds,' zei Eva.

Later zou ze vaak aan die eerste ontmoeting terugdenken, en het woord dat daarbij het vaakst door haar hoofd zou gaan was 'voorbestemd'. Vanaf het allereerste moment had die persoonlijke ontmoeting een soort verantwoordelijkheidsgevoel bij haar gewekt, bijna alsof hij een innerlijke last had overgedragen die hem te lang had gemarteld; een kwelling van herinneringen en pijn die voor haar was voorbestemd. Uit de manier waarop zijn ogen oplichtten op het moment dat ze hem de hand schudde, begreep Eva dat de oude inspecteur zich ook rechtstreeks emotioneel met haar verbonden voelde, alsof hij haar na een inspannende zoektocht herkende.

'Oké, laat dat ge-u maar achterwege, noem me gewoon Moreno.'

'More, condoleer haar maar, ze moet samenwerken met Rais,' zei Farci.

Mara slikte een krachtterm in.

'Zo heeft iedereen zijn eigen problemen,' zei Barrali glimlachend.

'En mijn probleem, dat zijn jullie en deze verdomde plek... Denk je dat we hier op z'n minst een koffiezetapparaat en een waterkoeler kunnen krijgen?' vroeg Mara aan Farci.

'Wil je ook een schoonmaker, een ober en een persoonlijke kok?' antwoordde de laatste.

'Dat zou inderdaad niet verkeerd zijn,' zei Rais met een boze glimlach.

'Schei toch uit... Croce, Moreno is voor mij en voor veel andere collega's een voorbeeld geweest. Hij heeft velen van ons het vak geleerd. Hij is een smeris van de oude stempel en wil ons nog niet verlaten. Ieder ander zou allang met pensioen zijn gegaan, maar hij heeft nog een rekening te vereffenen voordat hij ermee ophoudt, toch?'

'Zeker weten,' zei de agent bevestigend.

'Je hebt een ander accent dan zij,' merkte Eva op.

'Ja. Ik kom uit de omgeving van Nuoro, het hart van Sardinië.'

'Laten we nou niet overdrijven, hè: het hart van Sardinië,' zei Mara geërgerd. 'Let maar niet op hem.'

'Ik informeer je bij dezen dat wij Sardijnen erg chauvinistisch zijn. En "erg" is nog een understatement,' zei Farci. 'Hoe dan ook, de aanwezigheid van Croce is hier op dit moment informeel. Ze begint na het weekend. Moreno zal officieus met jullie samenwerken. Hij helpt met de oude zaken, maar ik wil graag dat die samenwerking, laten we zeggen, onder ons blijft. Ben ik duidelijk?'

Eva staarde hem wat bevreemd aan en haar leidinggevende bemerkte dat ze zich ongemakkelijk voelde.

'Ik ga mijn laatste sigaret roken en dan rond ik het hier af. Croce, loop je even met me mee? Dan laat ik je zien waar alles is,' zei Farci. Hij schudde Barrali de hand en zei dat ze elkaar gauw weer zouden zien.

Voordat ze met haar chef meeliep, zag Eva dat Moreno een dik dossier op zijn bureau legde. De titel die op de eerste pagina stond verontrustte haar: *Rituele misdaden, 1975-1986*.

Toen ze weer opkeek, zag ze dat Mara onmerkbaar knikte.

'We zullen hier op je wachten, Croce. Ik ga kijken of deze wrakken hier werken of dat we laptops van thuis moeten meenemen.'

'Tot zo,' zei Barrali.

Eva knikte en liep achter Farci aan. Haar gedachten bleven echter in de kelder, bij dat dossier, alsof ze er onder invloed van magnetische krachten naartoe werd getrokken, wat ze moeilijk op een rationele manier kon verklaren.

18

Piazza della Repubblica, rechtbank van Cagliari

Het was bijna eind oktober, maar het leek alsof de stad was gehuld in een late lente. Een warme wind verspreidde de zoetige geur van de jacaranda. Er stond geen wolkje aan de hemel.

'Dit is hier dus de zonsondergang. Kijk eens: het lijkt wel sinaasappelsap.'

'Dat is waar. Het licht in deze stad heeft iets magisch,' zei Eva, verrukt door de zachte avond. 'Het zonnige zuiden heeft altijd iets bijzonders, maar hier is het nog specialer.'

'Het eiland heeft misschien veel gebreken, maar het is een paradijs, geloof me. Zulk weer had je niet verwacht, hè?' vroeg Farci. Ze zaten op een kleine bank in het parkje voor het gerechtsgebouw.

'Nee, echt niet.'

'Die mazzel hebben we hier. Het is alsof je een zomer van acht maanden hebt: drie maanden lente en een korte herfst of winter, dat wisselt per jaar. Dit jaar lijkt het alsof de zomer geen afscheid wil nemen... Vind je het erg als ik rook?'

'Nee hoor, commissaris.'

Oké. Dus: dit is de rechtbank, en daar is het kantoor van de officier van justitie. Zoals je kunt zien zitten ze vlak bij ons. Dat bespaart tijd. Volgende week zal ik je in contact brengen met de officier van justitie die de procureur-generaal als verantwoordelijke voor de cold cases heeft aangesteld. Deze officier van justitie is jullie contactpersoon voor bevelschriften, machtigingen en verzoeken in verband met DNA-monsters en zo.'

‘Is hij een beetje coöperatief?’ vroeg Eva.

‘Zij. Ja, een slimme dame, ze is nauwkeurig en weet wat ze doet. Als we een paar onopgeloste zaken zouden kunnen afsluiten, profiteert zij daar ook van. Dus wees gerust, ze zal er alles aan doen om je werk eenvoudiger te maken... Luister, ik hoop dat de eerste kennismaking niet al te traumatisch is geweest. Rais kan lastig zijn, maar geloof me: ze is een geweldig mens en ze weet hoe ze een onderzoek moet leiden. Ze heeft alleen een klein probleempje met haar karakter. Ze lijkt altijd een *luna mala* te hebben, altijd slechtgehumeurd, maar het is vaak maar een houding.’

‘Kijk, afgezien van het probleem dat ik soms niet begrijp wat ze zegt en ik soms de indruk krijg dat ze een vreselijke marteling voor me aan het bedenken is, lijkt ze me een vrij aardige meid,’ zei Eva, waarmee ze hem een glimlach ontlokte. ‘Waarom zit ze bij Onopgeloste Zaken?’

‘Vanwege een aanvaring met de hoge piefen; ze had een conflict met de hoofdcommissaris. Ik laat het aan haar over om je erover in te lichten als ze dat zou willen. Wat ik je wel kan zeggen is dat ze van haar af wilden en dat degenen die haar hadden moeten steunen, haar collega’s, de gelegenheid hebben gebruikt om haar zwart te maken en aan de kant te zetten. Eén dame in het bijzonder heeft de situatie misbruikt om zelf hogerop te komen.’

‘Nogal een rotstreek dus.’

‘Zeg dat wel. Je kunt je dus wel voorstellen hoe enthousiast ze nu over het feit is dat ze een team moet vormen met een vrouw. Dit gedoe met de afdeling Onopgeloste Zaken is voor haar een heel onzekere situatie, tenzij...’

‘Tenzij we wat zaken kunnen oplossen,’ vulde Eva aan.

‘Precies. Mara weet dat dit de enige uitweg uit de tunnel is, dus ik denk niet dat ze het je lastig zal maken. Je moet de eerste paar weken gewoon even wat geduld met haar hebben, dan zal ze wel ontdooien, dat weet ik zeker. En jij?’

‘Hoe bedoelt u, ik?’

‘Zoals ik eerder al zei, iemand met jouw staat van dienst, hier in zo’n rustige, soms slapende regio, is zonde van het geld. Ik hoef niet precies te weten waarom je hiernaartoe bent gestuurd...’

'Weet u dat echt niet? Eén telefoontje zou voldoende zijn.'

'Dat doe ik niet, tenzij je er een zootje van maakt. Het enige wat ik wil weten is of je me in de problemen zult brengen. Ik zal daar eerlijk over zijn. Als je je aan de regels houdt en met wat resultaten komt, kan het mij niet schelen wat er in vorige teams en eerdere kampioenschappen allemaal is gebeurd.'

'Ik ben hier niet op zoek naar problemen, commissaris.'

'Geweldig. Als je me geen moeilijkheden wilt bezorgen, vergeet dan woorden als Milaan, Inter en, nog erger, Juventus, oké? Hier zijn we alleen voor Casteddu.'

Eva sperde haar ogen open, alsof ze het zojuist in Keulen had horen donderen. 'Nee! Meent u dat?'

'Ik ben serieuzer dan ooit.'

'Ik haat voetbal.'

'Niet meer. Je bent op Sardijns grondgebied, dus vanaf nu ben je voor Cagliari. Als je deze orders negeert, deel ik je elk weekend in en dwing ik je om een bidprentje van Luigi Riva in je handtas mee te nemen, *cumprendiu*?'

'Ik...'

'Ik neem je in de maling, Croce. Relax.'

Ze lachten allebei.

'Nou, nu we de voetbalzaken hebben doorgesproken, kunnen we naar Barrali gaan.'

19

De wijngaarden van de Ladu, Barbagia Superiore

Sardinië is niet slechts één eiland. Het is een archipel van vele kleine eilanden die niet gescheiden zijn door de zee, maar door stukken land. Sommige zijn zo klein dat het atollen zijn, maar elk eiland heeft zijn eigen identiteit, vaak zelfs met een andere taal en gewoonten. De grenzen die de afscheiding vormen zijn onzichtbaar voor het menselijk oog. Tenminste, voor wie er niet vandaan komt. Voor alle anderen zijn ze duidelijk waarneembaar, want ze zijn in vroegere tijden met bloed getrokken. Onschendbare grenzen die gerespecteerd moeten worden. Want op sommige plaatsen is de dood heiliger dan het leven.

De grenzen van de uitgestrekte gebieden van de Berg-Ladu waren bij iedereen in de omgeving bekend en niemand zou het in zijn hoofd halen om het territorium van dat *isoletta proibita* te betreden. Want er was in het verleden veel bloed vergoten om de *tancas* af te bakenen waar de Ladu zich als het ware als bannelingen hadden teruggetrokken. Daarbij omarmden ze een tijdelijke stilstand waaruit ze op geen enkele manier wilden ontsnappen, afgesloten van de moderne tijd en blind en doof voor de beloften ervan. In plaats daarvan leefden ze toegewijd, in volledige harmonie met de natuurlijke wereld en haar oerwetten.

De Ladu hadden nooit deelgenomen aan plattelandsfestivals, gemeenschapslunches of dorpsfeesten buiten hun territorium, maar dat betekende niet dat ze geen eigen tradities en feesten hadden, integendeel. Die van hen hadden echter niets religieus, dat wil zeggen: niet in katholieke zin. In plaats daarvan hielden ze heidense tradities in stand, die verbonden waren met de verering van het land en het brengen van offers door degenen die het bewerkten: oude gebruiken, overtuigingen en bijgeloof die bij hen op de velden bleven voortbestaan, en op de rest van het eiland niet.

Die nacht vierden de Ladu onder de sterrenhemel het einde van de oogst, dat de komst van de winter aankondigde. Een erg late oogst dat jaar vanwege de ernstige droogte die het eiland had geteisterd. Alle families waren naar buiten gegaan en zaten bij de wijngaarden. Het zoete aroma van de wijnstokken en de druivenmost in de frisse nachtlucht maakte plaats voor de geur van geroosterd vlees. Boven een bed van gloeiende houtskool van gedroogde wortels van steeneiken en mastiekbomen was de *gabbia* geplaatst, bestaande uit rijen verticaal opgestelde spiesen met daaraan een twaalftal speenvarkens en een aantal lammeren. Het gesis van de druipende vette zwoerden – wat ze het 'zingen' van de *proheddu* noemden – en het geknetter van de kolen vormden de achtergrondgeluiden van het geschreeuw van spelende kinderen die elkaar achternazaten tussen de rijen wijnstokken waar de druiven al af waren.

Een tiental mannen hield zwijgend de wacht bij de gloeiende kolen. Met hun stekelige baarden die hun een woest uiterlijk gaven, en met hun ogen die vertroebeld waren door de wijn die in grote hoeveelheden was geschonken, hadden ze urenlang over het vlees gewaakt, dat met de minuut bruiner werd. Af en toe voegden die geduldige mannen takjes mirto en *ginepro* toe, oftewel jeneverbes, om het vlees te aromatiseren. Of ze staken het blad van hun *resolza* in de schouders of billen van de biggen, dat ze daarna op hun handpalm legden; uit de temperatuur van het blad konden ze afleiden hoe gaar het vlees was. De kinderen mochten niet in de buurt van de biggenconstructie komen, maar ze mochten wel wat kaasjes en ricottaringetjes roosteren aan houten spiesen, die vervolgens in kurken bakjes dicht bij het vuur werden gelegd om ze warm te houden.

Omringd door een geamuseerd publiek daagden de jongsten elkaar op het erf uit voor een potje *s'istrumpa* boven op een baal hooi: een eeuwenoud vechtspel uit Barbagia waarin net als bij het Grieks-Romeinse worstelen met blote handen werd gevochten en waarin de Ladu, met hun reusachtige lichamen, uitblonken als ware natuurtalenten. Met stenen omringde kampvuren, fakkels en vlammende vuurpotten die over de binnenplaats verspreid waren verlichtten de omgeving. De meisjes liepen tussen de familieleden door met schalen van kurkachtige boomschors waarop hompen geitenkaas, stukken reuzel en *pane carasau* met plakken gezouten varkensspek lagen.

Vanuit de boerderij, waar het voorgerecht werd bereid, kwam het intense aroma van de ragout van wildzwijn om smaak te geven aan de pasta die door de oude vrouwen met de hand werd gerold: de heerlijke *maccarrones de busa*, typische pasta uit de streek. Ondanks de kou aten ze allemaal samen buiten bij het vuur, verwarmd door de *binu nieddu* met zijn hoge alcoholpercentage, de overvloed aan eten en de euforie door het gezellige samenzijn. Er stonden lange banken en gedekte tafels voor de hele clan, die bestond uit iets meer dan negentig mensen.

Bastianu keerde met een aantal neven en zijn oudste zoon Micheli terug uit de dichtbegroeide velden. Volgens de traditie hadden ze de vogelverschrikkers van het afgelopen seizoen verbrand en daarna samen over de kolen geplast. Zodra ze hem de *gabbia* zagen naderen, liep er een gezette moeke, gehuld in een omslagdoek, op hem af. Het was zijn tante Gonaria, die als een moeder voor hem was. 'Hij wil je zien,' was het enige wat ze zei voordat ze als een schim in het donker verdween.

Bastianu staarde een paar seconden lang naar zijn omvangrijke familie, feestend en gelukkig.

Dat in elk geval wel, dacht hij. *Na zoveel inspanning verdienen ze wel een beetje onbezorgdheid en gezelligheid.*

Het was een jaar geweest met weinig regen en er was eigenlijk niet veel te vieren. Maar juist om de verbondenheid van zijn volk te versterken en de tegenslagen van de natuur wat te vergeten, had Bastianu besloten het feest groots te vieren.

Hij riep Micheli en samen liepen ze door de dorre velden naar het huis van het familiehoofd: Benignu Ladu. De oude man zat alleen te eten. De ijle nachtlucht zou een beproeving zijn voor zijn oude broze botten.

'Mmm, de geur van een jonge huid. Ben jij dat, Micheli?' vroeg de oude man, terwijl hij zijn vork neerlegde en de grove wollen deken weer goed om zijn schouders trok. Het vlees van het biggetje was zo zacht dat het smolt op zijn tong, waardoor hij het zelfs met zijn tandeloze mond kon eten.

'Ja, ik ben het,' antwoordde de tiener.

'Fijn dat je hem hebt meegebracht, Bastianu. Micheli zal eerdaags jouw plaats innemen. Hij is een krachtige jongen.'

'Voel je je goed, *mannoi*?' vroeg Bastianu.

'Ja, ik zit vanaf hier van het feest te genieten... Alleen is er eigenlijk niets te vieren.'

'Dat weet ik, maar ik dacht dat...'

'Je doet het uitstekend, dat is niet wat ik wil zeggen. Je nicht, de vrouw van Jacu, is gisteren bevallen van een dood kind.'

'Dat heb ik gehoord.'

'*Signale malu este*,' zei de oude man. 'Het is al de tweede keer binnen een jaar tijd dat dit onze vrouwen overkomt. In onze gemeenschap zijn dit voortekenen des doods. Vooral na zo'n slecht jaar als het vorige. In mijn jeugd is er een grote hongersnood geweest, maar sindsdien heb ik niet één keer meer zo'n onvruchtbaar jaar meegemaakt. Ik heb al weken last van nare dromen. In die *vijones malas* zie ik onze velden in vlammen opgaan en werpt het vermagerde vee zichzelf met opzet in het vuur... Er waait een onheilspellende wind, Bastianu. Tijden van grote en verschrikkelijke droogte.'

'Wat heb je verder nog gezien?' vroeg zijn kleinzoon.

'Ik heb vrouwen om hun kinderen zien rouwen, onze huizen zien branden. Ik heb gezien dat de zonen zich tegen hun vaders keren... Denk je dat ik gek word?' vroeg de oude man.

'Helemaal niet, *mannoi*.'

Bastianu had veel respect voor zijn grootvader. Het was een *òmine praticu*, een man met de neus van een dier, en niet alleen voor aardse zaken. Integendeel. Hij zei dat hij zich door zijn ouderdom en blindheid steeds meer verbonden voelde met de spirituele wereld en de onzichtbare natuur om hem heen. Bijna alsof hij een *bidemortos* was, iemand die de zielen van de doden kon zien.

'We moeten de toorn der aarde tot bedaren brengen. Dat moet, omwille van onze familie.'

'Maak je geen zorgen, *mannoi*. Ik zal het doen.'

'Júllie zullen het doen. Ik wil dat Micheli ook meegaat.'

'Maar...'

'Als hij groot genoeg is om het zwijn te doden dat van jullie maaltijd vanavond een feestmaal heeft gemaakt, en hij de buik van een christen kan openrijten, is hij *mannu* genoeg om zijn familie te beschermen.'

'Natuurlijk.'

'Ga nu heen en drink ook voor mij.'

Buiten, op weg naar de wijngaarden, vroeg Micheli nieuwsgierig aan zijn vader: 'Wat moeten we doen van hem?'

'*Cosas de bestias*,' zei Bastianu alleen, maar de zin om te feesten was hem vergaan.

20

Het Sardijnse binnenland

Het was alsof ze in een nachtmerrie gevangenzat die maar niet wilde eindigen. Hoezeer ze het ook probeerde, haar lichaam reageerde niet op de prikkels die haar hersenen uitzonden. Een gevoel van totale machteloosheid, een geforceerde gevoelloosheid van ledematen en spieren: ze bevond zich in het ongewisse tussen leven en dood. Hoe meer ze probeerde om uit die angstige droom te ontwaken, hoe meer ze erin wegzonk.

Al haar zintuigen hadden haar verlaten. Allemaal, behalve één: haar reukzin. Zelfs in die toestand van vergetelheid, waarbij ze buiten haar wil was overgeleverd aan krachten, rook Dolores Murgia duidelijk vocht en schimmel, de bedompte lucht van aarde en natte takken. De geur overheerste de indringende geur van het bloed, dat gestold als een tweede huid aan haar vastplakte.

Ze concludeerde dat ze was ontvoerd en ergens in het bos was verstopt. Een paar uren geleden had ze de verlammende kou opgemerkt, en ook haar tintelende lippen, waarin barstjes kwamen door de uitdroging, het geritsel van de bladeren door de wind in de bomen en het geroep van nachtdieren verderop. Maar nu liet ook haar reukzin haar in de steek, net als haar gezichtsvermogen, haar gehoor, haar smaak en haar tastzin. Zelfs haar geheugen werd nu onbereikbaar: ze kon zich nauwelijks haar eigen naam herinneren. Verder niets. Bijna alsof ze van seconde tot seconde terugviel naar een dierlijke staat die alleen bestond uit sensaties en lichamelijke instincten. Dolores voelde dat ze wegzakte in een diepe bewusteloosheid.

Voordat die comateuze duisternis viel, kwam er een laatste gedachte in haar op. Een gedachte die werd opgeroepen door een duizelingwekkend gevoel van onontkoombaarheid en werd aangewakkerd door een laatste flits van bewustzijn: *Ze zullen me nooit vinden… Ik kan niet meer vluchten…*

Bevangen door die hartverscheurende zekerheid verzette Dolores zich niet langer tegen de aantrekkingskracht van de duisternis en gaf ze zich over aan het allesverslindende donker.

21

Het Dal van de Zielen, Barbagia Superiore

Als hij tot bezinning wilde komen, verliet Bastianu Ladu zijn kleine dorp en begaf zich in de ongerepte natuur van het dal onderaan de berghellingen waartegen de *tancas* en de huizen van zijn familie stonden. Urenlang liep hij helemaal alleen over de paden, begeleid door geroep van uilen en het getjilp van de vogels die door de wirwar van takken heen klonken. Hoe verder hij liep, hoe meer hij het gevoel kreeg dat hij terugging in de tijd; zelfs het landschap werd ruiger en primitiever, onherbergzamer.

Die ochtend beklom Bastianu behendig als een geit de natuurlijke trappen in de rotsen en klauterde naar een van de hoogste punten van Barbagia Superiore. Die werd *Sa Punta Manna* genoemd; een granieten knoest van meer dan duizend meter hoog vanwaar – op dagen dat de lucht helder en niet te vochtig was – de horizon zich uitstrekte over de wilde natuur met imposante rotspartijen, voorbij het Tirso-dal, de Montiferru, en dan tot aan het kobaltblauw van de Tyrreense Zee aan de ene kant en het diepblauw van de Sardijnse Zee aan de andere kant. Het was alsof hij zich op de grens van de twee zeeën bevond en het eiland het drijvende vlot was met alleen hem erop. Daarboven werden de gedachten ijler. Redeneringen veranderden in overpeinzingen. Het was niet ongewoon om steenarenden te zien die de lucht doorkliefden en boven de derde zee zweefden: die immense uitgestrektheid van groen die de koude Barbagia als een mantel bedekte. Tegelijkertijd kon je gemakkelijk een paar groepjes moeflons zien, of een gier, en als je geluk had een Sardijns hert. Wanneer dat zich aan iemand vertoonde, beschouwden de inwoners van de Barbagia dat als gunstig voorteken.

Daar op de top, bij zonsopgang, had Bastianu bijna het gevoel dat hij de hemel droeg, zijn hand vasthield en hem aanmoedigde een nieuwe dag te maken, een nieuwe zon. En dat deed hij zonder te spreken of een spier te vertrekken, alsof de schoonheid van de natuur fysiek respect verdiende, een bijna animistische eerbied. Het was een ritueel, zowel van sterven als van wedergeboorte. De wind verspreidde niet alleen een overvloed aan heerlijke geuren, maar zorgde bij het suizen door rotsspleten voor een symfonie van fluitende stenen. Alleen al door die geluiden van de rotsen wist Bastianu met zijn ogen dicht welk briesje er waaide, omdat elke luchtstroom een andere toonsoort voortbracht. Maar die ochtend was de lucht eigenaardig stil. De hele aarde leek te pulseren, als een levend wezen, en dat bracht een dof gerommel voort, als een hongerig beest.

De vorige avond, voordat hij zijn huis was binnengegaan, bereikte hem via een van zijn oudere tantes een bericht van zijn grootvader. De oude man was onverbiddelijk geweest: 'De baarmoeder van de aarde kan geen vruchten dragen als er niet wordt gezaaid. De bloei is het kind van de opoffering.'

'Nee, dat is niet nodig. Ik heb al bepaald wie het moet betalen,' had Bastianu tegengeworpen.

De tante, die samen met zijn grootvader de bewaarder was van de eeuwenoude tradities, was onvermurwbaar geweest en had het slachtoffer aangewezen.

'Nee,' had Bastianu koppig geantwoord. 'Jullie kunnen hem niet vragen dit te doen. Niet met haar.'

'Een offer moet pijn doen, moet het hart laten bloeden. De aarde voedt zich met het lijden.'

Woorden zo heftig als zweepslagen, zo keihard en spits als de bergen, waar niks tegen in te brengen was.

'Maar...'

'Het kan niet anders. De grond heeft dorst en honger... Doe wat je te doen staat, Bastianu.'

Die zinnen bleven maar door zijn hoofd gaan.

Bastianu keek naar de ongerepte dalen die zich uitstrekten zover het oog reikte. Ze ontwaakten in het ochtendgloren. Maar die vredigheid was bedrieglijk. De Ladu noemden dit gebied het Dal van de Zielen, omdat het al sinds de prehistorie als begraafplaats werd gebruikt. Volgens sommigen stamden die eerste sporen van leven en van menselijke aanwezigheid op deze hoogten uit de neolithische periode van zo'n vierduizend jaar voor Christus. Anderen spraken echter zelfs van het paleolithicum. Welk tijdperk ook het juiste was, Bastianu was er zeker van dat zich in die bergen vele grotten en kloven bevonden waar zijn voorouders hadden gewoond, die er hun dierbaren hadden begraven. Hij was ervan overtuigd dat de dood niet iets definitiefs was, maar gewoon een overgang naar een ander spiritueel leven. Dat wist hij zo zeker omdat hij was opgegroeid met het verkennen van die grotten en het aanraken van de *sinnos*, de tekenen van die oude beschaving.

Soms stelde Bastianu zich voor dat een van zijn voorouders, net als hijzelf, op die bergrug had gezeten om naar het gezang van de rotsen te luisteren, maar dan zes- of zevenduizend jaar eerder. Na het stenen tijdperk hadden deze bergen de Nuraghen opgevangen en onderdak gegeven. Ze waren afkomstig uit de Campidanovlakte en op de vlucht voor de Carthagers, en later voor de Romeinen, de Byzantijnen, enzovoort, voor een bijna eindeloze reeks van veroveraars. Geen enkele indringer was erin geslaagd om tot op deze hoogten door te dringen en het koninkrijk van Barbagia en zijn inwoners gezag in te boezemen. Niemand. Het was alsof die afgelegen, voorouderlijke, ontoegankelijke gebieden werden beschermd door een god van de bossen. Een goddelijke natuur die de spot dreef met hun vijanden, maar die in ruil daarvoor offers en absolute loyaliteit eiste.

Bastianu sloot zijn ogen. Het leek alsof hij de ongrijpbare aanwezigheid van de eeuwenoude zielen van zijn voorouders overal om zich heen voelde.

'Wie ben jij om je tegen de aarde te verzetten?' leken de *antigos 'spiritos* hem te vragen.

'Niemand,' fluisterde hij.

En dus liet Bastianu Ladu zich bij de eerste zonnestralen door de geesten van zijn voorouders overhalen om de oerwil van de natuur te volgen.

22

De baai van Mari Pintau, Geremeas, de wijk Sant'Elena

Ze had de aantrekkingskracht van de zee gevoeld, onweerstaanbaar als een stem die je vanbinnen toefluistert, betoverend en zoet. Kort voor zonsopgang had Eva Croce haar appartement verlaten en was ze de stad uit gereden, klaar om de stranden van het eiland te verkennen. Na nog geen twintig kilometer op de kustweg in de richting van Villasimius had het glinsterende water onderaan de heuvel haar in verrukking gebracht. Ze kon niet anders dan stoppen, de auto parkeren en afdalen naar de baai die Mari Pintau heette, oftewel de geschilderde zee, aldus de informatie die ze met haar telefoon op internet had opgezocht.

'Dit kan niet waar zijn,' fluisterde ze vol verwondering tegen zichzelf, terwijl ze het slingerpaadje naar het strand beneden afliep. Het was alsof de grond van de met struiken bedekte heuvel rijp uitwasemde en de aroma's van het struikgewas in de lucht verspreidde: een extract dat, aangewakkerd door de sprankelende geur van de zee, steeds frisser werd.

Ze stond voor het intenste en helderste blauw dat ze ooit had gezien. Een kleur die vanuit de zee de hemel omarmde, alsof ze een en dezelfde waren: een lust voor het oog en een balsem voor de ziel. Het eerste stuk van de zeebodem van lichtgekleurde granieten kiezels maakte na een paar meter plaats voor het fijnste zand, zo wit als meel, waarop het zonlicht weerkaatste en het smaragdgroene water een onnatuurlijke helderheid kreeg. Merkwaardig genoeg nam ze de uitgestrektheid en het natuurwonder meer met haar reukzin waar dan met haar gezichtsvermogen.

Haar neus werd gevuld met een bedwelmend parfum dat naar oneindigheid rook; de sensaties die het opwekte konden niet in woorden worden gevat.

Eva ging op het kiezelstrand zitten en verloor zichzelf in de rustgevende kleuren van de zee, ademloos door de schoonheid ervan.

Na een paar minuten bedacht ze dat sinds de aankomst op het eiland de klank van de pijn minder schel was geworden. In de afgelopen jaren weerklonk het pijnlijke gevoel voortdurend door haar heen, zozeer dat ze alle bewegingen, ritmewisselingen, solo's, pauzes en de herhalingen van de compositie uit haar hoofd had geleerd. Het was iets wat haar nooit verliet. Zodra ze voet had gezet op dit voorouderlijke land, omringd door de zee, was het lied van de pijn zachter geworden, alsof de natuur het voor haar had opgenomen en het smoorde met haar eigen melodie.

De vorige nacht had ze, net als in de nachten die op die ene vervloekte dag waren gevolgd, haar pc aangezet en op Netflix een Disney-tekenfilm afgespeeld: *Finding Nemo*. Dat ritueel had geen geluid, want dat zette Eva onmiddellijk uit: de dialogen, de geluiden, het gelach van de personages; ze hoorde alles luid en duidelijk omdat ze ze uit haar hoofd kende. Zo had ze in Milaan een jaar doorgebracht: ze creëerde thuis een tegennatuurlijke nacht en keek de ene na de andere Disney-tekenfilm met het geluid uit, waarmee ze zichzelf kwelde met herinneringen. Ze verliet het appartement bijna niet, nam de telefoon niet aan en deed niet open. Een ceremonie van persoonlijke pijn, waar verder niemand van op de hoogte was. Pocahontas, Mulan, Dory en alle anderen verloren in haar volwassen ogen hun kinderlijke, positieve en wonderlijke karakter en namen de contouren aan van verschrikkelijke monsters. Dat was de boetedoening die ze had gekozen: leuke fictieve personages die alleen voor haar tot meedogenloze gevangenbewaarders en tirannen werden, terwijl haar bank veranderde in een vlot dat langzaam en onverbiddelijk de stroom der vergetelheid overstak. Elke nacht weer.

De vorige avond had ze haar computer echter na een paar minuten uitgezet. Dat was nooit eerder gebeurd. Het was alsof haar geest niet met de herinneringen hoefde te worstelen voordat ze in slaap kon komen, alsof iets anders de gedachten had gesust, de tonen had afgezwakt totdat ze stil werden. Ze had haar ogen dichtgedaan en had vredig en droomloos geslapen, zoals ze al heel lang niet meer had gedaan.

Is het eenmalig of ben ik aan het genezen? vroeg ze zich af. Ze wist het niet, maar ze had het gevoel dat ze eindelijk wakker werd uit die zelfgecreëerde coma: Mara, Barrali en Farci waren de eersten met wie ze in jaren had gesproken en tegenover wie ze zich had opengesteld. Ze wist dat het nog te vroeg was om het te kunnen zeggen, maar ze had het gevoel dat ze op de goede weg was om zichzelf terug te vinden, haar eigen identiteit die ze in die onnatuurlijke nachten had verdrongen.

'Is dat jouw verdienste?' vroeg ze aan het eiland, terwijl ze om zich heen keek met een spottende glimlach om haar lippen. De stem van de branding was onverstaanbaar.

Ze haalde een map uit haar tas, die ze op haar schoot legde en opende. Hij bevatte dossiers, foto's en materiaal over het onderzoek naar de rituele moorden in 1975 en 1986.

'Wat was jouw indruk van Barrali?' had haar partner de vorige avond aan haar gevraagd.

'Volgens mij is hij best intelligent en moeten we hem een kans geven,' had Eva geantwoord. 'Hij maakt op mij de indruk van iemand die een lange tijd alleen heeft moeten worstelen en op het punt staat om het op te geven. Hij heeft hulp nodig.'

Mara Rais had geknikt en haar het dossier overhandigd. 'Oké. Ik weet niet waarom, maar ik ben het met je eens. Lees het niet 's avonds, want dan val je niet meer in slaap. Maar kijk er wel even naar. Als jij expert bent op het gebied van rituele moorden, is dit net iets voor jou. Daarna praten we er eens rustig over,' was haar advies.

Eva vond het bijna heiligschennis om die doos van Pandora op deze paradijselijke plek te openen, maar haar nieuwsgierigheid won het van haar weerstand. Nadat ze een paar minuten had gelezen en het materiaal had bestudeerd, kwam ze tot het akelige besef dat ze niet langer kon afgaan op eerdere ervaringen, want dit was een geheel onbekende wereld voor haar waarvan ze de geschiedenis, symboliek en tradities absoluut niet kende.

Op dat moment begon haar telefoon te trillen.

'Ja?' antwoordde ze.

'Met mij,' zei Mara. 'Bel ik je wakker?'

'Nee, ik ben al een tijdje op. Je kunt zeker gedachten lezen, want ik was net de dossiers aan het bekijken,' zei Eva.

'O ja? Jij wilt zeker je zin in een ontbijt bederven?'

'Hou maar op. Kijk, ik durf het bijna niet te zeggen, maar ik voel me bepaald niet de expert; ik begrijp er namelijk geen klap van. Wat zijn dat voor dingen? Maskers van de *Mamuthones*?'

'Je kraamt onzin uit. Als ze je in Mamoiada horen, dan *schironano* ze je. Ze lijken er wat op, maar nee, ze zijn eerder vergelijkbaar met de carnavalsmaskers in Ottana.'

'Aha, hartelijk dank, het is me nu allemaal veel duidelijker,' zei Eva spottend.

'Waar ben je, Croce? Ik hoor water.'

'Aan zee. Het heet hier Mari Pintau. Een stukje paradijs.'

'Aan zee? Mooi, je bent een beetje aan het zonnebaden. Dat is fijn, want ik wil je niet beledigen, maar van jouw lijkbleke kleur, iets tussen groenig en wit, word ik een beetje akelig. Je komt dan wel van de afdeling Moordzaken, maar je hebt je wat mij betreft wat te veel ingeleefd in je rol. Je hebt als Milanese al een achterstand en als je dan ook nog...'

'Rot op, Rais. Kom ter zake, alsjeblieft. Of bel je alleen om me te beledigen?'

'Helaas voor jou niet. Barrali heeft ons uitgenodigd voor de lunch.'

'Vandaag?'

'Nee, over twee maanden. Ja, vandaag natuurlijk. Of had je andere plannen?'

Eva was niet alert genoeg om een uitvlucht te verzinnen.

'Ik merk dat jij er ook niet om staat te springen. Maar als ik je wat objectief advies mag geven, laten we dan maar gaan, zodat we dit meteen kunnen tackelen. Dan is Farci blij en kunnen we daarna aan ons werk gaan en Barrali afstrepen.'

'Ik weet niet wat ik moet zeggen. Ik ben niet gewend aan dit soort...'

'Je went er wel aan. Ik zie je om één uur bij zijn huis. Je hoeft niets mee te nemen, ik zorg voor de wijn. Ik stuur de locatie via WhatsApp; hij woont trouwens erg dicht bij de plek waar je nu bent. Nu hang ik op, want ik moet een zonnedouche voor je gaan boeken.'

'Val dood.'

'Val jij maar dood, Croce. Tot straks.'

Eva schudde haar hoofd en ging verder met de dossiers bestuderen. Het duurde maar een paar seconden voordat de wrede beelden de glimlach om haar mond lieten verdwijnen.

23

De heuvels van Capitana, de wijk Sant'Elena

Eva Croce hoefde maar te luisteren naar de uitleg over de symboliek en geschiedenis achter wat zij zou hebben beschreven als een eenvoudige smalle ravioli om te begrijpen hoezeer het eiland was doordrenkt met gebruiken, bijgeloof en eeuwenoude overtuigingen die zelfs de culinaire tradities hadden beïnvloed.

'Dit is de culinaire specialiteit uit Ogliastra, de regio waar ik vandaan kom,' zei Grazia Loy, Barrali's vrouw, terwijl ze een dampende schaal neerzette. 'Het zijn huisgemaakte *culurgiònis all'ogliastrina* met schapenragout, vers basilicum, crème van pecorinokaas en truffel uit de omgeving van Laconi.'

'Een licht gerecht, een absolute aanrader voor iemand die op dieet is,' merkte Mara Rais spottend op.

Grazia ging verder alsof ze haar niet had gehoord: 'Op de rest van het eiland worden ze ook wel *angiulottus* genoemd, oftewel agnolotti. Er zit aardappelpuree in, knoflook, munt, en binnenin zit pecorino. Sommige mensen brengen ze op smaak met rasp van sinaasappel- of citroenschillen. Ik doe het met basilicum en een paar druppels truffelolie.'

'Ze hebben een vreemde vorm, heel bijzonder, het lijkt op een...' begon Eva.

'Dat is precies wat er bijzonder aan is. Het wordt *a spighitta* genoemd, van *spiga* dus, een graansoort. Want daar doet het je aan denken, aan een korenaar. Je moet ze dichtmaken als een kostbaar borduurwerk en erop letten dat ze de typische druppelvorm krijgen.'

‘Waarom een korenaar? Staat die ergens voor?’

‘Het is een soort ritueel: in de oudheid moest het in de gemeenschappen van boeren en herders voor een goed oogstjaar zorgen. Ze aten het vooral in het najaar en de winter. Het werd als feestelijk beschouwd, want het was niet een standaard- maar een luxegerecht,’ legde Grazia uit. ‘In sommige gebieden worden ze zelfs gedroogd en gebruikt als amulet tegen de *animas malas*, zoals mijn man ze zou noemen.’

‘*Bonu prangiu a tottus*, eet smakelijk,’ zei Rais. ‘Tjonge, dit is echt niks voor veganisten.’

De vier barstten in lachen uit en begonnen te eten.

‘Ze werden ook wel als geluksbrengers geschonken aan familie en vrienden,’ vervolgde Grazia. ‘In het dorp waar ik vandaan kom worden ze volgens de traditie alleen bereid als feestmaal na de tarweoogst en in november ter gelegenheid van *sa dì de is mortus*, zoals ze het in het dialect van mijn dorp zeggen. Met Allerzielen dus, om de doden te eren.’

De drie agenten wisselden een snelle blik van verstandhouding. Croce en Rais realiseerden zich dat Barrali’s vrouw wellicht niet op de hoogte was van het onderzoek van haar man, of misschien was het onderzoek juist zo diep doorgedrongen in hun dagelijks leven dat ze er geen aandacht meer aan schonk.

‘Dat vierde mijn oma vroeger ook,’ zei Rais. ‘Op de gedekte tafel zette ze altijd een bordje neer voor de *animas*.’

Toen Barrali de verbaasde blik van de Milanese zag, schoot hij te hulp: ‘Op Sardinië zijn dodenverering en eerbied voor hun zielen, of ze nou *bonas* of *malas* zijn, goed of slecht, zo oud als de tijd. Bedenk dat sinds het Nuraghen-tijdperk op het eiland wordt geloofd dat de dood niet het einde van het leven betekent, maar alleen van het leven zoals wij dat kennen.’

‘Dat begrijp ik niet helemaal…’

‘Wel eten, hoor, het wordt koud,’ zei Grazia. Ze was een vriendelijke en zorgzame vrouw. Uit al haar poriën straalde een moederlijke lieflijkheid, maar tegelijkertijd had ze dezelfde provocerende houding als Mara; ze maakte dan ook meteen van de gelegenheid gebruik om Eva wat te plagen. ‘Of kunnen jullie in Milaan niet luisteren en eten tegelijk?'

'Heel goed, ja,' zei Rais met een knipoog naar Grazia.

'Twee tegen één, hè. Lekker solidair met andere vrouwen zijn jullie. Maar ik geef me wel over, oké?' zei Eva terwijl ze haar handen omhoogstak. 'Ga maar verder, Moreno.'

'Ik zei dus dat de dood nooit werd beschouwd als iets definitiefs, maar gewoon als een onvermijdelijke overgang naar een ander spiritueel leven. Men heeft altijd geloofd dat de zielen van de overledenen, of ze het nou wilden of niet, een leven voortzetten dat vergelijkbaar was met het vorige, maar in een dimensie die je als parallel zou kunnen omschrijven...'

'Een beetje zoals de Kelten,' zei Eva.

'Precies.'

'Ah, ik had het nog niet verteld, maar Croce is half Iers,' zei Mara.

Eva knikte.

'Ik heb alleen geen enkel idee waar jullie op doelen,' bekende Mara. 'Sorry, maar ik had een twee voor geschiedenis.'

'Samhain, het Keltische nieuwjaarsfeest, is een oud heidens festival waarin het einde van de zomer werd gevierd en waarmee het nieuwe landbouwjaar werd ingeluid,' legde Eva uit.

'Dat klopt,' bevestigde Barrali. 'Het heeft veel overeenkomsten met de Sardijnse traditie.'

Mara bleef hen verbijsterd aanstaren. 'Dus?'

'De Kelten verdeelden het zonnejaar in twee perioden: die van bevruchting en bloei, Beltane genaamd, en die waarin de natuur stilligt en een rustperiode houdt, de Samhain. Men geloofde dat in de nachten waarin de twee perioden werden ingeluid het rijk van het licht en dat van de duisternis zich konden verenigen, waardoor de zielen van de overledenen werden bevrijd en konden terugkeren naar de aarde,' verduidelijkte Eva.

'Het belangrijkste feest op de landbouwkalender was echter de zogenoemde nacht van Samhain, wat later Halloween werd. De nacht van alle doden en van alle zielen, voor ons *sa die de sos mortos*, wat tussen eind oktober en de eerste dagen van november ter ere van de laatste oogst gevierd werd,' voegde Barrali eraan toe.

'Weet je dat je het vast heel goed zou doen als tv-historicus?' zei Mara plagerig. 'Alleen de spijkerblouse ontbreekt nog en je bent er helemaal klaar voor.'

De man reageerde niet op de plagerijen. Het ging allemaal over een bord *culurgiònis*, maar Croce had het gevoel dat de inspecteur al bezig was om haar de rituele context van de onopgeloste moordzaak te beschrijven.

'Op Sardinië wordt het feest al vele honderden jaren gevierd en het heeft veel dezelfde kenmerken; alleen de naam is anders: *is animeddas* of *su Prugadoriu*, "de kleine zieltjes" of "het vagevuur". Anderen noemen het eenvoudigweg "de nacht van de zielen". En in veel dorpen, zelfs in verschillende gebieden op het eiland, is het gebruikelijk om bij het naar bed gaan een gedekte tafel te laten staan voor de geesten van de doden, die speciaal in die nacht zouden kunnen terugkeren om hun oude woning te bezoeken.'

'Waanzinnig. Bedankt voor de uitleg,' zei Eva tegen Moreno.

'Graag gedaan. Vind je het lekker?'

'Het is een enkele reis naar het paradijs. Complimenten, Grazia.'

De vrouw lachte. U tegen haar zeggen was niet mogelijk geweest: toen ze zich bij de deur aan elkaar hadden voorgesteld, had Barrali's vrouw Eva op de wangen gekust alsof ze een dochter was die na een lang verblijf in het buitenland terugkeerde, waardoor ze zich meteen thuis voelde. Hun huis, een rustieke villa met een grote open haard in het midden van de woonkamer waar een aangename warmte vanaf kwam, was omringd door een aantal olijfbomen en lag tussen de met populieren, tamarisken en eucalyptusbomen bedekte heuvels die uitstaken boven een gebied dat Capitana heette. Het uitzicht was een lust voor het oog: je kon de zee zien, een kleine haven, en in de verte de kronkelige contouren van Poetto en van Sella del Diavolo. Een lichte wind had de paar wolken die aan de lucht stonden weggevoerd, waardoor het helderder was geworden.

Moreno stond op om te kijken of het vlees dat op het gasstel pruttelde al gaar was en Mara maakte van de gelegenheid gebruik om zachtjes aan Grazia te vragen: 'Eet je man niks?'

'Heel weinig. Voornamelijk gekookte groenten. Door de chemo is zijn spijsverteringskanaal van streek; het veroorzaakt soms bloedingen en soms moet hij overgeven. Inmiddels heeft hij zijn smaak en zijn eetlust verloren.'

'Maar niet de lust voor gezelligheid,' zei hij vanaf de andere kant van de kamer, waardoor ze bloosde.

'Verdomd, horen kan hij dus ook nog,' merkte Rais op.

De man keerde glimlachend terug. '*Sa morte non jughet ojos*, helaas. De dood heeft geen ogen. Hij maakt geen onderscheid. Niks aan te doen. Maar het feit dat jullie nu hier zijn... Jullie hebben geen idee hoe belangrijk dat voor me is.'

De twee rechercheurs wisselden een bezorgde blik; beiden waren bang voor de last die de man hun oplegde. Ze voelden zich niet opgewassen tegen de verwachtingen van de inspecteur.

Moreno knikte echter bij zichzelf. Voor het eerst sinds jaren was hij tevreden. In de wetenschap dat hij eindelijk de juiste mensen had gevonden om het stokje aan over te dragen, voelde hij zich voor het eerst sinds jaren opgelucht.

24

Politiebureau Carbonia, Zuid-Sardinië

Op verzoek van de burgemeester van Tratalias en zijn collega's van Carbonia, Giba, San Giovanni Suergiu en de andere dorpen in de omgeving, was de nationale reddingsbrigade al sinds de vroege namiddag van de vorige dag non-stop aan het werk om de politie, de vrijwilligers van de burgerbescherming en de carabinieri te ondersteunen die onafgebroken in de bergen en op het platteland van Sulcis aan het zoeken waren naar Dolores Murgia, het meisje dat nu sinds vier dagen verdwenen was. In het gebied was een mobiel coördinatiecentrum opgezet en van daaruit werden de teams van technici aangestuurd, die waren begonnen om de omgeving uit te kammen en daarbij gebruikmaakten van de hulp van herders en vrijwilligers uit de streek. Van Dolores echter geen spoor. Iemand had naar de kranten het nieuws gelekt – dat niet klopte – dat de agenten ervan overtuigd waren nu op zoek te zijn naar een lichaam, en dat had de druk op de onderzoeksleiders en de spanning enorm verhoogd.

Commissaris Maurizio Nieddu, de leidinggevende van het politiebureau van Carbonia, had de hele nacht niet geslapen om de zoekactiviteiten naar de tweeëntwintigjarige te kunnen coördineren. Volgens hem was het allemaal tijdverspilling: het meisje had de naam een rebel te zijn en het dorp waar ze vandaan kwam, Tratalias, was te klein voor haar. Vier dagen waren veel te kort om aan iets ernstigs of aan een dramatische afloop van de verdwijning te denken, en hij dacht zelf dat ze was weggelopen met een vriendje of eenvoudigweg vanwege een ruzie met vrienden of familieleden.

Maar Adele Mazzotta, de officier van justitie die de leiding had genomen over de aangifte van vermissing, had steun nodig van de pers en wilde in de schijnwerpers staan vanwege onenigheid binnen het Openbaar Ministerie, en dus liet ze haar stem horen, eiste een grootschalige zoekactie en gaf aan één stuk door interviews. Waarschijnlijk was zij zelf het lek.

Wat een gezeik, dacht de man. Hij had zich van Cagliari naar Carbonia laten overplaatsen om de laatste twee jaar voor zijn pensionering in alle rust te kunnen doorbrengen. En nu werd er in dit gat waar nooit iets gebeurde een meisje vermist en maakten ze bij het parket van de situatie gebruik om te laten zien wat ze waard waren, waardoor hij naar de voorgrond werd geschoven.

'Maar zeg nou zelf...' fluisterde hij, terwijl hij zijn kantoor weer binnenkwam. 'Paola!' riep hij vervolgens.

De hoofdassistent Paola Erriu, een slimme meid van nog geen veertig, liep met een tablet en een dossier onder haar arm zijn kantoor binnen. 'Nog niks?' vroeg ze aan haar baas.

'Helemaal niks... Ze zijn *in casiné pompu* in heel Sulcis aan het zoeken. Het is alleen maar een grote verspilling van tijd en geld. Volgens mij is ze gewoon weggelopen, er even tussenuit voor bezinning of om de spanningen van thuis te ontlopen. En met haar familie, ik zweer het je, zou me dat niets verbazen.'

De vrouw trok beide wenkbrauwen op; ze had Dolores' familieleden uitgebreid ondervraagd en ze was het helemaal met haar baas eens.

'Nog nieuws van de centrale?' vroeg Maurizio.

'Er hebben een paar idioten gebeld die zeggen dat Dolores ontvoerd is door aliens.'

'Dat lijkt mij nou ook. Hoe kunnen we dat gemist hebben? Hebben ze al gevraagd om losgeld?'

De vrouw glimlachte.

'Ben je, afgezien van deze flauwekul, intussen nog iets te weten gekomen?' vroeg Nieddu, terwijl hij ondanks het rookverbod een Marlboro opstak. Hij had zijn assistent aan het werk gezet om het verleden, de vriendenkring en de gangen van het meisje na te gaan: 'Graaf en spit in haar priveleven,' had hij haar opgedragen, zich terdege bewust van de nauwgezetheid en onderzoeksdiscipline van zijn leerling.

'Nou,' begon Paola. 'Wat betreft haar vriendinnen is er niks te melden. Wat school betreft kan ik het volgende bevestigen: na de middelbare school heeft ze een paar jaar aan de universiteit gestudeerd, antropologie om precies te zijn. Ze is heel enthousiast begonnen, maar na een stuk of tien examens is ze ermee gestopt.'

'En wat relaties betreft?'

'Geen vaste vriend. Soms een scharrel. Afgelopen zomer had ze een vriendje, toen ze in een kiosk op het strand in Porto Pino werkte. Verder niets. Research van haar sociale netwerk laat een doorsneedorpsmeisje zien dat met alles en iedereen overhoopligt, en prikkelbaar en opstandig is.'

'Wat doet ze verder, afgezien van de vakantiebaantjes?'

'Zoals bekend heeft ze geen strafblad en is ze nooit als drugsgebruiker geregistreerd, maar ik heb haar vrienden eens aan de tand gevoeld en die gaven toe dat ze regelmatig drugs gebruiken.'

'Wiet en chemicaliën, of sterker spul?'

'Ze zeggen dat ze het bij pillen houden.'

'Oké, ga verder.'

'Wat interessant is, is dat de oorzaak van haar verdwijning waarschijnlijk iets anders is.'

'Ga verder, Paola,' drong de man aan, en hij klapte in zijn handen. 'Het is geen aflevering van *Vermist*. *Ajò*, ik wil zo naar huis.'

Paola lachte en opende het dossier. 'Het lijkt erop dat Dolores al een paar maanden rondhangt bij de zogenoemde neo-Nuraghen...'

'Wie?'

'De neo-Nuraghen. Dat zijn aanbidders van wat ze de Nuraxia noemen, een pseudoreligie. Die malloten geloven dat je op de nuraghi in verbinding staat met de sterren en andere planeten, en ze wachten op het moment dat die natuurlijke "radars" weer actief zijn.'

De man glimlachte smalend. 'Je neemt me in de maling zeker?'

'Nee, commissaris. Het zal niet Gods gratie krijgen, maar die lui geloven in een soort van "tijdscyclus waar alle tijden naast elkaar bestaan en alles terugkomt"', zei de vrouw terwijl ze haar aantekeningen bekeek. 'Ze geloven in energetische en helende krachten van nuraghi, menhirs en alle andere megalithische sites waar ze voor therapeutische redenen in groepen naartoe gaan. Ze worden begeleid door een goeroe: Roberto Melis, vijftig jaar oud, die zich kleedt als een sjamaan en de nuraghi als "de poorten tot de zielen" beschouwt.' De agent pakte een foto uit het dossier en gaf hem aan haar baas.

'Is de sekteleider een soort Charles Manson maar dan een Sardijnse versie?' vroeg Nieddu, nadat hij zijn leesbril had opgezet.

'Dat is hem. Hij is een van de belangrijkste aanhangers van het neopaganisme in het land.'

'Strafblad?'

'Kleinigheden: kleine drugsdelicten, ongeveer vijftien jaar geleden. Verschillende aangiften van handtastelijkheden en verkrachting, maar die zijn allemaal geseponeerd. Ik ben nu bezig om te weten te komen... Op dit moment heeft hij problemen met de toezichthouder archeologie, maar ook daarover moet ik nog gedetailleerdere informatie verzamelen.'

'Eh,' bromde de commissaris. 'Ga maar verder.'

'Hij zegt letterlijk dat "de nuraghi in een andere tijd antennes waren die interstellaire en multidimensionale communicatie mogelijk maakten en zorgden voor energiedoorgifte aan andere bestaansniveaus". Met zijn hulp en via een – niet lachen – multidimensionale trance, biedt hij de mogelijkheid om "je individuele verbindingen met die kennis en beschaving te herstellen door in contact te komen met de geesten van de Nuraghen-voorouders".'

'Zeg dat het niet waar is...' zei Nieddu vol ongeloof, terwijl hij zijn hoofd schudde.

'Helaas, het is wel waar. Het trieste is dat er veel mensen achter hem aan lopen, vooral ernstig zieken die ervan overtuigd zijn dat ze door boven op de graven van de reuzen te slapen, of door dolmen en *perdas fittas* te omarmen, kunnen genezen van tumoren, leukemie en andere ernstige aandoeningen.'

'Waarom loopt hij nog vrij rond?'

'Ik denk omdat hij zich op het randje beweegt van wat is toegestaan.'

'Niemand die hem met zijn leugens eens belachelijk wil maken?'

'Velen, om eerlijk te zijn. Maar wanhopige mensen geloven de vreemdste dingen. Melis beweert dat hij de krachten van de Sardijnse megalithische complexen heeft onderzocht en bestudeerd, en dat hij er een aantal heeft ontdekt die nog onbekend waren, maar in het bijzonder stelt hij dat hij zich bewust is geworden van "energetische trillingen" die de menhirs afgeven.'

'Jezus christus...'

'De Nuraxia is een sjamanistische manier om in contact te komen met die energetische dimensie. Dit proces wordt veel eenvoudiger als, zo lees ik op zijn website...'

'Want natuurlijk heeft hij zijn eigen website...'

'... "men megalithische plekken bezoekt met het benodigde respect, in de wetenschap dat het levende wezens zijn, met een bewustzijn, en niet slechts levenloze stenen, ruïnes, hoe indrukwekkend en betoverend ook."'

'En die "multidimensionale trance" die hij voorstelt, waar bestaat die uit?' vroeg de commissaris vol afkeer, terwijl in zijn hoofd de meest dramatische contouren van de verdwijning elke seconde meer vervaagden ten gunste van een cultisch scenario.

'Ik heb geen idee, maar ik neem aan seks, orgies en drugs. Lekker cliché dus.'

De commissaris blies zijn adem uit en trommelde met zijn vingers op het bureau, terwijl hij overwoog wat de volgende stappen moesten zijn. 'Wat voor aanhang heeft hij? Over hoeveel mensen praten we?'

Als antwoord liet Paola Erriu hem een foto zien: ongeveer tachtig mensen stonden rond een nuraghe en hielden elkaars handen vast, waardoor ze een enorme kring vormden.

'Shit,' mompelde de leidinggevende. 'Ik had liever het spoor van de buitenaardse wezens gevolgd.'

'Er zijn mensen die van het vasteland speciaal hiernaartoe komen om zich aan te sluiten bij hem en de neo-Nuraghen.'

‘Daar ontbrak het nog aan… Oké. Laten we de zoekacties staken. Zeg tegen de anderen dat ze naar huis kunnen gaan. Bazuin het gedoe over die sekte nog niet rond. Als dit in de krant komt, zitten we in de shit. Ik bel de officier van justitie… Die Melis, heeft hij een woning, of woont hij met zijn Nuraghen-geesten in een grot?’

‘Ja, ik heb zijn woonadres, maar ik betwijfel of hij daar gezellig op ons zit te wachten,’ antwoordde de vrouw.

‘We moeten op z’n minst een poging wagen. Over tien minuten gaan we.’

25

Località Capitana, de wijk Sant'Elena

Eva, Mara en Moreno genoten van de zon en nipten van hun koffie onder de pergola, vanwaar je uitzicht had over de wilde olijfbomen en een fanatiek door Grazia onderhouden rozentuin. De uit Ogliastra afkomstige vrouw deed binnen de afwas. De twee rechercheurs hadden aangeboden te helpen, maar ze had hen bijna naar buiten geschopt, alsof hun voorstel een belediging was.

Eva wilde iets zeggen, maar Rais was haar voor.

'Moreno, we hebben het dossier gelezen. Allebei. Ik heb het gisteren ook aan Croce gegeven.'

Barrali staarde naar Eva, die instemmend knikte.

Voor het eerst bespeurde Eva een volstrekt serieuze toon bij haar collega. Ze stond op en deed het raam dicht, alsof dat wat ze ging zeggen buiten moest blijven.

'Wat denken jullie ervan?' vroeg de man.

'We zullen eerlijk zijn,' zei Rais. 'We hebben geen enkel idee wat we kunnen doen. Zoiets hebben we allebei nog nooit gezien.'

'Des te beter. Jullie hebben een frisse blik, terwijl ik er veel te lang aan heb besteed, tientallen jaren. Ik moet bekennen dat ik niet objectief meer ben.'

'Ik denk dat Rais bedoelt dat het ons helemaal aan specifieke expertise ontbreekt. Bij beide misdaden is duidelijk een nauwkeurig ritueel gevolgd; de cultische iconografie ontgaat vooral mij helemaal.'

'Daarom ben ik er. Ik onderzoek deze doden al veertig jaar, dames. Ik heb gesproken met experts, professoren, antropologen en archeologen. Ik heb zoveel materiaal verzameld dat... Ik denk helemaal niet dat het een zaak is die buiten jullie capaciteiten valt, integendeel. Ik zal jullie alle gegevens verstrekken die ik heb verzameld en zal jullie met wat dan ook bijstaan.'

De twee rechercheurs wisselden een verbaasde blik.

'Luister, Moreno. Waarom beginnen we niet bij het begin en probeer jij ons te vertellen hoe het allemaal begon?' vroeg Mara.

Barrali stond op en legde een hand op een van de steunbalken van de met klimop begroeide houten pergola. 'Oké,' zei hij na een paar seconden, terwijl hij zich naar de twee rechercheurs draaide. 'Maar eerst heb ik iets sterks nodig. Het is al veertig jaar geleden, maar ik krijg nog steeds de rillingen van dit verhaal.'

26

Località Capitana, de wijk Sant'Elena

'De eerste keer dat ik met de zaak te maken kreeg was op 3 november 1975, de dag nadat ze het eerste meisje hadden gevonden. Ik was drieëntwintig; eigenlijk nog een kind dus. Ik werkte bij het politiebureau in Nuoro. In die tijd waren er niet veel plaatselijke politieagenten; het ministerie had als beleid om politieagenten ver van huis te stationeren, vooral die uit het zuiden. Ik was een van de weinige geluksvogels die thuis konden blijven.'

Moreno nam even pauze om een slokje grappa te nemen. Hij bood de fles aan de vrouwen aan, maar beiden weigerden.

'De zaak werd officieel geopend door de carabinieri. Ze waren erbij gehaald door een paar herders in de omgeving. Het slachtoffer was gevonden bij de heilige bron Su Tempiesu, op het platteland van Orune, in Nuoro, in het binnenland van Sardinië, een cultische plek uit het Nuraghen-tijdperk.'

De Milanese opende het dossier en knikte terwijl ze de kaart van het eiland bekeek.

'Net voorbij de begraafplaats van Orune sloeg je een weg in die destijds nog niet volledig verhard was en na ongeveer vijf kilometer kwam je bij de heilige tempel. Deze was gewijd aan de verering van het water en stamde uit de bronstijd, iets meer dan drieduizend jaar geleden… De carabinieri waren allemaal, stuk voor stuk, *continentales*. Nou heb ik niks tegen die mensen, maar ik kan jullie vertellen dat ze niet bepaald uitblonken in hun onderzoeksvaardigheden.'

De vrouwen glimlachten.

'Ze waren ongetwijfeld voor straf naar Orune in Barbagia gestuurd of om van ze af te zijn. Hoe dan ook, vanaf het eerste moment dat ze iemand ondervroegen, hadden ze wel in de gaten dat ze iemand uit Barbagia als tolk nodig hadden, bij voorkeur iemand in uniform, want anders liepen ze het risico dat de dorpelingen hen voor de gek zouden houden. Ze belden het politiebureau en mijn toenmalige baas, die mij overigens meer als herdersknecht dan als agent behandelde, maar dat terzijde, stuurde mij om voor de *carabineris* aan de slag te gaan.'

'Mooi lullig,' merkte Mara op.

'Zo heb ik het in eerste instantie niet ervaren, geloof me. Het was mijn eerste moord en het eerste vrouwelijke lijk dat ik in mijn leven had gezien. Gelet op de onderzoeksmethode van de carabinieri denk ik dat het voor hen ook de eerste moord was, hoewel ze zichzelf de crème de la crème onder de onderzoekers vonden. Maar ik wist meteen waarmee ik te maken had, omdat ik hoorde dat ze de bron een drinkplaats voor paarden noemden.'

Eva glimlachte. Ze had gelezen dat Su Tempiesu een monument was dat enig was in zijn soort: het enige overblijfsel op het eiland dat met een bovengrondse structuur de heilige bron overdekte. Bovendien was het een van de belangrijkste en meest intacte overblijfselen van de Nuraghen-beschaving. De heilige bron was tegen een leistenen muur aangelegd waar de Nuraghen-architecten het bronwater naartoe hadden geleid. De tempel met de bron van ongeveer zes meter hoog was eeuwenlang verborgen gebleven door een aardverschuiving.

Het is ongelooflijk hoe ze destijds op zo'n afgelegen plek in staat zijn geweest om een dergelijk bouwwerk te realiseren, dacht de rechercheur toen ze de foto's van de archeologische site bekeek.

'Maarschalk Cantarutti is een jaar of tien geleden gestorven. Destijds was hij net als commandant aangesteld,' vervolgde Barrali. 'Vanaf het begin af aan deed hij de hele zaak af als het resultaat van een onenigheid tussen herders vanwege een vrouw of hooguit om een of andere *tanca*. Ze hebben het meisje bij de ingang van de tempel gevonden. Haar lichaam was bedekt met ongeschoren schapenvachten, op haar rug was met een mes een figuur gesneden in de vorm van een *pintadera*, en ze had een masker op dat op een *carazza 'e boe* van het carnaval in Ottana leek. Verder was ze naakt en waren haar handen met ijzerdraad achter haar rug gebonden. Ze zat voorovergebogen, alsof ze aan het bidden was. Net buiten de tempel vonden we sporen van een brand of een paar vuren. De grond was zwartgeblakerd en het rook er naar as.'

'Wat is een *pintadera*?' vroeg Eva.

'Archeologen en antropologen zijn het er vrijwel over eens dat het een ronde terracotta plaat met een bas-reliëf was, die gebruikt werd om brooddeeg te versieren: een soort merkstempel dus. Ze werden gebruikt als een stempel die geometrische figuren indrukte, voornamelijk stralenkransen of spiralen. Ook díé stammen uit de bronstijd.'

Barrali pakte een pen, tekende iets op een papieren zakdoekje en liet het aan de vrouwen zien.

'Kijk. De figuur die we op het slachtoffer aantroffen was iets anders dan de gangbare. Het ontwerp benadrukte meer de radiale vorm. Jaren later bedacht ik dat het eerder de *Arroda de Tempu* voorstelde, het wiel van de tijd, een soort maankalender van de Nuraghen, wellicht geïnspireerd door de verering van de Moedergodin. Het is een soort magische maankalender die volgens sommige geleerden vergelijkbaar is met de Keltische.'

Eva knikte en vroeg: 'Wat zeiden de carabinieri erover?'

Barrali lachte. 'Dat de moordenaar of moordenaars, waarschijnlijk herders, het slachtoffer hadden gebrandmerkt om de tegenstander te schande te maken. Behalve op de rug van het meisje zat dezelfde *pintadera* ook in het midden van het masker: daar waar op het masker uit Ottana de zonnerozet zit, had die van het slachtoffer deze specifieke zonne- of maanmarkering. Het uit perenhout gesneden dierenmasker, dat op een stier leek, om precies te zijn, was duidelijk met vakmanschap gemaakt.'

'Heb je geprobeerd om ze, voor wat hun theorie betreft, van het tegendeel te overtuigen?' vroeg Mara.

'Nee, dat heb ik niet eens geprobeerd. Ze hadden dat soort maskers nog nooit eerder gezien en wisten niks over de tradities en cultuur van de plek. Ze hadden vooral haast om de zaak zo spoedig mogelijk af te ronden en de eerste de beste verdachte op te sluiten. Bovendien was ik echt de onderste op de ladder, moet je weten. Ik was er alleen naartoe gestuurd als taalbemiddelaar en ze behandelden me als een soort slaaf.' Hij zweeg even en lachte in zichzelf. 'Sorry, maar ik moest denken aan een zin die ik gelezen heb in een boek van Bustianu Satta, een groot dichter en advocaat uit Nuoro. Er staat dat "Sardinië het hondenhok van Rome is". Nou, bij de *carabineris* die van het vasteland waren gekomen en die ik met "u" aansprak, voelde ik me destijds net een hond die goed kon apporteren.'

'Getuigen?' vroeg Rais.

'Helemaal niemand,' antwoordde Barrali. 'Niemand had iets gehoord of gezien in de nacht van *sa die de sos mortos*.'

'Officieren van justitie, rechters?' vroeg Rais.

'De rechtbank in Nuoro lag destijds stil omdat veel rechters en officieren van justitie die op het eiland werkten zich ziek hadden gemeld in afwachting van hun aanvraag om naar het vasteland te worden overgeplaatst. Dat was omdat bandieten en ontvoerders het op hen hadden gemunt en hen bedreigden. De medewerkers stonden onder druk in die tijd... De kantoren van het Openbaar Ministerie, en dat in Nuoro was geen uitzondering, moesten duizenden dossiers behandelen. Bij de opsporingsdiensten die meestal van beperkte of middelgrote omvang waren en die werden bijgestaan door officieren van justitie in opleiding, was het voor ons, de politie, soms lastig om iemand te vinden met wie we over een onderzoek konden praten...'

'Dat is dan niet veel veranderd,' merkte Rais op. 'En dan heb ik het niet alleen over Nuoro.'

'Tja. Het was sowieso een zware tijd, mede door het terrorisme en het stijgende aantal ontvoeringen. Het was eigenlijk de stellingname van de officier van justitie die aanvankelijk het onderzoek op zich nam. Hij stelde dat het meisje was ontvoerd en dat de familie het losgeld niet wilde of kon betalen. Om een boodschap aan de boerengemeenschap in het gebied af te geven, zouden de ontvoerders haar vervolgens op zo'n barbaarse manier vermoord hebben.'

'Waarom zei je "aanvankelijk"?' vroeg Eva.

'Omdat Giuttari een week later werd overgeplaatst, naar Milaan, zijn stad. Drie maanden later heeft de Rode Brigade hem vermoord.'

'Shit... Werd hij vervangen?'

'Niet meteen. Zijn positie was een paar weken vacant. De carabinieri gingen op eigen houtje door. Onderzoek met *cudda manera...*'

'Wat bedoel je?' vroeg Eva.

'Met de Franse slag,' vertaalde Rais. 'Ga verder, Moreno.'

'De verhoren zijn grotendeels door mij gedaan. Maar de lokale bevolking wilde niet praten. Het waren allemaal goede mensen, hoor. Maar je moet begrijpen, Croce, dat iedereen met een uniform, Sardijns of niet, niet graag gezien werd in Barbagia. Het is altijd een gebied geweest dat heel gesloten was en met niemand wilde praten, ook niet met mij, vooral omdat ik gelet op mijn leeftijd geen enkel gezag had.'

'Het echte probleem was iets anders, toch?' zei Croce.

De man knikte ernstig. 'Zeker. De identiteit van het slachtoffer. Het was onmogelijk om erachter te komen wie ze was. Niemand was naar haar op zoek, niemand had haar als vermist opgegeven en niemand in het dorp of in de naburige dorpen herkende haar.'

'Hoe kan dat nou?' vroeg Eva. 'Hoeveel inwoners had Orune?'

'Nog geen vijfduizend.'

'En niemand van hen had het meisje ooit gezien? Hoe kun je dat verklaren?'

'Geen idee. Ik vraag het me al eenenveertig jaar af en ik heb nog steeds geen plausibel antwoord gevonden. Ik kan je verzekeren dat we het gebied hebben uitgekamd en iedereen het gezicht van de jonge vrouw hebben laten zien. *Nudda.* Een journalist uit Nuoro heeft een stuk geschreven, compleet met foto's en al, en heeft daarin op ons verzoek een oproep gedaan waarin ze iedereen die het meisje herkende uitnodigde om zich te melden. Niemand meldde zich.'

'*Bellu casinu...*' merkte Rais op.

'Zeker weten. Vooral op bestuurlijk en administratief niveau was het een puinhoop, hou maar op... Het krantenartikel had niet het gewenste effect, sterker nog, het had zijn weerslag op Cantarutti, die de adem in zijn nek voelde van zijn superieuren op het provinciale hoofdkantoor van Nuoro. Ze zetten hem onder druk om de zaak te sluiten zonder zoals gebruikelijk een modderfiguur te slaan nu hij door een stelletje herders voor de gek werd gehouden.'

'Ik heb bijna medelijden met hem, de arme man,' zei Mara.

'Daar vergis je je in. De maarschalk was een *unu fizz'e bagassa*: als reactie verrichtte hij arrestaties onder de herders en de boeren uit de omgeving en sloot hij er een stuk of tien op, alleen op verdenkingen, zonder enkel bewijs. Hij koos de lelijkste boeventronies, en dat was dan de basis van zijn onderzoek.'

'Maar dat is misbruik van...'

'Die dingen gebeurden in die gebieden voortdurend, Croce,' zei Rais. 'Niet dan?'

'Helaas wel,' gaf Barrali toe. 'Het waren de jaren van het Wilde Westen. De vooruitgang, de economische groei en de revoluties van de jaren zestig waren niet verder gekomen dan de hellingen van de Gennargentu. Met alle respect, maar het leek erop dat de klok in dat gebied niet normaal liep, het was alsof die was stilgezet.'

'Dus?'

'Dus: tien mensen in de bak, een slachtoffer zonder naam, geen getuigen, een raadselachtig ritueel, en Cantarutti's strategie die bestond uit afwachten tot een van de tien het zat was om in de bak te zitten en iemand zou verlinken zodat hij de zaak met een mooie bekentenis zou kunnen afsluiten.'

'Eh, sorry, en de mensen in de omgeving?' vroeg Eva vol ongeloof.

'Voor hen was het alsof er niets gebeurd was,' zei Moreno. 'Barbagia is een eiland binnen een eiland, Eva. Een koninkrijk op zich, met eigen wetten die ze geërfd hebben van hun voorouders, en gedragingen en gewoonten die anders zijn dan in welk ander Sardijns gebied dan ook. Mensen die zich niet graag met zaken bemoeien die hen niet persoonlijk aangaan.'

'Maar dan... moesten jullie ze laten gaan, toch?' vroeg Eva, terwijl ze het dossier doorbladerde.

'Ja, en dat is nog een extra mysterie in deze nare geschiedenis... Drie weken na de ontdekking van het lijk werd de kazerne van de carabinieri die het onderzoek uitvoerden in brand gestoken.'

'Niet,' zei Mara.

'Het werd opgeëist door een groep zogenaamd plaatselijke terroristen die destijds acties uitvoerden tegen de toenemende militarisering van Sardinië. De kazernes van het leger en de carabinieri waren hun voornaamste doelen.'

'En wat was de reactie van die vechtersbaas van een Cantarutti?' vroeg de Milanese.

'Hij stelde de gevangenen op vrije voeten, ging met ziekteverlof en sloot zich thuis op totdat hij een aantal maanden later werd overgeplaatst naar de door hem geliefde regio Friuli op het vasteland. Hij was ervan overtuigd dat het *balentes* uit de omgeving waren geweest die hem de willekeurige arrestaties van de herders betaald wilden zetten.'

'Best plausibel, toch?' zei Rais.

'Mogelijk, ja. Het vervelende is dat het kazernearchief en de bewijsopslag in rook zijn opgegaan. Van het materiaal dat op de plaats delict in Su Tempiesu is gevonden, was niets meer over dan een handjevol as.'

'Shit... Denk jij dat er misschien een verband zou kunnen zijn tussen de moord en de brand?' vroeg Rais.

'Ik weet het niet... Dat is nooit aangetoond. Laten we zeggen dat de vernietiging van het fysieke bewijsmateriaal en het feit dat het lijk niet kon worden geïdentificeerd eraan hebben bijgedragen dat de zaak werd gearchiveerd,' legde de inspecteur uit. 'Na de brand deden de inwoners van Orune niet eens hun deuren meer voor ons open, uit angst dat zelfs een praatje met de uniformen voor problemen kon zorgen met de bandieten of met wie het dan ook was die de kazerne in brand had gestoken.'

'En jij, wat dacht jij ervan? Denk je dat ze wisten wie het meisje was?' vroeg Rais.

'Misschien heb ik het mis, maar mijn gevoel zei altijd van niet.'

'Dus het zou iemand van buiten hun gemeenschap kunnen zijn geweest.'

'Ik weet het niet, Croce. Ik herhaal: ik weet het niet zeker, maar iets zegt me dat dat het geval was. Het meisje kwam daar niet vandaan.'

'Waarom werd ze dan toch op die manier vermoord?'

'Dat is de grote vraag, Rais,' zei Barrali. 'Ik was een jongen van drieëntwintig zonder enige ervaring, en Cantarutti en de anderen gedroegen zich niet alleen alsof ze er niet waren, maar ze maakten er ook een steeds grotere rommel van, waardoor ze de toch al gesloten gemeenschap tegen zich in het harnas joegen. Bovendien hadden de medewerkers van het parket noch iemand anders ooit om het meisje gegeven. Iedereen had andere dingen aan zijn hoofd.'

'Vingerafdrukken?' vroeg Eva.

'Er waren zoveel vingerafdrukken van de carabinieri en degenen die haar hadden gevonden dat we er gek van werden. De paar die we niet met een van hen in verband konden brengen leidden tot niets. We namen natuurlijk ook vingerafdrukken van het meisje, maar ook dat leverde niks op.'

'Wat heeft het autopsieonderzoek opgeleverd?' vroeg Eva.

'Het meisje was achttien of negentien jaar. De doodsoorzaak was leegbloeden door een diepe snee in de halsslagader. Haar keel was doorgesneden met een mes van ten minste tien centimeter. Een keurige snee, professioneel.'

'En ik kan me voorstellen dat het de stelling ondersteunde van onze Friuli-liefhebber, namelijk dat het een herder was geweest,' zei Rais. 'Iemand die gewend is om geitjes en varkens te slachten.'

'Precies.'

'Was de ingang van de tempel primair of secundair de plek van het delict?' vroeg Rais.

'Primair. De gerechtsarts heeft uit het bloed op de stenen afgeleid dat het meisje ter plekke was vermoord, rond middernacht.'

'Ze is dus niet verplaatst... Was het volgens jou het werk van één persoon of van meerdere?' vroeg Eva.

'Ik heb altijd gedacht dat het om één persoon ging. Het was een vrij afgelegen plek, dus de dader kon alles rustig in scène zetten, *crime scene staging* zoals de criminologen tegenwoordig zeggen. De moordenaar kon alle tijd nemen die hij nodig had.'

'En het symbool op haar rug?' vervolgde Rais.

'Post mortem,' zei Barrali.

'Dus het slachtoffer is niet gemarteld en de moordenaar heeft dus niet zijn woede op haar gekoeld,' leidde Croce af.

'Uit de bevindingen van de gerechtsarts bleek van niet. Het misdrijf was zonder meer beestachtig, maar bijna geheel zonder sadistische elementen.'

'Tekenen van seksueel geweld?'

'Nee. Het meisje was maagd... De enige tekenen van fysieke dwang waren de striemen om haar polsen. Waarschijnlijk hadden ze haar in eerste instantie met henneptouw vastgebonden en later met ijzerdraad. Uit de autopsie kwam verder niets naar voren.'

'Toxicologische onderzoeken?' vroeg Rais.

'Door de administratieve puinhoop en vertragingen bij het laboratorium kregen we het rapport pas meer dan een maand later. Om eerlijk te zijn was ik bang dat de uitslagen niet eens de onze waren. Hoe dan ook, de bloedmonsters waren schoon: ze was niet gedrogeerd of vergiftigd.'

Eva en Mara wisselden een ongeruste blik: werken bij Onopgeloste Zaken betekende in de meerderheid van de gevallen dat je te maken had met zaken die moeilijk op te lossen waren vanwege het tijdsverloop, het verdwijnen van getuigen en onderzoeksleiders – overleden in de loop van de jaren – en het vergaan van fysiek bewijs. Het lastige aan deze specifieke moordzaak was het summiere onderzoek dat was gedaan, om maar eens een eufemisme te gebruiken, en een reeks van mysteries die in een periode van tientallen jaren alleen maar verder waren toegenomen. Je kon er dan ook niet van uitgaan dat je je bij het oplossen van de zaak volledig kon verlaten op de forensische wetenschap.

'Wat deed jij toen de zaak werd gearchiveerd?' vroeg Eva.

'Ik heb geprobeerd om te lobbyen en te vragen om een aanvullend onderzoek.'

'Is dat toegekend?'

Moreno Barrali glimlachte bitter en schudde zijn hoofd. 'Nee, maar vanwege het feit dat ik het lef had om mijn leidinggevende suggesties te geven over hoe hij zijn werk moest doen, werd ik voor straf overgeplaatst naar Cagliari.'

Er viel een sombere stilte tussen de drie collega's.

'Dus nog even voor de duidelijkheid: het onderzoek is stopgezet, jij bent naar Cagliari verbannen, iedereen waste zijn handen in onschuld en de psychopaat die haar vermoordde bleef op vrije voeten?' zei Rais sceptisch.

'Degene die haar heeft vermoord is of was geen psychopaat,' zei Eva.

'Sorry?'

'Denk na: wat is het klassieke profiel van een psychopaat?' vroeg Eva aan haar collega voordat ze zelf het antwoord al gaf. 'Zo iemand is manipulatief, zoekt aandacht, is narcistisch, is een pathologische leugenaar, is ijdel, gewetenloos, heeft geen empathie, verveelt zich snel, is charmant, intuïtief, wordt boosaardig bij tegenwerking, is impulsief en heeft een roofzuchtig instinct...'

'Tjonge, je bent zo ongeveer mijn ex aan het beschrijven,' zei Rais om de spanning wat te doorbreken.

'Grapjas... Uit het plaatje dat Moreno heeft geschetst, en uit de sporen die op de plaats delict zijn aangetroffen, leid ik geen feiten af die duiden op het werk van iemand met zo'n soort persoonlijkheid,' zei Croce. 'Hier hebben we beslist te maken met een moordenaar die georganiseerd, koelbloedig en berekenend is, maar met een persoonlijkheid die praktisch geheel losstaat van de moord. De dader voert een nauwkeurig bepaald ritueel uit, waar diegene zich fanatiek aan houdt. Sterker nog, tenzij het een andere betekenis heeft, is het feit dat de dader een mantel over het slachtoffer heen heeft gelegd bijna een teken van empathie, van medeleven met het meisje. Een teken van menselijkheid die een psychopaat totaal vreemd is, toch?'

'Ik ben het met Eva eens,' zei Barrali. 'De dader is beslist een beest *de sàmbene frittu*, koelbloedig, maar ik denk niet dat diegene wordt gedreven door een roofzuchtig instinct of seksuele driften.'

'We weten hoe de dader heeft gemoord, maar niet waarom, en de motivatie kan alleen worden achterhaald door de totemistische aspecten van het ritueel dat is uitgevoerd te ontcijferen,' ging Eva verder.

'In gewonemensentaal?' zei Rais, geïrriteerd door de professionele toon van haar collega.

'Om zo'n moordenaar te kunnen vangen, hoef je niet te begrijpen hoe zo iemand denkt, maar moet je ontdekken waarin die persoon gelooft... Jij hebt de zaak toch heel lang bestudeerd, Moreno?'

'Zeker weten.'

'Wat betekenen dat masker, de *pintadera* en het religieuze element dat wordt vertegenwoordigd door de Nuraghische brontempel?'

Moreno werd bevangen door het duizelingwekkende gevoel dat er geen ontkomen meer aan was: hij wist dat de twee rechercheurs op de drempel stonden. Nog één stap verder en ze zouden er tot over hun oren in zitten, net zoals met hem was gebeurd. Op dit moment konden ze zichzelf nog redden en hij voelde een enorme verantwoordelijkheid. 'Willen jullie hier echt mee doorgaan?' vroeg hij daarom.

Ze knikten beiden, terwijl ze overliepen van nieuwsgierigheid.

'Oké,' zei Barrali. 'Maar dat wil ik niet hier bespreken. Grazia heeft me gevraagd om deze akelige geschiedenis buiten de muren van ons huis te houden... Laten we de auto pakken, dan rijden we een paar kilometer verderop naar een plek waar we in alle rust over de zaak kunnen praten.'

De twee vrouwen wisselden een verbaasde blik, maar besloten met hem mee te gaan.

27

Località Is Mortorius, de wijk Sant'Elena

Zodra Barrali hen had binnengelaten in zijn 'studeerkamer', zoals hij het zelf noemde, begreep Eva Croce waarom Grazia hem had verboden om al het materiaal mee naar huis te nemen: het was bloedstollend.

Vanuit Capitana hadden de drie met Mara's auto via de provinciale weg nummer 17 in de richting van Villasimius in een paar minuten het plaatsje Is Mortorius bereikt.

'Is Mortorius... En nummer 17. Je had geen geschiktere plek kunnen uitzoeken, hè, More?' had Rais gezegd toen ze de Alfa parkeerde bij een groepje huizen dat tegen een rotsachtige heuvel was gebouwd, werd omgeven door cactusvijgen en droge struiken, en vlak bij de kust lag. De huizen waren geërodeerd door de vochtige, zilte lucht en maakten een verlaten indruk. Het was een spookachtige plek, zelfs op klaarlichte dag.

'Vanwaar die lugubere naam?' had Eva gevraagd. 'Wat betekent het? "Dooie boel"?'

'Of "de doden", of "de begrafenissen",' had Mara eraan toegevoegd.

'Ze zeggen dat de naam is gekozen omdat de weg langs de klif liep en erg gevaarlijk was, vooral 's nachts omdat er geen verlichting was,' had de man uitgelegd. 'Veel mensen verloren de controle over hun voertuig en stortten rechtstreeks in de zee. Vandaar de naam.'

'Draag mij maar weg,' had Rais achter zijn rug gemompeld, waarmee ze haar partner een glimlach ontfutselde.

Eenmaal in het kleine huis bleven de vrouwen verbijsterd staan. De muren waren behangen met afdrukken van *su Boe*-maskers, foto's en uitvergrotingen van de lijken, kaarten van Sardinië, plaatjes van heilige bronnen, nuraghi en andere archeologische vindplaatsen, tekeningen van de slachtoffers die voorovergebogen voor de heilige bronnen zaten, en van grotten. In een hoek stond een grote metalen archiefkast met mappen en een stapel oude kranten. Achter in de kamer stond een levensgrote replica van een soort *mamuthone*; de reproductie moest bijna twee meter hoog zijn en zag eruit alsof die elk moment tot leven kon komen. Door al het materiaal dat overal lag opgestapeld, werd de kleine kamer nog claustrofobischer dan hij al was. Op het moment dat Moreno de deur achter hen sloot, schrokken ze allebei op.

'Het huisje bestaat alleen uit deze kamer, een keukentje en een badkamer. Het was eerst een soort garage of een klein schuurtje. Het is vast en zeker in gebruik geweest voor de opslag van boten en visgerei, het ligt immers dicht bij de kust. Ik heb het zo'n dertig jaar geleden voor twee lires gekocht. Wat vinden jullie ervan?' vroeg hij een beetje spottend.

Croce en Rais zeiden geen woord, want ze waren onder de indruk van het gruwelijke materiaal aan de muren en de enorme hoeveelheid boeken over necromantie, zwarte magie, mystieke archeologie, en universitaire teksten over antropologie en criminologie waaronder de tafel in het midden van de kamer bedolven was. Op de werkbank stonden een computer, een printer en gekopieerde dossiers van oude zaken. Deze plek weerspiegelde de omvang van Barrali's obsessie.

'Let maar niet op de rommel,' ging Barrali verder. 'Jullie zijn de eersten die ik hier mee naartoe neem.'

'Dat is niet bepaald een compliment of een blijk van waardering, Moreno,' zei Eva, waardoor haar collega in de lach schoot. Het was echter een nerveuze lach van iemand die de diepste angsten niet onder ogen wil zien.

Hoe heeft hij al die jaren met deze gruwelijkheden kunnen leven? vroeg Eva zich af, en ze wist zeker dat haar partner zich dezelfde vraag stelde. *Ik zou gek geworden zijn.*

'Moreno, ik wist wel dat je ze niet allemaal op een rijtje had... maar dit...' zei Rais, wijzend op de – ogenschijnlijk echte – geitenschedels die aan de muur hingen, naast de hoorns van moeflons en van andere dieren en de kransen van droge bladeren.

'Wil je de waarheid? Je lijkt rijp voor een psychiatrische instelling.'

Barrali luisterde niet eens naar haar. Hij zette drie kopjes koffie, terwijl de vrouwen rondkeken. Hun gevoelens slingerden heen en weer tussen macabere nieuwsgierigheid en afschuw.

'Nadat ze me naar Cagliari hadden gestuurd, ging ik verder met het bestuderen van de zaak en heb ik op eigen houtje en met eigen middelen een onderzoek ingesteld, zonder mijn leidinggevenden erbij te betrekken. De les die ik in Nuoro heb geleerd, was voor mij voldoende,' vervolgde Barrali alsof er geen onderbreking was geweest. Hij gaf de twee vrouwen hun koffie en ging zitten, gevolgd door zijn collega's. 'In tegenstelling tot de carabinieri was het mij duidelijk dat de moord een religieuze of heilige betekenis had. Behalve het masker en het feit dat de heilige bron een plek was voor verering, wist ik echter helemaal niets over iconografie. Dus heb ik me erin verdiept.'

Hij pakte wat foto's uit een dossier en gaf ze aan de rechercheurs. Het waren afbeeldingen van maskers en personages die met carnaval op het eiland te maken hadden.

'Wat is jouw eerste indruk over de zaak, Eva?' vroeg hij.

'Nou, ik weet niks van de antropologische en de Sardijnse religieuze context, maar mijn eerste analyse van de twee moorden is dat we te maken hebben met messiaanse rituelen met een duidelijk heidense oorsprong... Het lijkt wel alsof het slachtoffer metaforisch een terugkeer belichaamt naar de scheppende en verwoestende energie van de natuur. Een archaïsche, bijna animistische spiritualiteit.'

Barrali knikte en was onder de indruk. 'En volgens jou, Rais?'

'Pff, het is wel duidelijk dat de schapenvachten, het masker en het merkteken uitingen zijn van de symboliek die bij de landbouw- en herdersgemeenschap hoorde, en ze doen me denken aan de rituelen van het carnaval in Barbagia,' zei Mara. 'Het bloed... Het lijkt wel alsof het de aarde moet bevruchten, toch?'

'Precies. Ik dacht ook algauw dat de moord bij Su Tempiesu te maken had met bezwerende rituelen van de oude mediterrane beschavingen. Op deze grond zijn de heilige aspecten nog steeds alom vertegenwoordigd en het eiland wordt al eeuwenlang als een van de belangrijkste spirituele gebieden uit de oudheid beschouwd. Door de eeuwen heen hebben etnische groepen, godheden, rituelen, gewoonten en gebruiken zich hier met elkaar vermengd. Het sacrale bewustzijn is nog steeds diepgeworteld in de herders- en boerengemeenschappen, vooral bij die in de afgelegen plattelandsgebieden. Maar hoewel ik zelf in die regio ben opgegroeid, was de context voor mij vrij onbekend.'

'Je moet je voorstellen hoe het voor mij is,' zei Eva.

Barrali glimlachte en ging verder met zijn verhaal: 'Volgens de antropoloog die ik heb benaderd, was de moord een mensenoffer, vergelijkbaar met de offers die in de oudheid werden gebracht ter ere van Dionysos, god van de vruchtbaarheid, maar ook van wijn en plezier. Elk jaar bij zijn wedergeboorte in de lente blies hij de aarde een nieuw leven in, en er moest verzoening met deze god plaatsvinden om regen en uitbundige oogsten te krijgen.'

'Dionysos was toch een Griekse god? Wat heeft hij met Sardinië te maken?' vroeg Mara.

'De verering van Dionysos bereikte het eiland met de migratie van de Myceners en de Grieken, maar misschien is het handig om een stapje terug te doen. Eva, wat weet jij van de beschaving van de Nuraghen?'

'Weinig, behalve dat het een van de oudste beschavingen in het Middellandse Zeegebied is.'

'Om een lang verhaal kort te maken, is die cultuur tussen 2000 en 1000 voor Christus, voornamelijk in de bronstijd, op Sardinië ontstaan. Het pre-Nuraghen-tijdperk dat in dit verhaal eigenlijk het belangrijkst is, was een nogal krankzinnige tijd. In die periode hadden de inwoners van het eiland, die archeologen in verband brengen met de Ozieri-cultuur, een bijzonder animistisch geloof dat waarschijnlijk van de Cycladen afkomstig was. Ze aanbaden de zon en de stier als symbolen van mannelijke kracht, en de maan en de Middellandse Zee, die de vrouwelijke vruchtbaarheid vertegenwoordigden.'

'De Moedergodin blijkbaar?' vroeg Rais.

'Precies. Er is aangetoond dat in die periode, net als in Europa en het Nabije Oosten, ook in Sardinië verering van de Moedergodin plaatsvond. Dit stamde uit het paleolithicum en werd voortgezet in het gehele neolithicum. Aanvankelijk vertegenwoordigde deze moeder een oergod, de enige die het geheim van het leven in zich droeg: een spiritueel wezen dat enerzijds in staat was de traumatische gebeurtenis van de dood te verzachten en anderzijds het leven na de dood kon garanderen. Men geloofde dat ze geboren was via parthenogenese, dus zonder tussenkomst van een man...'

'O, hou maar op. Ik ben de draad even kwijt,' gaf Rais verward toe. 'Bespreken we hier een moordzaak of is dit een college antropologie? Hou je in, Moreno, en spreek gewoon Italiaans, alsjeblieft.'

'Sorry... Laat ik het zo zeggen: deze figuur vertegenwoordigde een vrouwelijke godheid, beschermer van de doden, dus van het hiernamaals. Ze belichaamde een religieus naturalistisch ideaal dat terugvoerde naar de moedergodinnen van de Cycladen en Kreta, aan wie drie sterke krachten werden toegedicht: het leven, de dood en de wedergeboorte. Zo goed?'

'Tot hier... Laten we even teruggaan: wat heeft Dionysos er nou in godsnaam mee te maken?' riep Mara ongeduldig.

'Met het verstrijken van de tijd werd de Moedergodin vervangen door mannelijke figuren die in de veranderende sociale structuren van de volkeren de functie van de man beter vertegenwoordigden... Weten jullie wat *protomi taurine* zijn?'

'Ossen- of stierenhoorns,' antwoordde Eva.

'Juist. De stier is het dier dat het meest in de neolithische Sardijnse kunst en religie voorkomt, zoals op wandtekeningen die zijn gevonden in de *domus de janas*, op sommige menhirs, in grotten, in onderaardse graven, enzovoort. En dan hebben we het over 4000 voor Christus, dus ruim voor de komst van de Dionysos-verering op het eiland.'

'Allemaal erg interessant, maar...'

'Ik probeer het kort te houden, Mara. De Moedergodin die volgens de oer-Sardijnen gewoonlijk door de maan werd vertegenwoordigd, werd in de loop van de tijd steeds meer beschouwd als een andere kracht die voor de agrarische gemeenschappen ook heel belangrijk was: de zon, die geïdentificeerd werd met de stier, een dier dat zo heilig voor hen was dat die bijna de verbinding tussen de menselijke en de goddelijke wereld vertegenwoordigde.'

'Sorry, hoe dan?' vroeg Rais ongeduldig.

'De gebruiken van het Sardijnse carnaval verwijzen rechtstreeks naar de verheerlijking van de stier, die sinds het neolithicum in alle landbouw- en herdersgemeenschappen in het oude Middellandse Zeegebied heeft plaatsgevonden. De stier was het symbool van kracht, vitaliteit en vruchtbaarheid. Dit voorkwam echter niet dat hij werd geofferd ter ere van de Godin. Integendeel zelfs. Het ritueel had een bezwerende functie. Het werd uitgevoerd om zich te beschermen tegen boze geesten en om de vruchtbaarheid te bevorderen... We hadden al gezegd dat Dionysos de god was van de vruchtbaarheid, dat hij elk jaar stierf en weer werd geboren, net als de natuur. Door welk dier werd hij vertegenwoordigd, denk je?'

'Schiet nou maar op, wijsneus,' drong Rais aan.

'Let maar niet op haar, Eva. Zij is slimmer dan jij en ik, echt waar... Waar was ik ook alweer gebleven? Tijdens plechtigheden die ter ere van Dionysos werden gehouden in Elefsina in het oude Griekenland, werd een levend slachtoffer geslacht ter herdenking van zijn opoffering, want volgens de Griekse mythologie was Dionysos levend door de Titanen verslonden. Dat gebeurde met een ritueel dat de wederopstanding van de god moest voorstellen. Hij was een wrede, bloeddorstige god die in de loop van de jaren veranderde in de god van de wijn en plezier. Zijn aanbidders waren overtuigd van een leven na de dood en verlangden ernaar om buiten zichzelf te treden en door hem in vervoering gebracht te worden. Dit bereikten ze via dans, muziek, seks, wijn en...'

'De bloedoffers,' anticipeerde Croce.

'Net als bij de dionysische rituelen is er bij het Sardijnse carnaval, dat ook een feest is met een sterk primitief karakter, sprake van een slachtoffer. Alleen al het woord carnaval, in het Sardijns *carrasgare* of *carresecare*, doet denken aan een offer omdat *carre'e segare* "levend vlees om in stukken te snijden" betekent.'

Eva Croce wierp een vragende blik naar haar collega, die met een onmerkbaar knikje de woorden van Moreno bevestigde.

'Heraclitus beweerde dat Dionysos en Hades, de koning van de doden, dezelfde godheid waren, in tweeën gesplitst en opgedeeld. Herodotus beweerde vrijwel hetzelfde over Dionysos en Osiris. Voor iedereen werd zijn stomme en woeste kracht vertegenwoordigd door een stier. In Sardinië zijn ze hem *Maimone* gaan noemen, waarmee ze hem aanwezen als god van de regen.'

'Waarom dan een mensenoffer?' vroeg Rais.

'Omdat het ritueel voorschrijft dat er een slachtoffer aan de godheid moet worden geofferd om verbinding te kunnen maken. Het bloed van het slachtoffer brengt het contact tot stand. Als er geen bloed is, ontbreekt het contact met het heilige, met de godheid.'

'Maar werden er in de oudheid hier op het eiland dan ook mensen geofferd?' vroeg Eva verbijsterd.

28

Località Capitana, de wijk Sant'Elena

Grazia Loy was klaar met de keuken opruimen en ging onder de pergola in de tuin zitten. Een paar minuten lang ging ze op in de lucht van blauw porselein, en daarna gingen haar gedachten terug naar haar man en de twee rechercheurs. Sinds hij haar had verteld over Mara en Eva en de nieuwe afdeling Onopgeloste Zaken die was opgezet, hoopte Grazia dat Moreno eindelijk al die narigheid waarover hij zich zorgen maakte aan iemand anders kon overlaten. Grazia was moe; die moorden hadden hun leven onherroepelijk verstoord en beïnvloed. Sinds 1975 was Moreno nooit meer dezelfde geweest. Het was alsof die gruwel zich diep in hem had geworteld, hem had omgevormd en een obsessieve behoefte had veroorzaakt om de waarheid te achterhalen, bijna alsof die meisjes familie van hem waren. Maar dat waren ze niet. Grazia had geprobeerd om hem dat duidelijk te maken, maar tevergeefs. Na verschillende pogingen om hem te laten stoppen met die missie die hij zichzelf oplegde had ze het maar opgegeven, want ze had zich gerealiseerd dat het al te laat was.

Die zaak heeft hem ziek gemaakt, niemand maakt mij wijs dat het anders is, dacht ze. *Er is iets duisters aan deze moorden, iets bovennatuurlijks. Het is alsof er een vloek over die meisjes hangt.*

Zelfs het isolement waarin hij op het politiebureau verkeerde en de manier waarop zijn collega's en superieuren hem saboteerden, hadden hem niet op andere gedachten gebracht. *Zelfs de liefde niet*, dacht Grazia niet zonder bitterheid.

Het dilemma dat haar op dit moment bezighield was een ander: enerzijds was ze opgelucht dat Moreno die innerlijke pijn niet meer in zijn eentje hoefde te dragen en dat iemand anders zich erom ging bekommeren. Aan de andere kant, als ze die jonge vrouwen voor zich zag, vroeg ze zich af of ze hen niet moest waarschuwen voordat ook zij werden meegezogen in het duister en geweld die van die misdaden uitgingen, en ze voorgoed hun puurheid en het leven dat ze tot nu toe hadden gekend zouden verliezen.

Als ze hen echter over de zaak zou inlichten en zou vertellen hoe die hun leven ongetwijfeld zou verstoren, zouden Mara en Eva Moreno de rug toekeren en zouden ze hem terugjagen in zijn pijnlijke en eenzame afzondering, en dat zou tezamen met de fysieke en psychische verzwakking door zijn ziekte de genadeklap voor hem zijn.

Wat moet ik nou? vroeg de vrouw zich vertwijfeld af.

29

Località Is Mortorius, de wijk Sant'Elena

'Daar lijkt het wel op en bovendien is het vrij natuurlijk dat er mensen werden geofferd om de gunsten van de god voor zich te winnen en de toorn van de aarde te kalmeren,' antwoordde Barrali op de vraag van Eva. 'Hou in gedachten dat men in de oudheid op Sardinië was doordrongen van het belang Dionysos te herdenken, want er werd vastgehouden aan de bloederigste vorm... Om een voorbeeld te geven: het was in sommige dorpen tot aan het begin van de twintigste eeuw gebruikelijk om bij het planten van een wijngaard twee geitenhoorns tussen de rijen te plaatsen *po ammamuttonare su logu*, wat betekent: om de wijnstok te laten beschermen door de geitengod, Maimone, Dionysos of hoe je hem ook wilt noemen. Waarschijnlijk beperkte men zich in de oudheid niet tot het offeren van een dier...'

'Maar wat was dan het doel van die waanzin?' vroeg Rais. 'Leuk dat je de gunsten van de natuur voor je wilt winnen om ervoor te zorgen dat het gaat regenen en het een goed jaar wordt, maar... is dat alles?'

'Nee. Het ritueel was ook een manier om de barrière te doorbreken die de mens scheidde van het goddelijke. De mens probeerde één te worden met de godheid door terug te vallen op de chaos van het oerleven.'

De inspecteur gaf Eva een aantal foto's van verschillende varianten van het Sardijnse carnaval, afhankelijk van het dorp waar het werd gevierd. De rechercheur fronste haar wenkbrauwen toen ze de afbeeldingen zag van optochten met monsterachtig gemaskerde mannen, van poppen die kinderen of mensen voorstelden en die in het vuur werden gegooid, van een hele rij beestachtig uitziende mannen die aan een touw werden vastgehouden en trossen koebellen om hadden. De rituelen hadden niets weg van een carnaval met grappige en gekke verkleedpartijen, maar ze vertegenwoordigden archaïsche rituelen van dood en geweld, van rouw en wanhoop.

'Toch begrijp ik iets nog niet,' zei Eva.

'Laat maar horen.'

'Waarom de nacht van 1 op 2 november? Het lijkt me dat carnaval wordt gevierd om ervoor te zorgen dat het nieuwe agrarische jaar vruchtbaar wordt, toch?'

'Ik zal je eerst iets anders vertellen, iets wat hier waarschijnlijk veel mee te maken heeft. Behalve dat hij in staat was om de cyclus van de natuur in stand te houden, was Dionysos ook een psychopompos...'

'Wat wil dat nou weer zeggen?' vroeg Rais. 'Is het wat ik denk dat het is?' voegde ze er met een ondeugende glimlach aan toe.

Eva kwam tussenbeide: 'Zeker niet, Rais. Het betekent dat hij de zielen begeleidt.'

'Wijsneus...' fluisterde Mara, en ze trok afkeurend haar neus op.

'Precies,' bevestigde Barrali. 'Men dacht dat hij op een dag de geesten naar de aarde zou terugbrengen. Op die dag waren er allerlei gebruiken, zoals een gedekte tafel laten staan voor de *animas*. Die traditie werd ooit begin januari gevierd, maar door de veranderingen van de jaartellingen is die verschoven naar...'

'Naar 2 november,' zei Eva.

'*Sa die de sos mortos*,' voegde Rais eraan toe.

'Dat klopt,' zei Moreno, terwijl hij zijn vingers kruiste. 'Deze rituelen werden later veroordeeld en zwaar vervolgd door de katholieke kerk en de inquisitie, waardoor ze werden beperkt tot de carnavalsweek, waarin ze een folkloristisch, niet-religieus doel dienden. Maar uit het feit dat ze nog steeds bestaan blijkt wel hoe diep de wortels van deze tradities op het eiland zijn, vooral in het binnenland, waar de symboliek haar barbaarste en oorspronkelijkste aard heeft behouden.'

'Oké, nu begrijp ik de traditionele context wel beter. Maar ik heb toch nog een vraag: waarom zou de heilige bron als plaats voor de moord zijn gekozen?' vroeg Eva.

'De oer-Sardijnen geloofden dat er speciale plaatsen op het eiland waren waar het gemakkelijker was om je dicht bij de goden te voelen, bij de *antigos 'spiritos*, bij de geesten van de voorouders. Plekken die als een soort doorgangsplaatsen werden beschouwd, een tussenruimte tussen de wereld van de levenden en die van de doden. Dus kozen ze die plaatsen om altaren, tempels of heilige bronnen te bouwen. De constructie van een heilige bron met een trap waarmee je kon afdalen in de grond weerspiegelde een ritueel om het rijk van de onderwereld en de geesten binnen te kunnen treden... De heilige bronnen en putten symboliseren door middel van het water de terugkeer in de baarmoeder. Het is een soort voltooiing van de levenscyclus en een terugkeer naar de moederlijke goddelijkheid, vertegenwoordigd door de Moedergodin die met offers werd geëerd. Dit is wat er naar mijn mening aan de hand is.'

Er viel een sombere stilte.

'*S'imbovamentu*. Zo heet het als een mens wordt gereduceerd tot een os,' zei Barrali. 'Ik denk dat dat *in nuce* het ritueel is.'

'Dus na de moord in 1975 bleef alles stil,' zei Eva.

Moreno knikte. 'Ik dacht dat het waarschijnlijk om één enkel geval ging, ook al was er iets in me wat zei dat een moordenaar die zo georganiseerd was en zo'n precies doodsritueel had uitgevoerd vroeg of laat weer zou toeslaan... Maar de feiten wezen op het tegendeel. Elf jaar lang gebeurde er niets vergelijkbaars op het eiland en al die tijd dacht ik dat ik me vergist had, dat ik gewoon een hoop stomme vermoedens had gehad.'

'En toen?' vroeg Eva.

'Toen werd er nog een gevonden.'

30

Carbonia

Maurizio Nieddu luisterde naar de officier van justitie aan de andere kant van de lijn zonder dat hij de woning van de goeroe uit het oog verloor. Nog voordat Adele Mazzotta was uitgesproken, vervloekte de commissaris zichzelf omdat hij haar had gebeld. *Ik had mijn eigen gang moeten gaan en haar er niet bij moeten betrekken*, dacht hij.

'... dus nee, zoals de zaken er nu voor staan kan ik geen huiszoekingsbevel voor u tekenen.'

'Maar...'

'Zijn er gegronde redenen om aan te nemen dat het meisje in dat huis is opgesloten?'

'Nee. In die zin dat we niet eens weten of ze echt...'

'Vergeet het dan maar,' zei de vrouw, en ze beëindigde het gesprek.

'*Bagassa burda*,' siste de commissaris, terwijl hij zich opwond en zijn telefoon wegstopte.

'Mislukt?' vroeg Paola Erriu, zijn jonge assistent.

De man schudde zijn hoofd. Hij vroeg zich af of hij het verbod van de officier van justitie moest negeren en het slot van Melis' woning moest forceren. Het zou niet voor het eerst zijn, maar sinds de laatste keer waren er wel zo ongeveer vijftien jaar verstreken. Andere tijden...

'Wat zullen we doen?' vroeg de vrouw.

Als hij in zijn eentje was geweest misschien... Maar als hij zijn gang zou gaan waar Paola bij was en iemand zou de procedurefout opmerken, zou zij daarvan ook de gevolgen ondervinden, en zij zou nog lang niet met pensioen gaan. Nee, dat risico kon hij haar niet laten lopen.

'Laten we gaan. Hij is niet thuis en we kunnen er niet in. We moeten iets anders verzinnen.'

'Wat dan?'

De commissaris antwoordde niet. Hij bleef maar naar de woning van Melis staren, de man aan het hoofd van de sekte van neo-Nuraghen. Zijn intuïtie zei hem dat hij bij de verdwijning van het meisje betrokken was en dat hij er goed aan deed om even tussen zijn spullen te neuzen.

'Baas?'

'Jaja, we gaan,' zei hij, en hij liep achter Paola aan. Voordat hij in de auto stapte, haalde hij zijn telefoon weer tevoorschijn en zocht een nummer op in zijn contacten. Hij drukte op het nummer en stak een Marlboro op.

'Hallo?'

'Ben jij die oude *pedde mala* van een Barrali, of heb ik het verkeerde nummer?' zei Nieddu tegen zijn collega met wie hij jaren geleden bij Moordzaken in Cagliari had gewerkt. 'Ik herinnerde me niet dat je zo'n rotstem had.'

'Nieddu... Hebben ze jou er nog niet uit gezet?'

'Nog niet, nog niet. Kan ik je even storen?'

'Vertel.'

'Ik ben bezig met een vermissing, hoewel ze pas een paar dagen verdwenen is...'

'Dolores Murgia?'

'Ik merk dat je op de hoogte blijft. Juist, om haar gaat het.'

'Ik luister.'

'Het blijkt dat het meisje een volgeling was van die verrekte Nuraxia. Heet het zo, Paola?'

De vrouw knikte.

'Nuraxia... Dus het gaat om Roberto Melis,' zei Barrali.

'Exact. Heb je weleens met hem te maken gehad?' vroeg de commissaris.

'Ja, maar ik wil er niet via de telefoon over praten... Denk je dat hij bij de verdwijning is betrokken?'

De commissaris staarde weer naar de woning; het was bijna alsof het huis onheilspellende trillingen uitzond. 'Ja, dat vermoed ik. Ik zou graag een praatje met deze Melis maken, maar ik kan hem niet vinden. Heb jij enig idee waar hij zou kunnen zijn? Of ken je iemand die me kan helpen?'

Barrali gaf geen antwoord.

'Moreno?'

'Ja, ik ben er nog. Ik denk na... Luister, misschien kan ik beter even langskomen, dan kunnen we erover praten, oké? Waar ben je nu?'

'Ik ben op weg naar het politiebureau. Ik wacht daar op je.'

'Prima.'

Nieddu beëindigde het gesprek en wierp een laatste blik op de woning van de goeroe.

'Alles in orde?' vroeg zijn assistent.

'Ja. Ik heb een oude collega gebeld die er vast meer van weet dan wij. Ik kan je alvast vertellen dat hij een beetje vreemd is, maar op dit moment is hij de enige die ons kan helpen.'

'Nou, hij zal vast niet vreemder zijn dan u, toch?'

'Heel grappig. Echt heel grappig, Erriu.'

Met een glimlach om haar mond startte de vrouw de motor en reed in de richting van het centrum.

Maurizio Nieddu bleef de hele terugweg opvallend stil. Hij kon het gevoel niet van zich af schudden dat hij een enorme vergissing had begaan door het huis niet binnen te gaan.

31

Rijksweg 130, 'Iglesiente'

'Ik weet niet waarom, maar ik stelde me Sardinië altijd voor als een halve woestijn,' zei Eva, terwijl ze naar het landschap keek. 'In plaats daarvan doet het me aan Ierland denken.'

'Kijk daar, van het einde van de Campidano-vlakte tot laten we zeggen Sassari. Dat noem ik Midden-aarde,' zei Rais.

'Zoals in *In de ban van de ring*?'

'Precies, en niet alleen vanwege de hobbit-achtige lengte van de inwoners.'

Barrali en Eva glimlachten. Op dat moment klonken de klanken van 'Entula' van Kenze Neke, etno-rock uit Siniscola, uit de luidsprekers van de autoradio.

'De natuur is er zo ongerept dat het voelt alsof je in Ierland of Schotland bent,' ging Rais verder. 'Geen grapje.'

'Daar ben ik het mee eens,' zei Barrali. 'Sardinië is echt een ongerept paradijs. Jammer van de Sardijnen die er wonen, vooral de Cagliaritanen. Toch, Rais?'

'Rot op, Barrali.'

Croce en Moreno grijnsden. Sinds ze in de auto waren gestapt hadden de drie agenten niet meer over de oude moorden gesproken. Na het telefoontje dat Barrali had ontvangen, op het moment dat ze het net over de moord in 1986 wilden hebben, was het alsof iets de stroom van de herinneringen waar hij in opging had doorbroken.

'Ik moet naar Carbonia. Een collega van vroeger heeft me nodig. Het gaat om een meisje dat is vermist,' had hij gezegd.

‘Het meisje over wie je me laatst vertelde?’ had Mara gevraagd.

Moreno had geknikt. ‘Ja, het gaat om haar. Gaan jullie mee?’

Eva wist niet eens waarom ze meteen ja had gezegd. Was dat automatisch gegaan of wilde ze misschien alleen die kamer met al die narigheid uit?

Rais had gezegd dat ze zou meegaan onder de voorwaarde dat ze op de terugweg bij de wijnkelder Santadi zouden stoppen om een paar flessen Carignano del Sulcis mee te nemen, een uitstekende rode wijn. Barrali had beloofd een doos voor haar te kopen als zij haar grote mond zou houden in het bijzijn van zijn oud-collega.

‘Zeg, wat wil hij eigenlijk van je, die Nieddu?’ vroeg Mara na een tijdje.

‘Het blijkt dat het meisje optrok met een sekte van neo-Nuraghen,’ zei Moreno.

‘Wat houdt dat in?’ vroeg Eva.

‘Een groep idioten die denken dat je op de plek van de nuraghe contact kunt maken met de sterren en dat menhirs magische krachten hebben. Toch, Moreno?’

‘Ja, min of meer.’

‘Sorry, hoor, maar wat heeft dat met jou te maken?’ vroeg Eva.

‘Ik ben een tijdje geïnfiltreerd geweest in die sekte,’ bekende de man tot hun stomme verbazing.

32

Politiebureau Carbonia

Terwijl de politieagent van bureau Carbonia wat extra stoelen haalde, zodat ze allemaal in het kantoor van de commissaris konden zitten, bekeek Eva Croce Barrali wat aandachtiger. Hij leek wat bleker dan eerder, en vlak voordat ze het politiebureau binnenliepen had ze gezien dat hij probeerde om onopvallend een aantal pillen in te nemen.

'*Sa medichina*,' had hij glimlachend gezegd toen hij haar blik zag. Ze had medelijden met hem en besefte dat hij echt pijn leed. Een pijn die de spieren in zijn gezicht deed verstrakken, alsof elke stap pijnscheuten veroorzaakte.

'Weet je zeker dat het wel gaat, Moreno? We kunnen dit ook later doen, als je wilt,' had ze voorgesteld.

'Nee hoor, nee, we gaan gewoon.'

Het was alsof hij haast had. Alsof hij merkte dat zijn tijd opraakte en hij er niet tussenuit wilde knijpen voordat hij als een goede soldaat de consignes had doorgegeven.

'Ga lekker zitten,' zei Paola Erriu, terwijl ze de stoelen in een kring rond Nieddu's bureau zette.

'Zo, Maurizio. Dit is Eva Croce, net uit Milaan gearriveerd, en dat is Mara Rais. Mara werkte nog niet bij ons toen je ons inruilde voor Carbonia. Ze werken allebei bij Onopgeloste Zaken,' legde Barrali uit. Zijn stem klok dof van vermoeidheid, maar dat probeerde hij te verbergen door levendig te gebaren.

'Is er een afdeling Onopgeloste Zaken in Cagliari?' vroeg Nieddu verbaasd.

Eva merkte dat de commissaris nog steeds ontdaan was: op het moment dat hij zijn oud-collega de hand had geschud, was hij bleek geworden. Croce had verbijstering en ongeloof in zijn ogen gelezen, alsof hij nauwelijks kon geloven dat degene die voor hem stond de Moreno was die hij had gekend. Uit die verwarde blik begreep ze de ernst van Barrali's ziekte.

'De afdeling is net nieuw opgericht,' zei Rais.

'Oké. Bedankt dat jullie met Moreno zijn meegekomen,' zei hij tegen de twee rechercheurs.

De twee knikten en keken naar de vrouw in uniform die de stoelen voor hen had neergezet.

'Ah, ja. Dit is Paola Erriu, mijn rechterhand,' zei Nieddu. 'Ga zitten, alsjeblieft.'

'Ik wil je erop wijzen, Maurizio, dat we hier niet in functie zijn. Ik werk al een tijdje niet meer, ik ben met ziekteverlof. We hebben Farci niet ingelicht, dus...'

'Maak je geen zorgen, we maken gewoon een informeel praatje,' zei de commissaris. In een paar minuten legde hij zijn gasten de situatie uit rondom de verdwijning van Dolores, en hij besloot met de mededeling dat ze de goeroe Roberto Melis niet konden vinden.

'Richten jullie je dus op hem?' vroeg Barrali.

'Nou ja, hij is mijn enige aanwijzing op dit moment. Hij en zijn sekte zijn de enige eigenaardigheden in het algemene beeld dat we van haar leven hebben gekregen... Jij kent hem, toch?'

'Ja, ik heb met hem te maken gehad.'

'Mag ik vragen waarom? Voor je werk?'

'Niet echt, nee... Ik heb een tijdje gedacht dat al die belangstelling voor de nuraghi, megalithische cirkels en reuzengraven misschien iets te maken had met de moorden uit 1975 en 1986. Niet rechtstreeks natuurlijk, want hij is wat te jong, maar... begrijp je?'

Nieddu knikte. Hij wist van de obsessie van zijn collega voor moorden. 'Had je enig bewijs van zijn betrokkenheid bij die zaken?' vroeg hij.

'Absoluut niet. Het was meer een gevoel. Ik was destijds al ziek en dat kon je aan me zien. Ik ben hem gaan volgen via zijn website en zijn blog, en langzaamaan ben ik bijeenkomsten gaan bijwonen waarbij ik deed alsof ik wanhopig was, niet meer wist wat ik nog kon doen en bereid was om zijn "alternatieve geneeswijzen" te proberen.'

'Bijeenkomsten?' vroeg Rais.

'Gebeds- of zuiveringsbijeenkomsten, ja.'

'En dat wil zeggen?' vroeg Nieddu.

Moreno gaf hem een dossier met verschillende mapjes. Hij legde ook een USB-stick op het bureau. 'Hierin vind je alles wat ik gevonden heb over die mafketel, inclusief opnamen van zijn ceremonies, die ik stiekem heb gemaakt... Voor wat die bijeenkomsten betreft: Melis verzamelde verschillende mensen om zich heen die toegewijd waren aan het neopaganisme en organiseerde tochten naar archeologische vindplaatsen, voornamelijk naar megalithische cirkels en heilige bronnen. Hij verkondigde dat de stenen die door onze voorouders waren uitgekozen en bewerkt magnetische krachten bezaten die een heilzame werking hadden. Hij sprak van "neolithische radiotherapie".'

'*Fill'e bagassa...*' merkte Rais minachtend op. 'Sorry, hoor, maar ik heb een gruwelijke hekel aan die newageonzin.'

'Is er iemand die hem gelooft?' vroeg Eva.

'Iemand?' zei Barrali spottend.

'Tientallen mensen. Ik heb tig vrouwen gezien die menhirs omhelsden of uitgestrekt op een *tumba de sos zigantes* lagen, smekend om een zwangerschap, ervan overtuigd dat de energie van de stenen hen zou helpen. Kankerpatiënten die in groepen op nuraghi sliepen, moeders die hun gehandicapte kinderen meebrachten, vol overtuiging dat de graven of de *domus de janas* ze konden "genezen"...'

'Wat een idioten...' liet Paola Erriu zich ontvallen. 'Sorry, hoor.'

'Wat is hij voor figuur? Denk je dat deze Nuraxia kan leiden tot iets gewelddadigs?' vroeg de commissaris.

'Dat probeerde ik te weten te komen. Maar dat is niet op tijd gelukt.'

'Hoezo?'

'Omdat mijn dekmantel wegviel. Een van de deelnemers had

ooit eens een aangifte bij mij gedaan. Hij herkende me en vertelde Melis dat ik van de politie was. Dat betekende het einde van mijn onderzoek; ik werd er zonder veel omhaal uit gegooid.'

'Balen... Ging er veel geld om in dit hele gebeuren?' vroeg Mara.

'Vast wel, zoals altijd in dit soort gevallen. Ik denk ook dat er drugs bij kwamen kijken, vooral binnen de kring van mensen die het dichtst bij hem stonden, zijn volgelingen. Er waren verschillende niveaus binnen de sekte. De figuren die tot de intimi van de goeroe behoorden waren vast en zeker betrokken bij losbandige feesten, orgies en wie weet wat nog meer.'

'Over hoeveel mensen hebben we het?' vroeg Maurizio.

'Het aantal wisselt steeds. Laten we zeggen tussen de veertig en tachtig mensen. Als je doelt op de aanhangers die het dichtst bij hem staan, zou ik zeggen een stuk of tien.'

'Laten we even teruggaan naar mijn vraag: denk je dat ze, behalve dat ze drugs gebruiken, in staat zijn om ernstigere misdaden te plegen? Seksueel getinte zaken misschien?'

'Ik weet het niet, Maurizio. Melis is beslist een charismatische man met veel overtuigingskracht. Hij is ongetwijfeld naar bed geweest met alle vrouwelijke volgelingen die hem opwonden, maar wat geweld betreft... ik zou het niet weten.'

'Verkeerde het meisje in die kringen?' vroeg Eva aan Nieddu.

'Daar lijkt het wel op. Sinds ongeveer vier, vijf maanden.'

'Arme meid. Hoe lang is ze al verdwenen?' vroeg Mara.

'Nog niet zo lang, eigenlijk. Ongeveer vier dagen. Het punt is dat deze klootzak ook verdwenen is. Dat kan verband met elkaar houden, nietwaar?'

'Dat zou zeker kunnen. Ik denk dat Melis misschien met een groepje van die neopaganisten ergens op het eiland op bedevaart is. Waarschijnlijk is Dolores met hen mee en heeft ze dat om welke reden dan ook niet aan haar ouders willen vertellen.'

'Ze had inderdaad ruzie met haar moeder gehad. Het is geen gemakkelijk tiepje, en ze gebruikt zo nu en dan drugs,' merkte Paola Erriu op.

'Dat ondersteunt de stelling dat ze zich heeft aangesloten bij de sekte van de neo-Nuraghen. De "mediamieke trance" waar Melis het over heeft bereik je vast niet door kamillethee te drinken.'

De agenten lachten om Barrali's grap.

'Ik hoop dat dat het geval is, want ik heb hier een heel slecht gevoel over...' Met de vraag 'Zijn jullie de rituele moorden aan het onderzoeken?' veranderde Nieddu van onderwerp.

'We bekijken of er voldoende bewijs is om het onderzoek te heropenen,' zei Rais. 'Het is nog te vroeg om er iets over te kunnen zeggen.'

'Ik ben ook betrokken geweest bij die moord uit 1986. Ze vroegen ons om advies. Een akelige, heel akelige zaak. Volgens mij droom ik er soms nog over.'

'Dan zijn we met z'n tweeën,' zei Barrali, terwijl hij opstond met behulp van zijn stok. 'Als ik nog ergens mee kan helpen...'

'Ik weet je wel te vinden,' zei Maurizio, en hij schudde hem de hand. 'Ik weet dat je het niet goed kunt verdragen als je niks te doen hebt.'

Moreno probeerde een zo krachtig mogelijke handdruk te geven, maar voor Nieddu leek het alsof hij een kinderhandje vasthield.

'Hou me op de hoogte over Dolores, wil je?' vroeg Barrali.

'Reken maar. Bedankt voor de dossiers en het langskomen. Tot gauw.'

'Wie weet...'

'Hou maar op, More, jij hebt het gestel van een everzwijn!'

'Zeker weten, hij zal als een *cardanca* op onze rug blijven zitten tot we de zaken hebben opgelost,' zei Rais spottend, terwijl ze de commissaris gedag zei.

'Sorry, Croce. *Cardanca* betekent teek.'

'Zeg, toon eens een beetje meer respect voor een oude man,' klaagde de inspecteur uit Barbagia.

Terwijl Barrali zich omdraaide om Paola Erriu een hand te geven, zag Eva dat de tranen in Nieddu's ogen stonden.

'Pas goed op hem,' fluisterde hij bijna, terwijl hij haar een hand gaf.

'Dat zal ik doen,' antwoordde Eva.

Voordat ze het kantoor verliet, pakte Croce een van de foto's van Dolores, vouwde hem op en stopte hem in haar zak. Ze wist nog niet waarom, maar ze had sterk het gevoel dat hun paden zich weer zouden kruisen als het om het verdwenen meisje ging.

33

Corso Vittorio Emanuele II, Cagliari

Mara had haar meegenomen om iets te gaan drinken in de Old Square, een Ierse pub in de buurt die de nieuwe place to be in het Cagliaritaanse nachtleven was geworden sinds de *sindacu* van de Corso een voetgangersgebied had gemaakt, zoals Rais had uitgelegd. De pub zat vol met jongelui van wie de meesten naar een voetbalwedstrijd kwamen kijken die op verschillende tv-schermen werd getoond. Je rook de alcohol en het rokerige gegrilde vlees waar de Old Square om bekendstond. Op de achtergrond klonk het bluesnummer 'Bright Lights' van Gary Clark jr.

'Het is hier te rumoerig. Kom, laten we naar de crypte gaan,' riep de vrouw uit Cagliari.

Ze gingen de kroeg door en liepen via een paar stenen traptreden naar beneden 'de crypte' in.

'Wauw, het lijkt wel een kerk...' zei Eva, terwijl ze het gewelfde plafond bewonderde. De sfeer was er veel rustiger, bijna gedempt. Het was alsof je in een kroeg binnen in een kroeg was.

'De muren dateren uit de dertiende eeuw,' zei Rais en ze ging hun voor, naar een tafeltje achterin dat er uniek uitzag. 'Deze ruimte van het café hoorde bij het oude klooster van San Francesco di Stampace. Mooi, hè?'

'Zeg dat wel. Het is alsof je teruggaat in de tijd.'

'Dat gevoel zul je wel vaker in deze stad hebben... Bier?'

'Ja, graag een biertje.'

'Hou je van Guinness?'

Eva trok een wenkbrauw op. 'Guinness? Ik ben half Iers, Rais.

Natuurlijk hou ik daarvan, maar jij…? Ik zou denken dat jij alleen Ichnusa drinkt.'

'Jij stereotypeert zeker helemaal niet, hè…' zei Mara hoofdschuddend.

'Wind je niet op, die had je nog tegoed van me voor je grap over mijn gelaatskleur.'

'Ik heb trouwens een zonnebank voor je geboekt morgen…'

'Val dood, *casteddaia*,' zei Eva glimlachend.

Een paar minuten later bracht een ober twee grote glazen donker Iers bier, en een bakje chips. De vrouwen proostten ontspannen.

'We hebben vandaag best wat kilometers gemaakt, hè?' zei Croce.

'Dat is nog niks. Ik denk dat we er nog heel veel moeten maken als we aan die oude dossiers werken.'

'Mijn god… Dus moet ik dan nog meer van dat Sardijnse gejank aanhoren waar jij naar luistert?'

'Reken maar, en als jij het nog een keer "gejank" noemt, arresteer ik je. Het is pure poëzie.'

'Als jij het zegt…'

'Nee, neem dan die harpen, doedelzakken, fluiten en violen van jullie. Als je dat gejengel hoort, wil je meteen uit het leven stappen.'

Eva streek achteloos met haar middelvinger over haar piercing, wat een glimlach van haar collega uitlokte.

Een paar seconden lang dronken ze in stilte en observeerden de gasten in het zaaltje zonder dat ze de behoefte voelden om met elkaar te praten. Het was geen pijnlijke stilte, maar een stilte tussen twee mensen die elkaar beginnen te begrijpen en iets aan elkaar duidelijk kunnen maken met slechts een blik. Het was iets wat ze zouden moeten koesteren en bijschaven om als team goed te kunnen samenwerken.

'Wat denk jij er nu van?' vroeg Rais uiteindelijk.

'Heb je het over Moreno?'

'Nee, over de paus,' antwoordde de vrouw uit Cagliari kribbig.

Eva ging er niet op in en vroeg: 'Weet je wat "cognitieve bias" is?'

'Een ziekte?'

'Nee, nee... Het is een soort foutieve gedachtegang die veroorzaakt wordt door vooringenomenheid.'

'Een soort tunnelvisie?'

Croce knikte en raakte er steeds meer van overtuigd dat Rais intelligenter was dan ze deed voorkomen. Dat norse gedrag, het dialect en de grappen leken wel een houding, een masker om een duivelse scherpzinnigheid te verbergen, waardoor haar gesprekspartner minder op zijn of haar hoede was, wat haar een strategisch voordeel gaf.

'Precies. Het is een overtuiging, meestal een onjuiste, die ontwikkeld is op basis van een niet al te objectieve interpretatie van het bewijsmateriaal waarover je beschikt. Daardoor ontstaat dus een vertekening van de werkelijkheid, een verkeerd uitgangspunt omdat het beïnvloed is door de tunnelvisie. Snap je wat ik bedoel?'

'Jazeker. Het lijkt erop dat hij als uitgangspunt heeft genomen dat het om een rituele moord ging, en dat heeft daarna alle daaropvolgende aannamen beïnvloed... Ik had hetzelfde gevoel en het is iets wat rechercheurs vaak overkomt. Maar wat hij zegt klinkt wel logisch.'

'Dat klopt. Maar dat geldt ook voor de stellingen dat Jim Morrison nog leeft en dat hij zijn eigen dood in scène heeft gezet, of dat de Amerikanen nooit op de maan zijn geweest; als je ze maar lang genoeg overdenkt, worden ze vanzelf waar.'

'Nou niet overdrijven...'

'Oké, maar je wilt me toch niet vertellen dat hij niet geobsedeerd is door die zaak,' zei Eva.

'Daar bestaat geen twijfel over, daar ben ik ook van overtuigd... En dat wat er net in de auto is gebeurd, wat denk je daarvan?'

Op de terugweg, toen ze hem naar huis brachten, had Mara aan Barrali gevraagd waarom hij haar twee dagen eerder had verteld dat hij ervan overtuigd was dat Dolores het volgende slachtoffer zou zijn. De inspecteur had haar verward aangekeken, alsof hij zich die woorden niet herinnerde. Hij begon te stotteren en te beven, en hij leek een paniekaanval te hebben. Om hem gerust te stellen was Eva tussenbeide gekomen en had gezegd dat Mara zich vast vergist had.

'Weet je zeker dat hij dat heeft gezegd?' vroeg Eva.

'Dat zweer ik op mijn dochters leven. Juist omdat hij had gezegd dat het meisje weleens het volgende slachtoffer kon zijn, besloot ik om hem een kans te geven.'

'Misschien heeft hij juist wel gelogen om jou over de streep te trekken,' opperde Eva.

'Dat zou kunnen... Maar als dat zo is, dan moet hij een Oscar krijgen, want hij klonk verdomd oprecht toen hij het vertelde.'

'Wat nu?'

Mara nam een grote slok Guinness, alsof ze wat moed uit de alcohol probeerde te verzamelen. 'Ik denk dat de ziekte zijn geest wat begint te vertroebelen.'

Croce knikte; zij had hetzelfde gevoel gehad.

'Begrijp me niet verkeerd: hij is een aardige man en ik mag hem graag. Maar als je me vraagt om mijn carrière op zijn theorieën te baseren... Zie je ons al naar de officier van justitie gaan om uit te leggen dat de Moedergodin voor zichzelf een stier heeft gemaakt, dat het stierenmasker de terugkeer naar de natuur en de oorspronkelijke chaos voorstelt, en dat met Allerzielen de zielen zullen terugkeren naar de aarde onder leiding van Dionysos?'

Eva gaf geen antwoord.

'Nou dan... Ze zou ons allebei laten opsluiten,' ging Rais verder. 'Ik heb vandaag naar hem geluisterd en hem de ruimte gegeven omdat ik medelijden met hem had, maar ik heb me steeds afgevraagd of hij nou zelf echt in die onzin geloofde.'

'Het feit blijft dat die twee meisjes dood zijn en dat niemand hun lichamen is komen opeisen,' merkte Eva op.

'Dat blijft natuurlijk een raadsel en ik heb erg met ze te doen. Maar Croce, we hebben het hier over moorden van dertig en veertig jaar geleden. Zelfs als we ons met hart en ziel aan deze zaak zouden wijden, en tegen alles en iedereen in zouden gaan, bereiken we nog niks. De moordenaar lacht zich rot in zijn graf, want reken maar uit: óf hij is al dood, óf hij staat op het punt om de pijp uit te gaan.'

‘Je wilt Moreno dus geen kans geven?’ vroeg Eva.

Mara dronk haar Guinness op en krabde nerveus in haar nek. ‘De hoofdcommissaris heeft me uit wraak naar de afdeling Onopgeloste Zaken gestuurd. Hij zit te wachten op een misstap van mijn kant om me er voorgoed uit te kunnen schoppen... Als ik dit onderzoek opnieuw opstart, kan ik hem net zo goed mijn hoofd op een presenteerblaadje aanbieden, Croce.’

‘Jouw antwoord is dus nee?’

‘Ik vind het heel sneu voor Moreno, maar ik moet aan mijn dochter denken... Mijn antwoord is dus een heel duidelijke nee,’ antwoordde Rais onverbiddelijk. ‘Wat mij betreft wordt het onderzoek niet heropend.’

34

Località Capitana, de wijk Sant'Elena

Grazia was klaar met haar prachtige rozen sproeien en keek omhoog naar de damasten hemel met paarsachtige wolken. Het purperen licht van de zonsondergang vervaagde en het werd elke minuut donkerder. De vrouw kneep haar ogen half dicht en midden in de tuin snoof ze de geuren op van de bloemen, het struikgewas en de planten, waar een zachte wind doorheen blies. Dit was haar schemerritueel, haar momentje van rust: zich overgeven aan de kalmte van de avond, voldaan en bedwelmd door de geuren van de aarde. Een paar minuten voor haar alleen in die parallelle dimensie, weg van de pijn in haar hart als gevolg van de ziekte die haar man elke dag een beetje meer van haar afnam. Ze liep het huis weer in, ervan overtuigd dat Moreno al naar bed was; het uitje naar Carbonia had hem uitgeput en hij was in verwarde toestand teruggekeerd. Hij wilde haar niet vertellen wat er aan de hand was, maar Grazia wist zeker dat het met de zaak te maken had. Ze was verbaasd hem aan de keukentafel te zien staren naar een foto.

'Hé, gaat het?' vroeg ze, terwijl ze over zijn schouder streek.

Moreno bleef naar de oude zwart-witfoto's kijken. 'Ik weet het niet. Het leek allemaal heel goed te gaan vandaag, maar toen... Mijn geheugen begint me in de steek te laten. Ik heb mezelf belachelijk gemaakt,' zei de man bijna stotterend.

'Bij wie? Je collega's?'

Moreno knikte. Hij zag er breekbaar en angstig uit, als een kind dat wordt neergezet in een ruimte die het niet kent.

‘Misschien was je gewoon moe, schat.’

‘Nee, helaas niet. Het is alsof de dingen vervagen. Soms heb ik het gevoel alsof ik me alles met horten en stoten herinner... Ik ben bang, Grazia. Ik ben bang om de controle te verliezen... om zelfs te vergeten dat...’

De vrouw omhelsde hem en probeerde hem gerust te stellen. ‘Is het na al die jaren niet eens tijd om dit achter je te laten, Moreno? Deze zaak doet je de das om... Laat Mara en Eva het maar overnemen. Ze lijken me heel geschikt. Vertrouw je ze?’

‘Jawel... Maar ik ben bang dat zij míj niet vertrouwen. Ik denk dat ze hebben begrepen dat het niet alleen de tumor is.’

‘Ik denk dat je eindelijk de juiste mensen gevonden hebt. Je moet ze gewoon alles vertellen en het dan aan hen overlaten. Je moet nu aan jezelf denken, je kunt het je niet meer permitteren om zo uitgeput te raken.’

‘Ik weet het... Het spijt me, lieverd. Het spijt me dat jij ook met deze ellende hebt moeten leven.’

‘Dat heb ik graag gedaan, want hou ik van je, Moreno,’ zei Grazia, terwijl ze zijn vermagerde gezicht streelde. ‘Maar nu vind ik het wel genoeg. Ik maak me zorgen om je. Als je jezelf zo blijft kwellen, is dat voor jou niet goed, maar ook voor mij niet. We hebben alleen elkaar, toch?’

Moreno knikte. Hij veegde zijn tranen weg en stond op. Eenmaal in bed viel Grazia bijna meteen in slaap, maar de inspecteur kon de slaap niet vatten. Duizenden gedachten dwarrelden door zijn hoofd. *De prognose was dat ik last zou krijgen van cognitieve problemen en concentratiestoornissen, maar ik had niet gedacht dat het zo snel zou gaan*, dacht hij. *Hoe kunnen ze de zaak ooit oplossen als ik alle informatie kwijtraak?*

Voorzichtig, zodat hij zijn vrouw niet wakker maakte, glipte Moreno onder de dekens vandaan. Stram liep hij naar zijn werkkamer. Hij nam een nieuw notitieblok, en doodsbang dat de ziekte zijn herinneringen zou wissen, begon hij zijn aangetaste geheugen na te pluizen en alles op te schrijven wat hij zich over de rituele moorden kon herinneren.

35

Het Sardijnse binnenland

Toen ze bijkwam uit haar comateuze toestand, bemerkte Dolores dat ze haar eigen lichaam niet meer voelde. Het was alsof iemand haar gevoel had afgepakt. Ze werd een immense dreiging gewaar, maar ze kon geen spier bewegen, en dat kwam niet door de touwen waarmee ze was vastgebonden: haar lichaam was gestopt met vechten, liet zich meesleuren naar de diepte en gaf zich over aan de duisternis.

'Mama...' bad ze. Ze klampte zich vast aan de laatste momenten dat ze bij kennis was. De gedachte aan haar moeder deed haar het meest pijn. Ze besefte ineens dat ze dit niet zou overleven, dat ze nooit zou ontsnappen uit de plek waar ze gevangen werd gehouden, en dat betekende dat ze haar moeder nooit meer zou zien. De gedachte dat ze met ruzie uit elkaar waren gegaan verscheurde haar. Dolores had haar van alles naar het hoofd geslingerd en ze had er kort daarna al spijt van gehad. Uit schaamte en onvermogen om haar woorden terug te nemen of excuses aan te bieden was ze weggelopen zonder iets van zich te laten horen.

'Kom naar huis, *rundinedda*,' meende ze de stem van haar moeder te horen zeggen.

'Het lukt me niet...' fluisterde het meisje. 'Sorry, mam.'

Gedachten en bewustzijn werden weer flarden en verdwenen als de vlam van een stompje kaars dat steeds verder opbrandde tot het doofde in een langzaam vervagende krul van rook.

Een diepe duisternis viel over haar heen en toen Dolores die ijzige omhelzing opmerkte, gaf ze zich er zonder verzet aan over.

36

Stampace alta, Cagliari

Ze hadden een manier ontwikkeld om elkaar welterusten te wensen als Sara in hun oude huis bij haar vader logeerde, want die was erop tegen dat het meisje een mobiele telefoon gebruikte. Allebei bewapend met een zaklamp schenen ze vanachter hun ramen naar elkaar: Sara van bovenaf in het gebouw op de stadswal, en Mara vanaf beneden in haar huis buiten de muren.

Eén flits betekende: 'Gaat het?' Twee was een antwoord: 'Ja.' Drie flitsen was een wens: 'Welterusten dan.' En vier flitsen: 'Jij ook, mam.'

Bij het afdak, terwijl ze hemelsbreed op nog geen driehonderd meter afstand bij haar dochter vandaan wachtte tot het meisje haar pyjama had aangetrokken en haar tanden had gepoetst zodat ze elkaar gedag konden zwaaien, speelde Mara met de zaklamp en dacht aan haar nieuwe partner. In de twee dagen die ze met elkaar hadden doorgebracht, had ze nou niet bepaald haar best gedaan om Eva op haar gemak te stellen en haar *beni benida* – zich welkom – te laten voelen. Omdat ze haar niet vertrouwde, maar vooral ook omdat het haar niet beviel dat dit haar was opgedragen. Ze was gewend om zelfstandig te werk te gaan, zonder steeds met iemand te moeten overleggen. Nu hadden ze haar opgezadeld met een vreemdeling en dat was moeilijk te verteren, vooral na alles wat ze recent had meegemaakt en wat haar nog steeds dwarszat: ze was verraden door een collega die getuige was geweest van de handtastelijkheden die Mara had ondergaan. In plaats van dat ze voor haar was opgekomen, had de betreffende vrouwelijke agent de hoofdcommissaris verdedigd om op die manier promotie te krijgen. Sinds die dag vertrouwde Rais alleen nog maar haar moeder. Ze kon niet eens haar dochter vertrouwen, want die loog voortdurend tegen haar over het huiswerk dat ze moest maken.

Eva was lang niet zo chagrijnig of koel gebleken als Mara gevreesd had, integendeel, ze had humor en leek erop gebrand om zo snel mogelijk de stijve en formele houding die hun werk voorschreef te laten varen. Gelukkig hoefden ze geen van beiden aan de ander te laten zien wie de grootste had, zoals mannen dat waarschijnlijk hadden gemoeten. Ze waren gewoon twee vrouwen die door het systeem aan de kant waren geschoven en die snel moesten leren op elkaar te vertrouwen om met een gerust hart door te kunnen gaan in een omgeving die voor iedere vrouw met een beetje persoonlijkheid lastig was. Mara had geprobeerd haar over te halen wat meer open te zijn en zo wat meer over haar privéleven te weten te komen, maar het was alsof ze een paling met haar blote handen wilde vangen: Croce was bij elke poging ontglipt. Minstens vijf of zes keer had ze Eva's telefoon zien trillen met een inkomende oproep, maar Eva had de beller telkens weggedrukt zonder later terug te bellen. Mara had er niets over gezegd, maar ze had het opgemerkt, net als de mengeling van pijn en woede die in de blik van haar partner te zien was elke keer dat de telefoon hen had onderbroken.

Je hebt meerdere vrienden bij het politiebureau in Milaan. Je hoeft ze alleen maar een berichtje te sturen of een telefoontje te plegen om wat meer over haar te weten te komen. Aan de andere kant, als je moet samenwerken, moet je haar kunnen vertrouwen. En om haar te kunnen vertrouwen, moet je weten wie die hardrocker nou werkelijk is en waarom ze haar hierheen hebben gestuurd. Schijn bedriegt. Je hebt je al eerder eens door een collega voor de gek laten houden… Wil je dat risico nog eens lopen?

De eerste flits met de zaklamp leidde haar gedachten af. Mara glimlachte en antwoordde het meisje door in hun 'taal' te vragen of alles in orde was. Sara antwoordde met ja en ze wensten elkaar welterusten.

Mara wierp een blik op het laatste regionale nieuws op tv om te zien of er al iets bekend was over de verdwijning van Dolores, maar de journalist noemde het meisje niet eens. Dus bekeek ze online een aantal lokale kranten, maar ook daar vond ze niks. Ze stond op het punt om alles uit te zetten en te gaan slapen toen haar telefoon zoemde met een nieuw bericht. Het was een vriendin die ze die middag een appje had gestuurd met de vraag of de zolderkamer die ze in het voorjaar en de zomer verhuurde vrij was.

Zeker! Als je wilt, kan ik hem haar morgenochtend laten zien, schreef ze terug.

Mara stuurde het bericht door naar haar partner en vroeg of ze er wilde gaan kijken.

Binnen een paar seconden ontving ze Eva's antwoord in dialect: *Eja*, samen met een smiley.

Mara schudde haar hoofd en maakte met haar een afspraak voor de volgende dag.

Twee dagen is nog niks... Geef haar nog wat tijd, dacht ze toen ze zich klaarmaakte voor de nacht. Ze besloot om het verzoek om informatie over haar collega even te parkeren.

Terwijl ze haar gezicht met nachtcrème insmeerde, overviel Mara Rais de angst dat ze geen oog dicht zou kunnen doen: hoezeer ze ook haar best deed om niet aan de beelden te denken die ze bij Barrali hadden gezien, ze kwamen steeds terug, met hun mysterieuze lading die haar angst inboezemde.

Ze vervloekte haar collega inwendig en slikte drie melatoninetabletten.

En als dit niet werkt, dan bel ik je op en ik zweer het je, dan zing ik de hele hymne van de Brigade van Sassari, telkens weer, tot ik in slaap val, su tziu, dacht ze, terwijl ze met een glimlach om haar mond in slaap viel omdat ze zich het tafereel voorstelde.

37

Ringweg Cagliari

De menselijke geest is duivels: zonder blikken of blozen vergeven we vaak degenen die ons gekwetst hebben, maar iemand vergeven die zichzelf zonder blikken of blozen heeft laten kwetsen, dat lukt ons niet. Hierover dacht Eva Croce na terwijl ze haar telefoon op de passagiersstoel zag trillen en oplichten. Ze concentreerde zich weer op de weg en draaide het volume van de autoradio wat hoger. Nadat ze Mara gedag had gezegd, had ze besloten om met de auto Cagliari wat te verkennen. Ze vond het ontspannend om 's nachts te rijden met muziek op de achtergrond, en het hielp haar om na te denken.

Je kunt hem negeren zoveel je wilt, maar vroeg of laat zul je toch met hem moeten praten, dacht ze, terwijl ze de telefoon in haar tas schoof. *Hij kan er niks aan doen, dat weet je best.*

Het enige wat hij had misdaan was in feite dat hij zich pijn had laten doen zonder een kik te geven, zonder kwaad te worden, wat tot gevolg had dat Eva zich nog laffer en achterbakser gedroeg; het was vluchtgedrag, ze sloot zich helemaal af. Ze zou het ondraaglijk vinden om haar eigen fouten te moeten aflezen in zijn ogen.

Hoe lang hebben we elkaar nu niet gesproken? vroeg ze zich af.

'Het is nog te kort geleden...' fluisterde ze tegen zichzelf, terwijl de klanken van 'Iron Sky' de auto vulden. 'Nog veel te kort.'

Ze schakelde naar de vijfde versnelling en trapte het gaspedaal in, terwijl ze probeerde om haar schuldgevoelens van zich af te schudden.

38

Archeologisch museum Sa Domu Nosta, gemeente Senorbì, Trexenta

Die ochtend stond Bastianu Ladu zo stijlvol gekleed, lekker ruikend en netjes geschoren aan het hoofdeind van het bed van zijn zoon dat de jongen zich afvroeg of hij een afspraakje had.

'Micheli, kom. We moeten ergens naartoe,' zei hij, terwijl hij wat nieuwe kleren voor hem neerlegde: spijkerbroek, overhemd en trui. 'Schiet op, ik wil niet te laat komen.'

De jongen was gewend te gehoorzamen en een halfuur later waren ze op weg in Bastianu's zwarte Cherokee.

'Waar gaan we naartoe?' vroeg Micheli toen hij zag dat de jeep hun gebied verliet en in de richting van de Campidano-vlakte reed.

'Naar Trexenta.'

De jongen stelde geen vragen meer en ze brachten de hele reis verder zwijgend door.

Toen ze in Senorbì arriveerden, stopten ze bij een van de dorpscafés. Terwijl zijn zoon twee roombroodjes naar binnen werkte, maakte Bastianu van de gelegenheid gebruik om *L'Unione Sarda* te lezen. Hij bladerde de nationale artikelen door en toen hij op het artikel over de verdwijning van Dolores Murgia stuitte, compleet met foto en al, stopte hij om het aandachtig door te lezen.

'Jullie komen hier niet uit de buurt, hè?' vroeg de barman. Hij leek zin te hebben in een praatje.

'Gelukkig niet,' antwoordde Bastianu, waarmee hij het gesprek meteen afkapte en Micheli liet glimlachen. Hij betaalde en gebaarde naar de jongen dat ze naar buiten gingen. Ze liepen naar een negentiende-eeuws landhuis, compleet met waterput en stallen. Micheli zag posters met de aankondiging dat de oude Moedergodin van Turrìga, die gewoonlijk in het Nationaal Archeologisch Museum in Cagliari stond, in het dorpsmuseum tentoongesteld werd.

'Zijn we daarom hier?' vroeg hij zijn vader verbaasd.

De man knikte stug.

Micheli bemerkte dat Bastianu prikkelbaar was en niet op zijn gemak leek, alsof hij op het punt stond om een voorname persoonlijkheid te ontmoeten, maar zich er niet lekker bij voelde.

Eenmaal in het museum keek de baliemedewerker, een zestiger, op van zijn tijdschrift en staarde hen aan. 'Goedemorgen... Bent u hier voor de Moedergodin?' vroeg hij lichtelijk nieuwsgierig; de twee Ladu waren nou niet bepaald het normale type bezoekers.

'Ja. Twee kaartjes alstublieft,' zei Bastianu, waarbij hij probeerde om zijn duidelijke accent uit Barbagia wat te verbergen. Hij gaf de man een bankbiljet en wachtte op het wisselgeld.

'Hebben jullie een gids nodig?'

Bastianu schudde zijn hoofd.

'Alstublieft. Die kant op.'

De man en de jongen kwamen in een zaal waar in het midden, in een grote vitrinekast, één enkele sculptuur tentoongesteld was, dat een zeer oud exemplaar van de mediterrane Moedergodin voorstelde.

Er heerste een bovennatuurlijke stilte in de zaal.

Bastianu leek door spirituele emoties in vervoering geraakt te zijn en begon langzaam rond de vitrinekast te lopen, waarbij hij zijn ogen niet kon afhouden van het vierenveertig centimeter hoge witmarmeren beeldje dat na meer dan vijfduizend jaar nog steeds straalde alsof het zelf licht gaf. In de loop van de tijd was het bij uitstek het icoon van de Sardijnse Moedergodin geworden dat werd afgebeeld op allerlei soorten sieraden en juwelen.

'Pap?' zei Micheli na een paar minuten. 'Wat komen we hier nou doen? Moeten we haar stelen?'

Op het gezicht van de man verscheen een geamuseerde glimlach. 'Nee,' antwoordde hij.

'Wat dan?'

Bastianu bleef zwijgend de maagdelijke schoonheid en de heiligheid van de vrouwelijke figuur van de Godin bewonderen, die een brug was tussen voorouderlijke tijden en het heden. Het leek of het beeld een subtiele trilling uitzond die met zijn eigen ziel resoneerde.

'Papa?' zei Micheli, terwijl hij aan zijn arm schudde.

'Je zult het wel begrijpen als we weer naar huis gaan,' zei Bastianu alleen maar.

39

Spiaggia dei Centomila, Viale Poetto, Cagliari

'En? Wat vind je ervan?' vroeg Mara Rais. 'Het is een beetje klein, maar...'

'Ik neem het,' zei Eva tot verrassing van Rais en diens vriendin.

'Misschien wil je het een week of twee proberen om te zien of het wat voor je is,' zei Raffaella, de eigenaar van de woning, na een paar seconden van ongemakkelijke stilte.

'Nee, nee, het is perfect. Ik neem het,' herhaalde Eva, terwijl ze haar blik door de nog geen vijfentwintig vierkante meter liet rondgaan. 'Het is wel klein, maar het heeft een prachtig uitzicht. Er is ook een koffiezetapparaat, wat wil ik nog meer?'

Raffaella keek naar Mara, die haar schouders ophaalde.

'Ze komt uit Milaan,' legde Rais uit, alsof ze daarmee het vreemde gedrag van haar collega kon verklaren.

'Wanneer kan ik erin?' vroeg Eva.

'Het is eigenlijk zo onverwachts dat ik niet eens tijd heb gehad om...' Raffaella was niet voorbereid op zoveel ongeduld. 'Ik weet het niet... Het appartement is vrij, maar ik zou op z'n minst moeten schoonmaken en...'

'Dat doe ik wel, maak je geen zorgen. Als jij het geen probleem vindt, trek ik er meteen in.'

'Meteen? Meteen wanneer?'

'Nu meteen,' antwoordde Eva lachend.

'Tjonge, Croce... De bed and breakfast waar je nu zit moet wel heel dramatisch zijn, als je zo'n haast hebt,' zei Rais.

'Nee, ik wil graag een plek hebben waar ik me thuis voel.'

'Oké, het is in elk geval beter dan de dienstwoning die je in de kazerne zou kunnen krijgen… Raffae, wat zal ik zeggen? Ze wil het, er is niks aan te doen.'

'Oké dan… Prima, als je even wacht, dan ga ik naar beneden om de papieren te printen en dan kom ik zo bij je.'

'Dank je,' zei Eva.

'Vind je het echt leuk?' vroeg Rais toen ze alleen waren.

'Het is vlak bij zee. Je kunt de zee zelfs zien vanuit dat raampje… En dan het kleine terras… Kom.'

Eva opende de glazen deur en Mara liep achter haar aan naar een klein overdekt balkon dat uitkeek op Viale Poetto en vanwaaruit je de enorme roerloze waterspiegel kon zien van de zoutmeren met honderden roze flamingo's, omringd door moerasvegetatie.

'Het is waanzinnig…' fluisterde Eva, terwijl ze leunend tegen de reling in de verte staarde.

Rais schudde haar hoofd, liep terug naar de zolderkamer, zette twee kopjes koffie en nam ze mee naar het balkon.

'Dank je,' zei Eva, terwijl ze van haar koffie nipte.

Mara wees naar de zoutmeren. '*Sa genti arrubia.*'

'Sorry?'

'De roze flamingo. Zo noemen we ze hier. Het betekent "het rode volk".'

'Ze zijn schitterend.'

'Inmiddels zijn ze het symbool van de stad. We hebben hier de grootste kolonie van Italië en een van de grootste van Europa. Je kunt ze vanaf hier heel goed zien. Bij zonsondergang trekken ze van daaruit naar de vijver van Santa Gilla in het natuurpark Molentargius. Honderden en honderden van die roze steltlopers doorkruisen dan de hemel. Dat vind ík zelfs nog steeds adembenemend… Van overal ter wereld komen mensen om ze te zien.'

'Dan zou ik helemaal zeggen dat dit hok zijn geld wel waard is, alleen al voor dat schouwspel, toch?'

'Weet je zeker dat je het wilt? Ik vind het meer iets voor een arme student of voor een *bagassa*; ik wil je niet beledigen.'

'Ja, ik ben dan wel geen hoer, maar een student toch zeker wel. Ik ben immers *casteddaio* aan het leren.'

Rais glimlachte. 'Wat dat betreft...' zei ze, terwijl ze een verfrommelde krant uit haar tas haalde. 'Kijk, een nieuwe les. Dit is de meest gelezen krant in Cagliari. De krant heeft hier de koosnaam *l'Ugnone*.'

Eva lachte. 'Die onthou ik.'

'Weet je wat de populairste rubriek is van de Cagliaritanen?'

'Nou?'

'De overlijdensberichten.'

'Niet.'

'Jazeker. De *ziodde* uit de dorpjes lezen ze met de pen in hun hand en een glimlach om hun mond, en dan vinken ze trots de foto's aan van die stakkers die ze overleefd hebben.'

'Jemig... Dat is best luguber, Rais.'

'Wij Sardijnen zijn best wel luguber, Croce. We halen het niet bij jou, dat is duidelijk, maar we komen in de buurt...'

'De enige reden dat je niet hoeft op te hoepelen is omdat je een huis voor me hebt gevonden... Is er nog nieuws over Dolores?'

'Niks. Daarom heb ik de krant gekocht, maar noppes.'

'Kon je goed slapen vannacht?' vroeg Eva.

'Alleen met wat chemische hulp... Jij? Nachtmerries?'

'Pff. Ik heb over de twee slachtoffers gedroomd.'

'Ik weet het. Maar binnen een paar dagen zijn we alles vergeten. Want we hebben besloten om er een mooie grafsteen op te zetten, toch?'

Mara zag in Eva's ogen dat ze niet helemaal overtuigd was.

'Croce, we hebben besloten om de zaak niet te heropenen, toch?'

'Ja hoor, zeker...' antwoordde Eva, alsof ze plotseling weer bij haar verstand kwam.

'Hier ben ik weer,' riep Raffaella, die binnenkwam met het contract in haar hand.

'Kom,' zei Rais, en ze stond op. 'Als je dan toch zoveel haast hebt, teken die *paperi* dan maar snel, zodat we ergens spaghetti met zee-egel kunnen gaan eten om je nieuwe bergho... pardon, "huis" te vieren.'

40

Carbonia

Een gebied van vierentwintigduizend vierkante kilometer met bossen, bergen, platteland, grotten en dorpjes tegen de berghellingen en in de binnenlanden. Als Dolores Murgia inderdaad iets was overkomen, kon ze overal zijn. Alleen het nationaal park Gennargentu besloeg al een gebied van bijna achthonderd vierkante meter, en in de hoger gelegen gedeelten waren de bossen zo dicht en ondoordringbaar dat delen ervan nog nooit waren verkend. Plaatsen die de ongerepte charme van het paleolithicum hadden behouden en waar al duizenden jaren geen mens geweest was. Ongerepte paradijzen. Perfect om zich met de geesten van de mensen uit de oudheid te verzoenen.

Maurizio Nieddu had ontdekt dat de goeroe van de Nuraxia zijn volgelingen altijd meenam op 'pelgrimstochten' naar verborgen plekken, zo ver mogelijk verwijderd van de beschaving, waar niemand ze kon storen in hun 'regressieve trances'.

De systematische zoektochten door een samengesteld team dat bestond uit boswachters, burgerwachten en agenten van de landelijke en de plaatselijke politie hadden geen enkel resultaat opgeleverd. De commissaris had een verzoek ingediend voor een grootschalige verkenning met drones, maar dat werd geweigerd. Elk jaar verdwenen er veel meisjes en Dolores werd pas minder dan een week vermist. Het feit dat ze zich bij de neo-Nuraghen had aangesloten was, aldus de officier van justitie, niet voldoende om het opsporingsprotocol op te schroeven naar een hoger niveau. De emoties die Nieddu ervoer konden niet worden vertaald in administratieve stukken of materieel bewijs, dus telden ze niet mee. De zoektocht zou in afgeslankte vorm doorgaan en hij zou zich daarbij moeten neerleggen.

Wat een bullshit, dacht hij, terwijl hij vlak bij de woning van de goeroe parkeerde. *Die hufter past perfect bij het profiel van de psychopaat en heeft eerder zedendelicten begaan. Aanklachten die, wie weet waarom, niet ergens toe geleid hebben. Dat leugenachtige sujet wordt door iemand beschermd, en dat is goed om te onthouden. Het spel moet volgens de regels worden gespeeld.*

Hij stapte uit de auto en keek om zich heen. Hij had gewacht tot het nacht was. Er leek nog steeds niemand thuis te zijn. Die ochtend was hij al op zoek geweest naar een eventueel inbraakalarm, maar dat had hij niet gevonden. De enige obstakels waren de sloten. Het viel mee: niets wat zijn inbrekersgereedschap niet met een beetje geduld en dekking van de duisternis kon forceren.

Hij had geen idee wat het huisje verborgen kon houden. Maar hij had iets nodig, al was het een heel klein spoor, om het onderzoek en de zoektocht naar het meisje te kunnen aansturen.

Na een korte verkenning sprong hij over de stenen omheining en liep door de tuin naar de achterdeur. Hij ging met het slot aan de slag, zich bewust van het risico dat hij liep.

Het leven van het meisje kan op het spel staan. Ik heb schijt aan de consequenties, dacht hij.

Na een paar minuten sleutelen duwde de commissaris de deurklink omlaag en ging naar binnen.

Hij deed de knoop van zijn holster los, waardoor zijn pistool vrijkwam, en klikte een zaklamp aan om te kunnen zien waar hij liep.

41

Viale Poetto, Cagliari

Ze had alle bagage die ze uit Milaan had meegenomen intussen uitgepakt en opgeruimd. Eén trolleykoffer had ze voor het laatst bewaard; een minitrolley, beter gezegd. Eva staarde ernaar alsof het een monsterlijk wezen was, en het leek of de bonte afbeeldingen van Minnie en Mickey Mouse haar meer angst inboezemden dan de demonische maskers die Barrali haar had laten zien. Ze keek om zich heen of er niet nog andere klusjes te doen waren, maar na uren werken was de zolder piekfijn in orde. Er waren geen excuses meer.

Dat ze de overplaatsing had geaccepteerd was een belangrijke stap voor haar geweest. Het betekende dat ze de pijn en het verleden de rug moest toekeren en een nieuwe start moest gaan maken. Na bijna twee jaar was het moment aangebroken, te beginnen bij het werk, alsof ze haar oude zelf wilde terugkrijgen door haar bestaan weer op te pakken waar het was onderbroken. Er waren echter nog wat dingen die ze moest trotseren. De inhoud van deze kinderkoffer, om mee te beginnen. 'Je kunt je pijn niet overwinnen door hem te vermijden. Je moet erdoorheen gaan,' had haar therapeut tot vervelens toe herhaald. Klaar met vermijden. Klaar met schuldgevoelens.

Eva Croce pakte de koffer, legde hem op het bed en ritste hem open. Hij bevatte kleding voor een klein meisje. Een meisje van zes, hoewel ze de laatste keer dat ze de kleren had gedragen al acht was geweest. De ziekte had toen haar groei al gestagneerd. Elk kledingstuk had ze apart in cellofaan gewikkeld om het te kunnen bewaren in de staat waarin het toen verkeerde, en op een of andere manier haar aanwezigheid, maar vooral haar geur, te kunnen vereeuwigen. Dat was wat ze nog het meest miste en waarover ze zich het meest zorgen maakte: ze begon de geur van haar huid te vergeten. Haar identiteit en haar lichamelijkheid bestonden in Eva's herinnering in wezen uit geuren, die echter door de tijd elke dag wat vager werden.

Het is vreemd, dacht ze. *Het geheugen concentreert zich soms op onbelangrijke details, terwijl de dingen die voor het behoud van de herinnering essentieel zijn juist wegglippen. Ik herinner me al haar cijfers op school en alle uitslagen van haar onderzoeken, maar ik weet niet meer hoe ze rook.*

Hoewel het mentaal veel moeite kostte, pakte Eva alle kledingstukken uit het cellofaan en legde ze netjes op de matras. Elke pyjama, elk T-shirt en elke blouse bracht tal van herinneringen met zich mee, de meeste daarvan prachtig. Alle kleren die haar aan de pijn, de tranen, de wanhoop en de ziekte herinnerden, had ze anderhalf jaar geleden al weggegooid. Toen ze klaar was met uitpakken, besloeg de uitrusting van haar dochter het hele bed.

Eva sloot haar ogen en plotseling kwam de geur van het meisje zo intens en levendig naar boven dat het leek alsof ze naast haar zat, alsof ze kon merken dat het meisje naar haar keek.

Eigenlijk wilde ze haar ogen niet openen, want dan zou ze zien dat Maya er niet zat, daar tussen de kleren. Of misschien was ze nog wel banger om haar wel te zien, met haar grote ogen, haar lange, zachte rode haar en haar onschuldige glimlach. Dus hield ze ze gesloten en liet ze zich op de jurkjes van haar dochter vallen, bedwelmd door haar geur. De doordringende kracht van de reukzin opende laatjes in het geheugen die vertroebelde herinneringen weer tot leven brachten. In een paar minuten werd Eva heen en weer geslingerd van lachen naar tranen, van ontroering naar pijn. Maar ze wist dat ze werk verrichtte dat heilzaam was voor haar ziel: ze kwam weer thuis, voor de laatste keer.

'Ik mis je, mijn lieve schatje,' fluisterde ze met gesloten ogen. Ze streelde over haar buik, alsof dat simpele gebaar de tijd kon terugspoelen en het heilige nieuwe leven in haar kon terugbrengen, in haar baarmoeder. Ze werd overvallen door een ondraaglijk gevoel van verraad omdat ze niet in staat was geweest haar natuurlijkste en instinctiefste plicht te vervullen, namelijk haar dochter beschermen. Ze had gefaald en dat zou ze zichzelf nooit kunnen vergeven.

En jij? Kun jij het me ooit vergeven? vroeg ze in de lege kamer, die toch op een of andere manier gevuld was met haar aanwezigheid.

Na een paar minuten viel ze in slaap, schommelend op de golven van de geur van haar kindje, waarbij ze de kleren stevig vasthield, alsof ze amuletten waren die haar afwezigheid konden verdrijven.

42

Carbonia

Toen het flikkerende licht van de zaklamp over de muren van de 'studio' van de goeroe scheen, vervloekte Maurizio zichzelf dat hij zo lang met zijn inval had gewacht.

'Jezus christus...' fluisterde hij, met zijn ogen gericht op de tekeningen die met wit krijt op de zwarte, schoolbordachtige muren stonden. De commissaris voelde dat hij werd teruggeworpen in de tijd, naar november 1986, toen hij – en hij was toen nog maar een jongen – als hulpofficier naar de plaats delict in het archeologische gebied van Matzanni werd geroepen, tussen de bergen in Villacidro en Vallermosa. De schetsen op de muren toonden het slachtoffer dat ze hadden gevonden, geknield voor een van de drie heilige bronnen, de handen op de rug gebonden, het gezicht verborgen achter een houten masker van een os, en het lichaam bedekt met ongeschoren schapenvachten. De hufter had tekentalent, maar wat de commissaris het meest verontrustte waren de bijtwonden op de onbedekte delen van de huid van het slachtoffer; het ongeïdentificeerde meisje dat ze in Matzanni hadden gevonden had hetzelfde letsel, op dezelfde plekken. Het leek wel of die hufter erbij was geweest, of zelfs...

Shit, hij zou het kunnen zijn, bedacht de commissaris, terwijl hij een snelle berekening maakte. *Melis moet destijds begin twintig zijn geweest. Te jong misschien*, dacht Nieddu.

Hij ging verder en bleef met zijn zaklamp over de gemetselde tussenwanden schijnen. Een andere krijttekening gaf in detail het tafereel weer van het andere rituele misdrijf, dat uit 1975.

Nieddu had destijds de dossiers van Moordzaken ingezien en herkende de ingang van de heilige bron Su Tempiesu op het platteland van Orune, evenals de positie van het slachtoffer, dat tot in detail was afgebeeld.

'De klootzak...' fluisterde hij. De krijttekeningen gingen verder: dierachtige maskers, naakte vrouwen voor Nuraghen-altaren, menhirs, beestachtige figuren, megalithische cirkels... Het was alsof Melis zijn perverse verbeelding op de muren had aangebracht. Met een knoop in zijn maag die steeds strakker werd vervolgde de commissaris zijn illegale zoektocht. Aan de muren hingen reproducties van wapens uit het tijdperk van de Nuraghen en de uiteenlopendste maskers van het Sardijnse carnaval. Toen de schedel van een grote bok in de lichtbundel verscheen, schrok Nieddu en viel de zaklamp uit zijn hand.

Het bureau lag vol met geschriften over occulte zaken, tekeningen en schetsen van duistere rituelen en offers, en foto's van Melis en zijn volgelingen in de bossen, hun gezichten verborgen achter maskers en hun veelal naakte lichamen, processies te midden van heilige bronnen, nuraghi en andere archeologische plaatsen die verborgen lagen in het bos.

De hand van de commissaris, die in een plastic handschoen was gestoken en waarmee hij de tekeningen onderzocht, trilde. Hij had moeite met ademen. Hij wilde het licht graag aandoen om wat beter te kunnen kijken, maar dat deed hij niet. Enerzijds was hij bang om zijn aanwezigheid te verraden, anderzijds wilde hij het bewijsmateriaal niet bederven. Hoe meer tijd hij hier doorbracht, hoe groter het risico dat hij sporen achterliet die zijn aanwezigheid verraadden. Nieddu haalde zich het gezicht van Dolores Murgia voor de geest en de gedachte dat het meisje in de handen van deze psychopaat kon zijn vervulde hem met afschuw.

Je had hier eerder naartoe moeten gaan, zei hij beschuldigend tegen zichzelf.

Hij keerde met zijn zaklamp terug naar de tekeningen van de rituele moorden en terwijl hij ze bekeek vroeg hij zich af: *en hoe pak ik dit nu in godsnaam aan?*

43

Hoofdbureau Cagliari

Croce en Rais zagen elkaar weer aan het eind van de middag, voor het kantoor van het hoofd van de afdeling Moordzaken. Croce was de hele ochtend bezig geweest met de administratieve en de procedurele zaken die geregeld moesten worden voordat ze officieel van start kon gaan. Ze had van de gelegenheid gebruikgemaakt om kennis te maken met de kantoren en de verschillende afdelingen. Farci had hun beiden gevraagd te komen om samen de stand van zaken te bepalen vanwaaruit ze resultaten konden behalen.

Rais merkte tot haar afschuw op dat de outfit van haar collega onveranderd was: afgetrapte laarzen, gescheurde jeans, T-shirt van een voor haar onbekende rockband, leren jack, neuspiercing en een hele rits oorbellen. De enige make-up op het bleke gezicht was zoals gewoonlijk een veel te dikke zwarte lijn met potlood rond haar ogen die haar blik een duistere uitstraling gaf. De te lange en te donkere haren droegen er waarschijnlijk aan bij dat ze er zo uitgemergeld uitzag. Haar nagels waren nog steeds zonder nagellak en mannelijk kort geknipt.

Na bijna een kwartier in de wachtkamer kon Mara zich niet meer beheersen. Verveeld nam ze haar collega van top tot teen op en beet haar toe: ‘Zeg eens, kom je net van een concert van Led Zeppelin of probeer je in aanmerking te komen als infiltrant bij de narcoticabrigade?’

Eva beantwoordde haar minachtende blik. ‘Nou, en dat zegt iemand die zich kleedt als de secretaresse uit een pornofilm…’

Rais glimlachte kil en stak haar middelvinger op. 'Fuck off,' siste ze.

Eva friemelde aan haar piercing om haar collega te irriteren.

'En? Hoe bevalt het in je sardientjesblik?' vroeg Mara na een paar seconden, terwijl ze haar ogen afwendde.

'Het is gewoon een uitvalsbasis, Rais. Een tijdelijk adres.'

'Dus je bent niet van plan te blijven? Laat je je overplaatsen?'

'Tjonge, je kijkt er zo blij bij. Ik ben er net. Vind je het zo klote?'

De vrouw uit Cagliari lachte listig. 'Niet echt, Croce. Ik begin langzaamaan te beseffen dat ik het met jou moet doen. Met jou, je heavymetaloutfit en je lijkbleke kop.'

'Ben je daar nog steeds mee bezig? Ik ben ook niet wildenthousiast dat ik hier ben, maar zolang het... Wat zou je denken van een iets professionelere opstelling waarbij je me misschien wat over de dossiers kunt inlichten?'

Rais zuchtte zwaar. 'Ze hebben ons tot nu toe met zo'n dertig onopgeloste moorden opgezadeld. Terwijl jij de toerist uithing op het hoofdbureau heb ik ze een voor een doorgenomen en in twee groepen verdeeld van elk vijftien dossiers, oplopend van de recentste naar de oudste. De meerderheid van de gevallen betreft huiselijk geweld: mensen die zo dom waren dat ze ermee wegkwamen.'

'De lastigste heb je zeker bij mij gedumpt...'

'Uiteraard. Ik heb jou de zaken gegeven die zich hebben afgespeeld in een omgeving waar ze alleen dialect spreken. Ik kan niet wachten om te horen hoe je ze in Sant'Elia of in San Michele gaat ondervragen... Hoe dan ook, ik denk dat we met DNA-bewijs de helft binnen een maand hebben opgelost. Het is meer forensisch gedoe, wij moeten het alleen een beetje coördineren.'

'Klinkt goed.'

'Ik denk dat als we tijd willen besparen, ieder het best voor zichzelf kan werken, en dat we alleen hoeven samen te werken om een verdachte te ondervragen of als er arrestaties verricht moeten worden.'

'Als in: hoe minder we met elkaar te maken hebben, hoe beter het is. Lijkt me prima... Zitten de moorden van Barrali tussen die dertig dossiers?' vroeg Eva.

'Nee, die heb ik weer in het archief gezet.'

'Oké. Maar jij zegt het tegen Farci.'

'Heel erg bedankt, Croce. Het is echt een feest om met jou samen te werken.'

'Hoor wie het zegt.'

'Laat dat stelletje oplichters maar binnen,' zei de commissaris vanuit het kantoor, net luid genoeg om gehoord te worden. Ilaria Deidda, de collega van Moordzaken, verliet het kamertje en vertelde de twee dat de chef helemaal klaarzat voor hen.

'En hoe is de stemming?' vroeg Rais.

'Zoals gebruikelijk,' zei Ilaria, duidelijk articulerend.

'Dat betekent dat zijn vrouw het ook gisteravond niet met hem wilde doen, *sciadau*.'

'Ik kan je horen, Rais! Kom, schiet eens op, ik wil mijn tijd niet verspillen!'

'O jee,' zei Mara met opgetrokken wenkbrauwen. Ze haalde diep adem en liep het kantoor van haar chef binnen, gevolgd door een hoofdschuddende Eva.

44

De Ladu-gebieden, Barbagia Superiore

De twee jongeren lagen in de met bloemen bezaaide weide en keken naar het paard dat uit de rivier dronk. Na hun vrijpartij in het pakhuis bij de amandelboomgaard op enkele tientallen meters van de smaragdgroene rivier genoten ze van de plattelandsrust. Het was een heerlijke, relaxte ochtend.

Het amberkleurige licht dat over de beek, de oleanders en wilgen om hen heen scheen, verwarmde de twee geliefden die verstrengeld op de jas van de jongen lagen alsof het een lentedag was. De geuren van het bos achter hen doordrongen de lucht en het gekabbel van het stromende water werkte kalmerend.

'Waar was je gistermorgen? Ik hoorde dat je met je vader op pad was,' zei Esdra Ladu, die een jaar ouder was dan hij, in het Sardijns.

Micheli bleef haar fluweelzachte haren strelen en bedacht dat het pas een paar jaar geleden was dat ze nog klein waren en samen met rieten visnetten uit de opslag naar de rivier gingen om zich te vermaken met het vissen op forellen en andere zoetwatervissen.

Wanneer zijn we volwassen geworden? vroeg de jongen zich af. *Wanneer zijn we verliefd geworden?*

'Hé,' zei Esdra, en ze schudde hem krachtig door elkaar. 'Vertel eens waar je naartoe bent geweest, ik sterf van nieuwsgierigheid.'

'Ergens...' zei hij vaag.

Ze stak haar elleboog tussen zijn ribben, waardoor hij moest lachen en het op hetzelfde moment uitgilde van de pijn.

‘En?’

‘We zijn naar een museum in Senorbì geweest.’

Esdra trok een raar gezicht. Ze zag een type als Bastianu, haar achteroom, niet een museum bezoeken.

‘En wat hebben jullie gezien?’

‘Een beeld… Het wordt de Moedergodin genoemd,’ zei Micheli. Hij onderbrak zichzelf om de volbloed terug te fluiten die in de bocht van de rivier door het moerassige riet waadde en zijn hoeven in de drassige grond liet zakken met het risico een been te verstuiken.

‘Was ze mooi?’

De jongen haalde zijn schouders op. ‘Een standbeeld. Een stukje marmer, niks bijzonders. Jij had er mooier gestaan.’

Het meisje zweeg even. ‘En toen?’

‘Hoezo “en toen”?’

‘Wat hebben jullie daarna gedaan?’ vroeg Esdra ongeduldig.

‘Niks. We zijn terug naar huis gegaan.’

‘Zijn jullie daar dan helemaal naartoe gegaan alleen om dat standbeeld te bekijken?’

‘Ja. Raar, hè. Ik vond het ook tijdverspilling.’

‘Wat zei je vader ervan?’

‘Dat ik het later wel zou begrijpen.’

‘Erg vreemd…’

‘Mijn vader en mijn overgrootvader zijn inderdaad behoorlijk vreemd.’

‘Vraag jij je nooit af hoe het zou zijn om hier weg te gaan?’ vroeg Esdra nadat ze een paar minuten in gedachten verzonken waren geweest. Aan haar intonatie kon je horen dat ze lang over die woorden had nagedacht, alsof ze bang was om ze uit te spreken. ‘Ben jij het ook niet zat hier? Dit saaie leven in de velden, tussen de dieren, zonder tv of telefoon en overal ver vandaan? Om een paar oude mannen te gehoorzamen, alsof we dieren zijn?’

‘De wereld daarginds is een shitzooi. We leven zo om onszelf te beschermen, dat weet jij ook wel,’ zei hij met iets hards in zijn stem.

'Dat is wat ze ons steeds willen laten geloven, maar wat vind jij er nou van? Hoe kun jij nou weten wat een normaal leven is?'

'Ik vertrouw mijn vader.'

'Ik wil hier weg. Ik kan er niet meer tegen.'

Micheli keek het meisje ernstig aan en glimlachte toen. 'Je maakt een grapje, toch?'

'Helemaal niet... Ik ben het zat. Ik wil niet zoals mijn zussen eindigen.'

'Wil je je leven dan niet met mij delen?'

'Natuurlijk wil ik dat, maar niet hier. Niet tussen onze familie... Ik wil de wereld zien. Weet je wel dat ik nog nooit de zee heb gezien?'

'Esdra, pas op met wat je zegt. Als je moeder je hoort, zal ze je villen als een zeug.'

'Dat is nou precies het probleem. Wat is er nou erg aan? We hebben alleen de middelbare school gedaan, en hier in het dorp kijkt iedereen ons daar zelfs scheef voor aan. En wat nu? Hier opgesloten, ver weg van alles en iedereen. We horen van jouw vader hoe het in de wereld is, maar we mogen het zelf niet zien. Hoezo niet?'

'We hebben hier alles wat we nodig hebben. Je hebt mij.'

Ze streelde zijn wang, waarop de eerste schaduw van een baard zichtbaar was. 'Ik weet het, maar ik wil ergens anders met je wonen, niet hier.'

Micheli betrok. 'Ik hou niet van dit soort praatjes. Hier woont je familie. Zou je echt iedereen in de steek willen laten? Zomaar, uit het niets?'

'Heb je je ooit afgevraagd waarom ze ons dwingen om zo te leven?'

De jongen duwde haar met een wild gebaar van zich af, kwam overeind en floot naar zijn paard. 'Jouw toon bevalt me niet, Esdra. Je kraamt onzin uit... Dit is jouw land en dit is jouw familie. Wat moet er daar buiten verdomme nou zijn? Wie zorgt er voor jou, daar buiten?' zei hij koppig, terwijl hij met zijn hoofd gebaarde naar ergens over de berg. 'Ik zeg het je: niemand.'

'Ik wilde je niet kwaad maken...'

De jongen schudde geïrriteerd zijn hoofd en zadelde het paard. 'Kom op,' spoorde hij haar nors aan. Hij hielp haar op te stijgen en joeg het paard in draf over de bergpaden in de richting van het dorp van de Ladu, waarbij hij het dier overdreven krachtige zweepslagen gaf.

Geen van beiden zei verder nog iets gedurende de hele terugreis.

Micheli's hart ging onrustig tekeer. De woorden van het meisje van wie hij hield hadden oude twijfels gewekt, bittere vragen waarop hij nooit een antwoord had gevonden.

Stel dat Esdra gelijk had? vroeg hij zich af.

Van streek door al die vragen sloeg hij het dier nog harder en probeerde tevergeefs om er niet meer aan te denken.

'Zie ik je vanavond?' vroeg het meisje toen hij haar bij de rand van het gehucht liet afstijgen.

'Nee. Vanavond moet ik ergens met mijn vader naartoe,' antwoordde Micheli bars.

'Waarheen?'

'Ga naar huis, Esdra, en zorg ervoor dat je snel vergeet wat je net gezegd hebt,' sprak hij, voordat hij zonder om te kijken naar de stallen reed.

45

Viale Europa, Cagliari

Boven op deze heuvel leek het of Cagliari aan je voeten lag. Het begon al donker te worden en vanaf dat natuurlijke uitzichtpunt kon je een oneindig tapijt van lichtgevende stippen onderscheiden dat de hoofdstad bedekte. Het uitzicht was adembenemend.

'Dit is de beroemdste laan van Cagliari. Waar je voor het eerst wordt gezoend, waar je met vrienden afspreekt, waar je iets belangrijks viert… Je kunt van hieruit bijna de hele stad overzien,' legde Rais uit. Ze had haar jas tot bovenaan dichtgeknoopt.

'Het is prachtig. Echt waar.'

'Ze is te laat,' zei Mara, terwijl ze op haar horloge keek. 'Ze had hier al moeten zijn.'

Zonder haar ogen van het paradijselijke uitzicht af te wenden, vroeg Eva aan haar collega: 'Je hebt nog niet gezegd wat je van Farci's reactie vond.'

Mara haalde haar schouders op. 'Wat wil je dat ik zeg…? Het is alleen maar tijdverspilling.'

Tijdens de bespreking met hun leidinggevende hadden de twee rechercheurs hem verteld over de dag die ze samen met de inspecteur hadden doorgebracht. Ze hadden geen detail achterwege gelaten, ook niet de verwarde toestand van Barrali toen ze uit Carbonia kwamen. Ze hadden hun twijfels geuit over het oplossen van de zaak en voorgesteld om die te archiveren, maar Farci was het daar niet mee eens: hij wilde de veteraan op z'n minst nog een laatste kans geven.

'De slachtoffers zijn nooit geïdentificeerd,' had hun baas volgehouden. 'Dat is onaanvaardbaar. Ik wil op z'n minst een DNA-onderzoek van de lijken, of, liever gezegd, wat ervan over is.'

'Dat betekent...'

'Ik weet wat dat betekent, Rais. Het is geen suggestie van mijn kant... Ik heb het al afgestemd met de officier van justitie. Regel het maar zo snel mogelijk, ook al is het een formaliteit, zodat de oude man zijn ziel wat rust kan geven. Als hij nu al verward wordt... Nou ja, je begrijpt me wel.'

Daarop waren de twee vrouwelijke inspecteurs beneden het oude archief van Moordzaken in gedoken en hadden ze samen een verzoek opgesteld om de lijken op te graven en een DNA-profielanalyse op de overblijfselen te doen. Ze hadden het verzoek per e-mail ingediend bij de vertegenwoordiger van het Openbaar Ministerie die was aangewezen om met Onopgeloste Zaken samen te werken. De officier van justitie moest niet veel omhanden hebben gehad, want ze antwoordde na nog geen twee uur met de mededeling dat ze de taak had toevertrouwd aan een gerechtsarts en een geneticus van het Instituut voor Forensische Geneeskunde in Cagliari, met de opdracht om binnen zestig dagen de resultaten bekend te maken. Daarbij had ze het bevel tot opgraving en de opening van de kist gevoegd, voor de begraafplaatsen van Orune en Vallermosa, waar de naamloze slachtoffers begraven waren.

'Barrali kan in elk geval tevreden zijn,' zei Croce.

'Daar is zijn vrouw... Kom, ik ben benieuwd wat ze wil,' antwoordde Rais.

De twee agenten liepen Grazia Loy tegemoet, die aan Mara had gevraagd of ze hen kon spreken. De drie begroetten elkaar en gingen op een bankje boven op de heuvel zitten, vanwaar je uitkeek over de stad die met de minuut verder in duisternis werd gehuld.

'Fijn dat ik jullie even kan spreken,' zei Grazia.

'Geen probleem. Hoe gaat het met Moreno?' vroeg Eva.

Zijn echtgenote schudde alleen maar haar hoofd. 'Ik... Ik heb niet tegen hem gezegd dat ik met jullie had afgesproken. Hij vindt het vast niet goed.'

De twee rechercheurs wisselden een verbaasde blik.

'Hij heeft jullie zeker niets over zijn ziekte verteld,' zei Grazia.

'Bedoel je de tumor? Niet alle details, nee, maar het is ons wel duidelijk, helaas...'

'Nee, Mara. Dat bedoel ik niet.'

'Nee dus,' kwam Eva tussenbeide. 'We weten er niets van.'

'Dat dacht ik al... Moreno lijdt aan een ziekte die Lewy body-dementie wordt genoemd. Het is een neurodegeneratieve ziekte, een vroegtijdige ouderdomsdementie, vergelijkbaar met alzheimer. Het leidt in relatief korte tijd tot ernstige cognitieve stoornissen met geheugenproblemen, sterke veranderingen in de aandachtsspanne, achterdochtigheid, angst, paniek, hallucinaties, tremors in rust, en vele andere nare symptomen.'

De rechercheurs waren met stomheid geslagen: dit veranderde alles.

'Er is geen verband met de tumor, maar het is wel waarschijnlijk dat de kanker het verloop van de dementie versnelt... Hij heeft het voor zich gehouden om zijn baan niet te verliezen. Hij heeft het niet eens aan mij verteld, ik ben er zelf achter gekomen.'

Achter de kalme houding van de stijlvolle vrouw die naast haar zat, bemerkte Eva de angst en de zorgen over de ziekte, die Grazia in haar eentje moest verwerken. Ze had medelijden met haar, maar tegelijkertijd voelde ze bewondering: ze kende dat gevoel maar al te goed, die wreedheid van de existentiële leegte die het leven overspoelde wanneer je hulpeloos moest toekijken terwijl een ziekte haar gang ging.

'Niemand kan aangeven hoe snel het zal gaan, of hij zal sterven aan de tumor voordat hij de realiteitszin volledig verliest, maar ik kan je zeggen dat ik elke dag een stukje van hem kwijtraak. Ik kan het zien; het gebeurt voor mijn ogen. Hij gaat langzaam achteruit.'

'Ik neem aan dat er geen behandeling is...' begon Mara.

'Ze kunnen alleen proberen om het af te remmen, het met medicijnen in de hand te houden, maar ze kunnen het niet stoppen.'

'Ik zal het je maar vertellen: we hadden laatst wel in de gaten dat er iets niet in orde was,' zei Eva.

'Jullie hebben geen idee hoe hij daarvan in de war is geraakt, en hoe erg hij zich ervoor schaamde dat zijn geest hem in jullie bijzijn in de steek liet. Juist dat is nog het pijnlijkst: hij is zich ervan bewust. Hij beseft het. En dat maakt hem kapot...'

'Shit, ik vind het echt heel erg. Hij is een heel intelligente man en afgezien van die middag was hij steeds heel helder,' zei Mara. 'Kunnen we iets doen?'

'Ik zou het niet weten. Eerlijk gezegd weet ik niet eens waarom ik dit doe, maar het leek me goed dat jullie het wisten. Hoewel de neurologen het zouden ontkennen, geloof ik dat de obsessie voor die zaak hem ziek heeft gemaakt.'

'Je bedoelt de onopgeloste moorden?'

'Ja. Ze achtervolgen hem al zolang ik hem ken. Uiteindelijk zal die zaak hem vermoorden. Letterlijk.'

Eva dacht terug aan 'de grot van het beest', zoals Rais de kamer had genoemd waar Barrali al het materiaal over de oude misdaden bewaarde. Als hij zich daar elke dag doelbewust had opgesloten, dan moest hij er op den duur wel ziek van zijn geworden, daar twijfelde ze niet over.

'Je vraagt ons dus nu om de zaak niet te heropenen?' vroeg Eva.

'Ik weet het niet, ik weet niet eens of jullie er iets over te zeggen hebben. Wat ik wil is dat hij ermee stopt, zich serieus gaat bezighouden met zijn gezondheid en die hel achter zich laat.'

'Hoe kunnen wij hem ervan overtuigen dat hij dat moet doen?' vroeg Mara.

'Door hem te vertellen dat jullie het overnemen en ervoor zullen zorgen dat er gerechtigheid plaatsvindt,' zei de vrouw met een smekende blik.

46

Het Dal van de Zielen, Barbagia Superiore

Zodra ze de bossen uit kwamen, hoorden ze de wind door de rotsspleten ruisen, waardoor er een orkest van sinister gefluister klonk. Het leek alsof de natuur hen waarschuwde voor het voorouderlijke gebied dat ze betraden, voor die onzichtbare kloof tussen het heden en het verleden. Boven het fluiten van de wind, het hypnotiserende gezoem van de insecten en de wirwar aan nachtelijke geluiden, klonk duidelijk het droge gekraak van de eikels die ze met hun zware laarzen vertrapten op de smalle granieten paden waar alleen wilde dieren kwamen en die helemaal niet geschikt waren voor mensen.

Behendig als een berggeit en popelend van opwinding volgde Micheli zijn vader; naar dit moment had hij zijn hele leven verlangd. De wind verspreidde de intense geuren van de bomen en het mediterrane struikgewas. De jongen kon steeds duidelijker de verkwikkende geur van de wilde mirte ruiken, die bij elke inademing een tonicum aan de zuurstof toevoegde dat hem kracht gaf voor de klim. Ze knipten hun zaklampen aan omdat de duisternis hen vertraagde en de jongen merkte de gravures op die in de schors van de bomen waren aangebracht: halvemaantjes, spiralen, stierenhoorns, *pintaderas* en andere onheilspellende en geheimzinnige symbolen die een bepaald pad leken aan te duiden.

Na enkele tientallen meters scheen Micheli's zaklamp op de eerste offerpalen. Aan de scherpe stokken die in de grond stonden, bungelden rottende karkassen van dieren en vogels, krioelend van de maden. Hijzelf had er tot een paar jaar geleden nog samen met zijn neven voor gezorgd dat het terrein werd afgebakend met deze omheining van dood en verderf, die volgens de oudere mannen een bescherming vormde, een soort barrière die moest verhinderen dat niet-ingewijden het heilige gebied konden betreden. Het was voor hen een spelletje geweest om de kleine wilde dieren aan palen te rijgen en ervoor te zorgen dat ze werden vervangen op het moment dat door de tijd en het weer het vlees van de botten was verdwenen, maar niemand had ooit begrepen wat dat macabere ritueel dat die oude mannen zo belangrijk vonden nou precies inhield.

Toen de jongen het gebied binnen de palen betrad, kreeg hij kippenvel onder zijn zware loden jas. Nooit eerder had hij zich zo diep in het Dal van de Zielen gewaagd, omdat ze hem altijd verboden hadden hier te komen. Er waren maar een paar Ladu-volwassenen die ernaartoe mochten, en zijn vader was een van de uitverkorenen.

'*Bene istas?*' vroeg Bastianu ineens.

'Ja, *ba*'. Het gaat goed.'

'Stop dan met om je heen kijken en pas op waar je je voeten zet. Je verliest zo je evenwicht en dan val je tussen de spleten. Het ligt hier beneden vol met skeletten van Ladu die onvoorzichtig zijn geweest,' zei Bastianu in het Limba. 'Niemand heeft de moeite genomen om ze te redden, want deze *nurras* zijn veel te diep.'

Micheli staarde met afschuw naar de diepe holten tussen de rotsen en knikte, bang om ertussen te vallen.

Moeizaam ging het verder, en ze klommen hoger en hoger.

Aan de takken van de bomen die ze hier en daar tegenkwamen zag Micheli primitieve geestenverdrijvers bungelen: amuletten gemaakt van dierenschedels, vastgebonden met runderpezen. Ze slingerden in de wind, waardoor het leek alsof de schedels aan het lachen waren. Micheli voelde de kikkererwtensoep met spek die hij als avondeten had gehad omhoogkomen, en om te voorkomen dat hij moest overgeven, concentreerde hij zich op de rotsachtige grond, die glibberig was door het mos, zodat hij zijn enkels niet zou verstuiken.

Toen zijn vader hem gebaarde te stoppen, besefte de jongen dat de mineraalachtige geur van de rotsen had plaatsgemaakt voor een vochtige rottingslucht waarvan hij de oorzaak niet kon vinden.

'We zijn er,' zei Bastianu.

Micheli keek verbaasd om zich heen en hij zag niets anders dan een leistenen muur. Hij keek toe terwijl zijn vader bukte. In het licht van zijn zaklamp zag hij, verborgen tussen de begroeiing, een rotsspleet waar de stank vandaan kwam.

'Moeten we daar naar beneden?' vroeg hij vol ongeloof, terwijl hij de diepe grot in keek.

Bastianu gaf geen antwoord. Hij duwde de doornstruiken en bossen jeneverbes opzij en liet zich tussen de stenen in de kloof zakken die het mysterieuze geheugen van hun voorouders verborgen hield.

Alleen achtergebleven in de fluisterende nacht raapte Micheli zijn moed bijeen en liet zich ook via de smalle spleet naar beneden zakken, terwijl hij zich afvroeg hoe dat enorme lijf van zijn vader er in godsnaam doorheen had gepast. De geur van verrotting binnen in de berg was zo intens dat zijn maag ervan omkeerde. Daar beneden leek het een paar graden kouder. De jongen kroop diep in zijn jas om warm te blijven.

'Bang?' vroeg Bastianu een beetje spottend toen hij zag dat de pupillen van zijn zoon wat groter waren geworden door het gevoel van claustrofobie. Zijn diepe stem leek in wel honderden echo's te weergalmen. De woorden die hij had uitgesproken veranderden in condenswolkjes.

Micheli schudde zijn hoofd en ging achter zijn vader aan de kalkstenen opening in. Na een paar meter pakte de man een fakkel van de grond, stak hem aan en verlichtte de ondergrondse grotten met de flakkerende vlammen. Daarmee verstoorden ze een vleermuizenkolonie, die chaotisch boven hun hoofd begon te fladderen.

'Let er maar niet op... Hier woonden en schuilden onze voorouders.'

'Hoe lang geleden?' vroeg de jongen.

'Zes-, zevenduizend jaar geleden. Misschien nog wel langer.'

'Waarom zijn we hier beneden?'

'Je stelt te veel vragen, jongen. *Mudu* en kom mee.'

Micheli gehoorzaamde. Hij zei niets meer en liep achter zijn vader aan, die zich net zo zeker als de vleermuizen die om hen heen zwermden door de duistere grotten bewoog. Een paar minuten later bleef Bastianu staan en ging aan de kant om zijn zoon van bovenaf in een rotsachtige holte te laten kijken.

Micheli nam de fakkel van zijn vader over en verlichtte de ruimte voor hem. Terwijl hij naar beneden keek, stokte zijn adem in zijn keel.

47

Cagliari

'Denk jij dat ze daarom geen kinderen hebben gekregen?' vroeg Mara, waarmee ze de stilte doorbrak die tussen hen was gevallen nadat Grazia Loy was vertrokken. 'Door deze zaak?'

'Ja, dat zou kunnen,' antwoordde Eva naast haar op het bankje. Ze had haar blik op de stad gericht, die in de duisternis was verdwenen. 'Als ik Grazia was zou ik wel twee keer hebben nagedacht voordat ik een kind op de wereld zou zetten terwijl mijn man voortdurend met zijn hoofd ergens anders was: in een wereld van duisternis en geweld. Maar wie weet, misschien konden ze geen kinderen krijgen.'

'Luister, ben ik de enige die zich hier rot over voelt of...'

'Nee, ik voel me hetzelfde, Rais.'

'Echt sneu voor hem...'

'Ja... Vind je dat we het Farci moeten vertellen?' vroeg Croce.

Mara dacht een paar seconden na. 'Ik weet het niet... Die dementie verandert verder niks aan de zaak. Alle sporen rondom die twee moorden zijn inmiddels niet alleen maar koud, ze zijn gewoon bevroren... Ik heb er nu al spijt van dat ik ja heb gezegd tegen zijn vrouw.'

'Wat denk je dat de oorzaak is van zijn enorme behoefte om de waarheid te achterhalen, om een schuldige te vinden? Denk je niet dat het wat te ver gaat?' vroeg Eva. 'Het is een obsessie.'

'Wat moet ik zeggen... *No ddu sciu*, ik weet het niet...'

'Als we het met Farci bespreken, zal hij ons waarschijnlijk opdragen om Barrali niet meer bij het onderzoek te betrekken.'

'Dat is een ding dat zeker is.'
'En dat zou hem nog sneller kapotmaken dan de tumor.'
'Als we het niet zeggen en hij komt erachter, dan maakt Farci óns kapot.'
'Nogal ingewikkeld.'
'Weet je wat, we slapen er een nachtje over en dan beslissen we morgen wat we doen,' zei Rais, terwijl ze opstond. 'Ik moet Sara bij mijn ouders ophalen.'
'Is er al nieuws over Dolores?'
'Nog steeds niks.'
'Wat vind jij daarvan?'
Mara's gezicht betrok. 'Niet best… Helemaal niet best.'
'Dan zijn we het daarover eens,' zei Eva voordat ze gedag zwaaide.

48

De grot van de Godin, Barbagia Superiore

Ze bevonden zich in iets wat op een groot ondergronds heiligdom leek: een onderaardse paleolithische necropolis, een amfitheater van rotsen bestaand uit honderden kleine grafkamertjes, uitgegraven in het trachiet, met nauwe deuropeningen die elk een enkel graf *a pozzetto* herbergden, oftewel een grafkelder.

'Kom, we gaan naar beneden,' fluisterde Bastianu zachtjes, alsof hij de roerloosheid en de doodse stilte die in de grotten heersten niet wilde verstoren. Daar beneden leek het of de tijd duizenden jaren geleden stil was gaan staan.

Micheli verlichtte de toegangsruimten tot de kamers, die versierd waren met spiraalmotieven, wolventanden bedekt met rode oker – de kleur van de wedergeboorte – afbeeldingen van stieren, rotstekeningen, nepdeuren die de toegang tot het hiernamaals symboliseerden en een aantal symbolen van de Moedergodin die de jongen in het museum van Trexenta had gezien. Hun voorouders hadden nisjes gegraven, en altaren en schalen gemaakt om offergaven en bezittingen van de overledenen neer te leggen, die er nog in overvloed aanwezig waren: vazen, kettingen, beeldjes, wapens en maskers versierden de graven. De jongen was sprakeloos. Hij voelde de aanwezigheid van een allesomvattende entiteit, die als een magnetische kracht van de ene naar de andere kant door hem heen ging en hem naar zich toe trok. De catacomben lagen verspreid door het labyrint van kalksteengrotten, helemaal tot in de moederschoot van de berg. Hij was bang en tegelijkertijd gefascineerd door die diepten, en wilde ontdekken waar dit alles naartoe ging.

'Hier rusten onze voorouders,' fluisterde Bastianu.

Micheli knikte, nog steeds overrompeld. Hij had niet kunnen vermoeden dat hun grondgebied boven op een prehistorische begraafplaats van zo'n omvang lag, en ook niet dat hun familie zo oud was.

'Kom,' zei zijn vader, die een hand op Micheli's rug legde om hem aan te moedigen verder te lopen. 'We zijn nog maar net begonnen.'

Ze vervolgden hun weg langs grafkamers die langzamerhand steeds groter werden. Zelfs de gravures in het steen veranderden: nu waren het voornamelijk bas-reliëfs van kandelaars, schedels om de rust van de doden te waarborgen en mensachtige gestalten met runderhoorns. Hoe verder ze in de diepte afdaalden, hoe ongezonder de lucht werd, verstikkend soms. Toen de jongen op het punt stond om tegen zijn vader te zeggen dat hij wilde pauzeren om op adem te komen, pakte Bastianu de fakkel uit zijn hand en verlichtte een grote holte van ongeveer twee meter, die het laatste vertrek van de necropolis was.

'Doet dit je ergens aan denken?' fluisterde de man.

Voor hen, op een soort offeraltaar met spiraalafbeeldingen in bas-reliëf, stond een perfecte weergave van de Moedergodin van Turrìga op ware grootte. Het beeld verschilde niet alleen ongeveer één meter zestig in lengte met het exemplaar dat ze in het museum hadden gezien, maar ook de kleur en het materiaal waren totaal anders. De Godin die hen leek aan te kijken zag er zwart, olieachtig en doorschijnend uit vanwege de typische kenmerken van het materiaal waar ze van was gemaakt: obsidiaan.

Micheli realiseerde zich heel goed dat de energie die hij had gevoeld toen hij de grotten binnenkwam van het beeld afkomstig was. Zonder dat hij het besefte liepen de tranen over zijn wangen. Hij voelde dat hij in het aangezicht verscheen van niet zomaar een stuk steen, maar van een levende entiteit die een bovennatuurlijke, eeuwige en onveranderlijke kracht uitstraalde.

'Dit is wat de Ladu zijn, mijn zoon. Wij zijn de beschermers van de Godin, sinds het begin der tijden,' zei Bastianu in hun dialect. Die taal had het gewicht van de oudheid, dat kon je door en door voelen, bij elk woord. Micheli was zich er nooit zo van bewust geweest als op dat moment. 'Dit is onze missie. Deze plek beschermen, de Moeder eren en haar voeden als ze honger heeft.'

'Haar voeden?' vroeg de jongen, die zijn ogen niet van de zwarte Godin kon afhouden.

Bastianu greep hem bij de arm, waardoor hij uit zijn extase werd gehaald, en nam hem mee naar de rotswand achter het beeld. Hun voorouders hadden er rotstekeningen in de wand gekerfd: tekenen en schilderingen die een nachtelijke sterrenhemel voorstelden, met daaronder op de grond vrouwelijke figuren, geknield in een soort dierlijke onderwerping, hun handen op de rug gebonden, naakt, hun gezicht bedekt met wat leek op geitenschedels. Uit hun keel gutste bloed, dat met rode oker op de stenen was geschilderd. De vele vrouwen zaten allemaal gebukt voor een afbeelding in bas-reliëf van de zwarte Godin, waar het bloed van de vestaalse maagden naartoe stroomde zoals water naar de wortels van een plant.

Bastianu bracht de fakkel nog dichter bij de afbeeldingen, en hij wees op een mensachtige figuur met een masker van een os. Het wezen droeg een dierenvacht en stond met een mes in zijn hand voor de Godin.

'Dat is de *mazzamortos*, de veerman van de zielen. Als de Moeder honger heeft, dan voeden we haar. Dat hebben we altijd al gedaan, al sinds het ontstaan van deze schuilplaats duizenden jaren geleden,' legde hij zijn zoon uit. 'Mijn grootvader en ik waren de laatste bewaarders, de laatste *mazzamortos*. Nu is de beurt aan jou...'

49

Carbonia

Maurizio Nieddu had met enige voldoening toegekeken terwijl Adele Mazzotta, de officier van justitie die met de zaak was belast, met de seconde verbleekte toen ze verbijsterd de macabere studeerkamer van de goeroe bekeek.

Dat had je maar eerder moeten bedenken, trut, dacht hij.

Toen de vrouw zei dat ze even een luchtje moest scheppen, knikte de commissaris begripvol en maakte van de gelegenheid gebruik om met zijn telefoon wat foto's te maken van het materiaal – onder andere van de muren en de maskers – en die via WhatsApp naar de Cagliaritaanse rechercheur van Onopgeloste Zaken te sturen. *Dit is de woning van Melis, de goeroe van de Nuraxia. Doet het je ergens aan denken? Het is momenteel vertrouwelijk materiaal. Ik denk dat we elkaar snel moeten spreken*, schreef hij bij de foto's.

'Gaat het?' vroeg de commissaris aan de officier van justitie, die hij buiten aantrof.

'Vertel me nog eens hoe jullie dit op het spoor zijn gekomen,' antwoordde de vrouw met de bedoeling haar gezag terug te krijgen.

'Via een telefonische melding. Iemand die zijn hond uitliet had geluiden gehoord in de woning en zei dat hij iemand het huis uit zag sluipen. We hebben een politieauto gestuurd en de twee agenten vonden duidelijke braaksporen. Ze zijn naar binnen gegaan om een kijkje te nemen en om te controleren of alles in orde was, en toen zagen ze de afbeeldingen en al het andere. Daar hebben ze me verslag van gedaan,' legde hij uit. Nieddu verzweeg daarbij zorgvuldig dat de beller een gepensioneerde ex-collega was die hij instructies had gegeven over wat hij tegen de centrale moest zeggen.

Het leek erop dat Adele Mazzotta hem geloofde. Ze was nog steeds geschokt door de foto's van de naakte neo-Nuraghen in het bos, de demonische maskers, de orgies te midden van megalithische cirkels en op de reuzengraven, om nog maar te zwijgen van de tekeningen op de muren.

'Laat de drugshonden maar komen om te kijken of hij iets verbergt wat we tegen hem kunnen gebruiken. We zullen deze klootzak dagvaarden en we starten een zoekactie met drones, maar we houden het stil,' zei ze resoluut. 'Laat dat arme meisje in godsnaam niet echt in handen van deze gekken zijn gevallen. Maar als dat toch zo is, en ze erachter komen dat we ze op het spoor zijn, kunnen ze zich weleens op haar afreageren.'

Je bent eindelijk wakker geworden, Doornroosje, dacht Nieddu.

'Tot uw dienst, mevrouw,' antwoordde hij.

'Vandaag is het 1 november,' vervolgde ze, in gedachten verzonken. 'Vannacht is toch de nacht waarin ze jaren geleden de slachtoffers hebben gevonden van die vreemde rituele moorden?'

'Precies. *Sa die de sos mortos*,' antwoordde de commissaris.

'Ik hoop uit de grond van mijn hart dat ik het mis heb, maar ik heb een slecht voorgevoel...' zei de officier van justitie. 'Bewaar en kopieer al het materiaal en stuur het door naar het hoofdbureau in Cagliari. We zullen ook hun hulp nodig hebben bij de zoektocht en ze kunnen maar beter meteen van de zaak op de hoogte worden gebracht.'

'Dat zal ik onmiddellijk doen, mevrouw,' zei Nieddu, die al op weg was naar zijn auto.

'Nog één ding, commissaris.'

'Vertel.'

'Ik heb het strafblad van Melis bekeken. Er zijn meerdere aanklachten tegen hem geweest van verkrachting en mishandeling. Ze zijn allemaal ingetrokken, de aangiften zijn weerlegd en zaken zijn geseponeerd. Hebt u enig idee hoe dat kan?' vroeg de vrouw.

'Ik ben bang dat die sekte niet alleen door bedriegers en wanhopige figuren die op zoek zijn naar antwoorden en genezing wordt bezocht, maar ook door invloedrijke personen... En ik vermoed dat Melis wordt beschermd door een heel machtig iemand.'

50

Archiefruimte van het rechercheteam, hoofdbureau Cagliari

Rais en Croce waren 's ochtends vroeg in hun dossiers gedoken. Ze pleegden telefoontjes naar de verkeerspolitie, de burgerlijke stand en verschillende gemeentekantoren om te onderzoeken of verdachten van twintig jaar eerder nog leefden. Vervolgens gaven ze de verzoeken om DNA-monsters aan de officier van justitie door. Geen van beiden was teruggekomen op het gesprek met Barrali's vrouw, alsof ze nog niet konden beslissen wat ze moesten doen.

'Pff...' verzuchtte Rais na weer een mislukte poging.

'Gaaf zeg, dat werk bij Onopgeloste Zaken. Ik lijk wel een secretaresse.'

'En we zijn nog maar net begonnen,' kaatste Croce terug.

'Koffie?'

'Nog een? Wil je dat ik een hartaanval krijg?'

'Ik grijp alles aan om even uit dit hok te ontsnappen.'

Croce rekte zich uit en haar ruggenwervels kraakten. 'Mag ik je iets vragen?'

'Zeker. Wil je het nummer van een personal stylist? Want je moet weten dat de mode niet in de punkperiode is blijven hangen. Ik verzeker je dat er een ontwikkeling is geweest...'

'Ja hoor, doe maar alsof ik niks heb gevraagd,' zei Croce, en ze ging verder met haar papierwerk.

'Kom op, wat wil je?' vroeg Mara glimlachend.

'De zaken die ik hier heb, en dat zijn er een stuk of vijftien, gaan allemaal over familieruzies of huiselijk geweld.'

'De mijne ook.'

'Juist… Maar is hier dan helemaal geen plaatselijke criminaliteit? Ik bedoel, is er geen maffia op Sardinië?'

'Denk maar niet dat dit eiland wordt overgeslagen. Ooit wel, misschien. Tegenwoordig is het noorden in handen van de Russische maffia, en de Italiaanse, met de 'ndrangheta voorop, wast een berg geld wit aan de Costa Smeralda door hotels te kopen, resorts en restaurants te bouwen, en ga zo maar door.'

'Maar is er geen lokale organisatie, zoals in Sicilië of Calabrië?'

'Ik ben geen socioloog, maar ik denk dat de maffiacultuur hier nooit voet aan de grond heeft gekregen omdat er altijd een herderstraditie is geweest waarin eigenrichting diep verankerd was.'

'Dat volg ik even niet.'

'Heb je weleens van de wraakvoorschriften uit Barbagia gehoord?'

'Nee, maar het klinkt best gruwelijk.'

'Ja, reken maar… Op het eiland, en vooral in Barbagia, namen ze het recht altijd in eigen hand. Je kon het niet aan de staat of aan een ander machtsorgaan overlaten, dus ook niet aan een maffiaorganisatie. Sardijnen hebben altijd een afkeer gehad van de grondwettelijke macht en ze kwamen in opstand, met geweld ook, tegen elke vorm van machtsmisbruik van de overheid.'

'Weet je dat als je je best doet, je best slim overkomt?'

'Rot op… Kijk jij maar op YouTube als je meer wilt weten. Ik ga koffie halen.'

'Nee, grapje, vertel verder. Ik zal je niet meer onderbreken, ik wil het echt graag weten.'

Rais wierp haar een vernietigende blik toe en vervolgde: 'De samenleving van boeren en herders in Barbagia, maar ook in andere gebieden, werd gedreven door eergevoel en een behoefte aan gewelddadige wraak, waarbij het recht in eigen hand werd genomen, persoonlijk of ten minste binnen de familiekring. Je hebt vast weleens gehoord van de eindeloze bloederige vetes uit de geschiedenis van dit grondgebied.'

'Ja.'

'Kijk, je had het gewoonterecht dat alleen mondeling werd

overgeleverd met een aantal gedragsregels die in bepaalde gevallen, onder bepaalde voorwaarden, wraak rechtvaardigden...'

'En de politie? De overheid?'

'De overheid werd beschouwd als een indringer, een veroveraar op wie je niet kon vertrouwen. Ze waren altijd zelfregulerend. Sardijnen zijn fundamenteel anarchistisch en kunnen geen enkele vorm van controle of machtsmisbruik verdragen. Inmiddels zijn we soft geworden en geven we ons bij het minste of geringste gewonnen, maar dat is wel anders geweest.'

'Dus jij zegt dat jullie die plaag bespaard is gebleven omdat de mentaliteit geen passiviteit kent en geen misbruik en vernedering accepteert zoals dat in andere regio's het geval is?'

'Precies, en ik zou daaraan willen toevoegen dat we een ander gemeenschapsgevoel hebben, samenhangender. Stel dat iemand in dorpjes als Orgosolo, Lula of Desulo zou proberen om beschermingsgeld te vragen, weet je wat er dan gebeurt?'

'De western *High Noon*?'

'Zoiets, ja. Daarom heeft de maffia zich op de kustgebieden in het noorden van het eiland gericht, waar eigenlijk nog maar weinig autochtone Sardijnen wonen. Je hoort er eerder een Lombardisch, Slavisch of Calabrisch accent.'

'En hier, in het zuiden? Is er geen maffia in Cagliari?'

'Vrijwel niet. We hebben een andere maffiacultuur. Veel minder zichtbaar, maar niet minder uitgekookt en schadelijk. Ze worden de "drie M's" genoemd.'

'En dat betekent?'

'*Massoneria*, *mattone*, *medicina*, oftewel vrijmetselarij, bouw en gezondheidszorg. Het zijn zelfstandige bouwarbeiders, bouwondernemers, kopstukken uit de gezondheidszorg; een sociaal blok van permanente macht dat dankzij een uitgebreid netwerk deze stad altijd op de achtergrond heeft bestuurd. Een zakelijke oligarchie die dusdanig stevig is dat ze de dienst uitmaken in *Casteddu*.'

'Ook nu nog?'

'Jazeker. Het is een machtsgroep die in stilte gedijt, sektarisch is en uit hooguit een tiental families bestaat die de hele stad beheersen, van het Paleis van Justitie tot aan de loge van de vrijmetselarij, ziekenhuizen, universiteiten, banken, de regionale overheidsinstanties, enzovoort. Als je er met eentje ruzie hebt, heb je ruzie met ze allemaal.'

'Het is best zorgwekkend wat je beschrijft.'

'En ik heb het nog wel luchtig gebracht... Luister, de *lectio magistralis* is voorbij. Ik ga koffiezetten. Ga mee als je zin hebt, dan gaan we meteen naar...' Mara werd onderbroken doordat haar telefoon trilde. Ze opende Nieddu's bericht, bekeek de foto's en trok wit weg.

'Hé, alles in orde?' vroeg Eva.

Als antwoord sloot Rais haar telefoon aan op de computer en gebaarde Eva om dichterbij te komen. Ze opende de foto's en liet ze aan Eva zien. 'Moet je dit zien. Deze heb ik net van Nieddu ontvangen, de commissaris uit Carbonia.'

'Waar zijn ze gemaakt?' vroeg Eva met hese stem.

'In de woning van Melis, dat stuk onbenul dat het hoofd is van de neo-Nuraghen.' Eva pakte Barrali's dossier over de rituele moorden erbij en vergeleek de foto's met de tekeningen op de muren.

'*Fill'e cani...*' vloekte Rais toen ze de opvallende gelijkenis zag.

'Tja. Dit verhaal kunnen we niet bepaald voor Farci verborgen houden,' zei Eva.

Rais tikte nerveus met haar vingers op het bureau, knikte toen en pakte de telefoon en haar jas. 'We laten alles vallen en gaan onze grote baas vragen wat hij ervan vindt,' zei ze tegen haar partner.

51

De Ladu-gebieden, Barbagia Superiore

Nog voordat Bastianu de knarsende deur opende, had het geknisper van de droge bladeren onder zijn zware schoenen zijn komst al aangekondigd in het schuurtje dat midden tussen de mirtestruiken en cactusvijghagen stond. Binnen waren de ramen zo vuil dat er nauwelijks licht doorheen kwam, maar dat maakte geen verschil voor Benignu Ladu; hij leefde al meer dan tien jaar in duisternis.

'Hij is klaar,' klonk de stem van de oude man boven het geknetter van de houtkachel uit. 'Nog heel even...'

Bastianu keek toe terwijl zijn grootvader met de steenhouwer een paar laatste onvolkomenheden wegwerkte. Toen de man hem het masker aanreikte, was hij zoals altijd verrast over het buitengewone resultaat en door het vakmanschap waarmee het perenhout zo precies en perfect was gepolijst en getransformeerd in een reproductie van *su Boe*.

Hoe kan een blinde zoiets prachtigs maken? vroeg hij zich af, terwijl hij met zijn vingers over de puntige hoorns en de gepolijste inkepingen van de ogen gleed.

'Heb je met je zoon gesproken?'

'Nog niet... Ik ben gisteren wel met hem in de grotten geweest.'

Benignu knikte. 'Zijn tijd is gekomen, Bastianu. Dit is mijn laatste masker. Deze handen kunnen er niet nog een maken.'

Bastianu bekeek de vingers van de oude man, die aangetast waren door artritis: het waren net klauwen, misvormd en stram door de reuma. Het was echt een wonder dat hij dit, blind en met zijn gesteldheid, had kunnen uitbeitelen. Boven op de rechterhand van de oude man zag hij het grote halvemaanvormige litteken dat als een spatader op zijn huid stond.

Bastianu probeerde zich te verdedigen en zei: 'We vragen een groot offer van hem.'

'Het is zijn lot, zoals het ook het mijne was, en dat van mijn vader,' antwoordde Benignu met zwakke stem. Die laatste inspanningen leken hem te hebben uitgeput.

'Ik zal straks met hem praten.' Bastianu pakte het masker in een zwarte doek, voorzichtig alsof het iets levends was. 'Zal ik iemand sturen om je op te halen, *mannoi*?'

'Nee, ik wil nog even alleen zijn... Denk aan mijn woorden. En weet dat ik nog steeds nachtmerries heb. De aarde kwijnt weg. Ze heeft honger en dorst. De tijd raakt op.'

'Heb geduld.'

Nadat het hoofd van de Ladu-clan het schuurtje had verlaten en op weg ging, vloog er een zwerm krassende kraaien de lucht in. Bastianu keek toe terwijl ze zich in de turquoise hemel verspreidden en voelde zich onbehaaglijk.

Hij is nog maar een jongen. Hoe kan ik hem ertoe bewegen om zoiets te doen? vroeg hij zich af, terwijl hij naar de vreemde vormen tuurde die de vogels in de lucht maakten. *Het maakt niet uit hoe, maar je moet een manier vinden. En snel ook.*

52

Afdeling Moordzaken en Misdaden tegen Personen, hoofdbureau Cagliari

Farci keek van de lugubere foto's op zijn computer naar de twee rechercheurs. 'Een toffe vent, die Melis,' was zijn commentaar.

'De perfecte schoonzoon, huisje-boompje-beestje,' zei Rais terug.

'Nieddu heeft een opsporingsbericht laten uitgaan voor deze sympathieke figuur. Hij zou betrokken kunnen zijn bij de verdwijning van Dolores Murgia. Wat weten jullie erover, behalve wat er al gepubliceerd is?'

'Het meisje wordt al ongeveer een week vermist en uit Nieddu's onderzoek blijkt dat ze omging met de neo-Nuraghen,' zei Rais.

'Volgens Paola Erriu, een medewerker van de commissaris, gebruikt ze verdovende middelen. Via Barrali weten we dat drugsgebruik binnen de sekte populair is om een trance op te wekken en contact te maken met de geesten van de Nuraghen-voorouders,' vervolgde Eva. 'Het is aannemelijk dat Murgia zich als gevolg van haar verslaving bij hen aangesloten heeft.'

'Ik heb gezien dat Melis in het verleden is beschuldigd van seksueel misbruik en verkrachting,' zei Farci. 'Maar iemand heeft zijn strafblad gewist. Dat bevalt me niks. Ik heb Deidda gevraagd om dit uit te zoeken, maar waarschijnlijk houdt iemand hem de hand boven het hoofd.'

'Bedoel je daarmee dat er niet alleen wanhopige mensen, maar ook mensen met macht bij de sekte zitten?' vroeg Croce.

'Rijke mensen zijn vreemd, dat weet jij beter dan ik, dus het zou me niks verbazen… Denken jullie dat deze goeroe iets met de rituele moorden te maken had?' vroeg de commissaris.

'Hij is vijftig. In theorie zou hij de moord in 1986 gepleegd kunnen hebben, maar wij denken dat hij te jong was... En die zaak van daarvoor kunnen we uitsluiten, want toen was hij negen. Een beetje jong voor een seriemoordenaar, vind je niet?' zei Mara.

'Behalve wanneer er meerdere personen bij betrokken zijn die hebben samengewerkt om de twee meisjes te vermoorden,' zei Croce. 'Dan wordt het ingewikkelder.'

'Oké. Voorlopig werken jullie gewoon verder aan de dossiers die voor jullie klaarliggen. Ik zal iemand van Moordzaken vragen om de sekte te onderzoeken en te kijken hoe lang die al bestaat en wie er zoal bij betrokken zijn. Deze...' zei Farci, terwijl hij naar de foto's op de computer wees. 'Hebben jullie deze al aan Barrali laten zien?'

De twee rechercheurs wisselden gegeneerd een blik.

'Nee,' antwoordde Eva.

'Moreno is op dit moment degene met de meeste kennis over de zaak. Vraag het hem, misschien valt hem iets op wat wij over het hoofd zien. Probeer het met hem te bespreken en morgen gaan jullie naar Carbonia. Neem hem dan mee. Ik zal het met Nieddu afstemmen.'

'Wat wil je dat we precies doen?' vroeg Rais. Ze was niet bepaald enthousiast over het idee om met haar collega en de oude inspecteur te moeten rondrijden.

'Als de officier van justitie toestemming geeft, moeten jullie daar rondkijken en alles registreren waarvan je denkt dat het verband kan houden met de misdaden van de ongeïdentificeerde meisjes. Tussen de beelden die hij ons heeft gestuurd zitten foto's van naakte mensen bij nuraghi en reuzengraven. Het kan geen kwaad om de identiteit van de volgelingen te achterhalen. Dit hele Nuraxia-zaakje stinkt.'

De twee vrouwen stonden op om te vertrekken.

'Hoe gaat het met de oude zaken? Krijgen jullie al een beeld?'

'Ons beeld is dat het een shitzooi is.'

'Het verkeer regelen is ook een shitzooi, toch, Rais? Wil je een wedje doen welke van de twee het vervelendst is?'

'Wind je niet op, ik maak maar een grapje.'

'Ik niet. Dus zorg ervoor dat je in het gareel loopt.'

Rais ging in de houding staan en tikte met haar hakken tegen elkaar. 'Ja, meneer.'

'En nu wegwezen,' zei Farci, die zijn glimlach nauwelijks kon verbergen.

53

De grotten van de Godin, Barbagia Superiore

Het enige geluid in de grotten kwam van zijn ademhaling en van het knetteren van de fakkels. De vlammen reflecteerden op het beeld van de Godin, dat daardoor de indruk gaf dat het leefde.

Bastianu was in zijn eentje. Hij had het masker dat zijn grootvader had gemaakt aan de voet van het beeld gelegd, zodat de godheid zich alvast kon verheugen op het offer dat ter ere van haar zou worden gebracht.

De man stond op en liep naar een van de ruimere grafkelders. Deze grotten waren door de eeuwen heen gebruikt om allerlei mensen te begraven, ongeacht hun leeftijd, sociale achtergrond of geslacht. De tombes waren collectief, zodat individualiteit ondergeschikt werd aan een alomvattende energie die de wereld van de levenden met de wereld van de doden in verbinding kon stellen. Maar in de necropolis was één gedeelte gereserveerd voor een speciale groep 'slapers': een reeks kleine ruimten, afgescheiden van de rest, waar de vrouwelijke priesters van de Godin in foetushouding waren begraven. Ze waren de enigen die de godin lange tijd gunstig hadden gestemd door de oerrituelen in ere te houden, totdat alle vrouwelijke priesters zichzelf in verband met een pestepidemie die het volk teisterde – zo vertelden de Ladu van generatie op generatie – voor het welzijn van de gemeenschap aan de Godin hadden geofferd. Hun unanieme offer had een rivier van bloed voortgebracht die de aarde had bevloeid, en dat was niet tevergeefs geweest: de sterfte was vrijwel meteen gestopt. Daartegenover stond dat door de heilige daad die de gemeenschap van haar spirituele gidsen had beroofd, de priesterlijke kaste helemaal uit de weg was geruimd.

Bastianu bescheen een van de grotschilderingen op de rots achter de graven, die het bloedige offer van de vrouwelijke priesters weergaf. Sinds die dag had het prominentste mannelijke lid van de gemeenschap zich telkens voor één nacht in een *mazzamortos* moeten veranderen. Dit om in geval van hongersnood, aanhoudende droogte, ziekte en grote natuurrampen het offer van de vrouwelijke priesters na te bootsen en de god van de maan en de ondergrondse wereld gunstig te stemmen door de ziel van een vestaalse maagd aan haar te wijden. Met een mysterieuze wijsheid die Bastianu nog altijd niet kon doorgronden waren zijn voorouders in staat geweest om met behulp van ingewikkelde astronomische berekeningen en gedetailleerde analyses van de equinox, de zonnestilstand en de zons- en maansverduisteringen aan te geven op welke plaatsen op het eiland dankzij astrale krachten en energieën uit het karstgebergte de verbinding tussen de wereld van de levenden en het hiernamaals het sterkst was. In bijna alle gevallen hadden de architecten van de Nuraghen-clans op die magnetische plaatsen heiligdommen en megalithische cirkels gebouwd of heilige bronnen gegraven, waarbij ze zich bewust waren van de goddelijke krachten.

Bastianu's handen gleden over een soort energie-plattegrond die in de rots was gekerfd en stelde vast op welke locatie het slachtoffer moest worden geofferd.

Uit een van de ruimten haalde hij de dikke mantel van donkere, ongeschoren geitenhuiden, de zware riem, de tros koebellen en het mes met het gekromde blad waarmee het doodsritueel moest worden voltrokken: gebruiksvoorwerpen van honderden jaren oud, die van generatie op generatie waren doorgegeven.

Als laatste pakte hij het masker met de geitenhoorns. Hij zette het op en om zich te kunnen inleven in de rol waarvoor hij was uitverkoren, reciteerde hij de voorouderlijke spreuk om de *animas* te kunnen wekken.

‘*A una bida nche l’ant ispèrdida in sa nurra de su notte. Custa morte est creschende li lugore a sa luna. Abba non naschet si sàmbene non paschet…*’

Bij de barse klank van die woorden, die nog zwaarder klonken via de houten uitsparingen in het masker, doofden de flakkerde vlammetjes bijna uit, alsof de Moeder haar zegen eroverheen had geblazen en de zielen van zijn voorouders zich om hem heen hadden verzameld om hem kracht te geven.

54

De wijk La Vega, Cagliari

Mara Rais liet haar dochter bij haar opa in de woonkamer spelen en ging bij haar moeder zitten, die op het balkon stond te roken.

'Ik weet niet of dit zo'n goed idee is. Straks begin jij er ook weer aan, hè,' zei de vrouw, wijzend naar de sigaret die ze net had opgestoken.

'Laat me op z'n minst de geur even opsnuiven, want beginnen kan ik echt niet meer.'

'Hoezo?'

'Als ik weer begin, maakt dat *bagasse* kleinkind van je mij het leven nogal zuur. Als ze zich ergens in vastbijt, laat ze nooit meer los. Zodra ze meerderjarig is, klaag ik haar aan voor existentiële schade...'

Antonia Priu lachte. 'Kijk eens aan, je dochter lijkt precies op jou, op haar leeftijd al. Jij was pas echt een lastpak, ik werd echt gek van je. Over alles discussiëren. En dat werd er niet beter op toen je groter werd, integendeel.'

'Van je moeder moet je het maar hebben,' zei Mara spottend. 'Ik denk dat ik maar weer naar binnen ga.'

'Blijf hier, je moet me nog vertellen hoe het bij de eenheid Cold Cases gaat, ik ben erg benieuwd.'

Mara barstte in lachen uit. 'Mam, meen je dat nou? Welke cold cases? Ze hebben me in een berghok gegooid om stof te happen...'

'Nou, op tv mis ik anders geen enkele aflevering,' vervolgde haar moeder alsof ze Mara niet had gehoord. 'Ik weet alles over cold cases. Sterker nog, als je advies nodig hebt...'

Mara schudde haar hoofd en staarde van bovenaf naar de stad. 'Alsjeblieft, mam, zeg me dat je niemand hebt verteld dat ze me daarnaartoe hebben gestuurd.'

'Tegen niemand? Hou je me voor de gek? Ik heb het aan al mijn vriendinnen verteld.'

'Jezus... Mam!'

'Ik mag er toch zeker wel over opscheppen dat mijn dochter commissaris is?'

'Wat? Ik ben geen commissaris, doe normaal. Als iemand je hoort die mij kent...'

'Ach, inspecteur, commissaris, dat is allemaal hetzelfde...'

'Nee, mam. Het is niet hetzelfde, in hemelsnaam.'

'Hm... Maar vertel eens, hoe bevalt je nieuwe collega? Ben je aardig voor haar, *mischinedda*?'

'Hoezo zou zij nou weer een *mischinedda* zijn? Sorry, hoor...'

'Omdat ze met jou te stellen heeft, lieve dochter van me... *Sciadara*.'

'Ben je nou eindelijk klaar? Mooi, dan ga ik naar binnen.'

Antonia Priu grinnikte ondeugend en blies de rook opzij. 'Blijf hier, joh, ik hou je maar een beetje voor de gek.'

'O ja, joh? Dat had ik niet in de gaten, hoor.'

'Dan weet je een beetje hoe het is om de godganse dag met jou om te gaan.'

'Ik ben heel rustig en meegaand.'

'Ja hoor, een engel op aarde, lieverd.'

'Ik geef toe dat ik soms ook mijn... laten we zeggen, moeilijke momenten heb...'

'Sóms?'

'Mam, nu overdrijf je.'

'Dus, deze collega...?'

Mara zuchtte, sloeg haar armen over elkaar en leunde met haar rug tegen de balustrade. 'Ze komt uit Milaan en dat geeft haar al een achterstand. Het feit dat ze haar hiernaartoe hebben gestuurd betekent vast dat ze er daarginds een potje van heeft gemaakt en dat ze haar hebben gestraft. Daarom kan ik haar niet vertrouwen.'

'Jij vertrouwt niemand, Mara.'

'Ze kleedt zich écht maar dan ook écht ontzettend beroerd. Zo slecht dat ik denk dat ze lesbisch is, zo'n manwijf, weet je wel? Ze heeft ook een neusring en ik schaam me er een beetje voor om samen met haar gezien te worden. Haar moeder is Iers, maar ze heeft haar haar zwartgeverfd alsof ze wil verbergen dat ze van nature eigenlijk roodharig is, dus ze is waarschijnlijk een *bruxa*.'

'Dus als ik het goed begrijp denk jij dat iedereen met rood haar een heks is?'

'Niet iedereen, maar bijna… Het lijkt alsof ze een beetje stoer wil doen. Kortom, ik ben niet van plan om meer met haar te praten dan echt nodig is. Maar goed, behalve dat…'

'Behalve dat?' kaatste haar moeder terug, en ze rolde even met haar ogen. 'Je hebt haar net helemaal afgebrand, het arme ding.'

'En ik heb me nog wel ingehouden.'

'Het gaat weer lekker… Is ze single? Heeft ze kinderen? Is ze getrouwd? Waar logeert ze?'

'Mam, ik ben hier de smeris! Wat is dit voor ondervraging?'

'Ik zei toch, ik ben nieuwsgierig.'

'Nieuwsgierig, hè? Jij verzamelt gewoon materiaal waarover je straks met je vriendinnen kunt *crastulare*, ik weet hoe dat gaat.'

'Wat dan nog? Als we niet eens samen een beetje kunnen roddelen…'

'Eh, een beetje…?'

'Nodig haar maar eens uit voor de lunch.'

'Voor de lunch? Ik heb je net verteld dat we elkaar nauwelijks iets te zeggen hebben.'

'Juist, ik wil graag mijn excuses aanbieden aan… Hoe heet ze?'

'Eva Croce. Het is ook nog eens een idiote naam die ze haar gegeven hebben…' mompelde Rais. 'Ik neem haar echt niet mee naar huis, hoor.'

'We zullen zien.'

'We zullen zien ammehoela.'

De twee zwegen een paar seconden, beiden overtuigd van hun eigen standpunt.

'Hoe is het eigenlijk met je man, spreek je hem nog?'

‘Begin daar nou niet over, alsjeblieft. Trouwens, mijn ex-man, mama. Zet je eroverheen.’

‘Je gedraagt je vreemd vandaag. Kribbiger dan anders.’ Deze keer hadden de woorden geen spottende ondertoon, maar klonk ze oprecht bezorgd.

‘Ik maak me zorgen,’ gaf Mara toe.

‘Gedoe op je werk?’

Ze knikte. ‘Er is een meisje verdwenen, Dolores. Ze is met de verkeerde mensen in aanraking gekomen. Ik ben bang dat we haar niet zullen vinden voordat…’

‘Voordat wat?’

Mara gaf geen antwoord en bleef alleen naar de prachtige avondhemel staren, die bezaaid was met duizenden en duizenden sterren.

‘Het is de nacht van de zielen, vanavond. *Sa die de sos mortos*,’ zei Antonia, die de blik van haar dochter volgde.

Mara knikte ernstig. Ze had niet de moed om te vertellen dat juist dát feit haar verontrustte.

‘Ik weet zeker dat jullie haar wel zullen vinden,’ zei haar moeder troostend, terwijl ze over Mara’s rug wreef en naar de deur liep. ‘Kom mee naar binnen, vooruit, het wordt koud.’

‘Ik kom zo.’

Toen ze alleen was haalde Mara haar telefoon tevoorschijn en scrolde door de beelden die haar collega uit Carbonia had gestuurd. Terwijl ze de tekeningen van de rituele moorden op de muren in de woning van de goeroe bekeek, kreeg ze kippenvel.

Waar ben je, Dolores? vroeg ze zich af, terwijl een slecht voorgevoel zich van haar meester maakte.

55

Het Nuraghen-heiligdom Santa Vittoria, Serri

Federico 'Billo' Marongiu was zo iemand die je bijna niet in een slechte bui kon treffen. Dat niet alleen: hij had de waardevolle gave om bij anderen optimisme en sympathie op te roepen met zijn onweerstaanbare ironie en zijn enorme, altijd warrige haardos die hem een grappige uitstraling gaf.

Die ochtend, toen hij net zijn koffie had gedronken met Michela, de andere gids van de coöperatie die de leiding over het Nuraghen-heiligdom van Serri had, wierp hij een blik op de lijst met reserveringen voor die dag. Blij dat er niet een groep schoolkinderen zou komen, verliet hij het bezoekerscentrum en dolde even met Giorgio, zijn collega die twee bachelors en twee masters had afgerond en een doctorstitel op zak had en die nu verantwoordelijk was voor het hoogtepunt van al die cultuur, namelijk voor de bar in het restaurant. Hij ging op weg naar het heilige gebied om zijn gebruikelijke patrouille uit te voeren voordat de poorten voor het publiek geopend werden. Het was een gewoonte geworden om een inspectieronde te doen sinds enkele groepen neopaganisten op het eiland er een paar maanden geleden mee waren begonnen om na zonsondergang het heiligdom te bezoeken en er 'een heilige mis op te dragen', zoals ze het zelf noemden. Ze voerden rituelen uit, afkomstig uit het Nuraghen-tijdperk, en beschadigden de tempel door vuren aan te steken en stenen mee te nemen. Er waren al verschillende aangiften gedaan, maar die hadden nergens toe geleid. De aanvragen van Billo en zijn collega's om een nachtwaker aan te stellen waren door de coöperatie, die niet bepaald in het geld zwom, niet eens in overweging genomen. Hetzelfde gold voor een videobewakingssysteem.

Midden in de natuur verrees het heiligdom van drieënhalve hectare op de Giara di Serri, een rotsplateau dat het hele dal op bijna zevenhonderd meter boven de zeespiegel domineerde. Boven op de basalten rotspartij had je uitzicht over het dal en de vlakten tot aan de landerijen van Sarcidano, Trexenta en Marmilla. Hoewel Billo het panorama op zijn duimpje kende, vond hij het nog altijd adembenemend. Die dag had de stilte die boven de overblijfselen van de nuraghi hing iets onnatuurlijks. In de heilzame lucht bemerkte Billo een subtiele onheilspellende vibratie die hem een vreemd, onbehaaglijk gevoel gaf.

Je zult zien dat die gekken zich de afgelopen nacht weer hebben lopen vermaken, dacht hij, en hij vervloekte – voor de zoveelste keer – *su Nuraxi*, een archeologische site die veel populairder was bij de toeristen en die de schoonheid en roem van Santa Vittoria overschaduwde. Santa Vittoria kon, ook economisch gezien, slechts de kruimels bij elkaar schrapen die het prestigieuze Nuraghen-dorp in Barumini had laten vallen.

Hij liep langs de verschillende ommuringen en ruïnes van de markt en de tempels die drieduizend jaar geleden pelgrims van over het hele eiland hadden aangetrokken, totdat hij op iets vreemds stuitte.

Hij bukte op het stenen pad om beter te kunnen kijken naar een soort pop van ongeveer een meter lang met wat onduidelijke mensachtige vormen. Het ding leek op een vogelverschrikker en was gemaakt van gedroogde stengels van bloemen en kleine planten. Iemand had hem op het pad gezet dat naar de heilige bron leidde.

Bevangen door een slecht voorgevoel stond de medewerker op en liep naar de brontempel.

Nog geen tien meter verderop zag hij haar.

Iemand lag voorover in het voorportaal van de tempel, in de buurt van de trap die naar de ondergrondse kamer van de put leidde, vlak bij een altaar waar in de tijd van de Nuraghen dieren werden geofferd en op God gerichte rituelen werden uitgevoerd waar water bij werd gebruikt.

De medewerker knipperde meermaals met zijn ogen om uit te sluiten dat hij een luchtspiegeling zag.

Maar hoe vaak hij zijn ogen ook toekneep, hij bleef de menselijke figuur zien, geknield alsof ze aan het bidden was, in een mantel van witte huiden, de handen op de rug gebonden en het gezicht verborgen achter iets wat op een houten masker met lange runderhoorns leek.

Nadat hij moed had verzameld liep hij langzaam dichterbij en toen hij de bijna volledig opgedroogde plas bloed bij de oude afvoerput zag, waar vliegen omheen zwermden, draaide hij zich ineens om en hield een hand voor zijn mond.

Uit de rondingen van het naakte lichaam onder de schapenmantel en de lange donkere haren die onder het masker vandaan kwamen, maakte hij op dat het om een meisje ging.

'Lieve hemel...' fluisterde hij met bonzend hard en trillende handen.

Misselijk rende hij naar het bezoekerscentrum.

Na enkele tientallen meters begon hij te schreeuwen.

Tweede deel

Su bentu 'e su destinu

Mir stierf, Sul verbrandde het lichaam,
verzamelde de as in een pot van aarde,
groef een ruimte in een berg, zette de pot erin,
ging naar buiten en zei: 'Jana.'
In de dagen die volgden trok Sul zich vaak terug
in de *domu de jana* en sprak met de as van Mir,
soms dagen- en nachtenlang.

– Sergio Atzeni, *Passavamo sulla terra leggeri*

56

Het Nuraghen-heiligdom Santa Vittoria, Serri

Eva en Mara bukten om onder het lint door te gaan waarmee de plaats delict was afgezet en ze hielden het omhoog voor Moreno Barrali. De inspecteur had zijn wandelstok in de auto gelaten en had gezegd dat hij hem niet nodig had. Eva bedacht dat hij zich waarschijnlijk zou schamen als zijn ex-collega's van het team zouden merken in welke toestand hij verkeerde, dus om hem niet in verlegenheid te brengen, gaf ze hem geen arm toen ze zag dat hij het moeilijk had.

Ze tekenden alle drie de presentielijst en droegen handschoenen en overschoenen om geen sporen te verstoren. Het gekraak van de politieradio en het geroezemoes van de mensen die gehurkt naast het lijk zaten vormden de achtergrondgeluiden bij hun gedachten.

Eva keek om zich heen. Het heiligdom stond op een hoog voorgebergte midden in een natuurlijke oase, en je kon kilometers en kilometers ver kijken. Doordat het gebied zo uitgestrekt was, stond de forensische recherche voor een hels karwei en zou het onderzoek een hele tijd gaan duren.

De drie agenten liepen in stilte naar het groepje collega's, al dan niet in uniform, die zich rond de watertempel hadden verzameld. Er stond al een grote witte tent, vol met personeel in Tyvek-pakken, dat het belangrijkste materiaal bij elkaar zocht. Deskundigen waren alles met ultramoderne videocamera's aan het filmen, terwijl de forensisch fotografen om de technische rechercheur heen zwermden en elk detail dat hij aanwees vastlegden.

Een agent in uniform liet hen een paar minuten wachten. Barrali maakte van de gelegenheid gebruik om te bukken en een soort mensachtig uitziende pop van gedroogde grasstengels, die door de mannen van het forensisch laboratorium opzij was gezet, beter te bekijken. Hij fotografeerde hem met zijn telefoon en mompelde iets in zichzelf.

'Gaat het, Moreno?' vroeg Mara aan hem.

De man knikte. Zijn vermagerde gezicht was vertrokken van angst. Sinds ze hem na Farci's telefoontje hadden opgehaald, had Barrali nauwelijks zijn mond opengedaan. Hij werd gekweld door schuldgevoelens omdat hij de moord niet had kunnen voorkomen.

Eva zag de commissaris op enkele tientallen meters van hen vandaan een telefoongesprek voeren waarbij het er – gezien de grimas op zijn gezicht en de nerveuze manier waarop hij gebaarde – verhit aan toeging.

De hoofdcommissaris of iemand van het provinciebestuur, dacht Croce. *Misschien zelfs een nóg hogergeplaatste figuur.*

Uiteindelijk liet de agent hen passeren en liepen de drie rechercheurs naar de heilige bron.

Croce had er spijt van dat ze het antibraakmiddel dat Mara haar in de auto had aangeboden niet had aangenomen. Ze had gedacht dat het een slinkse manier van haar collega was om te testen of ze als rechercheur wel koelbloedig genoeg was – iets waar Mara's voorkeur, gelet op haar eigen houding, uiteraard wel naar uitging – en daarom had ze geweigerd. In feite was het gewoon heel verstandig van Rais, want foto's bekijken van iemand die op zo'n gruwelijke manier was vermoord was één ding. Het was echter iets heel anders om iemand van zo dichtbij te zien, omringd door een zwerm vliegen en met de geur van bloed die je neusgaten binnendrong.

De patholoog die met het vooronderzoek bezig was zat over het meisje gebogen. Door zijn mondkapje heen dicteerde hij zijn eerste bevindingen aan een assistent, die de gegevens op een schrijfblok noteerde.

De doodsoorzaak was duidelijk; het cultische tafereel sprak voor zich.

Moreno keek om zich heen. 'De rituele setting is dezelfde als bij de andere moorden... Het voelt alsof ik terug in de tijd ben, naar destijds,' mompelde hij in zichzelf.

Eva ving zijn woorden op. 'Zijn er dingen die je opvallen, ten opzichte van de oude zaken?' vroeg ze.

Barrali bekeek de omgeving wat nauwkeuriger en keek toen weer naar het slachtoffer. 'Ik denk het niet. Het voelt alsof ik terug ben in Orune of Matzanni.'

'De resten van een brand of een kampvuur ontbreken,' zei Rais, die om zich heen keek en liet blijken dat ze over een uitstekend fotografisch geheugen beschikte.

'Dat klopt,' gaf Barrali toe.

'Daar is Nieddu,' merkte Eva op.

De commissaris kwam samen met Paola Erriu, zijn rechterhand, op hen aflopen. Eva constateerde dat de leidinggevende er tien jaar ouder uitzag.

'Ze hebben haar het masker nog niet afgedaan,' zei de commissaris. In zijn woorden klonk een sprankje hoop, alsof er nog een kleine mogelijkheid was dat de vermoedens die nu tastbare vormen aannamen werden weerlegd.

Niemand antwoordde. Iedereen dacht hetzelfde. Of beter gezegd: aan dezelfde persoon.

Eva bekeek de weelderige vegetatie rondom de natuurlijke akropolis waar het heiligdom stond: eeuwenoude bossen met kurkeiken, steeneiken en cistusbomen die de helling naar beneden bedekten totdat ze verdwenen in het glooiende landschap van het binnenland van Zuid-Sardinië, aan de voet van het complex waar de godsverering plaatsvond. De rechercheur probeerde te ontdekken wat de gemakkelijkste manier was geweest waarop de moordenaar toegang had gekregen tot het heilige gebied, met waarschijnlijk ook nog het slachtoffer op zijn rug.

'Ik neem aan dat er geen bewaker is en dat er ook geen camera's zijn,' zei Mara tegen Nieddu. Ook zij was bezig met de toegangsroute.

'Tja.'

'Dat zegt veel over de voorbedachten rade,' merkte Rais op.

'En over onze uitdaging.'

'Wie heeft het lichaam gevonden?' vroeg Moreno, die de stilte verbrak waarin hij zich had teruggetrokken.

'Die man daar, die door jullie collega's wordt ondervraagd. Hij is een van de medewerkers van de coöperatie die het bezoekerscentrum runt,' zei Paola Erriu. 'Hij is in shock.'

'Het zal gauw worden goedgemaakt, en met rente zelfs. Zodra de verzegeling wordt opgeheven en het nieuws de pers heeft bereikt, zal deze plaats het middelpunt worden van horrortoerisme,' zei Rais walgend. 'Ze zullen aan de moord verdienen.'

'De vrouw die bij hen staat is Adele Mazzotta, de officier van justitie die het dossier van de verdwijning behandelt,' zei Nieddu, en hij wees naar de kleine groep politieagenten. 'Ze zal straks waarschijnlijk ook met jullie willen praten.'

'Ze zijn zover. Ze doen haar het masker af,' zei Mara.

Ze gingen wat dichterbij staan.

Agostino Trombetta, de gerechtsarts, nam de kroon van bladeren van haar hoofd en deed de *carazza 'e boe* af, waardoor er een bleek gezicht tevoorschijn kwam dat gekneusd en opgezwollen was als gevolg van een flinke afranseling. 'Is er iemand die haar kan identificeren?' vroeg hij.

Uit het accent leidde Eva af dat hij geen Sardijn was. Hij kwam waarschijnlijk uit een ander deel van Zuid-Italië.

'Wij,' zei Nieddu, terwijl hij moed verzamelde.

Samen met zijn assistent liep hij naar het slachtoffer toe. Ze knielden en bekeken het opgezwollen gezicht, dat vol zat met gestold bloed.

'Ze is vermoord door iemand die zich eerst eens lekker heeft uitgeleefd,' zei een van de agenten van de recherche, terwijl zijn collega's zachtjes in het Sardijns stonden te vloeken.

Eva merkte dat haar partner een kruis sloeg en iets fluisterde waarvan ze dacht dat het een Sardijns gebed was: *Chi sa terra ti siat lebia.*

Moreno's ogen waren vochtig en toen hij de sombere blik zag die Nieddu met Erriu wisselde, biggelden er twee tranen over de wangen van de oude rechercheur.

‘Ze is erg toegetakeld, maar ik geloof wel dat zij het is,’ zei Nieddu met zwakke stem.

‘Weet je het zeker?’ vroeg Adele Mazzotta, de officier van justitie, die dichterbij was gaan staan om getuige te zijn van de identificatie.

‘Ja, ze is het…’ bevestigde Paola Erriu na een paar seconden. ‘Het is Dolores Murgia…’

57

Het Nuraghen-heiligdom Santa Vittoria, Serri

Eva en Barrali waren op de stenen banken gaan zitten die volgens de bordjes 'de ommuring van gerechtigheid' werden genoemd; een plek waarvan men aannam dat de oordelen van de goden van de Nuraghen er werden uitgesproken nadat de offers waren gebracht. Nadat Dolores was geïdentificeerd had Moreno een zenuwinzinking gekregen. Het lukte Croce en Rais om hem te ondersteunen voordat hij op de grond in elkaar zou zakken.

'Weet je zeker dat je niet even naar een arts wilt?' vroeg ze opnieuw, terwijl ze naar de ambulance wees.

'Nee, dank je. Het is al voorbij. Het gaat alweer. Ik heb alleen even wat rust nodig.'

Eva stond in dubio. Ze zou hem tientallen vragen willen stellen; hij was immers de enige rechercheur die op alle drie de plaatsen van de rituele moorden was geweest. Bovendien was hij de enige van hen die rechtstreeks contact had gehad met Roberto Melis, de spirituele leider van de neo-Nuraghen, degene die plotseling de hoofdverdachte van de moord op Dolores was geworden. Maar de rechercheur was bang dat zijn geestelijke gesteldheid die door zijn ziekte was aangetast nog verder zou verslechteren als ze hem bij het onderzoek betrok. Daar kwam nog bij dat ze aan zijn vrouw Grazia hadden beloofd hem in verband met zijn gezondheid buiten het onderzoek te houden.

'Ik weet wat je denkt,' zei Moreno, die weer wat spraakzamer werd. 'Vraag maar wat je weten wilt.'

Eva keek naar haar partner, die druk met Farci in gesprek was, en Nieddu en Mazzotta, die zo'n honderd meter verderop stonden. Ze moest zelf het initiatief maar nemen, wat haar waarschijnlijk ruzie met Rais zou opleveren.

Bekijk het maar. Het is belangrijk dat zijn indrukken worden vastgelegd nu ze nog vers zijn, besloot ze.

'Wat zijn jouw indrukken, Moreno? De modus operandi lijkt me hetzelfde, toch?' vroeg ze ten slotte.

Na de identificatie had Trombetta de schapenmantel verwijderd waarin Dolores was gewikkeld en toen zagen ze dat er met de punt van een mes een inkerving van een radiaal patroon midden op de rug van de jonge vrouw was gemaakt. Volgens Barrali had dat detail nooit in de kranten gestaan.

'Ja, maar er is iets vreemds. Iets wat niet klopt.'

'Heb je, afgezien van het feit dat we in dit geval het meisje konden identificeren, enig idee wat het is?'

'Het geweld... Dat is hier nieuw. De andere slachtoffers waren niet mishandeld. Dolores wel. Iemand is op een beestachtige manier op haar losgegaan... Dat is het enige wat niet overeenkomt, als ik het me goed herinner.'

'De pop die je hebt gefotografeerd... Wat stelt die voor? Die was er in de andere gevallen ook, dacht ik.'

'Sommige mensen noemen hem *sa pippia 'e Mannaghe*, anderen *sa mamma 'e sa funtana*. Hij symboliseert een geest die in de heilige bronnen zou wonen.'

'Hij is dus verbonden met de verering van het water?'

'Precies. Een soort god van de regen die in de recente geschiedenis werd gebruikt om de kinderen bang te maken, maar die in het verleden, volgens de animistische religie van de Nuraghen, werd beschouwd als een machtige en gevreesde ondergrondse godheid, een van de vele afsplitsingen van de grote mediterrane Moeder. Daar kom je telkens weer bij terug, zie je.'

'Kun je bevestigen dat de pop ook op de andere plekken is gevonden?' vroeg Eva. Eigenlijk wist ze het antwoord al, ze had immers de dossiers bestudeerd, maar het was een poging om de geestesgesteldheid van haar collega te testen.

De man legde zijn vingers op zijn slapen en masseerde ze krachtig. Hij leek moeite te hebben.

'Moreno?'

'Ja, ik geloof dat er zowel in Orune als in Matzanni een is gevonden. We hebben de poppen in de buurt van de primaire plaatsen delict gevonden.'

'Oké... Is er behalve de mishandeling nog iets anders wat afwijkt?'

'Ja, maar het lukt me niet om erachter te komen wat het is,' gaf Barrali toe. Zijn stem trilde en verraadde zijn mentale kwetsbaarheid.

'Maak je geen zorgen,' zei Croce. Ze legde een hand op zijn schouder en probeerde daarbij om hem niet de indruk te geven dat ze medelijden met hem had. Ze voelde zich schuldig omdat ze hem onder druk had gezet. 'Het schiet je wel te binnen.'

De man schudde zijn hoofd. 'Nee, er is iets anders wat heel belangrijk is...' mompelde hij, terwijl hij nietsziend in de verte staarde. 'Maar het ontglipt me...'

'Geeft niks. Ik weet zeker dat we hem nu te pakken krijgen, wie hij ook is,' zei Eva, terwijl ze opstond. 'Wacht even. Ik zal kijken of we ervandoor kunnen gaan, voordat de forensische recherche ons eruit schopt.'

De vrouw wilde weglopen, maar Barrali's woorden hielden haar tegen.

'Ik weet niet waarom, maar degene die dit gedaan heeft is niet dezelfde die ik al die jaren heb gezocht,' zei Moreno stellig.

58

Località Capitana, de wijk Sant'Elena

'Zeg, zal ik rijden?'

'Nee.'

'...'

'Trouwens, waarom eigenlijk? Is dat jouw manier om te zeggen dat ik het niet goed doe?'

'Rais, waarom doe je zo moeilijk over alles wat ik zeg? Je zult nog eens ziek worden als je alles zo persoonlijk opvat. Relax. Ik had er gewoon zin in, dat is alles.'

'Dat zal wel... Maar nee dus.'

De twee rechercheurs stapten weer in Mara's auto nadat ze Barrali naar huis hadden gebracht en even met zijn vrouw hadden gesproken. Ze slaagden er allebei niet in om de spanning die ze voelden sinds ze bij het heiligdom van Serri waren geweest van zich af te schudden. En bovendien, om het allemaal nog wat erger te maken, voelden ze zich schuldig over de dood van het meisje. Hoewel ze maar zijdelings met de zaak te maken hadden gehad, voelden ze zich om een of andere reden enorm verantwoordelijk.

'Wat heb je tegen Grazia gezegd?' vroeg Rais, terwijl ze de auto startte en in de richting van Cagliari reed.

'De waarheid: dat Farci hem erbij wilde hebben en dat de ontdekking van het lijk hem van streek heeft gemaakt,' antwoordde Croce. 'Als het aan ons had gelegen, hadden we hem er niet bij betrokken.'

'Dat lieg je,' zei Rais met een spottend lachje om haar mond.

'Dat zal dan wel,' reageerde Croce.

'Hoe nam ze het op? Uit de blik die ik kreeg toen we haar begroetten, zou ik zeggen niet erg goed. Wat denk jij?'

'Tja, ze wil gewoon dat het een keer klaar is met die zaak, maar nu lijkt het erop dat de hele geschiedenis weer opnieuw begint. Wij hebben er niet zoveel last van, want wij hebben er hooguit een paar uur per dag mee te maken, maar zij moet er de godganse dag mee leven. Als hij van dat gedoe met Dolores over de rooie gaat, moet zij de brokstukken bij elkaar rapen.'

'Uiteindelijk had hij wel gelijk,' gaf Rais toe.

'En iedereen was ervan overtuigd dat hij gek was, wij ook.'

'Spreek voor jezelf. Dat heb ik nooit gedacht.'

'Maar jij wilde de zaak koste wat het kost sluiten,' bracht Eva ertegen in.

'Dat is iets anders. Ik was er heel zeker van dat we die misdaden met geen mogelijkheid na al die tijd konden oplossen. Barrali is aan het aftakelen, maar hij is geen malloot. Als ik dat gezegd heb, was het alleen om hem te plagen.'

'Oké dan... Wat denk je dat er nu gaat gebeuren?'

Rais leek een paar tellen na te denken. 'Het feit dat Farci iedereen heeft gevraagd om bij het parket te komen, behalve ons, betekent dat we niet bij het onderzoek worden betrokken. De zaak is niet van koud naar warm gegaan, maar kokendheet geworden. Dus, byebye, afdeling Onopgeloste Zaken. Moordzaken neemt het over. Waarschijnlijk stellen ze een speciaal team samen, alleen voor dit onderzoek.'

'Denk je dat ze Nieddu er ook bij zullen betrekken?'

'Waarschijnlijk wel.'

'En wij dan?'

'Ons gooien ze terug in dat verdomde berghok.'

'Barrali is ervan overtuigd dat de moordenaar iemand anders is dan in de eerdere gevallen, een na-aper dus. Iemand die geïnspireerd is door de oude misdaden.'

'Een copycat?'

Eva knikte. 'Er zijn een aantal dingen die niet kloppen, maar hij weet niet welke.'

'Het zal hem nog wel te binnen schieten... Wat hebben ze het meisje ontzettend toegetakeld.'

'Heel tragisch. Hoe zijn je ex-collega's? Zijn ze goed?'

'Een stelletje macho-eikels vol testosteron en vooroordelen. Geen van hen heeft voldoende ervaring om ook maar enige kans te maken de zaak te kunnen oplossen.'

'Ik hoorde iemand van de technische recherche zeggen dat ze bloed onder de nagels van het meisje hebben gevonden. Met een beetje geluk gaat het om het DNA van de moordenaar.'

'Laten we het hopen. Dat zou geweldig zijn, maar ik zou er niet van uitgaan. Ze heeft daar de hele nacht gelegen. Het organische materiaal kan aangetast zijn,' merkte Mara op.

'Als ze je bij Moordzaken weer binnenboord halen, zou je er dan weer willen werken?'

'Dat is echt onmogelijk. Daar gaat Del Greco nooit mee akkoord.'

'Stel dat het gebeurt, hypothetisch gezien?'

'Dan zou ik zeker een betere kans maken dan zij.'

'Dan zal ik met Farci proberen te praten,' zei Croce.

Rais onderdrukte een lach. 'Hoe ga je hem overtuigen dan?' vroeg ze boosaardig. 'Ga je je verborgen vrouwelijkheid in de strijd werpen?'

'Rais, weet je nog dat ik net zei dat ik graag wilde rijden en dat het niet was omdat jij slecht reed?'

'Ja.'

'Ik loog. Je rijdt waardeloos.'

'Val dood, Croce.'

'Fuck you too.'

59

Instituut voor Forensische Geneeskunde, Universitair Ziekenhuis van Monserrato, Cagliari

De grootste prioriteit was nu Melis vinden, de goeroe. Dat had Farci heel duidelijk gemaakt.

Croce en Rais ontmoetten hem in de late namiddag bij het Forensisch Instituut, samen met Nieddu, Paola Erriu en een kleine groep van Mara's ex-collega's van Moordzaken. Om de boel wat te bespoedigen had de leidinggevende hun gevraagd om bij het archief langs te gaan en al het materiaal over de oude rituele moorden te kopiëren en mee te brengen naar Monserrato, waar de autopsie plaatsvond. Daar konden ze de stukken aan de collega's geven die de moord zouden onderzoeken en die in spanning op de bevindingen van de lijkschouwer zaten te wachten. Het forensisch team was bezig om de wattenstaafjes met materiaal dat onder de nagels van Dolores zat te onderzoeken. De technici hadden gezegd dat er misschien later op de avond kon worden aangegeven of de monsters bruikbaar waren of niet.

'Eindelijk. Loop even met me mee,' zei Farci op barse toon tegen de rechercheurs zodra ze bij hem waren.

Eva en Mara wisselden een stille blik die zei: *Wat hebben we nu weer gedaan?*

Ze liepen naar een tafeltje in een café ongeveer honderd meter verderop, tussen de studenten en professoren van de universiteit. Ze hadden elkaar die ochtend nog gezien, maar Farci zag eruit alsof hij een aantal slapeloze weken achter de rug had: hij was een wrak.

'Allereerst wil ik een spelletje spelen,' begon hij, terwijl hij obsessief zijn trouwring om zijn vinger ronddraaide. 'Het spel is: laten we een paar woorden vergeten. Het eerste woord is "seriemoordenaar". Komen er journalisten op je af die deze term gebruiken? Dan lach je ze in hun gezicht uit en zeg je dat ze met de FBI moeten gaan praten in het nieuwe hoofdkwartier dat de Amerikanen in Ovodda hebben geopend.' Met nerveuze gebaren stak de leidinggevende een nieuwe sigaret op. 'Het tweede is "rituele moord". Als iemand jullie vraagt om een update over de zaak en het woord "ritueel" laat vallen, dan antwoord je dat de processie van Sant'-Efisio het enige ritueel is dat je kent en dat je je erop verheugt om in de lente de praalwagens te zien.'

Mara's gezicht toonde de duivelse glimlach die ze zo graag produceerde.

'Het derde is "speciaal team". Het enige speciale team dat je kent speelt voor Cagliari, en Gigi Riva is je enige echte god... Officieel bestaat er geen taskforce, begrepen?'

Beiden knikten.

'Voor de media moet dit een onderzoek lijken zoals alle andere. We moeten alles rondom de moord zo veel en zo lang mogelijk stilhouden. Als de pers te weten komt wat er aan de hand is, zijn we de klos. Ik zie alle maquettes van nuraghi en heiligdommen al in de talkshows... Hou je mond stijf dicht, want ze zullen geen middel schuwen om informatie los te peuteren.'

'Begrepen, commissaris. Het enige wat ze van ons krijgen is "geen commentaar",' verzekerde Eva.

'Juist. Vooral jij, Croce. Ze zullen op jou afkomen omdat jij van buitenaf komt en ook vanwege de werkzaamheden die je hiervoor hebt gedaan. Hou ze op afstand. Zeg dat ze moeten oprotten. Dreig met aanklachten. Als ze blijven doorgaan, arresteer je ze en breng je ze naar het bureau, begrepen?'

Eva knikte, verrast door de toon van haar superieur: Farci maakte geen grapje. Hij was bloedserieus. Dat betekende dat hij van hogerhand al instructies had ontvangen over de operationele gedragslijn, wat erg merkwaardig was als je bedacht dat er sinds de vondst pas een paar uur waren verstreken.

'Nu komen we bij jullie,' zei hij, terwijl hij de rook opzijblies. 'In werkelijkheid is er vanmorgen op het kantoor van de officier van justitie wel een speciale eenheid gevormd. Ik zal jullie maar meteen vertellen dat jullie daar niet bij zitten.'

'Vertel eens wat nieuws...'

'Rais, dit is niet het juiste moment. Zorg ervoor dat je me niet op de zenuwen werkt.'

Mara maakte een gebaar alsof ze haar mond dichtritste.

'Wat ik wilde zeggen: Nieddu zit er wel bij, en dat geldt ook voor het grootste deel van de afdeling Moordzaken. Gelet op al het materiaal in zijn woning, zijn strafblad en het feit dat het meisje in zijn groep met freaks rondhing, is Roberto Melis de hoofdverdachte. Het onderzoek zal groots worden opgezet door het politiebureau in Carbonia, in samenwerking met het onze en andere politiebureaus. Het is een kwestie van uren. We zullen hem te pakken krijgen... Het grootste probleem is dat hele gedoe rond het opzetten van de afdeling Onopgeloste Zaken. De timing daarvan is waardeloos. Het lijkt wel met opzet...'

'Dat zou best kunnen,' zei Rais.

'Mara!' beet Farci haar toe.

'Ik maak geen grapje, hoor...'

Croce kwam voor haar op en zei: 'Ze heeft wel een punt.' Zij en Mara mochten elkaar dan wel niet, maar ze begrepen elkaar onmiddellijk. 'Ga maar na: de moordenaar komt erachter dat er naar de oude zaken wordt gekeken en zorgt ervoor dat het onderzoek heropend wordt met een nieuwe moord, alsof hij de onderzoekers wil uitdagen... Het is geen onwaarschijnlijk scenario, commissaris. Aangenomen dat het een na-aper is, zit er wel logica in. Pervers, maar toch.'

Farci trommelde even met zijn vingers op de tafel en overdacht het nieuwe uitgangspunt dat hij nog niet eerder had overwogen. 'Goed,' zei hij toen, 'maar ons officiële standpunt is dit: niemand hield zich met de moorden uit 1975 en 1986 bezig. Instructies van bovenaf. Duidelijk?'

De twee vrouwen knikten opnieuw.

'Wat kunnen wij doen?' vroeg Rais.

'Jullie gaan aan het werk met jullie eigen dossiers en zorgen ervoor dat jullie beschikbaar zijn. Mocht Moordzaken hulp nodig hebben met bepaalde taken...'

'We zijn dus hun knechtjes,' zei Rais bits.

Farci staarde haar alleen maar aan met een blik alsof ze zojuist op de tafel had gekotst.

Eva legde een hand op haar arm om haar te laten weten dat dit niet het juiste moment was om een discussie aan te gaan. 'We staan tot uw beschikking, commissaris. Wij willen ook dat de waarheid zo snel mogelijk boven tafel komt. Dolores verdient onze volledige aandacht, dus als we iets kunnen doen, wat dan ook, doen we dat graag,' zei ze inschikkelijk. 'Of het nou gaat om getuigen ondervragen, onderzoek doen of iets anders, dat is geen probleem. U kunt op ons rekenen.'

Rais wreef met haar hand over de plek waar Eva haar had aangeraakt en wierp haar een vuile blik toe.

'Hou daarmee op en luister naar je partner, die kan tenminste wel... Ilaria Deidda is jullie contactpersoon voor de speciale eenheid. Ik heb de leiding en adjunct-hoofdcommissaris Grattaglia is overgeplaatst om de afdeling te leiden. Dat geeft jullie een aardig beeld van hoe graag iemand aan de top deze betreurenswaardige geschiedenis achter de rug wil hebben.'

'Duidelijk,' zei Eva, voordat Mara haar mond kon opendoen.

'Hoe nam Barrali het op?'

'Hij is erg ontdaan. Het feit dat hij op een of andere manier gelijk had... dat heeft hij niet als een overwinning opgevat, of als troost, maar als een vreselijke nederlaag,' verklaarde Croce.

Farci knikte nadenkend. 'Zijn hem nog andere verschillen met de oude moorden opgevallen, behalve het feit dat de identiteit van het slachtoffer bekend is?'

'De kneuzingen. Het feit dat het slachtoffer zwaar mishandeld is,' voegde Rais toe aan het gesprek. 'In de andere gevallen was er geen spoor van geweld, alsof de meisjes er uit vrije wil naartoe waren gegaan, zonder zich te verzetten.'

'Verder nog iets?'

'Barrali beweert van wel, maar hij kan er niet op komen wat het is,' zei Eva zonder Moreno's geestesziekte te vermelden.

Rais keek haar indringend aan, maar gaf geen commentaar.
Farci fronste. 'Oké. Laat hem wat bijkomen van de shock en ga er dan mee aan de slag. En als hij zich verder nog iets herinnert, laat het me dan meteen weten... Hebben jullie alle stukken meegebracht?'
Rais sloeg met haar hand tegen de leren tas waar het dossier in zat.
'Mooi.'
De commissaris zag zijn telefoon oplichten en bekeek het ontvangen bericht. 'Oké, ik moet snel naar het bureau. Brengen jullie alles naar Nieddu en de anderen? Wacht, nog één ding... Die theorieën van Moreno, de verhalen over de maskers en zo, waar heeft hij die vandaan? Wat was zijn bron?'
'Een aantal universiteitsdocenten. Eén in het bijzonder, een antropoloog,' antwoordde Mara.
'Oké. Jullie maken een praatje met hem en proberen erachter te komen of er iets van waarheid in...'
'Je bedoelt in verband met...'
Eva gaf haar collega onder de tafel een schop tegen haar scheenbeen om haar de mond te snoeren.
'Prima plan,' zei Croce.
'Breng rapport uit in drievoud. Een exemplaar voor mij persoonlijk, één voor het team en één voor de officieren van justitie, die trouwens met z'n tweeën zijn. Dat was een beslissing van het Openbaar Ministerie: Mazzotta, die zich met de verdwijning van Dolores bezighield, en de plaatsvervangend officier van justitie Iaccarone, uit Cagliari. Ik moet met iets komen zodat ze niet steeds in mijn nek blijven hijgen. Het maakt niet uit wat, al is het gebakken lucht.'
'We gaan meteen,' verzekerde Croce hem.
Farci stond op. 'Zeg tegen de anderen dat ze me bellen zodra Trombetta klaar is met het lijk.'
De twee knikten.
'Het spijt me als ik een beetje autoritair overkom. Deze zaak wordt me te veel.'
De twee rechercheurs keken toe terwijl hij met stevige passen

wegliep, met zijn hoofd gebogen tussen zijn hangende schouders.

'Farci is een beste man, maar met deze stress kan hij niet omgaan,' merkte Rais op. 'Ik benijd hem niet, de arme stakker.'

'Dat kun je wel zeggen.'

'Waarom heb je niks over Barrali's ziekte gezegd?' vroeg Rais bot.

'Ik weet het niet... Het leek me niet het juiste moment.'

'Laat één ding duidelijk zijn, Croce. Als we willen samenwerken, wil ik niet meer van die individuele acties zien.'

'Het was geen...'

'Als je een bepaalde gedragslijn wilt volgen ten opzichte van leidinggevenden, getuigen of wie dan ook, dan overleggen we dat eerst. Want voor het geval dat het je nog niet duidelijk is: deze zaak kan de genadeslag betekenen voor mij, maar ook voor jou... Als het misgaat, en ik ruik al rook, wie denk je dat ze van hogerhand het eerst als zondebokken zullen aanwijzen?'

'Ons,' gaf Eva toe.

'Juist. En als ik niet van tevoren weet dat ik je moet steunen, doen we gewoon precies wat ze willen,' zei Rais bits, terwijl ze opstond en naar het Instituut voor Forensische Geneeskunde liep zonder verder op Eva te wachten.

60

Vakgroep culturele antropologie, universiteit van Cagliari

De twee rechercheurs negeerden het briefje dat op de deur hing, dat vermeldde dat mondelinge en schriftelijke examens waren verplaatst naar de week erna, en ze klopten aan. Eenmaal, tweemaal. Eva stond op het punt om nog eens extra hard te kloppen toen de deur openzwaaide en een docent van in de veertig, die haar voor een examenstudent aanzag, tegen haar begon te foeteren: 'Zeg, kun je niet lezen? Heb je het bord gezien?'

'We hebben het bord gezien. En u, wat zou u ervan denken als u hier eens naar keek?' zei Mara, die achter haar collega vandaan kwam en haar badge met het gouden plaatje van de staatspolitie toonde.

Valerio Nonnis, docent culturele antropologie, verbleekte en stamelde een verontschuldiging.

'Wij zijn inspecteurs Croce en Rais van het rechercheteam,' vervolgde Mara droogjes. 'Ik neem aan dat u wel weet waarom we hier zijn.'

In sommige gevallen kon Eva de harde opstelling van haar partner wel waarderen. Het was niet vanzelfsprekend dat een hard optreden werkte bij een ondervraging, omdat het meteen leidde tot een vijandige relatie met de ondervraagde die niet wist hoe hij op de insinuaties moest reageren. Maar bij Nonnis was het succesvol: hij werd als was in de handen van de rechercheurs.

De docent werd nog bleker. 'Eigenlijk weet ik niet...'

'Mogen we binnenkomen?' drong Eva aan.

‘Ik weet niet…’

‘Het duurt niet langer dan tien minuten,’ verzekerde Rais hem, terwijl ze het kantoor binnenglipte.

Eenmaal binnen sloot Croce de deur. Ook dat was een handeling waar een psychologie achter zat, die zei: *Nu zit je hier opgesloten met ons, de wet.*

‘Mogen we gaan zitten?’ vroeg Mara, terwijl ze voor het bureau plaatsnam.

‘Gaat uw gang…’ mompelde de docent.

Eva bleef staan en keek om zich heen. Nog een psychologische truc: het verschil in hoogte tussen de twee inspecteurs dwong de docent zijn blik van de een op de ander te richten, waardoor zijn ongerustheid toenam.

‘Maakt u zich geen zorgen, we zijn hier vriendschappelijk,’ zei Rais met een glimlach die duidelijk nep was. ‘Gaat u alstublieft zitten.’

De twee rechercheurs zwegen een paar tellen. Ook dit was een techniek om de spanning te verhogen en ontzag op te wekken bij de persoon die ‘ondervraagd’ werd. Eigenlijk waren ze niet gekomen om hem te ondervragen, maar twee factoren hadden ertoe geleid dat ze wat alerter waren. De eerste was een onthulling die ze later wilden uitspelen; de tweede was het feit dat de ene hand van de docent was ingezwachteld en de knokkels van de andere hand zo geschaafd en gekneusd waren dat het leek of hij tegen een muur had geslagen. Of tegen een persoon. Een detail dat niet onopgemerkt kon blijven.

‘Wat hebt u met uw handen gedaan?’ vroeg Rais slijmerig.

De man bekeek ze alsof hij het niet begreep.

‘Hebt u met iemand gevochten?’ vervolgde Mara.

‘O, dat… Nee, nee… Ik heb een paar oude collega’s een handje geholpen bij een opgraving en ik ben, nogal stom, vast komen te zitten onder een stuk gereedschap… Niks bijzonders.’

‘Een archeologische opgraving?’ vroeg Eva.

‘Ja.’

‘Waar?’ vroeg Rais.

‘Waarom vraagt u dat?’

'Ik ben gewoon nieuwsgierig,' zei Mara. 'Als kind droomde ik ervan om archeoloog te worden. Het was in de tijd van Indiana Jones...'

'Ik... Kunt u me zeggen waarom u hier bent, alstublieft?'

Croce en Rais wekten misschien de indruk dat ze ongevaarlijk waren, maar in werkelijkheid roken ze leugens zoals een haai bloed rook. De wetenschap dat de man had gelogen hielden ze voor zich; ze glimlachten begrijpend en gingen verder.

'We zijn hier omdat u wordt beschouwd als een van de belangrijkste experts op het gebied van de Sardijnse culturele antropologie en etnografie,' zei Eva glimlachend.

'U bent beroemd en wordt gerespecteerd in de academische wereld, uw onderzoeken worden geprezen door universiteiten in het hele land en daar ver buiten. Kortom, gefeliciteerd.'

Na de eerste stoot volgde vleierij. Dat bracht de getuige in verwarring en zorgde ervoor dat die minder waakzaam was.

'Ik... Ik zou dat niet overdrijven, maar toch bedankt...'

'Wees maar niet zo bescheiden. We hebben al uw boeken gezien,' zei Mara vleiend.

'Nou, ik heb er een paar geschreven, ja...'

Alsof er niets aan de hand was haalde Rais een tablet tevoorschijn en gaf hem aan de man. Het schermpje toonde de beelden van de vondst van Dolores.

Nonnis was verlamd door de schrik en zijn ogen werden groot.

'We zijn hier informeel in verband met een onderzoek, meneer,' zei Eva. 'We vragen u om dit gesprek onder ons te houden, want het onderzoek is nog gaande.'

De man richtte zijn blik op Eva Croce en staarde haar aan alsof hij er geen woord van begrepen had.

'Kunnen we op u vertrouwen? Zult u er met niemand over praten?' drong Mara aan.

'Ik... Natuurlijk, natuurlijk.'

'Mooi... We proberen het geheel aan antropologische betekenissen te reconstrueren achter wat volgens ons een rituele moord is,' ging Eva verder.

'Nóg een...'

De twee agenten deden alsof ze elkaar een verbaasde blik toewierpen.

Nonnis merkte het op en zei: 'Er zijn al eerder soortgelijke misdrijven geweest. In 1975 en in 1986...'

'Wat weet u daarvan?' vroeg Mara, nu weer op autoritaire toon.

'Uw collega Barrali heeft me ingeschakeld. Hij heeft me in de loop van de jaren om advies gevraagd.'

'Barrali, natuurlijk...' zei Eva sussend.

De man richtte zijn blik weer op de tablet.

'Gaat uw gang. Scrol maar door de afbeeldingen,' zei Rais.

De man gehoorzaamde. Hij kneep zijn ogen samen bij het zien van de akelige foto's.

'Valt u iets op wat verschilt met de andere moorden?' vroeg Croce.

'Dit is het Nuraghen-heiligdom van Santa Vittoria, in Serri,' zei de wetenschapper zachtjes voor zich uit.

'Juist,' bevestigde Rais.

'Wanneer was dit?' vroeg de man.

'Dat is niet belangrijk,' antwoordde Eva. 'Merkt u iets op wat afwijkt van de oude misdaden?'

Nonnis bestudeerde de foto's een paar minuten in stilte. 'Ik denk het niet,' zei hij uiteindelijk, terwijl hij het apparaat aan de rechercheur teruggaf.

'Als we u zouden vragen om de cultische elementen van deze moord te onderzoeken, zou u dat dan willen doen?' vroeg Eva.

'Natuurlijk, als ik op een of andere manier het onderzoek kan helpen...'

'Mogen we dan nu meteen misschien twintig minuutjes van uw tijd vragen?' vroeg Rais.

'Nu meteen? Eigenlijk...'

'Deze moorden lijken geïnspireerd te zijn door Sardijnse carnavalsrituelen, klopt dat?'

De man keek Eva aan en knikte. 'Ja.'

'Kunt u ons daar wat meer over vertellen?' vroeg Mara.

De man haalde zijn schouders op. Eva zag dat hij zijn trouwring aan zijn linkerringvinger droeg. Ze liep om zijn bureau heen, ogenschijnlijk om door het raam te kijken. In plaats daarvan kon ze het bureau van de docent beter bekijken. Ze zag foto's van een jongen en een meisje. Op een andere foto stond het hele gezin, inclusief zijn vrouw.

Wil je de indruk wekken een goede huisvader te zijn, of ben je dat echt? dacht Eva.

'Welke functie hadden die ceremonies bijvoorbeeld?' vroeg Rais, terwijl ze een notitieblok en een pen uit haar tas haalde.

'Nou, de functie van carnavalsceremonies was zuiverend en ze zijn vrijwel zeker afgeleid van dionysische riten... De vieringen hadden een therapeutisch doel voor de gemeenschap, die als gevolg van het offer weer vitaliteit kreeg.'

'Met offer bedoelt u een offer met bloed?' vroeg Eva.

'Oorspronkelijk wel, ja. De ceremonies waarbij een slachtoffer werd geofferd waren behoorlijk bloederig. Maar dat was nodig omdat ze een levend offer moesten simuleren voor het welzijn van de gemeenschap.'

'We hebben het hier over een gemeenschap van herders en boeren, toch?' vroeg Rais.

'Zeker. Het ritueel draaide om de natuur en haar cyclus van leven en dood. De wisseling van de seizoenen enzovoort.'

'In wiens naam werd het offer gebracht?'

'Daarover kunnen we alleen maar speculeren. Zoals jullie ongetwijfeld weten, heeft de Nuraghen-beschaving ons, volgens de actuele stand van onze bevindingen, geen geschriften nagelaten, dus kunnen we alleen op speculaties afgaan...'

'En wat zegt u ervan?' zei Mara uitnodigend.

'Sommige geleerden denken dat de bevolking van de Nuraghen en degenen die vóór hen op het eiland woonden monotheïstisch waren, met één enkele god die tegelijkertijd een mannelijk en een vrouwelijk aspect in zich verenigde. De enorme diversiteit aan bronzen votiefbeeldjes en verschillende soorten grafgiften die zijn teruggevonden in putten en de omliggende gebieden, sommige overigens ook in Serri, getuigen ervan dat het gebruikelijk was om offers te brengen aan een godheid.'

'Dat wil zeggen?' vroeg Eva.

'Het grootste offer was dat van het leven zelf, van een levend wezen, meestal een dier. De offers werden gebracht in ruil voor het een of ander: genezing van lichamelijke kwalen, boetedoening voor aardse fouten, hulp van de godheid bij een pestepidemie of hongersnood... De motieven waren talrijk.'

'En mensen? Die werden ook geofferd, toch?'

'Daar lijkt het wel op, vooral als de clans in extreme moeilijkheden verkeerden. Om aan te dringen op een snellere, daadkrachtige actie van de god, volstonden geiten, stieren en lammeren niet langer... Ze geloofden dat ze het lot, oftewel de goddelijke wil, voor zich konden winnen door afstand te doen van een belangrijk element, een sleutelfiguur van de gemeenschap. Want ze kenden aan het gemeenschapsbelang een grotere waarde toe dan aan het individuele belang, hoe belangrijk dat individu ook was. In de ogen van de god of godin kon deze zware ontbering hen verlossen.'

'Wat hebben de brontempels er dan mee te maken?'

'De heilige bron is bij uitstek de cultusplaats van de Nuraghen. Water vertegenwoordigde het leven. Het afdalen in de aarde daarentegen vertegenwoordigde de doorgang naar een bovenaardse wereld.'

'Een manier dus om in contact met hun god te komen,' zei Mara.

'Precies.'

'Wie voerde die riten uit?'

'Voor zover bekend lijkt het erop dat het vrouwelijke priesters waren. Zij waren de houders van deze heilige elementen, verbonden met... laten we zeggen, magie.'

Mara trok een wenkbrauw op. Nonnis zag dat, en alsof er een gevoelige snaar bij hem was geraakt zei hij snel: 'Kijk maar niet zo. Magie heeft de mensen altijd handvatten gegeven om moeilijkheden het hoofd te bieden die niet met menselijke kracht alleen kunnen worden opgelost. De magiër, of in dit geval de vrouwelijke tovenaar, ontstaat als een projectie van de behoeften in een specifieke context. Ze is een zuivere uiting van een lokale cultuur. Haar tussenkomst heeft een sterke sociale waarde en zorgt voor meer samenhang in de gemeenschap. Een gezamenlijk, gemeenschappelijk ritueel versterkt het vertrouwen in de mensen en hun gedeelde levens. Het heeft een bepalende sociologische functie.'

'U rechtvaardigt nu dus het offeren van mensen,' insinueerde Mara.

'Nee, natuurlijk niet. Ik plaats ze alleen in de context van een tijdperk waarin de vrouwelijke tovenaar of vrouwelijke priester een prominente rol had als spirituele en op een bepaalde manier ook politieke leider van de Nuraghen,' zei Nonnis, die wat opgewonden raakte. 'Offers brengen was niet alleen een daad met een magische betekenis, maar ook een politieke.'

Eva besloot dat ze lang genoeg om het echte onderwerp heen hadden gedraaid, waardoor hij zich nu voldoende op zijn gemak voelde; de man had zijn waakzaamheid tot het juiste niveau laten zakken. Uit de zak van haar jeans trok ze een foto tevoorschijn, die ze uitvouwde en abrupt op het bureau van de docent kwakte, en ze vroeg: 'Kunt u ons vertellen wat uw relatie was met Dolores Murgia, meneer?'

61

Vakgroep culturele antropologie, universiteit van Cagliari

Nonnis staarde een paar seconden naar de foto van Dolores en richtte toen zijn blik op de rechercheur. 'Ze was gedurende een paar semesters een student van me. Ik heb haar al een tijdje niet gezien, dus ik denk dat ze gestopt is,' zei hij zo natuurlijk mogelijk. 'Zit ze in moeilijkheden?'

'U ziet hele hordes studenten,' antwoordde Mara, die zijn vraag negeerde. 'Hoe komt het dat u zich dit meisje zo goed herinnert?'

'Omdat ze een goed stel hersenen had. Ze had niet veel inzet, maar ik herinner me haar vragen nog wel. Stuk voor stuk intelligent.'

'Wanneer hebt u haar voor het laatst gezien?'

'Dat zou ik niet precies kunnen zeggen. Zes maanden, een jaar geleden... Zoiets... Zij is toch dat meisje dat vermist is? Ik heb zoiets in de krant gelezen. Toen ik haar foto op tv en in de kranten zag, dacht ik meteen aan haar. En in het lokale nieuws lieten ze haar naam vallen.'

Mara knikte onmerkbaar naar haar collega. Voordat ze Nonnis bezochten had Eva zich herinnerd dat ze in het dossier van Dolores had gelezen dat ze een tijdje antropologie aan de universiteit van Cagliari had gestudeerd, dus hadden ze bij de studentenadministratie nagevraagd of Dolores een student van Nonnis was geweest. Toen de administratief medewerker dit had bevestigd, hadden de twee samen een lijn uitgezet die ze bij het verhoor zouden volgen, gericht op het uitdiepen van dat verband. Ze dachten niet dat Nonnis betrokken was bij de moord, maar in een onderzoek van deze omvang moesten alle aanwijzingen worden nagegaan, zelfs de irrelevantste.

'Hebben jullie haar gevonden?' vroeg Nonnis.

'Laat hem de andere foto zien,' zei Mara.

Eva Croce liet de antropoloog een foto van Roberto Melis zien, het hoofd van de neo-Nuraghen. De docent reageerde door in het Sardijns te vloeken.

'Wat zei u?' vroeg Eva.

'Dat de moeder van die vent er een nogal kleurrijk seksleven op na houdt en er niet voor terugdeinst om intiem te zijn met enorme beesten,' vertaalde Mara.

Croce glimlachte. 'Ik neem aan dat u hem kent.'

'Helaas wel, ja. Naast het lesgeven ben ik lid van een coöperatie die bestaat uit oud-collega's van de universiteit. We houden ons bezig met het beheer van een aantal archeologische vindplaatsen... Die opschepper van een Melis en zijn "volgelingen" beschadigen de monumenten doordat ze erop slapen, er vuurtjes stoken en stenen en keien meenemen om er afgodsbeelden en amuletten van te maken... Ze hebben al tientallen *domus de janas*, elfenhuizen en reuzengraven vernield. Maar afgezien van de archeologische schade licht hij al die mensen op door ze voor te houden dat de stenen genezende krachten en magnetische en energetische vibraties hebben die bijvoorbeeld radio- of chemotherapie kunnen vervangen. Ze zouden hem moeten oppakken...'

'Hebt u hem weleens ontmoet?' vroeg Mara.

'Zeker. We hebben samen gestudeerd. Hij is een paar jaar examenstudent geweest. Ook destijds had hij al vreemde theorieën over genezende krachten van menhirs en over het feit dat nuraghecomplexen energiecentra zijn waardoor je met de sterren kon communiceren... Hij is nooit afgestudeerd. Later hebben we met een aantal collega's zijn activiteiten bij de toezichthouder aan de kaak gesteld, en zijn we op een aantal van zijn sessies verschenen om de discussie aan te gaan. Zo ook bij verschillende presentaties van zijn boeken, die onverklaarbaar succesvol zijn ook al staan ze vol met klinkklare onzin.'

'Hebt u dat misschien opgelopen toen u hem in elkaar sloeg?' vroeg Eva, terwijl ze naar zijn gekneusde handen wees.

'Nee, nee... Maar ik ontken niet dat ik hem graag een tik zou verkopen. Hij is bezig de traditionele archeologie en antropologie te mystificeren, met die Nuraxia van hem. Het is een soort van pseudoreligie met sporen uit het neopaganisme, waarbij hij de spot drijft met de antropologische wetenschap en officiële onderzoeken. Het gekke is dat hij een indrukwekkend aantal volgelingen heeft. Voornamelijk wanhopige figuren... Is hij betrokken bij de verdwijning van het meisje?'

'Laten we zeggen dat we graag een praatje met hem zouden maken, maar dat hij op dit moment onvindbaar is. Hebt u enig idee waar we hem kunnen vinden?' vroeg Croce.

'Hij maakt vaak hoopvolle pelgrimstochten met zijn gelovigen, voornamelijk bij Nuraghen-heiligdommen en megalithische cirkels.'

'Kunt u nog wat specifieker zijn?'

Nonnis schudde zijn hoofd. 'Er zijn alleen al ongeveer achthonderd reuzengraven, verspreid over het hele eiland... Hij kan echt overal zijn.'

'Als iemand u een pistool tegen het hoofd zou zetten, welke locatie zou u dan aanwijzen?' vroeg Eva.

De man dacht er een paar seconden over na. 'Misschien de Monte Arci... Dat is een plek met meer dan achtduizend jaar geschiedenis, waar overblijfselen en sporen van primitieve Nuraghen-nederzettingen te vinden zijn. Het is een vulkanische berg met de grootste afzetting van obsidiaan, het zwarte goud uit het neolithicum. Volgens de theorieën van de neo-Nuraghen bezit obsidiaan fenomenale krachten. Ik zou daar eens gaan kijken.'

Eva knikte en stuurde een bericht met de locatie naar Maurizio Nieddu: *Ga daar eens kijken, als je dat nog niet gedaan hebt. Hij zou daar kunnen zitten. Ik leg je later uit waarom.*

'Is hij, voor zover u weet, behalve bij het beschadigen van de monumenten verder nog betrokken bij illegale activiteiten of zwaardere misdaden?' vroeg Rais.

'Het zou me niet verbazen... Er doen wat geruchten de ronde

over die bedevaarten. Het schijnt dat ze drugs en hallucinerende middelen gebruiken. Ik heb verhalen gehoord over orgies, seksueel geweld tegen vrouwelijke aanhangers, en er wordt gezegd dat de nieuwkomers door Melis en zijn acolieten worden gehersenspoeld. Het is echt een sekte.'

Mara gaf hem een aantal dossiers met antropologische beschouwingen over het ritueel achter de moorden van 1975 en 1986. Ze waren van Barrali.

'Zou u mij een plezier willen doen? Bladert u deze verslagen eens door en vertel me of ze vanuit het oogpunt van uw vakgebied iets met de realiteit te maken hebben,' vroeg de Sardijnse hem.

Ze lieten hem een paar minuten lezen, toen knikte de man en gaf hij de stukken terug.

'Ik wou dat mijn studenten zo nauwkeurig waren. Het is allemaal volledig aannemelijk. De stukken zijn van Moreno, toch?'

Rais knikte.

'Barrali heeft mijn docent, bij wie ik gestudeerd heb en met wie ik heb samengewerkt voordat ze met pensioen ging, gevraagd om hem te helpen. Later heb ik hem ook nog geholpen om een doodsritueel te doorgronden... Ik moet jullie bekennen dat hij er meer van weet dan veel van mijn collega's.'

'Dat realiseren we ons,' zei Eva. 'We danken u hartelijk voor uw tijd. Misschien hebben we u nog eens nodig.'

'Ik sta tot jullie beschikking.'

'Het zou kunnen dat journalisten u vragen gaan stellen. Ze zullen waarschijnlijk nogal vasthoudend zijn,' zei Mara. 'Wees daarop voorbereid.'

'Hoezo? Waarom?'

Rais antwoordde niet en ging verder: 'We raden u ten zeerste af om hun iets bijzonders te vertellen. Als u met ze spreekt, loopt u het risico dat u ons onderzoek zult schaden. En zoals gezegd gaat het om een moordonderzoek. Moord met voorbedachten rade, om precies te zijn. Goed voor levenslang.'

Als Mara hem bang wil maken, is dat goed gelukt, bedacht Eva.

'Ik zal met niemand praten,' beloofde de docent.

'Prima plan,' antwoordde Mara.

De rechercheur schudde voorzichtig zijn ingezwachtelde hand en maakte aanstalten om te vertrekken.

'Het meisje op de foto's, bij het heiligdom van Serri... Is ze al geïdentificeerd? Gaat het om Dolores?' vroeg Nonnis toen ze al in de deuropening stonden.

De vrouwen draaiden zich om en keken hem een paar seconden aan.

'Nee,' loog Eva. 'Zij is het niet. We proberen erachter te komen wie het wel is.'

62

Sa Duchessa, faculteit voor humanistische wetenschappen, Cagliari

‘Hij liegt,’ zei Rais toen ze op de parkeerplaats bij de auto waren aangekomen. ‘Ik weet niet waarover precies, maar hij liegt.’

‘Ja, dat denk ik ook… Het bevalt me niks. Hij ziet eruit alsof hij iets verbergt.’

‘Toen we ons identificeerden, hoorde ik zijn ballen op de grond vallen,’ zei Rais. ‘Hij werd bijna net zo bleek als jij.’

‘Zeg, heb jij een bewijszakje?’ vroeg Eva, terwijl ze de foto van Dolores tevoorschijn haalde, waarop Nonnis zijn vingerafdrukken had achtergelaten.

‘Wat? Ah, jij… Niet slecht, Croce. Helemaal niet slecht.’ Rais glimlachte en zocht in haar tas naar de sleutels.

‘Je weet maar nooit…’ zei Eva.

Mara opende de kofferbak en pakte een plastic zakje, waar ze de foto in deed.

‘Wat stel jij voor?’ vroeg Eva.

‘Ik stel voor dat we nog wat onderzoek naar hem doen.’

‘Daar ben ik het wel mee eens,’ zei Croce. ‘Hij is zesenveertig en hij is nog steeds docent. We zijn weliswaar in Italië en… Ik zal niet zeggen dat hij professor had moeten zijn, maar dat hij zelfs nog geen universitair hoofddocent is; dat is vreemd, vind je niet?’

‘Nogal… Ik heb een contactpersoon op de universiteit en kan wel wat informatie over hem opvragen.’

‘Vind je dat we Farci op de hoogte moeten brengen?’ vroeg Eva.

‘Om hem te vertellen dat het docentje ons niet bevalt? Hij zou zeggen dat we kunnen ophoepelen. Als we hem informeren, moeten we met iets anders komen dan alleen met een gevoel. Trouwens, het gaat ons niks aan. We zitten immers niet in het team.'

'Dat betekent toch niet dat als we iets opmerken, we dat niet kunnen doorgeven?'

'Op dit moment hebben we daar niet voldoende voor.'

'Zag je dat hij binnen een sjaal droeg?'

'Zeker.'

'En denk je dat hij het koud had?'

'Nee. Dat zag ik ook, ja… Je denkt dat hij iets verbergt, toch? Schrammen, blauwe plekken…'

'De verwarming was aan. Het was binnen smoorheet,' zei Eva. 'Toch had hij zijn sjaal strak om.'

'Misschien hebben we te veel fantasie,' zei Mara.

'Wij vrouwen zijn gewend om films in ons hoofd af te spelen,' grapte Eva.

'Niet over dit soort dingen… Tenminste, ik niet. Maar jij ziet eruit alsof je niet anders doet, nietwaar?'

'Hij verbergt gewoon iets,' zei Croce, die haar negeerde.

'Op dit moment wijst alles naar Melis en heeft niemand iets aan onze indrukken.'

'We zouden eens met Moreno kunnen praten om te vragen wat hij van Nonnis vindt,' stelde Eva voor.

'Goed idee. Maar niet vandaag. Je hebt gezien hoe hij eraan toe was.'

'Welke indruk kreeg jij van hem toen ik hem de foto liet zien?' vroeg Croce.

'Het leek of hij het in zijn broek deed.'

'Waarom?'

'Dat is dus de grote vraag, Croce,' zei Rais, terwijl ze de auto startte.

63

Coördinatiecentrum, afdeling Moordzaken, hoofdbureau Cagliari

Het coördinatiecentrum dat was ingericht in verband met de moord op Dolores was een en al hectiek en bedrijvigheid. Aan de muren hingen verschillende foto's van de plaats delict en diverse uitvergrotingen van afbeeldingen van het lijk. Aan een tafel zaten agenten het materiaal uit de woning van de goeroe te bestuderen dat Nieddu hun had laten brengen, terwijl anderen de details van de misdaad, de eerste bevindingen van het forensisch team en een aanzet voor een tijdlijn van de gebeurtenissen op een whiteboard noteerden.

Het personeel van de speciale eenheid wierp een vluchtige blik op hen, negeerde hen, en ging verder met de taken. Zowel Eva als Mara voelde een steek van jaloezie toen ze zagen hoe de perfect gestroomlijnde machine bij Moordzaken draaide. Je zag de adrenaline ervan afdruipen. De spanning was voelbaar. Er liep een moordenaar rond die gepakt moest worden, en waarschijnlijk was Dolores niet zijn enige slachtoffer. Er stond veel op het spel. Het gemeenschappelijke doel bracht collega's samen die elkaar tot voor kort nauwelijks hadden gesproken. Binnen een paar uur hadden ze zich getransformeerd van verveelde stoelwarmhouders in vastberaden jagers.

'Laten we opschieten, want ik krijg hier zelfmoordneigingen,' zei Rais.

'Schiet mij maar eerst neer, alsjeblieft,' zei Eva. 'Liever een kogel door mijn kop dan levend te worden begraven in die muffe kelder. Met jou.'

'Jij bent net zo leuk als ongesteld worden op je eerste vakantiedag aan zee, wist je dat?' fluisterde Rais, waarmee ze haar partner liet glimlachen.

Nieddu merkte hen op en liep op hen af. 'We hebben agenten gestuurd; ze verkennen de Monte Arci met drones. Bedankt voor de tip.'

'Graag gedaan. Laten we hopen dat het wat oplevert,' zei Croce. 'Hoe gaat het hier?'

'We krijgen het druk; jullie weten beter dan ik dat de eerste achtenveertig uur van groot belang zijn voor het onderzoek.'

'Trouwens,' zei Mara, terwijl ze een dossier uit haar tas haalde. 'We hebben de antropoloog gesproken die met Barrali aan de oude zaken heeft gewerkt. Hier is nieuwe informatie die we hebben verzameld over "de heilige kracht van het water" en de symboliek van de maskers, dus je kunt nu je hart ophalen aan deze onzin… Pak aan. Veel plezier ermee.'

'Wat vonden jullie van de docent?'

'Een interessante man. Als je even hebt, vertellen we je er meer over.'

Nieddu legde het dossier op een bureau en nodigde hen ondanks het late uur uit om koffie met hem te drinken. De twee rechercheurs stemden toe, omdat ze in de gaten hadden dat de commissaris hen even privé wilde spreken.

'Ze hebben jullie buiten het onderzoek gehouden. Hoe komt dat?' vroeg hij ontdaan.

'De gebruikelijke spelletjes van hogerhand… We zijn niet hun favorieten, laat ik het zo zeggen,' zei Rais.

Nieddu schudde zijn hoofd. 'Op het hoofdbureau van Cagliari zijn meer intriges dan in een heel seizoen van *Game of Thrones*. Dat is altijd al zo geweest… Het spijt me. Erg jammer.'

'We komen er wel overheen… Wat zegt Trombetta ervan?' vroeg Rais.

'Dat is precies waar ik het met jullie over wilde hebben. De situatie is ernstiger dan we dachten,' zei de commissaris op zachtere toon.

'In welk opzicht?' vroeg Croce.

'In die zin dat de autopsie nog steeds bezig is. Het zal waarschijnlijk nog minstens de hele nacht duren voordat er een definitief rapport komt.'

'Hoe komt dat?'

'Dolores stierf aan de wond in haar hals, maar het lijkt erop dat ze door de mishandeling in comateuze toestand was. Ze hebben haar flink toegetakeld. Ze was meerdere keren op haar hoofd geslagen, er waren drie ribben gebroken, en als het doorsnijden van haar halsslagader haar niet had vermoord, dan zou ze waarschijnlijk wel gestorven zijn aan de inwendige bloedingen die ze door de mishandeling heeft opgelopen.'

'Jezus...' fluisterde Rais.

'Kon het tijdstip van overlijden worden vastgesteld?' vroeg Eva.

'Het moet tussen middernacht en twee uur zijn gebeurd.'

'Ze moet dus bewusteloos zijn geweest toen ze naar het heiligdom werd gebracht.'

'Dat proberen ze nu uit te zoeken, maar daar lijkt het wel op. Ze was in een semi-vegetatieve toestand.'

De twee vrouwen wisselden een ongeruste blik.

'Dat is helaas nog niet alles,' zei de commissaris.

64

Hoofdbureau Cagliari

'Wat was er dan nog meer?' vroeg Rais, en haar ogen stonden ongerust.

Nieddu leunde uitgeput naar achteren tegen de muur, alsof hij het gewicht dat op zijn schouders rustte niet langer alleen kon dragen. Hij snoof, misselijk van hetgeen hij ging onthullen. 'Het meisje is meerdere keren verkracht,' zei hij met hese stem.

'...'

'Ze is verkracht voordat ze is vermoord. Twee of drie dagen ervoor. Dit is Trombetta's onofficiële versie, die terughoudend moet worden geïnterpreteerd totdat hij definitief rapport uitbrengt.'

'Is hij zeker van de verkrachting?' vroeg Mara na een tijdje beduusd.

'Verkrachtingen, meervoud... Ja, daar is hij zeker van.'

'...'

'Het meisje is sinds haar verdwijning waarschijnlijk door een hel gegaan,' zei de man met vochtige ogen.

'Waarom toch?' zei Eva tegen niemand in het bijzonder.

'Misschien is ze door die klerelijer en zijn volgelingen verkracht tijdens een van die verdomde rituelen. Ze heeft zich misschien verzet en toen hebben ze haar bewusteloos geslagen. Ze hebben haar zo hard geslagen dat ze niet meer bij bewustzijn was. En toen ze niet meer bijkwam, besloten ze haar te vermoorden en hebben ze de oude moorden nageaapt om zo iemand anders de schuld te kunnen geven.' Dat was de hypothese van Mara.

Eva en Nieddu bekeken haar in een ander licht: haar hypothese klonk heel logisch.

'Ja, zo kan het zijn gegaan,' gaf Croce toe. 'Dat veronderstelt het feit dat ze haar ergens verborgen hebben gehouden.'

'Als we die klootzak vinden, dan zullen we waarschijnlijk ook de plek vinden waar ze haar gevangen hebben gehouden,' zei Rais.

'Ik weet dat het wat vroeg is voor de toxicologische rapporten, maar heeft Trombetta er al iets over losgelaten?' vroeg Eva.

'Ja. Ik kan me de details niet herinneren, maar volgens mij was het zo dat hij uit haar leverweefsel heeft kunnen achterhalen dat het meisje enkele uren onder invloed is geweest van verdovende middelen. Chemische troep. Hallucinogene middelen, waarschijnlijk.'

'Ze hebben haar dus gedrogeerd, om haar vervolgens te mishandelen... Dat klinkt logisch. Ze hebben haar misschien verteld dat het nodig was voor de trance waarover Barrali het had, maar in plaats daarvan...'

Eva wilde net antwoorden toen ze zagen dat iedereen ineens het coördinatiecentrum uit liep en naar de trap rende.

'Wat is er aan de hand?' vroeg Nieddu toen Paola Erriu de kamer uit kwam.

'Het lijkt erop dat de drones hem gevonden hebben. Hij is met zijn volgelingen ergens op de Monte Arci aan het kamperen, precies op de plek die jij noemde. We hebben om luchtdekking en een interventieteam gevraagd.'

Nieddu draaide zich met een glimlach van dankbaarheid in zijn gezicht om naar Eva.

'Mag ik met jullie mee?' vroeg Croce.

'*Wij*,' corrigeerde Mara.

De twee draaiden zich om en bekeken Rais nauwkeurig van top tot teen: de perfecte nagels, de make-up, het onberispelijke kapsel en de puntige pumps. Ze zag eruit alsof ze haar proefschrift ging verdedigen, maar niet alsof ze een gewapende tocht door de bergen ging maken.

'Zo gekleed?' zeiden Croce en Nieddu eenstemmig en verbaasd.

'Tja, iemand moet het uiterlijk van het team een beetje hooghouden, toch?' antwoordde Mara, terwijl ze haar maatpak gladstreek.

65

Het dorp van de Ladu uit de bergen, Barbagia Superiore

Micheli staarde zijn vader vol ongeloof aan en schudde toen krachtig zijn hoofd. 'Nee... Dat kun je me niet vragen,' verzuchtte hij, waarmee hij de stilte doorbrak die op de woorden van het gezinshoofd waren gevolgd.

'Ik vraag het je niet, ik beveel het je,' antwoordde Bastianu streng.

'Nee, vader, dat kan ik niet... Tot nu toe heb ik alles gedaan wat je me vroeg. Maar dit... *Cazzu diaulu*, dit niet!'

In de keuken viel een ijzige stilte. De twee jonge broers van Bastianu keken ongemakkelijk naar hun bord. Het geschreeuw van de jongen had boven het geknetter van de stronken van de *lentischio* en *corbezzolo* in de haard uit geklonken. Bastianu knikte met zijn hoofd en de in donkere wollen sjaals gehulde vrouwen die bij de haard manden zaten te vlechten stonden gehoorzaam op, verlieten de kamer zonder een woord te zeggen en deden de deur achter zich dicht.

Micheli keek toe terwijl zijn vader langzaam de maaltijd van worstjes gewikkeld in *pane guttiau* opat en zijn mond afveegde. Toen maakte hij met bestudeerde bewegingen en een ijzige kalmte netjes het lemmet van de *resolza* schoon met een zakdoek, klapte het mes dicht en stopte het in zijn zak. Hij legde zijn enorme handen op de houten tafel en zei met een donkere blik: 'Dus je waagt het om me tegen te spreken en in het bijzijn van vrouwen te vernederen?'

De jongen was zo brutaal om zijn blik niet te laten zakken.

Zo snel als een kat kwam Bastianu overeind. Hij duwde de tafel en de stoel omver en sloeg zijn zoon zo hard in zijn gezicht dat hij hem tegen de muur slingerde. De klap was zo krachtig dat de kalk op de muur barstte en de koperen potten die aan de balk hingen ervan rammelden.

De ooms van de jongen vreesden dat hij hem gedood had.

Micheli zakte buiten adem in elkaar.

Een traan van bloed droop langzaam langs de witte scheidingswand.

Toen hij negen was, had hij een ezel gepest en die had hem getrapt. Maar de trap met de hoef viel in het niet bij de klap van deze man met zijn handen van graniet.

'Je doet wat ik je zeg, brutale aap. En zo niet, dan krijg je ervanlangs, of je mijn zoon bent of niet. Begrepen?' zei Bastianu zonder zijn stem ook maar enigszins te verheffen. 'Ik zet je als een vogelverschrikker midden op het veld en zal je ogen en je ballen eruit laten pikken door de kraaien.'

Micheli kon niet antwoorden. Hij had moeite om zich te herinneren waar hij was en wie hij was.

'Laat hem vannacht bij de beesten slapen, dan zullen we zien of hij morgen een toontje lager zingt,' beval Bastianu zijn broers voordat hij de keuken verliet en de deur dichtsmeet.

66

Regionaal park Monte Arci, de vlakte van Uras

De stilte van de nacht onder de sterrenhemel werd doorbroken door het luide geronk van de helikopter die boven het kamp van de neo-Nuraghen hing en het gebied met een krachtige schijnwerper verlichtte. De agenten van het hoofdbureau in Oristano, de medewerkers van de afdeling Moordzaken uit Cagliari en een grote groep carabinieri uit het gebied die ter ondersteuning waren opgeroepen bleven in de achterhoede terwijl het interventieteam uit het bos tevoorschijn kwam en de wapens op het tentenkamp richtte dat opeens verlicht werd door schijnwerpers van de technische recherche.

Het team van de NOCS, het speciale korps van de staatspolitie, had het scenario waarmee ze werden geconfronteerd niet verwacht.

Toen het interventieteam over de radio het sein 'veilig' gaf, kwamen Eva, Mara, Nieddu en de andere collega's met de wapens in hun hand uit het bos tevoorschijn en zagen een tiental mensen voor grote legertenten geknield op de grond zitten, met de handen achter hun nek, in een staat van totale overgave. Zonder angst. Geen wil om weerstand te bieden. Ze keken voor zich uit en keurden de agenten geen blik waardig.

'Hebben jullie ze hier zo neergezet?' vroeg Mara aan een van de NOCS-agenten.

'Nee, mevrouw. Ze zaten al zo, alsof ze op ons zaten te wachten.'

Rais draaide zich naar haar partner toe, terwijl ze haar Beretta weer in de holster stopte. 'Zag je dat, Croce? Op een of andere manier wisten ze dat je eraan kwam en toen werden ze bang.'

Eva antwoordde niet eens. Ze keek naar haar collega's van het interventieteam die de sekteleden uit voorzorg in de boeien sloegen, en die van Moordzaken die samen met agenten in uniform de tenten doorzochten.

'Het lijkt wel alsof iemand ze instructies heeft gegeven… Waar is Melis?' vroeg Nieddu.

De commissaris schudde bezorgd zijn hoofd.

'Rais!' riep Eva. 'Melis… Hij is er niet.'

Mara werd nu ernstig. Ze liep naar een van de neo-Nuraghen en vroeg hem waar hun leider was. De man deed net alsof hij haar niet hoorde. Mara keek om zich heen, zag dat niemand – behalve Eva – aandacht aan hen schonk, en gaf de man een trap in zijn maag met de door ijzer verstevigde punt van haar tactische schoeisel. Ze wierp een blik op haar collega om te zien of dit haar gevoelens had gekrenkt, maar Croce gaf geen kik en stemde zwijgend toe. Mara zakte door haar knieën en herhaalde haar vraag: 'Waar is Melis? De volgende schop is in je ballen… Schiet op, want mijn reet bevriest zowat.'

Niets, alleen een hoop gegrom.

Mara kwam overeind om hem een tweede trap te verkopen, maar Eva pakte haar arm vast.

'Niet hier. Ze zien ons,' zei ze.

Rais draaide zich om, zag een paar agenten op hen afkomen en deed een stap terug.

'Nou?' vroeg Eva aan Nieddu en Paola Erriu, die net uit de grootste tent kwamen.

De commissaris maakte zijn kogelwerende vest los, en zijn assistent volgde zijn voorbeeld.

'Het lijkt erop dat ze alles hebben schoongemaakt om geen sporen achter te laten,' zei hij ontzet. 'Iemand moet ze gewaarschuwd hebben dat we eraan kwamen.'

'Melis?' vroeg Rais.

'Geen enkel spoor,' antwoordde Paola Erriu, terwijl ze naar haar collega's keek die het omringende bos doorzochten. 'Tenzij hij zich hier helemaal niet had verstopt en dit allemaal in scène is gezet om ons af te leiden.'

Via de radio vroeg Nieddu zijn collega's van de directe luchtsteun om het gebied af te zoeken naar de voortvluchtige. Na een paar seconden kwam de helikopter in beweging om het bevel op te volgen, waarna er een diepe stilte over het plateau neerdaalde. De vollemaan wierp een doorschijnend licht over de berg, waar het plantenrijk en de mineralen samen één geheel vormden, maar in de dalen was het duister. Daardoor was het niet alleen bijna onmogelijk om iemand die zich verborgen hield te vinden, het kon ook gevaarlijk zijn.

'Het zal toch niet zo zijn dat hij op deze manier ontsnapt,' zei Eva met ingehouden woede.

Nieddu gaf het forensisch team het sein dat ze konden beginnen om de tenten af te speuren.

'Paola, ga Mazzotta halen. Zeg haar dat het gevaar geweken is,' beval hij Erriu. 'We hebben haar toestemming nodig om deze sukkels hier te mogen meenemen.'

'Enig idee wie onze verrassing gelekt kan hebben?' vroeg Nieddu fluisterend aan de twee rechercheurs.

'Op het politiebureau?' zei Rais. 'Ik zou me eerder afvragen wie het níét gedaan kan hebben.'

Ilaria Deidda, de plaatsvervangend commissaris van Moordzaken in Cagliari, kwam naar hen toe lopen. 'Geen van deze klootzakken wil ook maar een klein beetje meewerken,' zei ze geïrriteerd.

'Dus, wat doen we nu?' vroeg Rais.

'We nemen ze allemaal mee naar het bureau en registreren hun gegevens. We nemen vingerafdrukken en DNA-monsters, als Mazzotta daarmee instemt,' antwoordde de vrouw.

'Dat doet ze wel,' garandeerde Nieddu. 'Ze voelt zich schuldig over de dood van Dolores, verdomme. Net als ik, trouwens...'

'Vergeet niet om een haaranalyse te doen en te testen op lysergeenzuur. Het lijkt erop dat een aantal van hen nog steeds aan het trippen is,' merkte Mara op.

'En Melis?' vroeg Eva.

'We hebben meer personeel nodig om de bossen te kunnen doorzoeken. De duisternis helpt ook niet echt,' antwoordde Ilaria. 'We zullen honden inzetten en de boswachter en de lokale politie om hulp vragen, maar het gaat om meer dan tweehonderdzeventig vierkante kilometer...'

'Ik blijf hier om een handje te helpen, al duurt het de hele nacht,' zei Nieddu.

'Zouden jullie deze *calloni* willen begeleiden naar ons politiebureau om ze te registreren?' vroeg Ilaria aan de twee collega's, terwijl ze een blik op de volgelingen wierp, die in groepjes bij elkaar waren gezet en met thermische dekens warm werden gehouden.

'Dat is prima, wat mij betreft,' antwoordde Eva.

'Voor mij ook. Mijn dochter slaapt bij mijn ouders,' stemde Rais in.

'Fijn, dames. Het spijt me dat dit uitje niet de gewenste resultaten heeft opgeleverd... Ik ga Farci het slechte nieuws vertellen,' zei Ilaria, en ze wees naar de politieradio.

'Ik zou niet met haar willen ruilen...' merkte Mara op, en ze ritste haar politiewindjack hoger dicht.

'Blijf jij echt hier?' vroeg Eva aan de commissaris.

'Zeker weten,' antwoordde Nieddu. 'Ik hoop dat ik straks in mijn eentje oog in oog met die klootzak sta.'

'Hou ons op de hoogte.'

'Uiteraard.'

Terwijl Mara met haar geüniformeerde collega's afspraken maakte over het transport van de verdachten, keek Eva omhoog naar de immense sterrenhemel en sloot even haar ogen om de frisse, aromatische lucht in te ademen.

Het spijt me wat je allemaal hebt moeten meemaken, Dolores. We zullen hem vinden en hij zal ervoor boeten, dacht ze. *Ik zweer het je.*

Als antwoord hoorde ze alleen het fluiten van de wind.

Plotseling had ze de indruk dat ze bekeken werd. Ze draaide zich vlug om en tuurde in het dichte steeneikenbos.

Je hebt het je verbeeld, dacht ze na een paar seconden. *Het komt door de stress.*

Het beeld van het met schijnwerpers verlichte bos bracht evenwel herinneringen naar boven aan een nacht van anderhalf jaar geleden. Toen ze haar dieptepunt had bereikt, als vrouw én als inspecteur.

67

Parco delle Groane, Milaan, 2014

Eva keek naar de Cisnara, de beek die door het park stroomde. Haar gezicht werd verlicht door de blauwige reflecties van de patrouillewagens, de ambulances en door de schijnwerpers van de forensische dienst. Door de regen stond het riviertje hoger, het stroomde over. Eva bedacht dat sommige mensen als een dijk waren. Niet in negatieve zin, maar als een dijk die je met één blik, één woord of zelfs alleen met hun aanwezigheid aanmoedigt om je eigen levensstroom te volgen, zonder te overstromen en zonder dat een plotselinge emotionele uitbarsting je zou laten overlopen van te veel leven, sentimenten en tranen. Dijken. Zodat de stroom zijn kracht niet zou verliezen. Dijken. Zodat je je blik kunt blijven richten op de horizon van je eigen verlangens.

Nu waren haar dijken echter verdwenen, de een na de ander. Sommige waren weggevoerd door de tijd. De andere door onbegrip, door niet kunnen vergeven en door teleurstellingen. De grootste, de dijk die zin en richting aan haar bestaan gaf, door ziekte. Er was niemand over. Alleen het werk misschien, maar niet lang meer, gelet op de puinhoop die ze er zojuist van had gemaakt. Dus bleef alleen die gewelddadige waterstroom over, die ongecontroleerd op hol was geslagen. Het kalme gemoed was veranderd in een storm die alle obstakels meesleurde die voor haar stonden. In de eerste plaats haar geweten. Zij, die van nature opstandig was en in het verleden met heel haar wezen had verlangd naar vrijheid, had nu de dringende behoefte om ingetoomd te worden. Richting. Sturing. Het leven spatte alle kanten op en ze had geen idee hoe ze er grip op kon krijgen. Het gutste als bloed uit een diepe wond en ze had er al te veel van verloren om zelfs maar de kracht te hebben om het bloeden in elk geval een paar seconden te stelpen. Net lang genoeg om te begrijpen wie en wat ze was geworden.

Lorenzo Giansante, een collega van haar in Milaan, gaf de geüniformeerde agent die haar in de gaten hield een teken dat hij kon gaan, en hij ging naast haar zitten. 'Ben je wat gekalmeerd? Zal ik je handboeien afdoen?'

Eva Croce knikte.

Hij bekeek haar een paar seconden om te zien of hij haar kon vertrouwen en toen maakte hij haar polsen los.

'Wat is er in godsnaam met je aan de hand?' vroeg Lorenzo.

'Hoe is het met haar?' zei Eva.

De man snoof. 'Je hebt haar behoorlijk toegetakeld. Ze komt er wel bovenop, maar zal er wel littekens aan overhouden... Niet dat ze het niet verdiend had, maar je hebt wel overdreven, Eva. Dit kunnen we niet door de vingers zien, op geen enkele manier. Er waren te veel getuigen.'

'Ik weet het. Het was sterker dan ik.'

Lorenzo bleef een paar seconden kijken naar de reflectie van het rode haar van zijn collega in de schijnwerpers. Ze zag eruit als een klein meisje, een elfje uit het woud.

'Je bent te snel weer aan het werk gegaan,' zei hij terneergeslagen. 'We hadden je moeten tegenhouden.'

'Als ik niet was gaan werken, had ik mezelf waarschijnlijk een kogel door mijn kop gejaagd,' antwoordde ze.

'Maak daar geen grapjes over, jezus...'

'De officier van justitie is...'

Giansante kapte haar af. 'Woedend. Hij is bang dat jouw "ingrijpen" de zaak zal schaden. De advocaten van de tegenpartij zullen jouw gedrag aangrijpen om de aanklacht tegen de moeder te laten vallen. Waarschijnlijk zal de officier van justitie proberen om onder vier ogen overeen te komen dat er geen aanklacht wordt ingediend of een civiele procedure wordt gestart in verband met schadevergoeding. Geen geld, en in ruil daarvoor vrijheid.'

'Ze zou de gevangenis in moeten...'

'Dat had je moeten bedenken voordat je haar in elkaar sloeg,' zei de man nors.

'Ze was even oud als Maya...' zei Eva, alsof dat feit haar gewelddadige reactie kon rechtvaardigen.

'Ik weet het... Daarom hadden we je niet bij het onderzoek moeten betrekken,' antwoordde Giansante. 'De fout ligt grotendeels bij ons.'

Het onderzoek: Katia Giuliani, een meisje van nog geen acht, was in de noordelijke buitenwijken van Milaan vermist. Haar moeder, een dakloze vrouw die al een jaar niet van de crack kon afblijven en veroordelingen op haar naam had voor prostitutie, drugshandel en kleine diefstallen, wilde geen medewerking aan de politie verlenen, alsof ze niets om haar dochter gaf. Eva was in beeld gekomen vanwege haar vaardigheid om verdachten en getuigen te ondervragen, die ze opgedaan had in haar jaren bij de SCO, de centrale misdaadbestrijding van de staatspolitie. Ze had haar ondervraagd en haar verzet gebroken. Marlena – zo heette de drugsverslaafde vrouw – had toegegeven dat ze het kind had 'verhuurd' aan een man die ze in de buurt van het bos van Rogoredo had ontmoet. Hij had haar goed betaald, zoveel dat ze er gegarandeerd een hele week high van kon zijn. Na zeven benevelde dagen was Marlena uit haar staat van bewusteloosheid tevoorschijn gekomen en had ze zich haar dochter herinnerd. In de omgeving van het bos was ze naar de man op zoek gegaan, maar tevergeefs. Ze kon zich nauwelijks herinneren hoe hij eruitzag. Een patrouilleagent had haar in een duidelijk opgewonden staat aangetroffen en op een of andere manier was de verdwijning van het kleine meisje aan de orde gekomen.

Na die onthulling was het Eva gelukt om rustig te blijven en had ze geprobeerd om zo veel mogelijk details boven water te krijgen, want nu het nieuws over de verdwijning de kranten en social media al had bereikt, begon de tijd te dringen. De man die het kind had meegenomen zou door alle belangstelling in de media overvallen kunnen worden door de angst om te worden opgepakt voor ontvoering, en zou zich dan op de slechtst denkbare wijze van Katia kunnen ontdoen. Dat was al eens eerder gebeurd.

Eva was helemaal opgegaan in de zaak. In de zoektocht naar Katia kon ze op een of andere manier haar gevoelens over de dood van Maya kwijt, haar dochter; het was een kans die het leven haar bood om zichzelf te verlossen, om in elk geval háár te kunnen redden.

Ze moest haar vinden.

Punt.

Met de collega's van het rechercheteam hadden ze het protocol Italian Child Abduction Alert System in werking gezet: een nieuw nationaal zoeksysteem bij ontvoering van kinderen. Ze hadden de collega's van IT aan het werk gezet met het darkweb en de netwerken die door pedofielen werden bezocht. Het was een race tegen de klok.

Na een paar dagen hadden ze de smeerlap gelokaliseerd dankzij beelden die waren opgenomen door een videobewakingssysteem in het gebied rondom Rogoredo. De man had een strafblad: pedofilie. Bij het rechercheteam was de pleuris uitgebroken. In de gangen van het hoofdbureau hing een bedompte sfeer. Dankzij een tip hadden ze hem gevonden.

Hem wel.

Van het meisje echter geen spoor.

Ze hadden hem meegenomen naar het bureau. Toen zijn advocaat met de inspecteur en de cliënt was binnengekomen, hadden de collega's van Eva hem bij de arm genomen en gezegd dat hij een wandelingetje moest gaan maken. Toen hij zich probeerde te beklagen, hadden ze hem ingefluisterd dat ze hem zouden pakken met vals bewijs, drugs of kinderporno als hij zich niet heel snel uit de voeten zou maken. De advocaat had onmiddellijk de drang gevoeld om een luchtje te gaan scheppen.

Eva verstond haar vak. Drie uur later lag de man huilend op zijn knieën. 'Waar?' had ze hem gevraagd, waarbij ze de woede onderdrukte die haar stem en haar handen liet trillen. Hij had het haar opgebiecht. Hij zou haar alles verteld hebben, alleen maar om van die zware last verlost te zijn en zijn geweten te kunnen zuiveren.

Een uur later waren ze in Parco delle Groane, in het noordwesten van Milaan, met een forensisch team aan het graven op de plek die de pedofiel had aangewezen. De motregen die haar aan de eindeloze Ierse herfst deed denken maakte de graafwerkzaamheden nog spookachtiger. Precies op het juiste moment, toen de technici net het kleine lichaam uit de grond van een dennenbos haalden, arriveerde de moeder van het kind tezamen met haar advocaat. 'Ik wil haar zien! Ik wil mijn kleine meisje zien!' had ze gegild, terwijl ze huilend op de groep politiemannen afrende.

Buiten de felle lichtbundels van de schijnwerpers en beschermd door de duisternis had Eva haar holster losgemaakt en haar Beretta getrokken. Toen Marlena binnen een meter afstand was, had ze haar met al haar kracht geslagen en met de loop van het wapen haar gezicht geraakt. De vrouw was op de grond gevallen. Met tranen in haar ogen was Eva schrijlings boven op haar gaan zitten, was met het pistool op haar blijven inslaan en had zo al haar haat op de vrouw botgevierd.

Toen ze erin waren geslaagd haar los te trekken, zag het gezicht van de junkie eruit als een abstract schilderij: *Rojo fuego*, Picasso's roze periode.

'Denk je dat ze me eruit schoppen?' vroeg ze aan haar collega.

'Nou, ik denk niet dat je opslag krijgt...'

Hij wist haar een glimlach te ontlokken.

Lorenzo Giansante keek naar dat gezicht met de fijne gelaatstrekken, met de uitgelopen zwarte potloodlijntjes rond haar ogen. Hij vroeg zich af of dat door de regen kwam of door de tranen van 'de Ierse', zoals ze haar binnen het team noemden.

'Ja, ze zullen je er waarschijnlijk wel uit gooien,' antwoordde hij. De man hoorde voetstappen naderen en draaide zich om. De hoge bazen van het hoofdbureau kwamen hun kant op. Blikken als beulen, de houding van gangsters. Ze zagen er eerder uit als directieleden van een multinational, belast met de ontslagen in crisistijd, dan als smerissen.

Lorenzo stond op. 'De commissaris komt eraan. Het schuim staat om zijn mond... Ik probeer even met hem te praten voordat hij je levend vilt...'

Eva Croce bleef voor zich uit staren, haar ogen op de beek gericht, alsof ze hem niet eens gehoord had.

Toen hij moeizaam over de vochtige grond wegliep, hoorde de politieagent zijn collega achter zich iets zeggen. Iets wat hij de rest van zijn leven niet zou vergeten.

'Pas als je moeder wordt, besef je hoe onvolmaakt je bent.'

Lorenzo draaide zich naar haar om en antwoordde: 'Wat...? Eva?'

De inspecteur antwoordde niet, ze staarde naar het water.

Hij schudde zijn hoofd en liep naar zijn leidinggevenden.

68

Het dorp van de Ladu, Barbagia Superiore, 2016

Zijn tante opende de deur nog voordat Bastianu de trap helemaal af was. De houten planken kraakten onder zijn zware gewicht alsof ze op het punt stonden te breken. In de kamer van zijn grootvader flakkerde een bleek kaarslicht en er hing een muffe geur van ouderdom en ziekte.

'Hoe gaat het met hem?' vroeg hij fluisterend aan de vrouw.

De oude vrouw schudde alleen haar hoofd, haar ogen waren neergeslagen. Voor de eerste keer sinds lange tijd bekeek Bastianu de gesluierde vrouw, die zich net als alle anderen in haar familie in de schaduw had gesteld en haar eigen identiteit had opgeofferd om onzichtbaar als een geest – ongrijpbaar maar altijd aanwezig – te koken en zich te bekommeren om het huis, de kinderen en de ouderen.

Voordat hij naar binnen ging, wreef de man over haar schouder om haar kracht te geven en haar te bedanken voor haar opoffering; ook zij diende de Godin, ook al was het op een andere manier dan hij.

Na het voltooien van het masker was zijn grootvader ingestort. Het was alsof hij al zijn resterende energie in dat kunstwerk had gestoken en nu was overgeleverd aan een aftakelingsproces dat hem aanviel op zijn zwakke plekken.

De reus ging naast het bed zitten waarin Benignu lag, die in zijn jeugd nog groter was geweest dan zijn kleinzoon nu was. Maar nu, verstijfd als hij was, leek hij niet veel meer dan een geraamte van een kind. Het was net of iets hem binnen een paar uur van binnenuit had aangevreten. Er lag een zware, dikke deken van grove wol over hem heen, en toch rilde hij.

Wat is het leven toch absurd, dacht Bastianu. *Ze zeggen dat hij ooit de lichaamsbouw van een stier had, en kijk hem nu eens. Wat is er overgebleven van dat beest van een man?*

'Ben jij dat?' murmelde de man.

Bastianu legde zijn handen op zijn grootvaders handen. De huid was zo dun dat de aderen en pezen erdoorheen schenen. Die handen op elkaar symboliseerden in feite het verleden en de toekomst van de Ladu.

'Ja, *mannoi*... Hoe voel je je?'

'Als iemand die op de dood wacht.'

Bastianu glimlachte. 'Dat zei je vorig jaar ook. En het jaar daarvoor...'

'Deze keer is anders. En dat weet je best...'

Anderen in die toestand zouden zich allang aan de dood hebben overgegeven. Maar zijn grootvader niet. Die koppige gehechtheid aan het leven was nog koortsachtiger dan de vlucht voor de pijn: hij wilde er zeker van zijn dat hij de duizend jaar oude tradities van de beschermers van de Godin in goede handen achterliet. Voordat hij daar absoluut zeker van was, zou hij zich niet overgeven aan het sterven.

'Ik weet het,' zei Bastianu slechts.

'Waar is je zoon?'

Hij vroeg zich af of hij tegen hem zou liegen. Hij twijfelde er niet aan dat de oude man het zou merken als hij dat deed. Dus koos hij voor de waarheid.

'Hij heeft straf. Hij trok mijn autoriteit in twijfel, en dus ook de jouwe.'

In de uitgeputte ademhaling bemerkte hij de verbittering en strijdlust van zijn grootvader. Als hij op dat moment zijn zoon in zijn handen had gehad, zou hij diens arm gebroken hebben om hem te laten boeten voor de pijn die het hem deed om Benignu Ladu zo te zien lijden. Deze man had hem opgevoed; voor Bastianu was hij een god in levenden lijve.

'Herinner je je de eerste keer dat je met me meeging?' vroeg de oude man met een zweem van een glimlach op zijn gezicht.

'Natuurlijk, *mannoi*.'

'Hoe oud was je toen?'

'Nog geen veertien. Een kind.'

'Toch was je koelbloedig als een man. Het lemmet zat er geen millimeter naast. Het masker wiebelde heen en weer voor je gezicht, zo groot was het voor je. De jongens van vandaag zijn anders, ze zijn zwakker. Dat is wat ons kapot zal maken.'

'Hij zal snel volwassen worden. Ik zal ervoor zorgen, ik zweer het.'

'Er is maar één manier om ervoor te zorgen dat hij volwassen wordt, en dat weet je.'

Bastianu klopte hem zachtjes op zijn handen om hem gerust te stellen. 'Ik weet het, en ik zal het doen. Ik zweer het. Rust nu maar uit en zorg ervoor dat je snel weer op de been bent.'

Uit Benignu's keel kwam een krassend geluid, alsof zijn kleinzoon een grapje had gemaakt.

Toen Bastianu aanstalten maakte om de kamer te verlaten, hield de hese stem van zijn grootvader hem tegen.

'Bastia, zeg eens... Vertel me hoe het ook alweer voelt om daar naar beneden te gaan en naar haar te kijken. Je hebt geen idee wat ik ervoor over zou hebben om haar nog een laatste keer te zien.'

Bastianu draaide zich om, knielde op de houten planken, boog zich voorover naar zijn grootvader en probeerde hem over de emoties en gevoelens te vertellen die de nabijheid van de Godin opriep.

Benignu, die naar hem luisterde, glimlachte en verloor zich in de herinneringen. Hij leek zich er niet van bewust dat, terwijl zijn kleinzoon sprak en zijn handen vasthield, de tranen over zijn vermagerde gezicht biggelden.

69

Viale Poetto, Cagliari

Ze werden wakker gemaakt met het slechtst denkbare nieuws: iemand had met de pers gesproken en alles gelekt.

Met ogen die nog dik waren van de slaap doordat ze de nacht op de Monte Arci en het hoofdbureau had doorgebracht, staarde Eva naar de afbeeldingen die Mara via WhatsApp had gestuurd nadat ze haar had gebeld met het 'goede nieuws'.

'Sorry dat ik je wakker heb gemaakt, maar iemand saboteert het onderzoek en heeft alles aan de media verteld,' had Rais een paar minuten geleden gezegd.

'Wat bedoel je met alles?' had Eva verbaasd geantwoord.

'Elk fucking detail... Hang maar op. Ik zal je wat foto's sturen, zodat je het zelf kunt zien. Ik bel je zo terug.'

Ze had een afbeelding gestuurd van de voorpagina van de belangrijkste krant op het eiland, met de kop: DE NURAGHE-SERIEMOORDENAAR HEEFT WEER TOEGESLAGEN. NA DE MOORDEN UIT 1975 EN 1986 IS ER EEN NIEUW SLACHTOFFER GEVONDEN IN HET HEILIGDOM VAN SERRI: EEN KLOPJACHT IS LOSGEBARSTEN.

'Shit...' fluisterde Eva, die plotseling klaarwakker was. De volgende kop luidde: DOLORES MURGIA IS HET SLACHTOFFER DAT BIJ DE HEILIGE BRON VAN SANTA VITTORIA VAN SERRI IS GEVONDEN. HET MEISJE DAT EEN WEEK GELEDEN IS VERDWENEN, IS 'S NACHTS TIJDENS EEN MACABER RITUEEL VERMOORD.

'Hoe is het in hemelsnaam...'

De volgende in de reeks was nog erger: DE SCHADUW VAN DE RITUELE SERIEMOORDENAAR VAN DE VESTAALSE MAAGDEN HANGT

BOVEN HET EILAND: HET OPENBAAR MINISTERIE HEEFT EEN SPECIALE EENHEID INGEZET OM JACHT TE MAKEN OP DE MOORDENAAR DIE NA DERTIG JAAR WEER HEEFT TOEGESLAGEN. DE POLITIE TAST IN HET DUISTER.

In het midden van de pagina stond een korrelige afbeelding – amateuristisch maar zeer duidelijk – van het lijk omringd door de mannen van het onderzoeksteam; het leek een foto die in het voorbijgaan met een telefoon was gemaakt en had de ontzetting van de politieagenten over het lichaam van Dolores trefzeker vastgelegd. Dit was het werk van iemand die op de plaats delict aanwezig was geweest, daar was geen twijfel over mogelijk. En er waren die ochtend in Serri alleen maar agenten aanwezig geweest.

'Klootzakken...' fluisterde Eva ontsteld. Het artikel was niet ondertekend, wat betekende dat de krant de verslaggever onder het mom van beroepsgeheim zou beschermen, zodat het praktisch onmogelijk zou zijn om het lek te vinden.

De telefoon trilde. Weer Rais. Ze stuurde de links van online nieuwsbladen op het eiland. Allemaal brachten ze het nieuws van de moord; Eva wist dat het nieuws binnen een uur de Tyrreense Zee over zou zijn en zich als een olievlek over het hele schiereiland zou verspreiden tot aan het ministerie van Binnenlandse Zaken, dat vervolgens druk zou uitoefenen op het hoofdbureau, wat alles weer een stukje moeilijker zou maken.

'Hallo?' zei ze, toen ze het telefoontje van haar partner aannam.

'Heb je al die shitzooi gezien? Ze hebben het zelfs over de afdeling Onopgeloste Zaken.'

'Ja. Verdenk je iemand in het bijzonder?'

Mara blies een ademteug uit. 'Het zou echt iedereen kunnen zijn... Cagliari is een klein provinciestadje, er gebeurt nooit iets. Moorden die een beetje interessant zijn heb je eens in de acht, tien jaar, en dat vinden de kranten jammer. Dus als je het goed aanpakt, levert deze tip je genoeg op om je auto te kunnen afbetalen, vervolgens met je hele gezin inclusief de hond op zomervakantie te kunnen gaan, en ook nog een leuk cadeautje voor je vrouwtje én je minnares te kunnen kopen. Je weet wat we nu over ons heen krijgen...'

'Er is hier wel iets meer aan de hand dan een corrupte agent, Rais. Eerst heeft iemand Melis en zijn mensen gewaarschuwd, en nu heeft iemand aan de kranten gelekt...'

'We kunnen nu wachten op het nieuws dat de neo-Nuraghen zijn aangehouden en dat er jacht op de goeroe wordt gemaakt.'

'Dat zou inderdaad de kers op de taart zijn...'

'Als dat alles was, zou het nog meevallen, schatje.'

'Hoe bedoel je?'

'Probeer het eens vanuit een ander gezichtspunt te bekijken. Wie zou er wraak willen nemen op de collega's bij Moordzaken omdat ze buiten het onderzoek is gehouden? Wie zou er misschien wrok kunnen koesteren tegen hogergeplaatsten omdat ze in een kelder is gegooid om weg te rotten met de oude archiefmappen?'

'Shit, je bedoelt toch niet...'

'Natuurlijk wel. In het coördinatiecentrum wordt gevloekt en getierd alsof het niets is, en tegen wie is het gericht, denk je?'

'Maar wij hebben er niks mee te maken!'

'Ga ze dat maar eens uitleggen...'

'Ze zetten ons allemaal tegen elkaar op,' zei Eva. 'Ze willen het onderzoek saboteren.'

'Word eens wakker! Dat hebben ze dus al gedaan, Croce.'

'...'

'Ben je er nog?'

'Ja. Wat doen we nu?'

'De waarheid achterhalen, uitzoeken wie ons met de rug tegen de muur heeft gezet en hem dit betaald zetten,' zei Rais. 'En met betaald bedoel ik dat we zijn ballen aan de deur van de afdeling Moordzaken spijkeren.'

Croce glimlachte. 'Ik heb even tijd nodig voor een snelle douche en dan kom ik naar het bureau.'

'Ik neem een hamer en spijkers mee. Ik zie je daar,' zei Mara.

Eva kleedde zich uit terwijl ze naar de foto van Dolores Murgia keek die aan de muur hing en liep naar de badkamer. Toen de telefoon weer trilde, draaide ze zich om met de gedachte dat het Rais was. Maar het was haar partner niet.

Híj was het.

Croce staarde even naar de knipperende telefoon, draaide zich toen weer om en liet hem overgaan.

70

De Ladu-gebieden, Barbagia Superiore

De ijskoude straal die uit de pomp spoot wekte hem op zo'n brute wijze dat hij ineenkromp.

'Lekker geslapen?' zei zijn vader bij wijze van begroeting. 'Heb je tijd gehad om na te denken?'

Micheli zat op zijn hurken in een hoek van de ossenstal, besmeurd met modder, mest en hooi, en omringd door vliegen. Hij zag er verloren en getraumatiseerd uit, en kon niet geloven dat zijn vader zover had kunnen gaan. Zijn ooms hadden zijn handen met een touw achter zijn rug gebonden en zijn enkel vervolgens vastgemaakt aan een ring die aan de muur bevestigd was, net als de dieren die met hun staarten zwaaiden en op slechts een paar centimeter afstand van zijn gezicht stonden te pissen. De walm die in de stal hing was walgelijk. Te oordelen naar de brij bij zijn voeten in de stenen goot, had hij meerdere keren overgegeven. De afgelopen nacht zou hij moeilijk ooit kunnen vergeten.

'Geef je nog antwoord of wil je de hele dag hier blijven zitten?' beet Bastianu hem toe, terwijl zijn ooms als een standbeeld naar hun neefje stonden te kijken, zonder een woord te zeggen.

'Nee, *ba*', ik heb nagedacht.'

Die ochtend had de vorst onverwachts de akkers bevroren. Een paard en twee koeien waren plotseling gestorven, misschien van de kou. De andere dieren hadden de hele nacht staan loeien. Een paar waren zo onrustig geweest dat het leek alsof ze gek waren geworden, en ze hadden met hun koppen tegen de muren geslagen waardoor ze zichzelf hadden verwond. Ook kinderen waren ziek geworden, de een na de ander. De voorspellingen van zijn grootvader werden al zichtbaar, in al hun tragiek.

Bastianu had geen tijd meer te verliezen. 'Dus?' zei hij dwingend.

'Ik zal alles doen wat je wilt,' fluisterde de jongen met gebogen hoofd.

'Ik heb je niet goed gehoord.'

Micheli keek op naar zijn vader en herhaalde: 'Ik zal doen wat je me gevraagd hebt.'

Bastianu probeerde een paar seconden lang de met schaamte gevulde blik van zijn zoon in te schatten. Toen knikte hij. 'Je doet het vanavond. Ik kom je na het eten ophalen.'

Micheli stemde verslagen en vernederd toe.

'Maak hem los en was hem,' zei Bastianu tegen zijn broers. Toen, op fluitstertoon: 'Sluit hem de hele dag op in zijn kamer. Ik vertrouw hem niet meer.'

71

Coördinatiecentrum, afdeling Moordzaken, hoofdbureau Cagliari

De twee rechercheurs stonden op het punt om het coördinatiecentrum binnen te gaan toen Eva's telefoon begon te trillen. Ze wierp er voor de zekerheid vluchtig een blik op en zag dat het Barrali was.

'Rais.'

'Wat is er?'

'Het is Moreno,' zei ze, op de telefoon wijzend.

'Oké, neem maar op. Misschien heeft hij zich iets herinnerd wat nuttig kan zijn voor ons. Ik ga vast naar binnen om te kijken hoe de vlag erbij hangt.'

Eva knikte en zocht een rustig plekje op aan het einde van de gang, weg van de kantoordeuren. 'Moreno?'

'Hoi Eva. Bel ik ongelegen?'

'Ik moet je zeggen dat er sinds ik hier werk aan één stuk door ongelegen momenten zijn geweest. Dus nee. Niet meer dan normaal.'

'Dat spijt me, Eva. Ik heb die hele toestand in de kranten gezien.'

'Ja, wat een shitzooi, hè. We hebben Farci nog niet gesproken, maar hij zal witheet zijn.'

'De druk van de media zal het onderzoek geen goed doen. Het gevaar bestaat dat er ernstige fouten worden gemaakt als er overhaast wordt geprobeerd om de pers tevreden te stellen.'

'Ik weet het, maar wat Mara en mij betreft is er niet bepaald een gevaar. We zitten niet in de speciale eenheid en we hebben de dossiers over de oude moorden aan Moordzaken moeten afgeven.'

'De gebruikelijke politieke spelletjes... Het spijt me voor jullie, echt waar.'

'We hebben nu wel een ander probleem, want nou denkt iedereen dat wij aan de pers hebben gelekt om wraak te nemen... Maar even iets anders. Vertel eens: hoe gaat het met jou?'

'Beter dan gisteren, hoor. Daarom bel ik je. Ik heb nog eens rustig nagedacht over de plaats delict.'

'Laat maar horen.'

'Ik denk dat er een na-aper bezig is geweest. Iemand die de oude zaken beslist grondig heeft bestudeerd en heel goed weet wat de cultische betekenis van de verschillende aspecten is. Het kan alleen niet dezelfde persoon zijn als degene die dertig en veertig jaar geleden de moorden heeft gepleegd. Vanwege zijn leeftijd natuurlijk, maar dat niet alleen...'

'Is er een bepaalde aanwijzing die je theorie ondersteunt?'

'Het masker was een beetje anders dan de andere. De oude waren ambachtelijker, minder afgewerkt. Dit exemplaar lijkt van de lopende band te komen, als je begrijpt wat ik bedoel...'

'Zeker. We kunnen het laten onderzoeken door het forensisch team en kijken of ze het kunnen herleiden naar de vakman die het heeft gemaakt.'

'Dat kunnen jullie zeker proberen. Het kan een interessante aanwijzing zijn.'

'Verder nog iets?'

'Ja, het is meer een persoonlijk gevoel.'

'Zeg het toch maar. Niemand weet zoveel over deze zaken als jij, dus...'

'Het gaat over het geweld waarmee Dolores te maken kreeg voordat ze werd vermoord. Het past niet bij de andere slachtoffers. Ik heb ze gezien en ik kan je verzekeren... Denk niet dat ik gek ben, maar er was een soort respect voor de slachtoffers, een soort zorgzaamheid. Tenminste, te oordelen naar de manier waarop hij ze had achtergelaten. Schone haren die mooi geborsteld waren, en op de huid waren geen krassen of blauwe plekken... Er was een soort medelijden, bijna een verlangen naar intimiteit. Begrijp je wat ik bedoel?'

'Jazeker.'

'Ik herinner me ook iets anders, Eva. Iets belangrijks, maar daar praat ik liever niet over via de telefoon. Zelfs liever niet in het bijzijn van Mara. Ik wil het alleen met jou bespreken.'

Als hij haar had willen verrassen, dan was hij daarin geslaagd.

'Eva?'

'Ja, ik ben er nog.'

'Denk je dat je even voor me hebt?'

'Ja, natuurlijk, dat is prima. Zullen we vanavond afspreken, na het werk?'

'Geweldig.'

'Bedankt voor de informatie. Ik moet gaan, want Farci komt eraan.'

'Tot later.'

Eva beëindigde het gesprek en ving de sombere blik van haar leidinggevende op, die haar tegemoet kwam lopen.

Voordat ze iets kon zeggen, zei Farci: 'Croce, in mijn kantoor. Nu.'

'Wil je dat ik Rais roep?'

'Nee. Laten we gaan.'

De rechercheur wierp een bezorgde blik in de richting van het coördinatiecentrum en liep met haar chef mee.

72

Hoofdbureau Cagliari

'Doe de deur maar dicht,' droeg hij haar op.

'Meneer, als het gaat over de nieuwsberichten...'

'Dat is het niet. Ik weet dat jullie het niet waren. Het is wel lastig om de collega's daarvan te overtuigen, maar daar zorg ik wel voor... Ga zitten.' Haar chef overhandigde haar een dossier. 'Het autopsierapport van Trombetta... Kijk er even vlug naar.'

Eva begon te lezen, terwijl ze er niet aan probeerde te denken dat als haar partner erachter zou komen dat ze een bespreking met Farci had zonder haar, ze dat vast verkeerd zou opvatten en het haar vervolgens betaald zou zetten.

'En?' vroeg haar leidinggevende na een paar minuten.

'Er is niets nieuws ten opzichte van wat we verwacht hadden.'

'Het meisje zat vol met drugs,' zei de commissaris. 'En ze was meerdere keren verkracht. Ze had een groot hersenoedeem, waardoor ze in een pre-coma raakte. Het extraduraal hematoom in de hersenen is veroorzaakt door de mishandeling. Toen ze werd vermoord, was ze volledig bewusteloos.'

'Ja,' bevestigde Eva.

'Ze zijn de monsters van het materiaal dat onder de nagels van het meisje is gevonden aan het analyseren, en ook iets wat misschien een stukje menselijke huid is en wat tussen de tanden van het arme meisje is gevonden. Daarvan komen vanavond hopelijk de eerste bevindingen.'

'Volgens ons heeft Dolores meegedaan aan een soort rituele orgie, nadat ze gedrogeerd was, of daartoe was aangezet. Ze moet zich verzet hebben en daarna zijn verkracht en mishandeld, of zoiets.'

'Dus jij denkt ook dat Melis erbij betrokken kan zijn? Ik vraag het om in te schatten wat ik mijn leidinggevenden kan vertellen…'

'Commissaris, ik weet het niet zeker. Maar als je de situatie bekijkt, de achtergrond van Melis, wat er allemaal in zijn huis is gevonden, het vreemde gedrag van zijn volgelingen, nou ja, dan lijkt het me vrij aannemelijk dat hij wordt verdacht.'

De commissaris knikte somber. 'Gisteren zijn jullie op de Monte Arci geweest.'

'Ja, maar we hebben toestemming gevraagd aan…'

'Schiet maar niet telkens in de verdediging. Ik ben niet kwaad op je en ook niet op je partner met die grote mond van haar.'

'Wat is er dan?'

'Ik wil je waarschuwen,' zei Farci. 'Jij bent niet bekend met de stad en de omgeving. Ik weet niet waarom, maar ik heb de indruk dat zich een paar vreemde figuren met deze zaak bezighouden. Toen Melis gisteren niet kon worden opgepakt, kreeg ik al zo'n voorgevoel. En die nieuwsberichten van vandaag zijn voor mij de bevestiging.'

Eva knikte. Ze wist niet waar de commissaris precies op doelde, maar ze waardeerde zijn waarschuwing. Hoewel ze zich wel afvroeg waarom, gezien het feit dat ze niet langer bij het onderzoek betrokken was. Ze vroeg het hem.

'Ik weet dat ik je buiten het onderzoek heb gehouden, maar ik had geen keuze. Officieel werken jullie niet aan de zaak, maar ik zou je willen vragen om je ogen open te houden als je wilt, ook voor mij, en samen te werken met een aantal teamleden die ik het meest vertrouw.'

'Natuurlijk, commissaris… Maar… waar bent u dan precies bang voor?'

De man probeerde haar enkele ogenblikken in te schatten terwijl hij haar aankeek. 'Dat vertel ik nu liever niet, ook omdat ik nog geen zekerheid heb… Weet wel dat het lekken van die informatie opzettelijk is gebeurd.'

Eva knikte.

'Bedankt dat je tot zonsopgang bent gebleven, vanmorgen... Ik heb nog een klusje voor jullie. Het stelletje eikels dat jullie hiernaartoe hebben gebracht wil niet meewerken. Geen van hen heeft een woord gezegd.'

'Iemand moet ze goed geïnstrueerd hebben.'

'Dat denk ik ook. Omdat Melis nog steeds voortvluchtig is en niet naar zijn huis terug kan, denken we dat hij zich misschien verstopt heeft in een woning van een van zijn trouwste volgelingen... Het punt is dat het om ongeveer twintig adressen gaat en ik niet genoeg personeel heb om ze allemaal te inspecteren. Denk jij dat...'

'Ja,' zei Eva resoluut.

Farci glimlachte. 'Mooi. Dan wil ik dat jij en Rais plaatsvervangend commissaris Deidda begeleiden naar deze drie woningen. Pas op, hou je ogen open. Melis weet beslist dat we hem zoeken voor verkrachting, kidnapping en moord met voorbedachten rade. Dat is levenslang, en minstens tien jaar voor zijn maten in verband met medeplichtigheid aan de moord... Het zijn het soort beschuldigingen en straffen waardoor iemand die zich verborgen houdt misschien niet meer zo goed weet wat hij doet... Ben je gewapend?'

'Natuurlijk.'

'Goed. Als er iets aan de hand is, wat dan ook, onderneem dan geen actie, maar vraag om versterking, begrepen?' zei Farci, terwijl hij haar een papier gaf met de adressen die gecontroleerd moesten worden.

'Ja, meneer,' antwoordde ze, terwijl ze het papier aannam en opstond.

'Er is nog iets.'

Eva bleef staan met de deurklink in haar hand.

'Ik moet je bekennen dat ik voorafgaand aan dit gesprek je personeelsdossier heb opgevraagd uit onze database en een blik heb geworpen op je staat van dienst om te zien of ik je kan vertrouwen...'

Eva verstijfde.

'Ik heb gelezen wat er in Parco delle Groane is gebeurd... Het blijft tussen ons, maar wat mij betreft heb je het alleen maar goed aangepakt. Het tijdstip was verkeerd, dat wel, maar toch... Dat betekent natuurlijk niet dat ik zulk gedrag tolereer, is dat duidelijk? Als er nog eens zoiets voorkomt, krijg je van mij alleen een schop onder je kont en kun je je baan vaarwel zeggen.'

'Uiteraard, commissaris.'

'Oké. Zorg ervoor dat je het niet verpest en doe je partner een muilkorf om.'

Eva verliet het kantoor met een glimlach op haar gezicht. Ze sloot de deur en bleef even met haar rug tegen de deurpost staan in een gelukzalige roes van lichtheid. Ze voelde zich euforisch, alsof ze had gespiekt op een examen en het haar gelukt was om ermee weg te komen.

Ze schudde ongelovig haar hoofd en ging op zoek naar Mara.

73

Rijksweg 195, 'Sulcitana'

Eva keek door het raam naar het enorme industriegebied dat aan hen voorbijtrok en vroeg zich af hoe de Sardijnen het konden goedkeuren dat zo'n ongerept paradijs op een paar kilometer van de zee verpest werd met die vreselijke fabrieken. Toen richtte ze haar ogen weer op de weg. Ze hadden haar achterin gezet, waar ze alleen maar kon luisteren naar Rais en Deidda, die in een onbegrijpelijk dialect met elkaar spraken. *Ze zijn vast over mij aan het roddelen*, dacht ze. Op een gegeven moment was ze het spelletje zat. Ze besloot het gesprek op te nemen en via WhatsApp naar een Sardijnse collega in Milaan te sturen met het verzoek om het te vertalen. Toen de agent antwoordde, schudde Eva haar hoofd en ontblootte haar hoektanden.

'Hé Rais, rot op. Je bent zelf een heks. Ik ben geen *coga*, en ik trek al helemaal geen ongeluk aan, begrepen? Dat ik me zwart kleed is niet omdat ik een *bruxa* ben, maar omdat het mijn zaken zijn, duidelijk?'

Rais en Deidda wisselden gegeneerd een blik, waarna Ilaria in lachen uitbarstte.

'Versta je nu ook al Sardijns?' vroeg Rais, terwijl ze haar bewonderend aankeek via de achteruitkijkspiegel.

Haar collega had haar ook geschreven hoe ze een gepast antwoord kon geven, en Eva las van haar telefoonschermpje voor: 'Hou er maar mee op om mij de schuld te geven, *tzia rua bagassa*,' zei ze met een onnatuurlijke uitspraak.

De twee Sardijnse collega's voorin lagen in een deuk.

'Vergeet niet dat ik half Iers ben. De volgende keer dat jullie me kwaad maken, spreek ik een vloek uit in het Gaelisch waardoor je al je haar verliest,' dreigde ze.

Nu keek Mara haar geschokt aan. 'Hoho, rustig maar, ik maakte maar een grapje...'

'Ik heb genoeg van die rothouding van je. Doe even normaal, jezus... Kun je me alsjeblieft vertellen waar we in hemelsnaam naartoe gaan?' vroeg ze wrokkig.

'Naar de wijk Santa Rosa in Capoterra,' antwoordde Ilaria, die haar aantekeningen controleerde.

Twee van de huizen die Farci hun had aangewezen hadden ze al gecontroleerd, maar van Melis hadden ze nog geen spoor gevonden.

'Eva heeft natuurlijk wel gelijk. Het is deze vervloekte zaak,' zei de plaatsvervangend commissaris ernstig.

'De zaak van Dolores?' vroeg Rais.

'Nee, de zaak waardoor Barrali geobsedeerd is geraakt en ziek is geworden. Die zaak had gesloten moeten blijven. Zeg gerust dat ik een bijgelovige *bidduncola* ben, maar ik geloof nou eenmaal in dat soort dingen. Sommige doden moet je met rust laten.'

Hier zit er nog zo een, dacht Croce. *Waar ben ik in godsnaam in beland?*

'Luister, kunnen we deze onheilspellende onzin laten zitten en ons concentreren op ons werk?' viel ze uit.

Er viel een benauwende stilte in de auto en ieder ging op in haar eigen gedachten.

Geen van hen had het kunnen raden, maar ze dachten allemaal aan hetzelfde: aan Dolores Murgia en de hel die ze had doorgemaakt.

74

Località Santa Rosa, Capoterra

Het huis dat ze moesten inspecteren lag net buiten de plaats Capoterra, op een halfuur rijden van Cagliari, in de buurt Santa Rosa. Het was een heuvelachtige omgeving met kleine villa's die boven op de rotswanden waren gebouwd en vanwaar je in de verte de zee, stukken van de kust, de lagune en de uitgestrekte beboste bergkammen kon bewonderen. Je hoorde het geblaat van een kudde grazende schapen en het hypnotiserende geritsel van het struikgewas. Daar boven ademde je de heerlijke, schone lucht in, die naar mirte en rozemarijn rook. De plek was een waar paradijs voor wie van rust en afzondering hield.

'Mooie buurt,' merkte Deidda op, terwijl ze om zich heen keek.

'Een beetje ver van de bewoonde wereld, wat mij betreft,' antwoordde Rais.

'Wel ideaal voor iemand die zich wil verstoppen, toch?' zei Croce.

'En dat zegt dan dat ze geen ongeluk brengt, snap je dat nou?' zei Rais provocerend tegen Ilaria.

'Hou je ogen open, je weet maar nooit,' antwoordde de laatste.

'Begin jij nou ook al? Als ik ballen had, zou ik ze nu aanraken, weet je,' antwoordde Rais.

'Ben je klaar met je show?' vroeg Croce. 'Kunnen we gaan?'

Mara stak haar middelvinger naar haar op.

De drie collega's liepen naar het huis dat geïnspecteerd moest worden. Het lag hoger dan de andere woningen en je kon het bereiken via een privéweg. Om hun komst niet aan te kondigen hadden ze op Ilaria's verzoek de auto een paar honderd meter verderop geparkeerd.

'Laat mij het woord maar doen,' zei ze tegen haar collega's.

Eva en Mara keken of ze om de villa heen konden lopen zodat ze eventuele uitgangen aan de achterkant veilig konden stellen, maar het steile terrein verhinderde dit, tenzij ze over een muur heen klommen.

Ze staken een kleine stenen binnenplaats over en ze stelden zich op: Ilaria voor de deur, Croce en Rais aan weerszijden ervan.

Deidda haalde met haar linkerhand haar pasjeshouder tevoorschijn, klaar om haar ID-kaart te tonen. Ze belde aan met rechts, waarna ze die hand onopvallend op de kolf van haar Beretta legde.

Op de oprit stonden twee kleine auto's, dus er was vast iemand thuis.

'Wat nou, spelen ze stommetje?' zei Rais op een toon die haar nervositeit verraadde.

'Probeer het nog eens,' stelde Eva voor.

Deze keer drukte Deidda wat langer op de bel.

Niets.

Ze wilde het opnieuw proberen toen de deur op een kiertje openging, tegengehouden door een goudkleurige, stalen deurketting. Vanuit het huis klonk het nummer 'Don't Stop Believin'' van Journey.

'Ja?' zei een vrouw van in de veertig met lang blond steil haar argwanend.

'Goedenavond. Maddalena Assorgia?' vroeg Ilaria.

'Ja. Wie zijn jullie?'

'Politie, mevrouw,' zei Deidda, die haar ID liet zien.

Vanuit haar ooghoeken zag Eva dat Rais naar de rechterkant van het huis liep, alsof ze de achterkant wilde controleren. Ze liet haar gaan en concentreerde zich weer op de vrouw. Uit haar stijve, gebogen houding leidde ze af dat het moeilijk zou zijn om haar te laten meewerken.

'Wat is er aan de hand?' vroeg Maddalena, terwijl ze hen vol afkeer aankeek, alsof ze belastingontvangers waren. Volgens hun dossier was ze een van de regelmatigste bezoekers van Melis' bijeenkomsten en was ze al vijf jaar aangesloten bij de sekte van de neo-Nuraghen. Een zeer loyale volgeling dus.

'We zouden graag een praatje met u maken, als u dat niet erg vindt,' zei Deidda met een glimlach en op verzoenende toon. Croce en zij hielden beiden oogcontact met de vrouw, en bemerkten een groeiende vijandigheid in haar blik.

'Het komt nu eigenlijk niet zo goed uit,' antwoordde Maddalena, terwijl ze zich terugtrok.

'Nee, wacht. U kunt beter...'

'Shit, het is Melis! Hij vlucht via de achterkant!' riep Mara met een luide schreeuw die de vredige stilte verbrak.

Ilaria en Eva schrokken, draaiden zich met een ruk naar hun collega om en trokken een fractie van een seconde later hun pistool.

Een fatale fractie.

Er klonken twee keiharde knallen en Ilaria vloog naar achteren alsof ze door een op hol geslagen auto werd aangereden.

Eva, verdoofd en onder de warme bloedspetters van haar collega die op het trapportaal in elkaar zakte, kneep onwillekeurig haar ogen dicht.

Toen ze ze weer opendeed, zag ze een glimp van de loop van het pistool dat vanuit de deuropening op haar gericht was.

75

Località Santa Rosa, Capoterra

Zodra Mara de schoten hoorde, stokte haar adem in haar keel. Ze pakte haar Beretta en ging automatisch door haar knieën. Ze draaide zich om naar haar collega's en zag Ilaria op de grond liggen. Croce zat ernaast, hield haar pistool in beide handen op de ingang gericht en vuurde drie schoten snel achter elkaar af.

Rais rende naar Croce en hielp haar om het levenloze lichaam uit de vuurlinie van Assorgia te slepen. Het bloed stroomde uit de borstwonden. Mara probeerde het bloeden te stelpen door haar jas erop te duwen, terwijl ze met haar andere hand naar haar telefoon greep.

'Heb je haar geraakt?' riep ze naar Eva, die haar echter niet hoorde omdat ze nog doof was door de schoten.

'Croce? Heb je haar geraakt of niet?' riep ze opnieuw, en ze slaagde er deze keer in zich hoorbaar te maken.

Uiterst voorzichtig, vanaf de zijkant, naderde Eva de deur en gluurde naar binnen. Maddalena Assorgia lag stuiptrekkend en bloedend op de grond. De muziek speelde nog steeds, wat de situatie nog surrealistischer maakte.

'Ja, ze is uitgeschakeld,' zei ze, en ze draaide zich om naar Ilaria. 'Waar is ze geraakt?'

'Gelet op de hoeveelheid bloed die ze verliest, lijkt het erop dat er een long doorboord is,' riep Mara gehaast, terwijl ze via haar telefoon probeerde om hulp in te schakelen.

Eva nam een aanloop en probeerde de voordeur in te trappen, maar de ketting was te sterk voor haar schamele zestig kilo.

'Shit!' vloekte ze toen ook de tweede poging mislukte.

Ze staarde naar Rais, die het gesprek op de luidspreker zette en haar collega probeerde te reanimeren.

'Ik ga die klootzak pakken!' riep ze naar haar partner en ze rende naar de achterzijde.

'Wat? Nee, wacht... Croce!' gilde Rais hysterisch. 'Shit, Croce! Verdomme...'

76

Nog steeds Santa Rosa, Capoterra

Ze voelde haar hart in haar keel tekeergaan. Haar slapen klopten als pneumatische hamers. Haar milt leek bijna te barsten en de spieren van haar niet meer getrainde benen brandden. Ze probeerde haar ademhaling onder controle te krijgen, zoals de schietinstructeur haar meer dan tien jaar geleden geleerd had, maar het lukte niet. Ze had de top van de steile heuvel achter de villa bijna bereikt. Geen spoor van Melis. Ze wierp een blik op haar telefoon; er waren waarschijnlijk ongeveer tien minuten verstreken sinds de schietpartij, en in de verte hoorde ze het steeds sterker wordende geluid van sirenes van de ambulance.

Toen ze op het punt stond het op te geven en terug te keren om Mara te helpen, zag ze hem. Hij stond midden in het naaldbos op nog geen dertig meter afstand bij haar vandaan naar adem te happen. Hij greep naar zijn enkel en probeerde een paar passen te zetten, maar Eva zag hem wankelen en verder strompelen van de pijn. Hij had zeker zijn enkel verstuikt bij zijn vlucht. Hij leek ongewapend en had haar niet gezien.

De rechercheur verroerde zich niet en hield zich verborgen achter de stam van een dennenboom.

Wat moet ik verdomme doen? vroeg ze zich af.

Het beeld van Dolores' lijk in Serri en de foto's in het autopsierapport van het lichaam dat ontleden was, flitsten door haar hoofd. Een gevoel van woede overspoelde haar. Ze gooide alle voorzorgsmaatregelen overboord, trok haar pistool en vuurde vier schoten in zijn richting.

Melis wierp zich op de grond en ze rende op hem af, waarbij ze hem onder schot hield. Ze had rakelings langs hem heen geschoten om hem bang te maken.

'Handen achter je hoofd!' schreeuwde ze, terwijl ze op ongeveer vijf meter afstand van hem bleef staan.

'Shit, wat is dit...? Jij schiet dus op een ongewapende man?' Er zat iets honends in zijn stem.

Eva haalde de trekker over en een klomp aarde en bladeren ontplofte op een paar centimeter van het hoofd van de goeroe.

'Je denkt toch zeker niet dat ik hier moeite mee heb, eikel? Jouw vriendin heeft zojuist mijn collega neergeschoten...'

'Fuck! Verdomme... Ik zweer dat ik haar dat verboden heb...'

'Sta op en ren weg, toe maar. Maak het me maar gemakkelijk, vooruit... Er is hier verder niemand, alleen jij en ik. Ik leg je om en dan stop ik het wapen van je vriendinnetje in je hand. Netjes geregeld. Kom op...' spoorde Eva hem aan.

'Dat meen je niet. Je bent nog erger dan ik!' zei de man, die langzaam de handen op zijn achterhoofd legde. 'Sla me in de boeien, lees mijn rechten voor en doe verdomme wat je moet doen, maar als je me aanraakt maken mijn advocaten je af in de rechtbank...'

'Hou je bek.'

Croce keek om zich heen om er zeker van te zijn dat hij alleen was. Behoedzaam en zonder haar Beretta een millimeter te laten zakken, stapte ze dichter naar hem toe.

'Wat moet ik nu doen?' vroeg hij.

'Ik weet het niet, wil je een gedicht voordragen?'

'Ook dat nog, een bijdehante agent...'

'Sta op en ren weg,' zei de rechercheur provocerend, terwijl ze tegen zijn been schopte. 'Kom op!'

'Shit... Ik heb niks gedaan. Jullie verdenken mij, maar ik heb er niks mee te maken. Ik heb niemand vermoord.'

'Wie heeft je verteld dat we je zochten voor moord?'

'Een vogeltje.'

Eva gaf hem nog een trap en Melis grinnikte. Zijn stem en zijn lach klonken hol, om rillingen van te krijgen. Daarbij kwam zijn ingevallen gezicht: een en al botten en donkere schaduwen. Het satanische geheel werd afgemaakt door de lange baard en de kleur van zijn haren, die te zwart was om echt te kunnen zijn. Hij was zo snel uit het huis gevlucht dat hij geen tijd had gehad om een shirt aan te trekken. Het lange haar bedekte zijn blote rug en een deel van een grote tatoeage, die de hel leek voor te stellen. Eva zag een aantal schrammen die van nagels konden zijn en ze hoopte dat het die van Dolores waren, zodat ze dat ook nog tegen hem konden gebruiken.

'Je hebt de verkeerde te pakken, schatje. Ik ben gewoon een spirituele gids...'

Eva zag dat op zijn beide schouders spiralen waren getatoeëerd: ze zou haar hand er niet voor in het vuur durven steken, maar ze was er vrij zeker van dat het slachtoffer hetzelfde symbool op haar rug had. 'Ja hoor, een gids die meisjes drogeert, mishandelt en dan vermoordt.'

'Luister, schat, sla me in de boeien en neem me mee. Ik ben het zat om hier op de grond de zitten en ik heb het koud.'

'Wil je misschien een deken en een kopje thee? Stik maar, Melis,' zei ze, terwijl ze met haar kistjes op zijn verstuikte enkel trapte.

De man schreeuwde het uit van de pijn en barstte toen in lachen uit.

'Heb je naast al die perverse neigingen van je ook nog masochistische verlangens?' vroeg ze.

'Nee, liefje. Ik lach om al die inspanningen die je levert. Je weet echt niet wie ik ben en wie er allemaal achter me staan... Heb je toevallig familie?'

Als antwoord trapte Eva nog eens op zijn enkel en deze keer bleef ze een paar seconden staan.

'Wie beschermt je? Heb op z'n minst het lef om me helemaal te bedreigen, kom op.'

'Ze hebben iemand van buitenaf gestuurd... Goed bedacht. De agenten hier zijn allemaal klootzakken.'

Eva stond op het punt om iets terug te zeggen toen ze een geluid achter zich hoorde. Ze deed een snelle beweging opzij, maar ontspande toen ze Mara dichterbij zag komen met de Beretta in de aanslag. Haar handen en kleren zaten onder het bloed.

'Croce, ga bij hem vandaan,' beval Mara.

'O, eindelijk de *good cop*,' zei Melis opgelucht vanaf de grond. 'Haal die schietgrage freak hier weg.'

'Rais? Wat doe je? Ik heb de situatie onder controle, niet...'

'Ik zei: ga aan de kant!'

Eva gehoorzaamde en deed een paar passen achteruit.

Mara nam een aanloop en trapte de goeroe midden in zijn kruis, waardoor hij dubbelsloeg en kreunde van de pijn. Ze ging op zijn rug zitten en sloeg hem in de boeien, terwijl Eva hem onder schot hield.

'Zeg nog eens dat de lokale agenten allemaal klootzakken zijn, toe maar,' zei ze met een Sardijns accent dat feller klonk dan normaal.

De man grinnikte tussen zijn gekerm door. 'Dus jij bent de *bad cop*...'

'Hoezo? Windt dat je op?'

'Ik denk dat jij hier het geilst bent, schatje,' fluisterde Melis.

Rais zette de veiligheidspal op het pistool en hief het om hem ermee te slaan, maar Eva hield haar tegen en trapte het wapen weg.

'Denk na! Als we sporen op hem achterlaten, komt hij straks vrij door vormfouten of komen we zelf in de problemen. Dat is echt het laatste wat we kunnen gebruiken.'

Rais staarde haar met bloeddoorlopen ogen aan en veegde de vochtige bladeren van haar kleren, maar ze zwichtte. Ze wilde het niet toegeven, maar Croce had gelijk. 'En jij dan? Waarom heb jij verdomme al die keren geschoten?' vroeg ze op beschuldigende toon.

'Nou, kijk, ik zag een zwijn voorbijkomen en ik zei tegen mezelf: waarom niet, dan heb ik vanavond tenminste iets te eten... Om hem af te schrikken en ervoor te zorgen dat hij zich overgaf, natuurlijk. Waarvoor anders, jezus!'

Mara schudde haar hoofd.

'Eh, zijn jullie wel echte politieagenten?' vroeg Melis spottend.

‘Opstaan jij, anders schop ik je overeind.’
‘Meisjes, ontspan een beetje, echt.’
‘Hoe gaat het met Ilaria?’ vroeg Croce.
‘Het ziet er slecht uit. Ze halen haar nu met een helikopter op,’ zei Rais somber. ‘Ik weet niet of ze het redt.’
‘En Maddalena? Leeft ze nog?’ vroeg Melis, terwijl hij met moeite overeind kwam.
Eva keek haar partner vragend en bezorgd aan.
Rais veegde haar gezicht af met de rug van haar hand en siste toen venijnig: ‘Ik heb geen idee, maar ik hoop het niet... We hebben je huis doorzocht, idioot. We hebben de foto’s en de tekeningen gevonden, dus je kunt het wel vergeten.’
Melis spuugde alleen maar op de grond.
Ze hoorden het geloei van nog meer sirenes, en deze keer waren het geen ambulances.
Eva greep Melis bij een arm en duwde hem allesbehalve zachtzinnig tegen de stam van een dennenboom. ‘We hebben hooguit twee of drie minuten om iets “nuttigs” uit hem te krijgen,’ zei ze tegen haar collega. ‘Ben je er klaar voor of ben je bang om je manicure te verpesten?’
‘Eindelijk komt er iets zinnigs uit je mond, Croce,’ zei Rais, die op de gevangene afliep met een gevaarlijke glimlach om haar mond.

77

Coördinatiecentrum, afdeling Moordzaken, hoofdbureau Cagliari

Drie uurtjes slaap waren het geweest. Vervolgens waren er veertien verstreken sinds ze die ochtend de deur uit waren gegaan. En het was nog niet voorbij: voordat ze mochten uitklokken wachtte hun nog een mooie stapel papierwerk en waarschijnlijk ook nog een gezellig praatje met de inspecteurs van Georganiseerde Misdaad, zoals dat gebruikelijk was na een vuurgevecht. Ze zagen er allebei afgemat uit: modderige schoenen, besmeurde kleding, plakkerige haren, bloedspatten in het gezicht. Ze roken zurig door de angst, de adrenaline en het kruit op hun kleding. Toch werden Rais en Croce op het moment waarop ze het coördinatiecentrum van de speciale eenheid binnenkwamen verwelkomd als twee filmsterren op een rode loper.

Ongemakkelijk staarden de twee rechercheurs naar hun applaudisserende collega's van Moordzaken. Sommigen joelden, anderen sloegen hen op de schouders. Achter de toegeeflijke glimlachjes schuilde afgunst omdat de twee vrouwen met deze grote vangst iedereen voor waren geweest. Dat hield de collega's echter niet tegen om zich om hen heen te verzamelen voor een groepsselfie en de nauwelijks te verdragen spanning van de stressvolle afgelopen uren van zich af te schudden.

Het duurde maar even en toen was het weer gedaan met het applaus, de schouderklopjes en het handen schudden. Ze keerden allemaal terug naar hun bureau, opnieuw met bezorgde gezichten: Ilaria Deidda lag onder het mes – net als de vrouw die haar had neergeschoten – en de artsen gaven ze allebei weinig kans.

Farci en Nieddu kwamen dichterbij om hen te feliciteren met de arrestatie en informeerden hoe ze eraan toe waren.

'Ik wil alleen maar mijn schoenen uitdoen en ergens gaan zitten met een lekker glas wijn...' bekende Rais.

'En jij, revolverheld, hoe gaat het met jou?' vroeg Farci. 'Moet er niet even een arts naar je kijken?'

'Nee, het gaat goed, baas.'

'Mooi... Croce, de adjunct-hoofdcommissaris en de hoofdcommissaris willen je spreken, nadat jullie klaar zijn met de collega's van Georganiseerde Misdaad.'

'Waarom die afdeling?' vroeg Eva.

'Ze willen jullie versie van het verhaal horen om het rapport over de schietpartij zo snel mogelijk te kunnen afronden. Het is een formaliteit, maak je geen zorgen.'

Croce knikte.

'Rais, terwijl je partner met de commissarissen praat, moet jij verslag uitbrengen aan de medewerkers van de buitendienst, zodat ze iets kunnen opstellen voor de persconferentie.'

'Oké,' antwoordde Mara.

'Meneer, ik wil graag dat mijn naam niet in de persberichten komt,' zei Eva.

'Dat is prima, Croce. Prima.'

Rais keek naar de collega's van de speciale eenheid die bezig waren de informatie te verzamelen die bij het verhoor van Melis van belang was.

'Wie opent de dans met de goeroe?' vroeg ze.

'Ik,' antwoordde Nieddu. 'Toen jullie hem hier binnenbrachten, zaten zijn advocaten hier al twintig minuten hun messen te slijpen.'

'Het nieuws gaat snel in deze stad,' merkte Eva op.

'Ja. Het zal niet makkelijk zijn om iets uit hem te krijgen met die twee bloedhonden naast hem, maar ik zal mijn best doen.'

'Weten jullie zeker dat je niet naar een dokter wilt?' vroeg Farci nog eens. 'Jullie zien er echt niet best uit.'

'Zei Brad Pitt...' smiespelde Rais.

'Het gaat goed, chef. Echt... Nog nieuws over de bloedmonsters?' vroeg Eva.

'Een kwestie van uren, of misschien minuten,' antwoordde Farci. 'Voordat je met Georganiseerde Misdaad praat, wil ik graag horen of er iets is wat ik moet weten.'

'Ja, zet ons in de speciale eenheid. Dat hebben we wel verdiend,' zei Mara.

'Dat bedoel ik niet, en bovendien kan ik dat niet doen, dat weet je,' zei Farci op zachtere toon.

'Geef ons dan maar opslag.'

Farci draaide zich naar Eva, om niet in de verleiding te komen Rais uit te schelden.

'Toen jullie daarginds met hem alleen waren, is er toen iets gebeurd wat ik moet weten, zodat ik jullie in bescherming kan nemen?'

De twee rechercheurs wisselden een beledigde blik.

'Wat denk je wel niet van ons?' antwoordde Mara.

Farci schudde zijn hoofd en Nieddu lachte.

'Oké, heilige boontjes, ik begeleid jullie naar boven,' zei de commissaris.

'Wacht even, meneer,' zei Eva. 'Er is één ding, eigenlijk...'

Rais kwam tussenbeide en zei: 'Nee, laat maar zitten...'

'Wat dan?' vroeg de leidinggevende.

Croce liep een stukje bij de bureaus vandaan, buiten gehoorsafstand van de collega's, gevolgd door Farci, Rais en Nieddu.

'En?' vroeg Farci gespannen.

'Niks,' zei Mara. 'De rechercheur is nog een beetje in de war van de schietpartij en de arrestatie, en ik zou zeggen dat dat normaal is, omdat...'

'Wees eens stil, Rais... Croce, wat is er?'

'Melis is vast en zeker schuldig voor wat betreft het geweld, de verkrachting, het bezit van verdovende middelen en misschien ook aan de ontvoering...' zei Eva op gedempte toon. 'Maar ik denk niet dat hij haar vermoord heeft.'

78

De toiletten van de dameskleedkamers, hoofdbureau Cagliari

Op het moment dat Eva de toiletten van de dameskleedkamers binnenliep, rechtte Rais – die gebogen voor de wastafel stond – haar rug, ze draaide zich snel om en wierp Eva een vuile blik toe. Eva zag dat haar ogen vochtig waren. Betraand. Ze was lijkbleek, alsof ze net had overgegeven. Een van de tl-lampen knipperde als een stervend vuurvliegje en dat was niet positief voor haar verschijning, want het maakte haar ouder.

'Wat wil je, verdomme? Ik zei toch dat ik even nodig had. Ben je doof of zo?' barstte Mara los.

Eva verzekerde zich ervan dat ze alleen waren en keek haar toen een beetje gegeneerd aan. 'Ik heb een vrouwenprobleempje. Het is twee weken te vroeg...' zei ze. 'Ik vind het vervelend om te vragen, maar ik weet niemand anders nu Deidda... Nou ja, heb je een tampon die ik kan lenen? Ik zweer dat ik hem teruggeef.'

Onder het felle licht van de tl-buizen staarde Rais haar even aan zonder iets te zeggen. 'Je geeft hem terug in de zin dat je hem gebruikt en dan aan mij teruggeeft?' zei ze pesterig.

'Uiteraard,' zei Croce met een scheve glimlach. 'Laten we zeggen dat ik hem voor je warm hou.'

'Maar ben je *callona*? Gatver...' mompelde Mara. Ze rommelde in haar tas en wierp haar een tampon toe. 'Ik ben ook net ongesteld geworden,' bekende ze. 'Maar dan anderhalve week te laat. Ik werd al ongerust.'

'Het zal de stress wel zijn,' zei Eva.

'Of misschien zijn we op elkaar aan het "afstemmen", zoals mijn moeder dat noemt.'

Voordat ze de wc binnenging stopte Eva nog even. 'Waarom was je aan het huilen?'

'Ik huilde niet. Trouwens, bemoei je verdomme met je eigen zaken.'

Croce schudde haar hoofd, berustte in de eeuwige nukkigheid van haar collega en opende de deur.

'Ik voel me schuldig...' gaf Rais een paar tellen later met een dun stemmetje toe.

Eva draaide zich om en keerde terug naar de wastafels en de spiegels. 'Schuldig? Waarom? Voor wat we met dat stuk verdriet hebben gedaan?'

'Nee, niet daarom.'

'Wat dan?'

'Als ik niet zo hysterisch tekeer was gegaan, en jullie niet zo had afgeleid, dan zou het waarschijnlijk heel anders gelopen zijn en zou Ilaria...'

'Rais, dat kreng was gewapend. Misschien was het onze fout dat we dat niet in de gaten hadden, of misschien was er wel helemaal geen fout en is het helaas gewoon zo gelopen.'

'Nee, het is mijn schuld...'

'Kijk, verdomme, het is wat het is. Ze had ook jou of mij kunnen raken, het was domme pech. Ga je niet schuldig voelen over iets waar je niks aan kunt doen. We hebben gehandeld volgens het boekje.'

'Bedankt voor het troosten, maar iets zegt me dat het anders zit.'

'Rais...'

'Trouwens, als ik dan echt eerlijk ben, moet ik bekennen dat ik opgelucht was dat zij het was en niet ik, toen ze in mijn armen lag en ik haar wonden dichtdrukte. Ik kon weer naar mijn dochter gaan, terwijl zij...'

'Heeft ze kinderen?'

'Twee, een jongen en een meisje.'

'Jezus... Kijk, ik begrijp dat het niet makkelijk is, maar jij hebt haar niet neergeschoten, goed? Jij hebt de trekker niet overgehaald, en hoe sneller je eroverheen komt, hoe beter.'

'Makkelijk gezegd...'

Eva staarde naar haar spiegelbeeld. 'Ik vind het ook erg, ik kan je niet zeggen hoe erg, maar we konden niet anders. Bovendien weet ik zeker dat ze erbovenop komt.'

'Laten we het hopen... Als je wilt douchen, ik heb een handdoek en een onderbroek in mijn kastje.'

'Meen je dat, of ben je ineens een heilige geworden?'

'Ik wil geen ruzie maken met de held van de dag.'

'Dan heel graag. Ik wil niet met de mensen van Georganiseerde Misdaad praten in deze toestand...'

'Wacht even, dan breng ik je alles... Maar vertel me eerst nog één ding.'

'Roep maar.'

'Als hij het niet was, wie heeft haar dan wel vermoord?'

'Zoals jij altijd zegt, Rais, dat is dus de grote vraag.'

Mara glimlachte. Ze stond op het punt om iets terug te zeggen toen ze een enorm lawaai buiten de toiletten hoorden: gejubel, geklap en gejoel alsof het wereldkampioenschap voetbal bezig was.

'Wat is er verdomme aan de hand?' vroeg Rais, en ze liep naar de deur.

Eva maakte van de gelegenheid gebruik om haar telefoon te checken. Er waren minstens tien gemiste oproepen van Barrali en verschillende voicemailberichten van hem. De inspecteur was waarschijnlijk buiten zinnen van angst, dacht ze. Ze appte hem dat ze binnen een halfuur contact zou opnemen en dat alles in orde was met Mara en haar. Ze waste haar gezicht, waarop nog een paar bloedspatten van Ilaria zaten.

Toen Rais terugkwam, keek ze haar partner verwilderd aan.

'Wat is er?' vroeg Eva.

'De eerste resultaten zijn bekend, van de monsters van het materiaal dat onder de nagels van Dolores zat,' zei Mara met een blik vol ongeloof.

'En?'

'Het DNA komt overeen met dat van Melis… Hij was het, we hebben de klootzak die haar vermoord heeft te pakken.'

79

De Ladu-gebieden, Barbagia Superiore

De kamer van zijn zoon was leeg. Bastianu merkte dat er iets in hem knakte. Micheli had een beslissing genomen die de eensgezindheid van zijn gemeenschap op het spel zou zetten. Hij had de Ladu verraden. Hij had hém, zijn vader, de rug toegekeerd.

Het is mijn schuld. Ik ben er te gemakkelijk mee omgegaan. Ik heb hem vrijheid gegeven die hij niet verdiende. Zo sprak hij zichzelf beschuldigend toe, terwijl hij naar de wapperende gordijnen met een borduursel van zilverachtige manen staarde.

Zijn jongste broer Liborio kwam binnen en schudde ontmoedigd zijn hoofd.

'Zeg het maar, Libo.'

'Hij heeft een van de jongste paarden meegenomen.'

'En verder? Je hoeft je niet te schamen. Het is nu toch al…'

'Hij heeft ook een lade in je studeerkamer opengebroken. De derde.'

Daarin bewaarde Bastianu zijn geld. Hij bloosde van schaamte. Hij wendde zich van zijn broer af om te verbergen dat de tranen van woede in zijn ogen sprongen om het feit dat hij bedrogen was.

'Heeft hij een briefje voor ons achtergelaten?'

'Helemaal niets.'

'Het meisje, Esdra… Waar is zij?'

'Ook weg,' antwoordde Liborio.

Bastianu knikte en wreef nerveus over zijn baard.

'Roep de anderen, ook de neven, en ga hem zoeken… Hij kan

niet ver zijn,' beval hij vastberaden. Hij staarde door het raam naar de avondschemering die het dorp in duisternis hulde.

Toen zijn broer al op de trap was, riep hij hem terug.

'Libo, vertel iedereen dat niemand hierover iets tegen *mannoi* mag zeggen, duidelijk? Niemand. Als iemand hem iets vertelt, krijgt hij met mij te maken.'

Liborio knikte en liet hem alleen. Bastianu deed de deur dicht en ging op het bed van zijn zoon zitten.

Hij was als leider van de familie gekozen omdat hij het vermogen had ontwikkeld om aan de hand van maar een paar gegevens te kunnen inschatten hoe een situatie zich zou ontwikkelen. Veel familieleden zeiden dat hij een vooruitziende blik had en dat hij, net als een aantal van de ouderen, de toekomst kon voorspellen. Dat was helemaal niet zo: Bastianu had gewoon een goed stel hersenen, hij was praktisch en kon goed luisteren en waarnemen. Dat talent voelde op dit moment echter als een helse vloek, want hij begreep heel goed wat de gevolgen zouden zijn van de vlucht van zijn zoon. Hij voorzag de acties die hij als hoofd van de familie zou moeten ondernemen om de schande ongedaan te maken.

En dat verscheurde hem, als vader.

80

Località Capitana, de wijk Sant'Elena

Ondanks het late tijdstip had Grazia eten voor haar klaargemaakt. Daarna had ze hen gedag gezegd en alleen gelaten in de keuken.

'Dat was erg aardig van haar, maar het had niet gehoeven op dit tijdstip,' zei Eva.

'Ze doet het graag. Trouwens, ook zij was ongerust en wilde je graag zien,' antwoordde Moreno met een klein glas grappa in zijn hand.

'Je weet hoe het gaat in de media: ze hebben alles gedramatiseerd. Ze zaten erbovenop en hebben er een soort griezelfilm van gemaakt.'

'Dat kan ik me voorstellen,' zei Eva met een grimas. 'Ik ben bang voor wat ze morgenochtend over me zullen schrijven.'

'Denk daar maar niet aan. Jullie hebben de badguy gepakt en dat is het belangrijkste.'

Het was bijna middernacht. Nadat ze met de inspecteurs van Georganiseerde Misdaad had gesproken, en anderhalf uur lang had herhaald hoe de schietpartij en de gevangenneming van Melis waren verlopen, had Eva verslag uitgebracht aan de adjunct-hoofdcommissaris. Vervolgens had ze de vergeefse pogingen van Nieddu en zijn collega's van Moordzaken gadegeslagen. Ze probeerden in de verhoorkamer om Melis aan de praat te krijgen over het gevonden DNA dat hem als schuldige aanwees, het belastende materiaal dat bij hem thuis gevonden was, de eerdere aanklachten van verkrachting en zijn vlucht voor de politie. De goeroe had – ongetwijfeld op advies van zijn advocaten – niks losgelaten. Met die duivelse glimlach op zijn gezicht bleef hij in aanwezigheid van diverse rechercheurs over zijn baard strijken en zijn hoofd schudden, alsof ze hem een veel te dure pannenset probeerden aan te smeren. Uiteindelijk was Croce het zat en nam ze een laatste kijkje in het half verlaten coördinatiecentrum, waar met behulp van grafieken en stappenplannen op whiteboards het onderzoek werd nagelopen dat had geleid tot het oppakken van de gedoodverfde moordenaar. Hoe meer ze de bewijzen tegen elkaar afwoog, hoe meer ze ervan overtuigd raakte dat Melis voor een groot aantal van de weerzinwekkende misdaden verantwoordelijk was, maar niet voor de moord op het meisje.

Dit zei ze ook tegen Moreno, terwijl ze hem tussen de ene en de andere hap door bijpraatte over de achtenveertig eindeloze uren.

'Dus jij denkt dat hij iemand beschermt?' vroeg Barrali.

'Ja. Ik denk dat hij iemand beschermt en tegelijkertijd dat iemand hém beschermt. Dezelfde persoon als die met de pers heeft gepraat en die hem op de avond van de inval heeft gewaarschuwd.'

'Gelet op de informatie moet het iemand zijn die hoog in de organisatie staat,' merkte Barrali op.

Croce knikte en veegde haar mond schoon met het servet. Ze was kapot van vermoeidheid, maar sinds Mara haar had verteld dat het DNA overeenkwam met dat van de goeroe, had ze tegelijkertijd het gevoel dat ze aan een infuus lag dat voortdurend adrenaline in haar aderen spoot, waardoor ze actief en alert was. Alsof ze stijf stond van de methamfetamine. Na een snelle stop thuis om zich om te kleden was ze weer in de auto gestapt op weg naar Capitana, omdat de inspecteur had aangedrongen op een ontmoeting, ondanks het late tijdstip.

'Waarschijnlijk iemand in uniform,' zei Eva, waarmee ze hun angst hardop uitsprak.

Moreno knikte. 'Dat zou veel verklaren. De officieren van justitie en Farci denken dus dat ze de zaak met de aanklacht tegen Melis rond hebben?'

'Ja. Ze wachten nog op de uitslagen van de forensische onderzoeken, maar ze hebben hem al overgebracht naar de gevangenis van...'

'Uta,' vulde Barrali aan.

'Precies. Jij weet het nog beter dan ik: hoe eerder er bij zo'n gewelddadige moord, waar de bloedhonden van de pers bovenop zitten, een schuldige aan het publiek kan worden gepresenteerd, hoe beter. Vooral voor degenen die het onderzoek uitvoeren.'

'Uiteraard.'

'Ze denken dat een nachtje in de gevangenis hem wel zal leren. Ze zullen hem morgen in de gevangenis opnieuw ondervragen, maar ik denk niet dat het iets zal helpen. Ze hadden snel een schuldige nodig en Melis is perfect voor die rol.'

'Ik weet het, maar het risico bestaat dat er fouten worden gemaakt.'

'Volgens mij maken we er een zo groot als een nuraghe, om even bij het thema te blijven.'

Barrali glimlachte. 'Wat zegt Nieddu ervan?'

'Hij is ervan overtuigd dat die smeerlap de moordenaar is, maar ik denk dat die overtuiging verband houdt met zijn schuldgevoel rondom Dolores' dood. Hij was erg aangeslagen.'

'Hij is een goeie vent, hij trekt het zich aan. Heb je trouwens nog nieuws over Ilaria?'

'Ze wordt in coma gehouden. De operatie is kennelijk goed verlopen, maar ze moet misschien opnieuw onder het mes. Dat takkewijf heeft haar vol geraakt.'

'En jij? Hoe gaat het met jou?'

'Ik ben wat duf en moe. Het is allemaal zo snel gegaan dat ik nog geen kans heb gehad om het te verwerken.'

'En lichamelijk, is alles in orde?' vroeg hij, terwijl hij deed alsof hij niet merkte dat haar handen trilden toen ze het bestek vasthield.

'Ik denk het wel.'

Barrali wees naar het paar centimeter dikke dossier dat Eva bij zich had. 'Wat heb je voor me meegebracht?'

'Vers van de pers,' zei ze toen ze de stapel aan hem overhandigde. 'Materiaal dat ik niet eens zou mogen hebben. Ik heb het meegenomen uit het coördinatiecentrum. Het voorlopige autopsierapport van Dolores en foto's van het bewijsmateriaal uit Melis' woning. En van zijn tatoeages... Kijk vooral naar die op zijn schouders. Doen ze je niet ergens aan denken?'

'De inkervingen op de rug van het slachtoffer...'

'Ja.'

'Is het een probleem als ik er even naar kijk?'

'Daarom heb ik dit juist meegebracht. Ik wilde je mening... Veel andere stukken, bijvoorbeeld de gegevens van de telefoon van Dolores en de verslagen van haar profiel op social media, heb ik niet kunnen bemachtigen. Maar dit is alvast iets. Ik moet er niet aan denken wat er gebeurt als ze erachter komen dat ik dit heb meegenomen...'

Terwijl Barrali las, kon Croce haar bord leegeten en hem observeren. Hij zag er duidelijk fitter uit dan de vorige dag, en hij reageerde helder en reactief. Eva wist dat ze van de gelegenheid gebruik moest maken om alle grijze gebieden van het onderzoek te analyseren.

'Nou, ik moet toegeven dat alles erop wijst dat de officier van justitie op het juiste spoor zit,' zei Barrali. 'Hij is de ideale verdachte: een goeroe van een sekte waar veel drugs in omgaat, een onaangepast type dat eerder is aangeklaagd wegens aanrandingen, al dat occulte materiaal bij hem thuis... Hij vluchtte toen de politie in aantocht was, de overeenkomst tussen het DNA-materiaal dat onder haar nagels zat en de krassen op zijn rug... Sorry voor de uitdrukking, maar het lijkt me dat hij tot aan zijn nek in de stront zit,' concludeerde Barrali. Hij gaf haar de papieren terug en zette zijn leesbril af. 'Hier droomt iedere officier van justitie en iedere rechercheur van: een gewelddadige moord binnen achtenveertig uur oplossen. Het zal promoties regenen.'

'Lijkt het je niet allemaal een beetje te perfect? Bijna kunstmatig?' vroeg Eva. 'Ik had nog iets langer gewacht voordat ik hem voor moord zou aanklagen.'

Barrali pakte het rapport van de patholoog nog eens en las een paar zinnen. 'Ik eigenlijk ook... Heeft er iemand een verband gelegd met de oude zaken? Wat is daarover het officiële standpunt?' vroeg Moreno.

Eva was daar niet op voorbereid en schudde haar hoofd. 'Ze leken me eerlijk gezegd niet geneigd om een verband met de oude zaken te leggen… Dat onderzoek ligt stil.'

Het was alsof Barrali een klap kreeg. Hij fronste zijn wenkbrauwen en staarde haar vol ongeloof aan. 'Maar… de ceremoniële moord doet toch duidelijk denken aan die van… Waarom willen ze die in hemelsnaam niet met elkaar in verband brengen?'

'Het is precies zoals je zei. Ze hebben de perfecte dader; hij is een ijskoude smeerlap die niet meewerkt en niet eens probeert zichzelf vrij te pleiten. Ze hebben fysiek bewijs en zelfs een motief dat een link heeft met Nuraxia. Ik heb geprobeerd om hun theorie in twijfel te trekken en heb tegen Farci gezegd hoe ik erover dacht, maar ik sloeg alleen maar een modderfiguur, want kort daarna kwamen de DNA-resultaten die mijn stelling onderuithaalden.'

'Wat zei Giacomo ervan?'

'Dat ik door de stress de dingen niet meer helder zag, en verder dat de zaak in handen was van Moordzaken en niet van Rais en mij… Een nette manier om te zeggen dat ik me met mijn eigen zaken moet bemoeien en me afzijdig moet houden.'

'Wat zei Rais?'

'Ze is zoals gewoonlijk niet in een spraakzame bui, en bovendien is ze in shock over Ilaria. Ze heeft haar bloedend in haar armen gehouden totdat de ambulance kwam. Om een of andere reden voelt ze zich schuldig over wat er gebeurd is.'

'Jij hebt oog in oog met hem gestaan en je had kans om met hem te praten.'

'Ja.'

'Wat was je indruk?'

'Goede vraag… Hij is zo iemand van wie je haren overeind gaan staan. Een monster. Een echte, tot in zijn ziel verrot… Maar hoewel ik ervan overtuigd ben dat hij er tot over zijn oren bij betrokken is, denk ik niet dat hij haar zelf vermoord heeft.'

‘En zijn volgelingen? Is het ze gelukt om hen aan het praten te krijgen?’

‘Niks.’

De man nipte van zijn borrel en probeerde al die nieuwe informatie te verwerken.

Eva maakte van de stilte gebruik om hem de vraag te stellen die haar al uren bezighield. ‘Waarom had je zo’n haast om me te spreken, Moreno?’

De man keek haar even aan zonder te antwoorden. Daarna stond hij op en pakte iets uit een lade. Hij overhandigde het haar. Het was een notitieboek.

‘Ik moet je bekennen dat mijn geheugen... Laten we zeggen dat het me soms in de steek laat, zoals je misschien al hebt gemerkt. Waar ik me het meeste zorgen om maak, is dat ik belangrijke feiten rondom de oude moorden zou kunnen vergeten... Dus heb ik alles wat ik me herinner opgeschreven. Echt alles.’

Croce bladerde door het notitieblok met het krullende en sierlijke handschrift van de inspecteur.

‘Herinneringen, indrukken, dingen die ik belangrijk vond voor het onderzoek... Ik heb geprobeerd om niks weg te laten,’ zei hij. ‘Ik wil graag dat jij dit leest en bij je houdt.’

‘Natuurlijk. Dank je wel. Dat zal zeker van pas komen.’

‘Ik hoop het... En er is nog iets.’

‘Vertel.’

De inspecteur liet haar een oude zwart-witfoto zien, van een kind van nog geen tien jaar oud en een hond in een landelijke omgeving. ‘Het is een tijdje geleden, maar dat ben ik. De hond heette Angheleddu, een intelligent mormel dat heel beschermend voor mij was, het arme dier... Het is een beetje moeilijk, want ik heb er nooit over gesproken, behalve tegen mijn vrouw. Ik heb het geheim veel te lang voor me gehouden, maar ik wil dat jij het weet voordat mijn geheugen me in de steek laat...’

‘Wat moet ik weten?’ vroeg Eva beduusd.

‘De vloek die ik bij me draag.’

‘Ik begrijp het niet...’

‘Wat ik je wil vertellen, is dat ik in de nacht van 2 november

1961 in het dal van Aratu in de omgeving van Barbagia ooggetuige was van een rituele moord die vrijwel identiek was aan die in 1975 en 1986... En ik heb toen ook de moordenaar gezien.'

81

Località Capitana, de wijk Sant'Elena

Met zijn ogen gesloten had Moreno haar alles verteld, alsof hij de nacht van vijfenvijftig jaar geleden – een nachtmerrie die hem altijd was blijven achtervolgen – van moment tot moment opnieuw beleefde.

Croce was verbluft. Als alles waar was, begreep ze nu eindelijk waar Moreno's obsessie voor de zaak vandaan kwam.

'Ik kan me voorstellen dat je veel vragen hebt,' zei Barrali met een vermoeide glimlach.

'Heb je niks tegen je ouders gezegd?'

'Nee.'

'Waarom niet?'

'In de eerste plaats omdat ik bang was. Bang voor de gevolgen en bang dat ze me niet zouden geloven.'

'Waarom zouden ze je niet geloven?'

'Mijn vader was kolenboer; een eenvoudige, strenge man die nooit tegen me sprak. Ik noemde hem "meneer"... Als ik hem verteld had dat ik die avond van huis was gegaan, zou hij me niet eens hebben laten uitpraten voordat hij me met de riem zou hebben geslagen.'

'En je moeder?'

'Mijn moeder volgde gedwee haar man, en de verhuizingen die zijn werk telkens met zich meebracht. Ze had wel wat anders aan haar hoofd en ze kon het zich niet veroorloven om zich met mij bezig te houden. Weet je, in die tijd en in die omgeving waren kinderen niet veel meer dan huisdieren. Ik weet dat het cru is om te zeggen, maar zo was het nou eenmaal. Ze hadden geen enkele belangstelling voor ons. De volwassenen hadden het veel te druk met vechten tegen de vijandige en wrede natuur om tijd aan ons te verspillen.'

'En het meisje?'

'Dat was het tweede punt dat me tegenhield... Ik dacht dat iemand haar wel zou gaan zoeken, maar dat deed niemand. Het was alsof er niks gebeurd was, alsof ik alles gedroomd had. Een tijdlang geloofde ik dat dat echt zo was, omdat ik er nooit meer iets over gehoord had... Toen ik volwassen was, heb ik wat onderzoek gedaan. In de archieven was geen enkel spoor te vinden van die moord, of van een vondst. Niet eens iets over de verdwijning van een meisje van die leeftijd ergens in de omgeving.'

'Krankzinnig.'

'Ja. Omdat niemand erover begon, dacht ik dat het een nachtmerrie was geweest. Mijn enige getuige was Angheleddu. Maar hoe intelligent hij ook was, praten kon hij niet...'

Eva glimlachte toegeeflijk.

'Dus zei ik er niks over, ook omdat ik bang was dat die *bundu*, oftewel duivel, zou terugkeren om mij of mijn hond te grazen te nemen... Vergeet niet dat ik nog maar een kind was en dat we destijds veel lichtgeloviger waren dan nu. En geloof me, wat ik heb gezien... Als ik eraan terugdenk, krijg ik er nog steeds kippenvel van, kijk...' zei hij, en hij liet zijn armen zien. 'Het was echt gruwelijk.'

'Ik... Ik weet echt niet wat ik moet zeggen...'

'Stel je eens voor hoe ik me voelde toen ik nog geen twintig jaar later op de plaats delict kwam in Orune... Ik had die nacht van destijds intussen bijna verdrongen en vervolgens zat ik er ineens weer tot over mijn oren in. En elf jaar later opnieuw. Als een vloek. Alsof... ik weet het niet, alsof er echt iets bovennatuurlijks aan de hand was met die sterfgevallen, iets wat mij had geïnfecteerd of besmet. Ik weet niet hoe ik het moet uitleggen...'

'Ik snap het helemaal. Alleen, het is... gewoon absurd.'

'Vertel mij wat.'

Ze bleven een tijdje zwijgend zitten.

'En daarom ben je bij de politie gegaan.' Het was geen vraag, maar een constatering.

'Ja, dat denk ik wel. Ik voelde me schuldig omdat ik nooit iets gezegd heb, dat ik niet heb uitgezocht hoe het zat, en dat zal een grote invloed hebben gehad op die keuze. Een keuze waar mijn vader het niet mee eens was. Hij haatte uniformen. Wat hij op het land nodig had, waren mijn schouders en armen, niet een smeris die zijn naam te schande maakte. Hij sprak maandenlang niet met me.'

'Jij hebt dus de slachtoffers van drie moorden gezien...'

'Juist. Allemaal op dezelfde manier uitgevoerd. Allemaal met dezelfde kenmerken. Allemaal meisjes zonder identiteit. Niemand die ze kwam zoeken of hun lichamen kwam opeisen... Ik hoef je vast niet uit te leggen waarom ik dit destijds niet aan mijn leidinggevenden heb verteld, of wel?'

'Dat begrijp ik... De gemaskerde man die je gezien hebt... heb je nog iets bijzonders opgemerkt, iets specifieks wat...'

'Zijn lengte, natuurlijk. En hij had een litteken in de vorm van een halvemaan op de rug van zijn hand. Verder niks.'

'Moreno?'

'Ja?'

'Ik denk dat ik nu ook wel een borrel lust.'

Barrali glimlachte weemoedig en schonk haar twee vingers *fil'e ferru* in.

82

Districtsgevangenis Cagliari, Uta

Terwijl de twee collega's van de speciale eenheid hun telefoons checkten, luisterde Maurizio Nieddu naar de twee officieren van justitie, die zachtjes uitlegden dat het noodzakelijk was om een overtuigend motief te vinden dat de zaak steviger maakte. Dat zou voorkomen dat de advocaten van de verdediging zich met succes op ontoerekeningsvatbaarheid van Melis konden beroepen. Er moesten zo veel mogelijk argumenten verzameld worden die ondersteunden dat hij met voorbedachten rade te werk ging, zodat ze levenslang konden eisen en de rechtbank die eis ook zou inwilligen. Maurizio was het met hen eens, maar hij wist dat de advocaten van de moordenaar al geen hoop meer koesterden: de rechercheurs hadden zoveel bewijs verzameld dat het onderzoek of het proces onmogelijk nog in gevaar zou kunnen komen.

Voor de zoveelste keer keek de commissaris op zijn horloge: halftwaalf. Ze lieten hen nu al een uur wachten in de kleine ruimte die voor het verhoor met gevangenen werd gebruikt. Melis bevond zich ergens in de onlangs gebouwde gevangenis op de streng bewaakte afdeling samen met andere bijzonder gevaarlijke gevangenen. Ze zaten allemaal klaar voor de tweede verhoorronde. Ze hadden die ochtend gemeenschappelijk besloten een harde lijn te volgen, waarbij dankzij al het fysieke bewijsmateriaal dat gaandeweg steeds uitgebreider en consistenter werd elke verdedigingsstrategie onderuit werd gehaald. Het recentst gevonden bewijs was de ontdekking van een kampvuur in de buurt van het plateau op de Monte Arci waar de neo-Nuraghen waren neergestreken: ze hadden geprobeerd om kleding en persoonlijke bezittingen te verbranden. Volgens het forensisch onderzoek was het heel waarschijnlijk dat de goeroe en zijn volgelingen de spullen in de vlammen hadden gegooid om geen sporen van hun aanwezigheid op de plaats delict achter te laten.

Toen de twee officieren van justitie geen onderwerpen meer hadden om te bespreken, stond Nieddu op. Hij was het lange wachten zat en besloot een stevig woordje te wisselen met de collega's van de gevangenis, maar net op dat moment ging de deur open en kwam de gevangenisdirecteur tezamen met een medewerker binnen. Ze zagen er bedrukt uit.

'Maar zeg eens... Kunnen we misschien...' begon de commissaris.

De directeur snoerde hem de mond door een hand op te steken alsof hij het verkeer wilde tegenhouden. 'Er is een probleem... Een groot probleem,' zei hij ontsteld, en hij was bleek van schaamte.

Adele Mazzotta en de heer Iaccarone, de twee officieren van justitie die zich met het dossier van Dolores Murgia bezighielden, wisselden een nerveuze blik.

'Wat voor probleem?' vroeg de vrouw.

'Melis is vanmorgen dood in zijn cel aangetroffen...'

'Wat?' riepen de onderzoekers eenstemmig.

De ogen van de directeur toonden dezelfde ontzetting als het schilderij *De Schreeuw* van Munch, of tenminste, daarmee associeerde Nieddu de verbijsterde blik van de directeur.

'Hou je ons voor de gek?' siste de commissaris, die zijn woede nauwelijks kon inhouden.

'Nee, helaas niet.'

'Dood, hoe dan?'

'Hij heeft blijkbaar zijn polsen met een scheermesje doorgesneden,' zei de medewerker van de directeur, terwijl hij hun wat foto's liet zien. Het waren beelden van de bewakingscamera's: ze toonden de goeroe die ineengedoken op de grond lag met zijn lange haren drijvend in een plas bloed. Het zijne.

‘Hoe kan dit? Hij werd speciaal bewaakt, niet te geloven!’ brieste Mazzotta.

Het bloed trok ineens uit zijn hoofd omlaag en Nieddu moest zich aan de muur vasthouden om niet flauw te vallen. Hij liet zich zakken op een van de plastic stoelen die aan de grond vastzaten en probeerde niet te gaan hyperventileren. Terwijl de kamer zich vulde met het geschreeuw van de officieren van justitie en het gescheld van de rechercheurs, hield hij zijn hoofd vast en sloot zijn ogen.

Ze hebben hem het zwijgen opgelegd, dacht hij. *Ze waren sneller dan wij.*

83

Località Capitana, de wijk Sant'Elena

Grazia bedacht dat ze haar man in maanden niet zo fit had gezien als nu. Terwijl hij ontbeet, bekeek ze hem eens beter en ze besefte wat de reden was van dat lichte, bevrijde gevoel dat hij uitstraalde.

'Je hebt het verteld.'

Moreno draaide zich naar haar toe, in verlegenheid gebracht. 'Wat bedoel je?'

'Het is maanden geleden dat ik je zo rustig heb gezien… Ik kan maar één reden bedenken: je hebt Eva verteld wat je vroeger hebt meegemaakt.'

De man knikte en was helemaal niet verbaasd dat zijn vrouw het had opgemerkt; er ontging haar maar weinig. Misschien had ze, doordat ze haar leven in de nabijheid van een rechercheur had doorgebracht, via een vorm van osmose een paar karaktereigenschappen van hem meegekregen: nieuwsgierigheid, observatiegeest, intuïtie en het vermogen om conclusies te trekken.

'Je zou een goede politieagent geweest zijn,' zei hij met een glimlach.

'Alsjeblieft, zeg… Eén agent in huis is meer dan genoeg.'

Ze lachten ontspannen.

'Was het moeilijk?' vroeg ze.

'Nee. Ze… Ik voelde meteen al dat zij de juiste persoon was, dat we de juiste chemie hadden. Nee, het was niet moeilijk. Integendeel.'

'Hoe voel je je nu?'

'Alsof ik vleugels heb.'

Grazia glimlachte en streelde zijn hand. 'Je hebt geen idee hoe blij ik hierom ben.'

'Ik weet het.'

'Je hebt zelfs uitgeslapen; hoe lang is dat geleden?'

'Te lang... Ik voel me bevrijd van een enorme last. Ik begrijp nu hoe een crimineel zich voelt na een bekentenis. Het voelt echt heel goed. Alsof je een lange warme douche neemt nadat je je een hele week niet hebt kunnen wassen.'

'Ik ben echt blij. Maar we zijn wel wat aan de late kant.'

De man keek op zijn horloge en fronste zijn wenkbrauwen. Hij had die ochtend een afspraak bij de neuroloog en een bij de notaris om wat papierwerk af te handelen.

'Dan zal ik even opschieten,' zei Moreno. Hij dronk zijn koffie in één teug op en kwam overeind. Hij liep naar zijn vrouw, omhelsde haar en kuste haar voorhoofd. 'We kunnen aan zee gaan lunchen, als je zin hebt?'

'Daar heb ik zeker zin in... Dit moeten we vieren, toch?'

'Zeker. Ik ga me snel klaarmaken.'

Moreno poetste zijn tanden en toen hij in de slaapkamer kwam, bekeek hij zichzelf in de spiegel. Hij wist niet of Eva hem nou geloofde of niet, en misschien wilde hij het niet eens weten. Het belangrijkste was dat hij de moed had gevonden om te vertellen wat er was gebeurd: het eerste scheurtje waaruit later al die barsten waren voortgekomen die zijn leven als man en als inspecteur hadden beïnvloed. Doordat hij zichzelf nu had verlost en op een bepaalde manier had verzoend met het verleden, bruiste hij van de energie. Hij had zelfs het gevoel dat zijn ziekte naar de achtergrond zakte.

Misschien wel, wie weet, dacht hij.

Hij glimlachte, pakte een felgekleurde stropdas uit de lade, die hij op een normale dag niet gekozen zou hebben, en hij bekeek zichzelf in de spiegel terwijl de zijde tussen zijn vingers door gleed.

Na enkele tellen verstarde zijn glimlach echter, tot hij langzaam helemaal verdween.

Zijn handen begonnen te trillen, zijn voorhoofd fronste en er verscheen verbijstering in zijn ogen voordat er tranen in opwelden.

'Wat... Hoe...' stamelde hij versuft, terwijl hij met zijn ogen knipperde om de situatie duidelijker in beeld te krijgen.

Hij moest zich neerleggen bij het bewijs en hij schaamde zich ervoor, maar hij had geen flauw idee meer hoe hij zijn stropdas moest strikken.

84

Eetcafé Tiffany, Via Baylle, Cagliari

Tijdens het ontbijt op het terras van Mara's favoriete eetcafé, genietend van de middagzon, wierp Eva een blik op de kranten. Ze was opgelucht dat de verslaggevers haar naam niet hadden genoemd.

'Ik heb tien uur aan één stuk geslapen… Ik ben echt ontzettend duf,' zei Mara. Ze had een grote zonnebril op die de donkere kringen rond haar ogen verborg.

'Vertel eens wat nieuws…' antwoordde Eva, zonder op te kijken van de nieuwsberichten.

'Kijk naar jezelf, alsjeblieft.'

Croce had daarentegen amper vier uur geslapen. Ze had over de schietpartij gedroomd, alleen was haar nachtmerrie ermee geëindigd dat zij degene was die stierf. Daarna had ze niet meer kunnen slapen. Dus had ze de afgelopen nacht bijna het hele notitieboek van Barrali gelezen en de gruwelijke inhoud daarvan had haar laatste restje slaap verdreven.

'Ik denk dat ik even naar het ziekenhuis ga om te zien hoe het met Ilaria gaat. Daarna ga ik lekker als een aangespoelde zeehond op het strand liggen,' zei Mara. 'Ik moet even uitrusten.'

Farci had ze allebei verplicht een vrije dag gegeven, zodat ze wat konden herstellen. Tenminste, dat was de officiële versie, maar beide rechercheurs meenden dat er van hogerhand op aangedrongen was hen met verlof te sturen zodat ze niet in de weg zouden lopen met al die verslaggevers in de buurt. Eva was echter niet van plan om te gaan zitten niksen. Ze legde de krant neer en dronk haar *caffè doppio* op.

'Nou, vertel je me nog waarom je me uit bed hebt gehaald?' vroeg Mara.

Ze had geen zin om eromheen te draaien, dus zei Eva zonder omwegen: 'Na het werk gisteravond heb ik Barrali nog gezien.'

'Waarom?' vroeg Rais argwanend.

Eva gaf haar het notitieboek dat ze bij zich had. 'Kijk maar eens.'

Ze paste ervoor op om niet het geheim te verklappen dat Moreno haar had onthuld. Dat zou vast en zeker slecht vallen bij haar partner en Barrali zou in Mara's hoofd dan rechtstreeks in het laatje 'hopeloze gevallen' verdwijnen. Eva had er zelf nog geen duidelijke mening over. Het enige waar ze voor honderd procent van overtuigd kon zijn, was het gevoel dat ze gevangenzat in een web van mysteries en geheimen die waren begonnen in 1961 en die zich uitstrekten tot in het heden.

'Wat is dit?' vroeg Mara nadat ze een paar bladzijden had omgeslagen.

'Hij heeft me opgebiecht dat hij een probleem heeft,' zei Eva, terwijl ze op haar slaap tikte. 'Hij wilde alles opschrijven wat hij zich over de oude zaken herinnerde voordat de ziekte alles zou uitwissen. Het is dus een soort dagboek van zijn onderzoek.'

'Hoe was hij eraan toe?'

Eva nam even de tijd om het juiste woord te vinden. 'Berustend,' zei ze toen. 'Mentaal fit, dat wel... Maar fysiek... Ik ben bang dat hij niet lang meer heeft. Hij leek nog magerder dan de vorige keer.'

'Arme vent... Heb je het al gelezen?'

'Gedeeltelijk.'

'Wat vind je ervan?' vroeg Rais. Uit haar toon was duidelijk op te maken dat ze het tijdverspilling vond.

'Ik heb wel iets interessants gevonden.'

'Vertel.'

'Die poppetjes, weet je nog, die gemaakt zijn van gedroogde bloemstengels?'

'Zeker. *Sa pippia 'e Mannaghe*.'

'Juist, ja... Als ik zijn "memoires", want zo noem ik ze maar even, mag geloven, is dat detail nooit in het nieuws gekomen.'

'Tot nu toe...'

'Hij heeft er slechts met twee mensen over gesproken: met Marianna Patteri, de docent culturele antropologie en decaan van de universiteit van Cagliari. En later, toen ze gestorven was, met haar leerling...'

Rais viel haar in de rede en zei: 'Valerio Nonnis.'

'Top. Je hebt een gratis ontbijt gewonnen.'

'Je herinnert me nu aan iets waar ik door deze hele toestand niet meer aan gedacht heb,' zei Mara, en ze ging verzitten.

'Wat bedoel je?'

'Ik kreeg gisteren een telefoontje van mijn contactpersoon bij de universiteit. Ik had haar om wat informatie over dat docentje gevraagd.'

'En?'

'Weet je waarom hij geen carrière heeft kunnen maken, ondanks zijn geweldige cv?'

'Vertel.'

'Omdat hij er een gewoonte van maakte om met zijn vrouwelijke studenten te wippen.'

'Maar...'

'En ze konden rekenen op een bevoorrechte behandeling ten opzichte van anderen. Eentje die niet tot zijn harem behoorde heeft het aangekaart bij de rector en die heeft een stokje voor zijn promotie gestoken. Ze hebben hem er niet uit gegooid, want dat vonden ze zielig voor hem, maar op academisch niveau is het gedaan met Nonnis.'

Eva herinnerde zich de gewonde handen van de docent en kreeg weer het gevoel dat hij iets had verzwegen.

'Kijk eens of je me kunt volgen,' zei Eva. 'We hebben iemand die een directe relatie had met het slachtoffer, want ze was immers zijn leerling, en die graag met zijn vrouwelijke studenten naar bed ging. Iemand met bovendien uitgebreide kennis over de rituelen en het geloof van de Nuraghen...'

'Iemand die nauwe contacten onderhield met de rechercheur die zich met de moorden bezighield en die hem details over de modus operandi van de moordenaar heeft verteld die niet bekend waren,' vervolgde Mara.

'Iemand met gekneusde handen, alsof hij een robbertje gevochten had...'

'Met een meisje misschien,' suggereerde Mara.

Croce knikte. 'Iemand die een enorme hekel heeft aan degene die nu voor de moord op het meisje is opgepakt, en die geen moeite deed om zijn antipathie te verbergen. En dat niet alleen: iemand die ons heel handig de tip gaf waar we de goeroe konden vinden.'

'Iemand die zich duidelijk opgelaten voelde toen we bij hem op bezoek kwamen,' ging Rais verder.

In stilte keken ze elkaar even aan, terwijl ze alle factoren tegen elkaar afwogen.

'Voel jij ook van die kriebels langs je ruggengraat?' vroeg Croce.

'Ja,' moest Rais toegeven. 'Maar vergeet niet dat we iemand in hechtenis hebben van wie het DNA onder de nagels van het slachtoffer is gevonden, en die volgens iedereen zo schuldig is als Judas.'

'Ik weet het... Waarom maken we niet gewoon nog eens een praatje met Nonnis, om te zien hoe hij reageert, en om van onze kriebels af te komen?'

'Door de arrestatie van Melis kan hij weleens wat minder waakzaam zijn, zodat we hem wat kunnen bespelen.'

'Goed plan. Ik bel intussen Erriu om te vragen of ze kan nagaan hoe de relatie tussen Nonnis en Dolores was. Misschien is het tijdverspilling, maar ik wil geen losse eindjes achterlaten.'

'Theoretisch zouden we het via de officiële route moeten spelen. Farci heeft ons met verlof gestuurd,' zei Rais bedachtzaam.

'We hebben het bij Ilaria aangekaart en zij zou ernaar kijken... Dat kunnen we Farci vertellen als hij erachter komt.'

'Hoe zou hij er trouwens achter moeten komen?' vroeg Rais met een ondeugende glimlach.

'Inderdaad,' antwoordde Croce glimlachend, terwijl ze opstond om te betalen.

85

De wijk Genneruxi, Cagliari

Als rechercheur moet je getuigen of verdachten nooit rechtstreeks van liegen beschuldigen. Het is de kunst om ze zodanig te manipuleren dat ze zichzelf dusdanig tegenspreken dat ze wel moeten toegeven – in woorden, met een houding of met een blik – dat ze leugen op leugen hebben verteld. Om dit op de efficiëntste manier te kunnen bewerkstelligen, moet je je cynisch, misleidend en meedogenloos kunnen opstellen. Je dient een bijna sadistisch talent te ontwikkelen zodat je – ten koste van het psychische, sentimentele of gewoonlijke evenwicht – elke zwakheid kunt uitbuiten van degene aan wie je een bekentenis moet ontfutselen of van wie je informatie moet krijgen die van vitaal belang is voor het onderzoek. Als het om een moord gaat, moet de ondervrager een andere identiteit aannemen, meestal een onplezierige met een duistere instelling die niet veel goeds beloofd. *Goede* agenten zijn *slechte* agenten.

'Ja?' zei Rita Masia, de vrouw van Valerio Nonnis, toen ze de voordeur opendeed en tegenover Rais en Croce stond.

De rechercheurs hadden een spontaan bezoekje aan de universiteit gebracht, maar ze hoorden van een paar studenten dat Nonnis zich die dag ziek gemeld had. Daarop hadden ze naar zijn thuisadres gevraagd en besloten ze – nadat ze een paar haren en twee koffiebekertjes uit de prullenmand onder zijn bureau hadden gevist – hem thuis te verrassen en hem nog wat extra onder druk te zetten door hem in zijn privéomgeving op te zoeken. Ze hadden allebei aan één blik genoeg om te weten dat ze met een zwakke persoonlijkheid te maken hadden en dat het een lachertje zou zijn om Rita aan het praten te krijgen.

'Politie, mevrouw. Het rechercheteam... Is uw man thuis?' begon Rais op een allesbehalve vriendelijke toon. Ondertussen schakelde Eva de geluidsopname op haar telefoon in, waarbij ze gebruikmaakte van de afleiding waar haar collega voor zorgde.

Van het gezicht van de vrouw kon je de verbijstering en de angst aflezen. Iemand die het goed bedoelt zou haar de tijd hebben gegeven om zich even te kunnen herstellen. Maar Croce en Rais hadden hun goede bedoelingen op kantoor achtergelaten.

'Verspil onze tijd niet, alstublieft,' drong Croce aan, waarbij ze een stap naar voren deed en door de kier gluurde. 'Is hij thuis of niet?'

'Nee... Nee, hij is niet thuis...' stamelde Rita Masia, die zich geïntimideerd voelde door de dwingende houding van de twee inspecteurs.

'Wat vreemd... Zie je nou dat ik gelijk heb?' fluisterde Rais als een acteur tegen haar partner, net luid genoeg zodat Masia het kon horen.

'Is hij met zijn auto weg?' vroeg Croce.

'Wat? Ja, natuurlijk... Wat is er aan de hand?'

'O, dus jullie auto doet het weer,' constateerde Eva.

'Wat bedoelt u?' vroeg Rita, die steeds verbaasder werd.

'Uw man vertelde ons dat hij zijn handen laatst had bezeerd bij het repareren van de auto. Dat is dus tenminste gelukt,' verduidelijkte Croce.

'O ja, natuurlijk... Die is weer in orde, ja. Hij doet het weer.'

'Mooi. Dat is fijn. Dan heeft hij zijn handen niet voor niks opengehaald... Waar is hij nu?'

'Mag ik weten waar dit over gaat?' vroeg Rita defensief.

'Bent u zijn advocaat of zo?' snauwde Rais. 'Doe me een plezier, bel hem en zeg dat we hier zijn. Hij weet wel waar het over gaat,' zei Eva streng terwijl ze Rita in de ogen bleef kijken.

Rita zei niks.

'Wat is dit, spelen we stommetje?' barstte Rais na een paar tellen los. 'Belt u hem of niet?'

'Hij is op de universiteit... Hij geeft les.'

'Hij geeft les?' herhaalde Eva, terwijl ze geamuseerd naar haar collega keek.

'Mevrouw, we komen net van de universiteit, waar ze ons verteld hebben dat uw man er niet is. Hij bleek ziek te zijn,' zei Mara scherp. 'Houdt u ons nu voor de gek?'

Angst flitste door Rita's ogen.

'Dus,' drong Eva aan. 'Waar is hij?'

Rita knipperde een paar keer met haar ogen, alsof ze moeite had om zich op de twee vrouwen te focussen. 'Ik weet het niet...'

'U weet het niet...' herhaalde Rais. 'Uw man heeft dus ook tegen u gelogen.'

Het was geen vraag, maar een vinnige beschuldiging.

'Niet...'

Eva gaf haar niet eens de tijd om te ademen: 'Waarom gedraagt uw man zich zo, mevrouw?'

'Wat... Ik weet niet...'

De twee rechercheurs hadden bloed geroken van een prooi die veel te kwetsbaar was om te merken in welke situatie ze zich bevond. Als twee haaien cirkelden ze in steeds kleiner wordende rondjes om haar heen. Hun doel was niet om de vrouw mentaal te breken, maar om een wig te drijven tussen haar en haar man, en een laag achterdocht en angst aan te brengen die ze als geklopte slagroom wat dikker konden maken wanneer dat nodig mocht zijn. Uit de angst die de vrouw van top tot teen omhulde bleek dat aan alle voorwaarden was voldaan om het paar wat uit elkaar te kunnen drijven.

'Weet u wie dit meisje is?' vroeg Eva. Ze toonde haar een foto waarop Dolores nog in leven was.

'Ja, zij is degene die...'

'Is zij dezelfde als op deze foto?' vroeg Rais, die haar een foto liet zien met close-up van het gezwollen gezicht van het lijk.

Rita knipperde, deed onwillekeurig een stap achteruit en hapte naar adem.

Nu zijn we er, dacht Rais.

'Wat heeft uw man hierover verteld?' ging Eva verder.

'Waarover?!'

'Jullie hebben toch kinderen?' vroeg Mara.

Een eenvoudige vraag waardoor Rita zich leek te ontspannen.

'Ja. Twee.'

'Lijkt dit u de beste houding om ze te beschermen?' vroeg Eva, terwijl ze haar in gedachten om vergiffenis vroeg.

Opnieuw een stilte. De vrouw stortte bijna in. Ze kon elk moment óf in tranen uitbarsten, hen uitschelden, óf alles vertellen wat haar op het hart lag.

Net toen ze haar mond wilde opendoen ging Mara's telefoon, waardoor de magie van het moment waar ze zo zorgvuldig naartoe hadden gewerkt verbroken werd.

'Het is Farci,' zei Mara tegen haar collega.

'Je kunt maar beter opnemen,' zei Eva.

'Mag ik weten waar...'

Eva onderbrak haar. 'Bij Moordzaken, mevrouw,' zei ze, ook al wist ze heel goed dat ze dat niet wilde vragen. 'Heeft uw man het niet over ons gehad?'

Haar gezicht leek te barsten als een flesje bier in de vriezer.

'We moeten gaan,' zei Rais met haast in haar stem die Eva ongerust maakte. Uit de blik die ze haar toewierp maakte Croce op dat ze niets meer moest vragen. Wat Farci haar ook gezegd had, ze was er wit van weggetrokken.

'Ik...'

'Zeg tegen uw man dat we ons gauw weer melden,' zei Rais.

'Heel gauw,' voegde Eva eraan toe. Haar toevoeging had alles in zich om als een dreigement over te komen.

'Nog één ding, mevrouw,' zei Mara. 'Heeft uw man de krassen in zijn nek ook opgelopen bij het repareren van de auto?'

De paar tellen die Rais haar aanstaarde leken voor Rita eeuwig te duren. Toen glimlachte de rechercheur ijzig naar haar en keerde zich om zonder op een antwoord te wachten.

Rita keek trillend en onvast toe terwijl de twee inspecteurs vertrokken.

Even later belde ze haar man.

In tranen.

86

Ringweg Cagliari

Geen van beiden geloofden ze ook maar één moment dat Melis zelfmoord had gepleegd. Deze zaak, die was begonnen met het bestuderen van een oud dossier, was binnen een paar dagen veranderd in een onderzoek met de hoogste prioriteit, dat rook naar mysterie en samenzwering.

'Zelfmoord? Ammehoela. Iemand heeft hem het zwijgen opgelegd voordat hij zijn mond voorbij zou praten,' zei Rais.

'Dat is zeker.'

'Dit verandert alles...'

'Of misschien verandert het wel niks,' antwoordde Croce.

'Hoe bedoel je?'

'Ik bedoel, ga maar na: het onderzoek naar de dood van Dolores zal worden afgesloten en gearchiveerd. Zaak opgelost. De moordenaar heeft zelfmoord gepleegd. Waarom haar dood nog verder onderzoeken? Het is in ieders belang om deze zaak zo snel mogelijk te vergeten. Definitief.'

'Het is toch zeker in het belang van het hoofdbureau om...'

'Wat wilde je zeggen?'

'Niks.'

Eva staarde haar aan alsof ze iets voor haar achterhield.

'Hebben we het te moeilijk gemaakt voor dat vrouwtje?' vroeg Rais om van onderwerp te veranderen.

'Nee. Ze was bijna op het punt waar we haar wilden hebben. Ik had eerder al mijn twijfels over Nonnis, maar na de reactie van zijn vrouw ben ik er vrij zeker van dat hij iets weet, of dat hij bij de zaak betrokken is.'

'Eh... Volgens mij is het tijd om er met Farci over te praten.'

'Dat denk ik ook, maar dat kan riskant zijn. Zeker op dit moment.'

'Dus, wat doen we?'

'Wauw, ga je nu eindelijk over op "we"? Ik raad je aan om er geen gewoonte van te maken, Croce... Dus?'

'Het zou fijn zijn als we de locatie van zijn telefoon in de afgelopen paar weken zouden kunnen nagaan, zijn familie en nabije kennissen zouden kunnen ondervragen, DNA-monsters zouden kunnen afnemen, zijn telefoons in de gaten houden...'

'Alsof hij een verdachte is?'

'Hij heeft tegen ons gelogen over de wonden aan zijn handen. Hij had een band met het slachtoffer. Hij heeft door de jaren heen samengewerkt met de inspecteur die deze dossiers behandelde en heeft zo inside-information over de zaken gekregen. Zijn vrouw loog voor hem... Als ik de leiding had over dit onderzoek, had ik hem allang opgepakt.'

'Maar dat heb je niet... Dus even terug naar mijn vraag: wat doen we?'

Croce leek even na te denken, terwijl ze naar de enorme vijver van Molentargius keek waar ze langsreden.

'Nieddu zei dat Mazzotta, de officier van justitie, zich volgens hem schuldig voelde over Dolores. Alsof ze vond dat ze te weinig had gedaan om haar te redden,' zei ze, terwijl ze de datum en de vindplaats op de plastic zakjes schreef waarin ze de haren en de koffiebekertjes van Nonnis had gedaan. Ze hield de inhoud tegen het licht: er was voldoende materiaal om het DNA van Nonnis uit te kunnen halen.

'Dat zou kunnen.'

'Nou, dan stel ik voor dat we het bij haar proberen, want Farci geeft ons vast geen kans.'

'Stel dat ze met ons wil meedenken, hoe doen we dat dan met Giacomo?'

'Geen idee. Je zou met hem naar bed kunnen gaan, toch? Hij lijkt me jouw type.'

Rais liet een nasaal lachje horen. 'Waarom niet... Ik zou nog liever mijn clitoris verwijderen en op eBay verkopen dan...'

'Welja!'

'Reken maar... Jakkes... Hij is als een neef voor mij.'

'Ik weet het niet, Rais,' zei Eva, weer serieus nu. 'We bedenken wel iets.'

'Je dacht dat dit een rustig stadje was, hè?' vroeg Mara na een paar tellen.

'Ja, ik heb me laten beetnemen door hoe het eruitziet.'

'Schijn bedriegt.'

Eva draaide zich naar haar partner om erachter te komen of er meer achter die bittere woorden zat, maar Rais had haar zonnebril opgezet en verborg zich achter haar pokerface die haar ondoorgrondelijk maakte. Ze focuste zich weer op de weg, terwijl het verhaal van Barrali door haar hoofd bleef gaan.

87

Coördinatiecentrum, afdeling Moordzaken, hoofdbureau Cagliari

Toen hij ze het rumoerige coördinatiecentrum zag binnenlopen, gaf Farci nog een aantal orders aan een van de ondersteunende medewerkers in uniform en gebood hun om met hem mee te lopen naar het achterste gedeelte van de ruimte. Hij liep naar een bureau met een laptop, waarop hij een bestand opende dat hij vervolgens aan hen toonde. Eva en Mara keken naar een aantal foto's die van het lijk van Melis genomen waren en naar een paar foto's die van de bewakingscamera afkomstig waren.

'Hebben jullie ook videobeelden?' vroeg Mara.

'Nee. Vreemd genoeg hadden de camera's op die afdeling ongeveer een uur lang last van een storing,' zei Farci zuur. 'Dat was toevallig op het moment dat onze vriend in het bezit kwam van een mes. Overigens weet niemand hoe hij daaraan kwam.'

'Dus iemand van de inrichting heeft zich laten omkopen,' zei Eva.

'Zo goed als zeker... De directie beweert dat er een intern onderzoek komt, blablabla. We hebben zelfs nog geen getuige gevonden die bereid is te praten... Volgens mij is het niet moeilijk te begrijpen, toch?'

De twee knikten. Farci, die er gesloopt uitzag, deed de laptop dicht en leunde tegen de tafel.

'Weten jullie wie hierachter kan zitten? Wie het allemaal wil verdoezelen, bedoel ik,' vroeg Eva.

'Nee, maar ik heb een aantal mensen op de zaak gezet. Het is een kwestie van tijd... Het spijt me dat ik jullie je vrije dag afneem.'

'Geen punt,' antwoordde Eva. 'Wat kunnen we doen?'

'Croce, jij kunt hier niet weg. In feite ben je geschorst, ook al is het niet officieel, omdat je bij een vuurgevecht betrokken was...'

'Maar...'

'Het is een routinekwestie, niks om je zorgen over te maken. Maar door al dit gedoe kom ik personeel tekort. Zou jij misschien de collega's van Moordzaken een handje kunnen helpen bij het verhoren van onze lieve neo-Nuraghen?'

'Prima.'

'Mooi zo. Je kunt Mazzotta bijstaan.'

'Wat heeft het voor zin om die klootzakken te ondervragen?' vroeg Rais.

'Technisch gezien noemen we ze "steunbewijs"', legde Farci uit. 'De hoofdverdachte is gestorven zonder te bekennen. Om de zaak definitief te kunnen sluiten, heeft het parket onweerlegbare stukken nodig... Nu hun heilige voorganger is heengegaan, hebben we misschien meer kans dat zijn mensen willen meewerken.'

'Denk je dat ze hem als schuldige voor de moord kunnen aanwijzen?' vroeg Eva.

'Dat is wel het doel, ja. Om dat voor elkaar te krijgen, moeten jullie uitzoeken of er sprake was van medeplichtigheid, of ze hebben deelgenomen aan de mishandelingen, enzovoort. Ben je er klaar voor?'

Croce knikte. Het zou een mooie gelegenheid zijn om Mazzotta onder vier ogen te kunnen spreken, en wie weet zelfs met haar over de leraar antropologie te kunnen praten.

'Het is niet zo moeilijk: als duidelijk wordt dat ze bij de verkrachtingen betrokken waren, bied je hun een verkorting van de strafduur aan in ruil voor een formele beschuldiging van hun leider... De officier van justitie zorgt wel voor de juridische invulling om ze toch nog te grazen te kunnen nemen.'

'En ik?' vroeg Rais.

'Zin in een uitje?' vroeg de leidinggevende.

'Alles is beter dan in die kast te zitten met dertig jaar oude verslagen van verhoren... Waar moet ik naartoe?'

'Het gaat kort gezegd hierom: Trombetta heeft wat stukjes huid gevonden tussen de tanden van die arme Dolores. Volgens haar zou Dolores haar aanvaller, of aanvallers, gebeten kunnen hebben. Dat heeft hij mooi ontdekt, *su dottori*.'

'Ik mag hopen dat jullie de identiteit van die schoft hebben achterhaald,' fluisterde Rais.

Farci knikte. 'Het enige goede nieuws van vandaag. Het gaat om Ivan Curreli, een volgeling die in de nacht van de inval niet is aangetroffen op de berg. Hij wordt door sommigen beschouwd als de rechterhand van de goeroe. Nieddu en ik denken dat die vent samen met Melis is ontsnapt en dat ze allebei een andere weg genomen hebben... Een zoektocht in de database heeft meteen een match opgeleverd, omdat deze schoft ook een voorgeschiedenis heeft met seksueel geweld.'

'Wat een klootzak... Wat kan ik voor je doen?' vroeg Rais.

Farci pakte zijn telefoon en toetste snel iets in. 'Ga samen met de jongens van het team naar dit adres,' zei hij, terwijl hij haar zijn telefoon liet zien. Alleen stond er op het scherm geen adres, maar een bericht: *Ik weet verdomme niet meer wie ik hier kan vertrouwen. Iemand sluist informatie naar buiten. Ga die klootzak halen en hou je collega's in de gaten. Je rapporteert alleen aan mij. Aan niemand anders.*

Toen ze dat las verstijfde ze.

'Alles duidelijk?' vroeg Farci.

'Kristalhelder,' antwoordde Mara. Het feit dat haar leidinggevende niet eens durfde te praten te midden van de collega's van het speciale team, betekende dat de situatie nog zorgwekkender was dan Mara al vermoedde.

'Geweldig... Ik moet naar een persconferentie om de media te informeren over dit gekkenhuis met Melis. Ze zitten er nu nog erger bovenop dan eerst.'

'Ik benijd je niet,' zei Rais.

'Meneer, hebt u nog nagedacht over wat ik gisterochtend tegen u zei, ook in verband met wat er vanmorgen gebeurd is?' vroeg Eva zacht.

'Ja, maar ik heb nu geen tijd om het daarover te hebben, Croce… Maar ik begin de dingen nu ook vanuit een ander perspectief te zien,' zei Farci.

Uit zijn blik konden de rechercheurs opmaken dat ook hij nu onraad rook, maar dat dit niet het geschikte moment was om het te bespreken.

'Jullie moeten nu gaan. Wees voorzichtig.'

'Nog nieuws over Deidda?' vroeg Mara.

'Ze wordt nog steeds in coma gehouden,' antwoordde Farci. 'Maar de artsen zeggen dat…'

Zijn telefoon trilde. Hij verontschuldigde zich. 'Ik moet even opnemen. Ogen openhouden, hè.'

88

Politiebusje, Cagliari

Mara Rais bekeek de agenten in tactische uitrusting en vervloekte in gedachten Farci, die haar gestrikt had om in zijn plaats het vuile werk op te knappen. In het busje was de spanning om te snijden en dat uitte zich in een doodse stilte. De aanvankelijke adrenaline had plaatsgemaakt voor een bijna verlammende angst. Iedereen wist maar al te goed dat de vorige huiszoeking was uitgelopen op een bloedbad met twee levenloze lichamen, en dat een van die twee een collega was die nu een gevecht leverde tussen leven en dood. Dat was waar Mara eigenlijk aan zou moeten denken: dat haar leven mogelijk in gevaar was, en dat haar dochter voor de gevolgen zou opdraaien als er iets mis zou gaan. In plaats daarvan registreerden haar ogen en oren details, flarden van gesprekken, blikken en zenuwtrekjes van de collega's, in een poging om daaruit af te leiden wie informatie had gelekt.

Die hufter van een Farci heeft je mooi beet, dacht ze. *Deze jongens vertrouwden je al niet, en als ze erachter komen dat je ze nu ook nog eens in de gaten houdt, kun je het helemaal wel schudden.*

Na de aanranding en het daaropvolgende verraad door haar collega die Del Greco's kant had gekozen, had de hoofdcommissaris het gerucht verspreid dat haar 'beschuldiging van handtastelijkheden' een poging was om wraak te nemen op de senior manager die haar aanpak in een onderzoek in twijfel had getrokken. Allemaal onzin: Del Greco was eenvoudigweg een seksueel roofdier in een voornaam uniform, maar het gerucht werd opgepakt door de afdeling Moordzaken en had zich als onkruid door het hele hoofdbureau verspreid. Vanaf dat moment wilde geen enkele mannelijke rechercheur ook nog maar iets met haar te maken hebben uit angst dat ze bij de minste of geringste discussie een beschuldiging van seksuele intimidatie zou uiten. En wat de vrouwelijke collega's betreft: die vreesden dat ze als ze te vertrouwelijk met haar zouden worden op de zwarte lijst van Del Greco zouden belanden, en dat zou het einde van hun carrière betekenen. Zo werd ze dus gemeden als de pest. Als je het op een bepaalde manier bekeek, hadden ze haar bijna een dienst bewezen door haar naar Onopgeloste Zaken te sturen.

Naast 'psychopaat', het etiket dat je al hebt, is er maar één andere categorie die deze eikels nog meer zullen haten, dacht ze. *Infiltrant. Spion… En dat is nou net wat Farci van je vraagt. Wil je dat risico echt lopen? Wat wil je nou bewijzen?*

Ze bekeek haar zwijgzame collega's en wist geen antwoord op die vragen.

89

Kantoor van de afdeling Moordzaken, hoofdbureau Cagliari

De eerste poging was mislukt: de volgeling zei geen woord en liet het praten over aan zijn advocaat, die nog vaker dan anders steeds hetzelfde bleef zeggen, als een papegaai: 'Mijn cliënt beroept zich op zijn zwijgrecht.'

Adele Mazzotta had haar spervuur aan vragen nog vijftien minuten volgehouden en toen ze merkte ze geen enkele medewerking kon verwachten, had ze opdracht gegeven de verdachte naar de gevangenis te brengen.

De officier van justitie had gezegd dat ze pauze nam en Eva had van de gelegenheid gebruikgemaakt om Paola Erriu op het politiebureau in Carbonia te bellen om het laatste nieuws over het onderzoek te delen.

Na het telefoongesprek had ze haar moed verzameld en de officier van justitie opgezocht, die buiten al rokend haar zenuwen in bedwang probeerde te houden. Ze had er maar heel even voor nodig om te begrijpen dat deze vrouw zich enorm betrokken voelde bij de zaak van Dolores en dat ze gebukt ging onder een diep schuldgevoel tegenover het meisje.

'Vindt u het erg als ik u gezelschap hou?' vroeg ze.

'Helemaal niet. Graag zelfs... Het gaat binnen helaas niet zoals ik gehoopt had.'

Eva knikte. Ze hadden afgesproken dat Mazzotta het verhoor zou leiden. De rechercheur was er meer bij voor de show dan voor iets anders; om de getuigen door haar aanwezigheid tot praten aan te sporen.

‘Enerzijds lijkt het erop dat ze goed zijn geïnstrueerd over welke houding ze moeten aannemen,’ merkte Croce op. ‘Aan de andere kant denk ik dat ze bang zijn om te praten, ook al verbergen ze dat best goed.’

‘Bang… Voor wie?’ vroeg de vrouw, terwijl ze Eva wat aandachtiger bekeek.

‘Tot vanochtend zou ik gezegd hebben: Melis. Nu hij uit beeld is verdwenen, of nu ze hem uit beeld hebben láten verdwijnen, ben ik bang dat er iemand anders achter zit. Iemand met een hoge functie…’

‘Dat denkt commissaris Nieddu ook. En ik vraag me dat nu ook af. Het zou volslagen onzinnig zijn als die idioten besluiten om een straf uit te zitten en liever blijven zwijgen, tenzij ze ernstig worden bedreigd,’ zei de officier van justitie. ‘Ik vraag me af wie er zo’n enorme macht kan uitoefenen.’

Croce merkte dat bij de vrouw de twijfel de overhand begon te krijgen en ze besloot om dat in haar voordeel te gebruiken.

‘Mevrouw, mag ik u een oprechte vraag stellen, met het risico dat het een beetje belachelijk overkomt?’

Adele Mazzotta blies de rook opzij en glimlachte. ‘Hoezo, is er iets aan deze zaak wat niet belachelijk is dan?’

Eva moest op haar beurt nu lachen.

‘Vertel maar,’ zei Adele, terwijl ze weer in haar leidinggevende rol kroop.

‘Is het wel een uitgemaakte zaak dat Melis Dolores heeft vermoord?’

Adele Mazzotta keek haar bedenkelijk aan. ‘Wat wilt u daarmee zeggen, inspecteur?’

90

Serramanna

Mara voelde de golf van adrenaline als gevolg van de jacht in één klap wegebben op het moment dat het interventieteam met de wapens omlaag uit de woning kwam en het startsein aan de onderzoekers gaf.

'Wat is er aan de hand?' vroeg ze aan hen.

Niemand antwoordde. Haar roem was waarschijnlijk zelfs tot in de tactische eenheid doorgedrongen. Rais vervloekte hen in het Sardijns, borg haar pistool op en liep langs de deur die door de stormram kapotgeslagen was naar binnen. Toen ze de slaapkamer bereikte en hem in het oog kreeg, draaide haar maag zich om.

Hij was helemaal naakt, behalve het *su Boe*-masker dat zijn gezicht verborg. Hij hing anderhalve meter boven de grond met de armen langs zijn zij, het dikke henneptouw vastgeknoopt aan een van de balken van het hoge plafond. Op de vloer, vlak bij de omgevallen trap, lag een plas urine.

Mara trok haar overschoenen aan en liep dichterbij. Op zijn linkerborstspier zag ze duidelijk de bijtwond. Zelfs oog in oog met de perversiteit van de dood stopte haar inspecteursbrein niet met nadenken: terwijl ze de wond bekeek, bedacht ze dat het weliswaar duidelijk was dat Dolores zich had verdedigd, maar dat het echte pak slaag waardoor ze buiten bewustzijn moest zijn geraakt pas ná de verkrachting moest hebben plaatsgevonden. Die informatie was misschien nu niet erg belangrijk meer, maar ze besloot het toch in gedachten te houden om het met Farci en Eva te bespreken, zodat het aan het dossier kon worden toegevoegd.

Ze overwon haar afkeer en voelde met de achterkant van haar hand aan het been van het lijk. 'Het is nog warm. Het is nog geen uur geleden gebeurd,' zei ze tegen de anderen. 'Laat de forensische recherche maar komen.'

Ze deden net alsof ze haar niet hadden gehoord en lieten haar alleen achter. Ze hoorde een van hen haar buiten nadoen, waarna de anderen in lachen uitbarstten.

'Wat een sukkels...' zei Mara hoofdschuddend. Ze wierp een laatste blik op het bungelende lijk en toetste een nummer in op haar telefoon.

'Rais,' antwoordde Farci. 'Alles in orde?'

'Eh, niet echt...'

'Wat betekent dat, verdomme?'

'We zijn te laat.'

'Kun je iets duidelijker zijn? Of zal ik zeggen dat je kunt oprotten?'

'Wacht even.' De rechercheur liep de slaapkamer weer in, nam een foto van de dode man en stuurde die naar haar leidinggevende. 'Kijk even in je WhatsApp.'

Ze hoorde hem het gesprek op de luidspreker zetten en een paar tellen later zijn uitroep: 'Jezus christus... Zeg dat het een grap is, alsjeblieft.'

'Dat zou ik graag willen, maar dat is het niet.'

'Is hij het, Curreli?'

'Hij hangt nog steeds en we hebben hem dat masker nog niet afgedaan, maar hij heeft wel een bijtwond op zijn borst, dus ja, ik vermoed dat hij het is.'

'Shit... Denk je dat het zelfmoord is?'

'Daar lijkt het wel op, ja. Maar of het nu echt zo is, of dat iemand het in scène heeft gezet, wat maakt het uit?'

'Shit...'

'Laten we eens kijken hoe lang het duurt voordat dit de media bereikt,' stelde Rais voor.

'Stuur me een lijst van alle mensen die erbij waren,' beval hij.

Als hij dat een paar maanden geleden had gevraagd, zou Mara

hem gezegd hebben dat hij naar de maan moest lopen, want zíj was geen verklikker. Nu dacht ze echter geen moment na over de gevolgen die deze ‘samenwerking’ voor haar carrière zou hebben, simpelweg omdat ze die niet meer had. Bovendien voelde ze een sterke drang om wraak te nemen op haar oude team.

‘Oké. Ik doe het meteen.’

‘Wacht op de forensische recherche voordat je vertrekt. En laat niemand in de buurt van het lijk, laat vooral niemand foto’s maken, duidelijk?’

‘Wil je dat ik ook de vloer veeg, als ik toch bezig ben?’ vroeg ze verontwaardigd.

‘Mara, laat maar, het valt nogal slecht vandaag… Ik zal het goede nieuws gaan brengen en het zoveelste pak slaag in ontvangst nemen. Tot straks.’

‘Tot straks.’

Dit is een boodschap voor alle andere volgelingen, bedacht Mara, terwijl ze het bungelende lichaam observeerde. *Als je probeert te praten, loopt het niet best met je af, of zoiets.*

Even later trilde haar telefoon en ze las de naam van haar dochter op het scherm. Mara sloot haar ogen, negeerde het lijk dat haar door de donkere gaten in het masker leek aan te staren, glimlachte en antwoordde: ‘Hoi schatje. Alles in orde?’

91

Hoofdbureau Cagliari

De rookpauze van de officier van justitie was uitgelopen op een soort luistersessie. Toen Eva was uitgesproken, dreven er zes peuken in het plastic bekertje met een bodempje koude koffie dat Adele vasthield. En ze had er net weer een opgestoken. Dat zag Eva als een goed teken: als de officier van justitie vond dat ze haar tijd verspilde, had ze haar na de eerste peuk wel afgekapt.

'Dus u zou de status van de docent willen wijzigen van getuige-deskundige naar verdachte,' zei Adele Mazzotta.

'Ja, mevrouw.'

De vrouw wendde zich af en keek naar het stadsverkeer. Ze dacht na over de informatie die ze van de inspecteur had gekregen. 'Is er, behalve u, nog iemand anders op de hoogte van deze feiten en van uw vermoedens?' vroeg ze op neutrale toon en zonder zich om te draaien.

'Ja, mijn partner, inspecteur Mara Rais. En we hebben ook plaatsvervangend commissaris Deidda geïnformeerd voordat ze...'

'Ik begrijp het. Wie nog meer?'

'Ilaria heeft tegen ons gezegd dat we het spoor moesten volgen om te zien of het relevant was voor het onderzoek. Commissaris Nieddu is ook op de hoogte en heeft zijn assistent Paola Erriu gevraagd om te onderzoeken of er nog andere connecties waren tussen Dolores en Nonnis, buiten de academische relatie.'

'Antecedenten?'

'De man is brandschoon, tenminste, als we de geruchten die zijn carrière hebben verwoest buiten beschouwing laten. Hij zou er romantische en seksuele relaties met leerlingen en oud-leerlingen op na houden.'

'U werkt bij de afdeling Onopgeloste Zaken,' zei Adele, waarmee ze het onderwerp van het gesprek verlegde. 'Zijn er volgens u overeenkomsten met de oude zaken? Ik bedoel, behalve het ceremoniële karakter, want dat is volgens mij hetzelfde.'

'Volgens Rais en mij, en ook volgens inspecteur Barrali, die op dit moment met ziekteverlof is, maar die bij de oude zaken betrokken was, is de moord gepleegd door een na-aper.'

'Verklaart u zich eens nader.'

'Volgens ons heeft iemand de neo-Nuraghen, en Melis in het bijzonder, de moord in de schoenen willen schuiven door de ceremonie van de oude moorden in scène te zetten. De moord op Dolores is veel sadistischer; denk aan alle kneuzingen en verwondingen, die in de oude zaken volledig ontbreken.'

'U zei dat Nonnis tijdens jullie gesprek vijandig overkwam ten aanzien van Melis.'

'Precies. En dan te bedenken dat hij degene was die heeft geopperd om Melis, die toen nog op vrije voeten was, op de Monte Arci te gaan zoeken.'

'Dat is best zorgwekkend... En zijn vrouw heeft vanmorgen tegen jullie gelogen.'

'Daar twijfel ik niet over.'

De vrouw blies wat spijtig een wolkje rook uit en zei: 'Ik zal u eerlijk zeggen dat het enige concrete element dat ik nu heb gehoord het feit is dat Nonnis bekend was met vertrouwelijke informatie over de oude zaken. Al het andere rammelt. Het zijn alleen vermoedens en indirecte bewijzen, áls het dat al zijn.'

Eva bloosde van schaamte.

'Maar,' vervolgde de vrouw, terwijl ze zich naar de rechercheur toe draaide, 'de vorige keer dat ik me strikt aan de regeltjes hield, heb ik kostbare tijd verloren en dat heeft waarschijnlijk bijgedragen aan de dodelijke afloop voor het meisje. Als ik iets ruimdenkender was geweest, misschien...'

Eva besefte dat dat woord 'misschien' een lange, lange tijd in haar bewustzijn zou blijven hangen, als een donkere en rusteloze gast die haar zou bedwelmen met het gif van spijt en schuld.

'Ik heb een dochter van dezelfde leeftijd als Dolores. Ze studeert in Bologna en... In de afgelopen dagen heb ik veel aan haar gedacht, en aan wat ze...'

Eva onderbrak haar toen ze zag dat ze volschoot, en zei: 'Dat kan ik me voorstellen, mevrouw.'

'Daarom wil ik afgaan op uw intuïtie en die van uw collega. Ik zal een aanvraag ondertekenen om op basis van gegronde vermoedens de telefoon- en computerverbindingen te onderscheppen, zowel voor Nonnis als voor zijn vrouw. Ik zal er een hoge prioriteit aan geven en het rechtstreeks met Farci bespreken, zodat we zo snel mogelijk kunnen starten.'

Eva merkte dat haar gevoel van verslagenheid opeens verdween, verdreven door een golf van adrenaline.

'Ik zal de docent ook onopvallend laten observeren gedurende... laten we zeggen vier dagen, in eerste instantie. Ik vind dat ze uit voorzorg ook zijn social media en de telefoongegevens van hen allebei moeten bekijken, en dat zijn locatie via zijn telefoon moeten worden achterhaald.'

'Fantastisch,' stamelde Croce compleet verrast.

'Ik denk dat het te vroeg is voor een huiszoeking en een verhoor op het bureau. Dan verliezen we alleen maar een strategisch voordeel. In plaats daarvan wil ik graag dat u en uw collega wat consistenter bewijs vinden, dat jullie theorie ondersteunt. Meer kan ik niet doen, inspecteur.'

'Dit is geweldig, mevrouw. Ontzettend bedankt.'

'Bedank mij maar niet... Ik wil iedereen opsluiten die ook maar zijdelings met deze verschrikkelijke zaak te maken heeft... Laten we gaan, dan kunnen we de stukken in orde maken en alles in werking zetten.'

Adele verdronk ook de laatste peuk in de teerachtige vloeistof, en toen ze opkeek zag ze dat de inspecteur bleek wegtrok. 'Wat is er?' vroeg ze gealarmeerd.

Eva liep een paar passen naar haar toe en toonde haar de foto die Rais haar net vanuit Serramanna had gestuurd.

'Lieve hemel… Vertel me niet dat dit die man…'

Eva knikte sprakeloos.

92

Coördinatiecentrum, afdeling Moordzaken, hoofdbureau Cagliari

De moord op Dolores Murgia had plaatsgevonden na een ononderbroken periode van bijna vijf maanden waarin er in de omgeving van Cagliari geen moorden waren gepleegd. Dit had de rechercheurs de tijd gegeven op adem te komen en wat zaken af te ronden. Een aantal waren afgevlakt en vergeten hoe stressvol en belastend het was om aan een 'hot case' te werken.

Farci keek op van de forensische rapporten over de plaats delict en observeerde zijn mannen: de meesten hadden al bijna vierentwintig uur achter elkaar gewerkt en stonden op instorten. Anderen gingen als bezige bijen door op cafeïne, adrenaline en hun jachtinstinct dat te lang niks te doen had gehad. Vier uren daarvoor – nadat de gehangene was gevonden en geïdentificeerd was als Ivan Curreli – had Giacomo een vergadering belegd met de hele onderzoeksstaf, waarin hij iedereen op de hoogte had gebracht van de laatste ontwikkelingen en de taken had verdeeld tussen Moordzaken en het twintigtal ondersteunende agenten die hij uit andere secties van het rechercheteam bij elkaar had weten te sprokkelen. Om de beschikbare menskracht optimaal te benutten, had hij het team in drie groepen verdeeld van elk twaalf mensen. De eerste groep zou verder werken aan de moord op Dolores: alle losse eindjes ontrafelen en zoeken naar eventuele medeplichtigen naast Melis (want dat was op het moment nog de officiële versie). De tweede groep zou in samenwerking met de gevangenis op zoek gaan naar degene die de vermeende zelfmoord van de goeroe mogelijk had gemaakt. En de derde groep moest opheldering geven over de tweede zelfmoord – die van de man die opgehangen en met zijn gezicht verborgen achter een masker was aangetroffen – om van daaruit terug te werken en te ontrafelen welke 'bescherming' de volgelingen van de Nuraxia genoten, van wie er een steeds kleinere groep overbleef om onder de loep te kunnen nemen. Farci had de lastige opdracht om de zaak te coördineren, een taak die hem beviel omdat de laatste misdaad waar hij mee te maken had gehad een doodslag was naar aanleiding van een burenruzie: een eenvoudige zaak die hij binnen een paar uren had opgelost. In feite bestond er ook nog een vierde groep, die niet officieel opereerde: deze zat op een ander spoor dan de officiële versie die Melis als dader van de moord op het meisje beschouwde. Deze vierde groep bestond uit Croce en Rais, die binnenkwamen nadat ze anderhalf uur hadden doorgebracht bij de computertechnici van de forensische afdeling en het digitale rechercheteam, en uit Gioele Aiello en Paolo Ferrari, twee mannen van de afdeling Vermiste Personen die hen zouden helpen met alle gegevens opzoeken en analyseren.

Toen hij de twee inspecteurs zag die tijdelijk van hun taken bij Onopgeloste Zaken waren ontheven, gebaarde Farci dat ze naar het lokaal moesten komen dat als ontspanningsruimte was aangewezen.

'Kom maar gauw. Ik heb zo'n vijftig stukken pizza bij Tandem besteld, maar ze hebben bijna alles al opgegeten, die hyena's… Eet maar iets, jullie zien eruit alsof jullie van huis zijn weggelopen.'

'Het regent van alle kanten complimentjes hier,' merkte Rais op, terwijl ze zich op het eten stortte.

'Hoe ging het?' vroeg Farci.

'Prima. Ze hebben al taps geplaatst om het telefoon- en e-mailverkeer van het stel te onderscheppen. Als het akkoord is, wil ik graag de social media van Nonnis nalopen om te zien of ik een rechtstreekse link tussen hem en het meisje kan vinden,' stelde Eva voor.

De leidinggevende knikte; na de vergadering met de collega's van het speciale team had er een veel kleiner overleg plaatsgevonden tussen hem, Rais, Croce en Adele Mazzotta. Die laatste had erop aangedrongen de twee inspecteurs ruim baan te geven om het spoor van de antropoloog te verkennen.

'Jij overlegt met Aiello en Ferrari. Denken jullie echt dat de docent bij de moord betrokken was?'

'Het is nog te vroeg om dat te kunnen zeggen,' zei Mara tussen twee happen door. 'Maar hij weet en verbergt iets. Zeker weten.'

'Paola Erriu is bezig om in Dolores' vriendenkring na te gaan of ze iets weten over een mogelijke relatie tussen de docent en het meisje,' zei Eva.

'Mooi. Heb je al iets gehoord van je contactpersoon bij de universiteit?'

Mara knikte. 'De rector heeft het hele gedoe van die relaties met de vrouwelijke studenten blijkbaar nogal hoog opgenomen. Kennelijk hebben ze Nonnis verzocht om na dit semester op zoek te gaan naar een andere baan. De universiteit is klaar met hem en huurt hem niet meer in... Over een paar maanden is hij dus werkloos. Ik vraag me af of hij het zijn vrouw heeft durven vertellen...'

Vanuit zijn ooghoeken zag Farci dat verschillende mensen naar hen keken. Dat herinnerde hem aan de andere taak die hij de twee rechercheurs had gegeven: rondkijken en op zoek gaan naar de collega die naar de media had gelekt.

'Nog nieuws over het andere gedoe?' vroeg hij, nu wat zachter.

'Tot nu toe niet,' antwoordde Rais.

'Oké. Hou het in de gaten, alsjeblieft... Mijn direct leidinggevende zit in mijn nek te hijgen over dat gedoe met de media.'

Farci gaf hun een uitdraai met namen en diensttijden van de agenten in burger die bij Nonnis surveilleerden.

'Jullie zorgen ervoor dat ze op de hoogte blijven en dat je contact met hen houdt,' zei hij tegen de twee dames.

'Hartelijk dank, meneer.'

'Ik hoop alleen dat het geen verspilling van tijd en geld is.'

'Nog nieuws over Ilaria?' vroeg Eva.

'Niet veel. Ze is een strijder. Haar hart blijft vechten.'

'Mooi zo.'

'En over de trut die door Croce is neergeknald?' vroeg Rais luchthartig. Maar een seconde later, toen ze de stuurse uitdrukking van Farci zag, realiseerde ze zich dat ze een vreselijke blunder had begaan.

'Jullie weten het dus nog niet...' fluisterde Farci ongemakkelijk.

De twee rechercheurs schudden hun hoofd.

'Ze heeft het niet gehaald. Een paar uur geleden is ze gestorven...'

Croce verstijfde. Uit het feit dat haar gezichtsspieren binnen een oogwenk verstrakten en ze een nerveuze tic kreeg die haar ooglid liet trillen, maakten haar beide collega's op hoezeer het nieuws haar had geraakt.

'Shit...' reageerde Mara. Ze stak haar hand uit om over Eva's arm te strijken, alsof ze zich wilde verontschuldigen voor haar gebrek aan tact. 'Wat waardeloos...'

Eva ontweek abrupt haar aanraking. Ze stond op en zei dat het tijd was om met de social media van de docent aan de slag te gaan.

Farci knikte en zodra de Milanese vrouw wegliep, wierp hij Mara een vernietigende blik toe en mompelde: 'Gefeliciteerd, Rais. Je hebt net de eerste prijs gewonnen als de grootste bitch van het jaar.'

93

Het Sardijnse binnenland

Micheli Ladu was dankbaar voor de leegloop van de kleine dorpen in Barbagia. Nadat hij zich ervan had verzekerd dat het krot onbewoond was, forceerde hij het slot en ging naar binnen. Hij doorzocht het huis met de *resolza* in zijn hand, en pas toen hij er absoluut zeker van was dat hij alleen was, klapte hij het mes dicht en riep Esdra, die buiten op hem stond te wachten.

'Zeker weten?' vroeg het meisje.

Micheli knikte. Hij vond de stoppenkast en toen hij de hoofdschakelaar naar boven duwde, werd het huis tot zijn grote verbazing helder verlicht.

De twee jonge mensen barstten vrolijk in lachen uit. De jongen deed alle overbodige verlichting uit om geen aandacht van buitenaf te trekken, ook al had hij een afgelegen huis buiten het dorp gekozen.

'Denk je dat er ook warm water is?' vroeg Esdra.

'Er is maar één manier om erachter te komen,' antwoordde Micheli, terwijl hij zich uitkleedde.

Het water was warm.

De kokendhete douche spoelde alle viezigheid van hun verkleumde lichamen, die zich daar had verzameld in de nacht die ze te paard hadden doorgebracht, op de vlucht over muilezelpaden en brandweggetjes die Micheli al kende sinds hij klein was. Nadat ze ongeveer dertig kilometer van het Ladu-dorp verwijderd waren, had Micheli bij de eerste de beste gelegenheid een brommer van een herder gestolen, en had het jonge paard aan zijn lot overgelaten. Toen de ochtend bijna aanbrak, hadden ze zich achter een verlaten afrastering verstopt en een groot deel van de dag geslapen. Zodra de avond viel, waren ze verder getrokken. Op het moment dat ze een van de vele kleine spookgehuchtjes in het binnenland doorkruisten, had Micheli – die moe was van het rijden – besloten om te stoppen en geheel volgens de regels een schuilplaats te zoeken.

Terwijl het meisje hem inzeepte, dacht de jonge Ladu aan de vernederingen die zijn vader hem had laten ondergaan. Hij zou het nooit van zijn leven meer vergeten en hij haatte Bastianu om de behandeling die hij had gekregen.

Later, na de vrijpartij, toen ze op het punt stonden om in te dommelen in het bed dat niet van hen was, fluisterde Esdra: 'De vorige keer wilde je niks horen over weggaan. Waarom denk je er nu anders over?'

Micheli dacht terug aan het bevel dat zijn vader hem gegeven had en hij voelde het bloed in zijn aderen stollen. 'Ik heb nagedacht over wat je zei en je had gelijk. Ik wil de zee ook zien,' loog hij, en hij woelde door haar haren.

'Wat doen we nu?'

'Ze zullen ons zoeken. We kunnen ons het best een paar dagen verstoppen.'

'Hier?'

'Waarom niet. Als het weer rustig is, kunnen we naar Cagliari gaan en van daaruit nemen we het eerste schip naar het vasteland.'

Esdra lachte opgewonden. 'Ik kan niet wachten,' zei ze, en haar ogen vielen dicht van vermoeidheid.

Een paar minuten later lag ze tegen hem aan te slapen.

Micheli kon echter nog geen rust vinden.

De strenge blik van zijn vader leek hem ook daar te vinden.

94

Viale Poetto, Cagliari

Meegevoerd door het ruisen van de palmbladeren en de onstuimige geluiden van de zee, liep Eva met haar blik omlaag en opgetrokken schouders langzaam via de buitentrap naar haar zolderkamer. In haar hand hield ze een fles Tennent's, gekocht bij de *caddozzoni* – zoals Mara ze noemde – van Cavalluccio Marino: foodtrucks die 's nachts druk bezochtwerden. Ze waren beroemd om hun broodjes met worst en ui, en stonden erom bekend dat ze het niet zo nauw namen qua hygiëne. Het was de derde Tennent's, om eerlijk te zijn. Ze had er vreselijk behoefte aan nadat ze te weten was gekomen dat ze iemand had gedood. Dat dat was gebeurd tijdens de uitoefening van haar plicht, was in haar ogen een detail dat weinig verschil maakte.

Het plan voor die avond was om bier te drinken, op bed te vallen – aangekleed en wel – en minstens acht uur in een coma te liggen. Ze was bekaf en haar hoofd liep over.

'Heb je er voor mij ook een?' zei een diepe mannenstem die haar liet schrikken en haar voornemen in de war stuurde.

Eva keek snel op en zag hem zitten op de bovenste trede van de trap die naar de overloop voor haar appartement leidde.

De rechercheur bleef als verlamd staan.

'Hoi rooie. Wat heb je met je haar gedaan?' vroeg de man van in de veertig met heldere ogen en krullend haar dat beslist veel langer was dan de laatste keer dat ze hem had gezien.

Croce voelde zich als een hoopje glasscherven die zo goed en zo kwaad als het ging aan elkaar waren gelijmd, maar weer versplinterden, alleen al bij het horen van die stem.

'Hoe heb je me gevonden?' vroeg ze aan haar man.

95

Stampace alta, Cagliari

Als er een knop bestond om het deel van de hersenen uit te zetten dat maar bleef doormalen over de zaak, dan zou Mara die allang ingedrukt hebben. Maar die knop bestond niet. Ook als ze er niet over hoefde na te denken, omdat ze met iets anders bezig was, maakte niet uit met wat, ging haar rechercheurslogica in haar onderbewustzijn door met filteren van de details die in het onderzoek naar voren waren gekomen. Ze overwoog de aannemelijkheid en de consistentie, ze ontleedde ze stuk voor stuk in de hoop enige ratio achter die absurde misdaad te vinden. Net als van die apps op je smartphone die een groot deel van je batterij verbruiken, zelfs wanneer je ze niet gebruikt, zo bleef de moord op Dolores Murgia ook haar hersenen pijnigen, ook al was ze er niet bewust mee bezig.

Dit realiseerde Mara zich toen ze de agenda van haar dochter controleerde, terwijl ze intussen – in de greep van de noodzaak om de verdachte te vinden – een bloederig detail van de misdaad naast Sara's ronde en grillige handschrift opschreef, net boven een plaatje van Winnie de Poeh.

Jezus. Je slaat helemaal door, dacht ze, terwijl ze haar aantekening doorhaalde.

Het meisje had allang in dromenland moeten zijn, maar in plaats daarvan was ze nog wakker en druk bezig met een videogame op haar telefoon, terwijl ze in 'het grote bed' op haar moeder wachtte. Ook zij kreeg noodgedwongen te maken met de tegenslagen in het onderzoek, waardoor ze te veel tijd bij haar grootouders doorbracht, op dwaze tijden moest eten en slapen, en een moeder had die 'beperkt functioneerde', zoals haar ex beweerde. Die avond waren de rollen omgedraaid: nu was het Rais geweest die haar dochter had gevraagd om bij haar in bed te slapen. Want met alle duistere en nare dingen die ze in de afgelopen dagen had gezien, wilde ze erop kunnen vertrouwen dat onschuld en goedheid nog steeds bestonden in de wereld waarin uitschot als Melis en zijn acolieten woonde. Sterker nog: ze had de behoefte om die puurheid fysiek te omarmen, kusjes te geven, te ruiken en te proeven.

Ze verwijderde haar make-up, poetste haar tanden en ging eindelijk bij het meisje liggen. Toen ze het licht uitdeed, drukte ze zich zo stevig tegen haar aan alsof het de laatste keer was.

'Ben je verdrietig, mama?'

'Nee, waarom?'

'Omdat je meestal verdrietig bent als je me zo knuffelt.'

Dat was precies haar dochter: één zin was voldoende om haar met beide benen op de grond te zetten.

'Oké. Ja, ik ben een beetje verdrietig.'

'Hoe komt dat?'

'Heel veel verschillende redenen. Omdat ik je zo weinig zie, omdat het werk zo moeilijk is... Zoveel dingen, Sara.'

'Als ik verdrietig ben, eet ik pizza en dan gaat het over.'

'Dat weet ik, liefje.'

'Misschien moet je meer pizza eten.'

Mara glimlachte. 'Misschien wel, schat. Maar als mama – in tegenstelling tot jou – wat meer pizza dan normaal eet, krijgt haar gezicht de vorm van een enorme muffin, weet je wel? En dan wordt ze nog verdrietiger omdat de mensen haar dan verwarren met een nijlpaard met een pistool. Wil je dat dan? Een mama met een dikke kont en een dikke buik?'

Sara begon te lachen.

'Trouwens, ik heb nog een geheime manier om minder verdrietig te zijn.'

'Wat dan?'

'Ik knuffel je en dan raak ik je buik aan, kijk, zo.'

Het meisje giechelde en kronkelde tegen haar aan toen ze werd gekieteld.

'Mama, mag ik je iets vertellen?'

'Laat maar horen.'

'Jij bent hartstikke gek.'

Dank je wel, schatje. Dat was het enige wat er nog aan ontbrak, dacht de rechercheur met gesloten ogen.

'Ik weet het, liefje.'

'Welterusten.'

'Jij ook welterusten.'

Terwijl ze langzaam in slaap dommelde, realiseerde Mara zich dat ze nooit iets persoonlijks aan Eva had gevraagd.

Zou ze kinderen hebben, of getrouwd zijn? vroeg ze zich af. *En zo niet, hoe kan ze dan in haar eentje deze duisternis verdragen?*

96

Carbonia

Toen hij klaar was met de foto's schikken en de kaarsen aansteken, deed Maurizio Nieddu het licht uit en vulde het bad met warm water. In de spiegel zag hij het beeld van een man die te vroeg oud was geworden, zelfs in het toegeeflijke bleke licht van de kaarsen. Hij kreeg ineens medelijden met zichzelf; een gevoel dat net zo snel weer verdween als het gekomen was. Hij kleedde zich uit, vouwde zijn kleren zorgvuldig op en legde ze op het badkamerkastje. Terwijl hij naar de foto's om zich heen keek, vroeg hij zich af wanneer het begonnen was.

In 1986 ben je besmet geraakt. Toen je de vestaalse maagd bij de heilige bron van Matzanni hebt gezien… Je hebt geprobeerd hem te negeren en verder te gaan, maar hij is nooit meer weggegaan, dacht Nieddu.

Hij. De 'duisternis' die dag na dag binnen in je groeit, stil en gulzig als een tumor.

De commissaris glimlachte, want hij zag de ironie van de situatie. Hij was ervan overtuigd dat de 'duisternis' zich verschillend gedroeg, afhankelijk van de persoon in wie ze kroop, en die bovendien afhankelijk was van het beroep dat diegene uitoefende, en politieagenten stonden bovenaan de piramide van de risicovolste beroepen. Dat maakte hem aan het lachen: het feit dat hij bijna met pensioen ging, dat hij het al die jaren had volgehouden en dat hij zich zelfs hier naar Carbonia had laten overplaatsen. Naar een stad die beslist veel rustiger was dan Cagliari en waar nooit iets gebeurde, bijna alsof hij ervoor wilde zorgen dat hij niet gevonden werd. En in plaats daarvan...

'En in plaats daarvan: kijk mij nou eens,' fluisterde hij.

Hij stapte in bad. Het kokendhete water ontnam hem de adem, maar na een paar tellen raakte hij eraan gewend en ontspande zich, hij legde zijn hoofd tegen de keramische rand en strekte zijn benen. Hij sloot zijn ogen en zag haar, alsof ze voor hem stond. Dolores... Vroeger bij Moordzaken vertelden zijn oudere collega's na een paar biertjes vaak het verhaal van 'die ene te veel'. Ze beweerden dat er in de carrière van een rechercheur een drempel is van moordslachtoffers en dat die niet overschreden mag worden. Voor sommigen zijn het er tien, voor anderen honderd, en voor degenen met de sterkste maag zijn het er tweehonderd. Dat was precies het probleem: je wist niet wat jouw maximum was waarboven de duisternis je zou grijpen en zou meenemen.

Voor Nieddu was de moord op Dolores 'die ene te veel' geweest. Het beeld van haar ontheiligde, afgetuigde en afgeslachte lichaam had vanbinnen een diepe afgrond geopend waaraan hij geen weerstand kon bieden. Het schuldgevoel dat aan hem vrat doordat hij haar niet had gevonden voordat ze zo gruwelijk aan haar eind kwam, had de rest gedaan. Melis had gewonnen. Of hij nou zelfmoord had gepleegd of niet, dat kon Maurizio niet meer schelen. Na het nieuws dat de goeroe dood was, had hij het gevoel niks meer te kunnen betekenen: zijn leven was zinloos geworden na deze zoveelste misser. De 'duisternis' die zich sinds het einde van zijn huwelijk in hem had genesteld, en die hem ertoe had aangezet zijn eenzaamheid te verdrijven met betekenisloze avontuurtjes en zuippartijen met vrienden, was gekomen om hem te halen. Deze keer had Maurizio haar met beide handen vastgepakt en zich laten meeslepen in het koninkrijk van de duisternis.

Hij opende zijn ogen en voelde zich bekeken door alle afbeeldingen van het meisje die hij zorgvuldig had opgehangen en die verlicht werden door de flakkerende kaarsstompjes.

'Het spijt me echt,' zei hij tegen haar. 'Ik hoop dat dit genoeg is om het me te vergeven.'

Hij stak een hand uit en pakte het mes. Een paar tellen later sloot hij zijn ogen opnieuw. Hij had het nooit aan iemand verteld, want dat zou echt de druppel zijn, maar hij kon niet tegen bloed. Vooral niet tegen zijn eigen bloed.

De warmte van het water werd intenser, evenals het gevoel van uitputting dat hem overmande sinds het meisje was gevonden. Het voelde als een bevrijding om zich over te geven aan de duisternis.

Zijn ademhaling werd trager. Het kloppen van zijn hart werd zwakker. Zijn gedachten werden wazig en verdwenen in een dichte mist, net als de stoom die uit het bad opsteeg.

Dit was het dan, dacht hij tijdens een plotselinge opleving van zijn geest. Ineens schoot hem een detail te binnen waar hij al die dagen tevergeefs in zijn geheugen naar had gezocht. Iets wat zo absurd was dat zijn geest het niet in overweging had willen nemen. Hij probeerde overeind te komen, maar het lukte hem niet. Te laat. Het water was al helemaal roodgekleurd.

97

Viale Poetto, Cagliari

‘Woon je hier echt?’ vroeg hij nadat hij wat had rondgekeken. ‘Het lijkt wel een schuilplaats van een voortvluchtige.’

Eva trok haar jas uit en zette haar handen in haar zij. Dat was een gebaar dat Marco heel goed van haar kende, en het voorspelde niet veel goeds.

‘Wat kom je doen?’

‘Ik maakte me zorgen,’ zei hij, en hij nam een slok van het bier dat Eva hem had aangereikt. Zonder jas zag ze er nog magerder uit. Hij schatte in dat ze sinds hun laatste ontmoeting nog zeker twee kilo was afgevallen. ‘Je had op z’n minst één keer kunnen reageren op de drie miljoen keren dat ik geprobeerd heb je te bellen, of op de weet-ik-hoeveel berichtjes die ik heb gestuurd.’

‘Ik dacht dat ik de laatste keer vrij duidelijk was geweest.’

‘De laatste keer was je onder invloed van medicijnen, dus toen nam ik je eerlijk gezegd niet zo serieus.’

‘En toch was ik fucking serieus.’

Marco staarde naar de foto’s van Dolores aan de muur. ‘Wie is dat? Zeg nou niet dat je bij Moordzaken werkt.’

‘Onopgeloste Zaken.’

‘Zijn ze gek geworden? Weten ze niet dat...?’

‘Luister, je was bezorgd, maar nu heb je me gezien. Het gaat prima en ik ben weer aan het werk. De overplaatsing hiernaartoe heeft me goedgedaan. Fijn dat je aan me dacht, maar nu kun je wel gaan.’

Marco zag Maya’s koffertje in een hoek staan. ‘En dat daar?’

'Ik heb het huis opgeruimd.'

'Dus al jouw spullen zijn hier? In dit hok?'

'Ja. Als je het appartement wilt verkopen, ga gerust je gang. Bel me maar als het is gelukt en je mijn handtekening nodig hebt. Ik beloof dat ik de telefoon zal opnemen.'

'Rot op met het appartement. Ik ben voor jou gekomen, Eva.'

Croce zuchtte. Ze was hier te moe voor. 'Ik heb een vrouw vermoord... Dat heb ik vandaag gehoord. Een vuurgevecht om een collega te verdedigen. Ze hebben haar geopereerd, maar ze is onder het mes gestorven. Geloof me, ik ben echt niet in de stemming om over ons te praten.'

'Wat erg voor je.'

'Dank je. Ik kom er wel overheen. We werken aan een gruwelijke zaak en ik slaap er slecht van. Verder gaat het prima, zoals ik al zei.'

'Eva, ik wil niet veel zeggen, maar je ziet er echt niet goed uit. Dus hou op met die onzin; het gaat niet goed met je, rooie.'

'Noem me niet zo,' zei ze, terwijl ze haar holster losmaakte van haar riem. Ze stopte haar pistool in een laatje en zonder zich om te draaien zei ze: 'Ik moet even douchen en een paar uur slapen.'

'Eva...'

'Je hebt gelijk, ik heb me als een bitch gedragen. Ik had je niet moeten negeren en had moeten reageren op je telefoontjes. Sorry, oké? Het is nou eenmaal gebeurd. Dit hier is een nieuw begin voor mij. Dat had ik nodig.'

'Niemand beweert iets anders.'

'Nou, laat me met rust dan.'

Marco knikte. Hij haalde pen en papier uit zijn jaszak tevoorschijn. Hij schreef iets op, scheurde het stuk papier af en liet het op het bed vallen. 'Hier zijn de naam en het telefoonnummer van het hoofd van het regionaal instituut van de forensische recherche in Cagliari. Hij is een goede vriend van me, we hebben samen in de schoolbanken gezeten. Als je iets nodig hebt, wat dan ook, dan kun je hem bellen. Iemand anders ken ik hier niet.'

'Ik heb niemand nodig.'

'Ja, dat weet ik,' zei hij scherp. Op de drempel draaide hij zich om. ‘Maya was ook mijn dochter, Eva… Dat ben je misschien vergeten.’

‘…’

‘Trouwens, je haar verven om niet aan haar te hoeven denken, lijkt mij geen goed idee. Dan lijk je alleen maar wanhopig.’

Croce schudde haar hoofd en wilde zich omdraaien om te reageren, maar hij was al verdwenen.

98

Politiebureau Carbonia

Paola Erriu was de hele ochtend al tevergeefs op zoek naar commissaris Nieddu. Hij nam zijn telefoon niet op en niemand in Carbonia of in Cagliari had sinds de vorige avond iets van hem vernomen.

'Hé, hoi. Heb je iets van Nieddu gehoord? Heb je hem nog gezien?' vroeg ze aan een van de administratief medewerkers.

'Nee, Paola. We hebben hem hier niet gezien vandaag.'

'Oké, bedankt.'

Waar zou hij nou zijn? vroeg de agent zich af, terwijl ze zich zorgen begon te maken. Ze had hem de afgelopen dagen steeds somberder zien worden. Paola wist dat haar leidinggevende de zaak van Dolores erg persoonlijk had opgenomen, en toen ze het lijk van het meisje bij het heiligdom in Serri geïdentificeerd hadden, was er iets in zijn ogen definitief gedoofd.

'Zeg, Assunta, als hij opduikt, bel me dan even alsjeblieft, of vraag hem of hij mij even belt, oké?'

'Is goed.'

Paola had afgesproken met een van Dolores' beste vriendinnen. Uit een onderzoek naar de berichten via de computer en de telefoon van Dolores was ontdekt dat de twee veel vertrouwelijkheden uitwisselden. Ze had met Nieddu afgesproken om haar samen op te zoeken, maar gezien zijn afwezigheid had Paola besloten om dan maar alleen te gaan. Ze probeerde hem nog eens te bellen, omdat ze niet wist of hij er bezwaar tegen had.

Niks aan te doen.

Toen ze de voicemail hoorde, sprak de agent nog eens een boodschap in: 'Goeiedag commissaris. Ik begin me zorgen te maken… Bel me alstublieft zodra het kan. Ik sta op het punt om naar de afspraak met de getuige te gaan. Tot later.'

Commissaris Nieddu woonde al jaren alleen. *Is hij misschien ziek geworden?* vroeg de vrouw zich af. *Misschien is hij gewoon aan het bijslapen. Dat zou best kunnen, gezien de afgelopen tijd… Hou maar op met je zorgen te maken. Hij belt je vast zodra hij wakker is.*

99

Regionaal instituut van de forensische recherche, Viale Buon Cammino, Cagliari

Mara zag haar partner verloren tegen het muurtje van het uitzichtpunt op de Viale Buon Cammino staan, vanwaar je over de stad kon uitkijken zover het oog reikte.

'Croce, ik wil je niet op stang jagen, maar je ziet er vandaag weer uit alsof je in een hondenhok hebt geslapen,' zei ze ter begroeting. Ze zag dat de vrouw uit Milaan de zwarte eyeliner rond haar ogen achterwege had gelaten. Zonder make-up leek ze nog jonger, wat een beetje jaloezie bij haar opwekte.

'Ook goedemorgen, Rais,' antwoordde Eva, terwijl ze haar de beker koffie gaf die ze in een nabijgelegen kiosk had gekocht. 'Ik zie dat je klaar bent om de modeshow van Victoria's Secret te lopen,' jende ze op haar beurt, met een blik op de zorgvuldig aangebrachte foundation, de perfecte wimpers met mascara, de lippenstift waarmee ze zo op het omslag van *Vogue* kon, en het maatpak voor een carrièrevrouw.

'Wat doen we hier?' vroeg Mara, die een wolk Chanel N°5 verspreidde.

Eva toonde haar het bewijszakje met de haren en de koffiebekertjes uit het kantoor van Nonnis. 'Ik heb een lijntje met de grote baas van het forensisch instituut.'

'Jij? Jij hebt een lijntje met... Ben je met hem naar bed geweest vannacht of zo? Ik kan je ook geen seconde uit het oog verliezen, hè?'

'Hou maar op met dat gezeik op de vroege ochtend, alsjeblieft,' zei Croce. Ze had tot het laatst toe getwijfeld of ze gebruik zou maken van het contact dat Marco haar had aangeboden. In het belang van het onderzoek had ze uiteindelijk haar trots opzijgezet, maar ze was niet van plan om tekst en uitleg aan Rais te geven.

Mara glimlachte, haalde het dekseltje van de koffiebeker en nipte van haar koffie. 'Ik was vergeten dat je midden in je menstruatieperiode zat.'

Croce schudde haar hoofd en glimlachte wrang. 'Jij bent echt een aangenaam mens, weet je dat? Hoe jij anderen op hun gemak weet te stellen, dat is nog nooit eerder vertoond.'

'Ik ben een smeris, vergeet dat niet.'

'Gedraag je dan ook zo. Kom, we gaan.'

'Wat is het plan?'

'De materialen bij mijn contact afleveren en een voorkeursbehandeling krijgen.'

'En als dat lukt?'

'Onder de nagels van Dolores is DNA gevonden van drie verschillende personen. Er was bloed van Melis en van Curreli, die andere eikel. De derde zit niet in de database. Laten we kijken of we de docent kunnen uitsluiten, zodat we het terrein wat kunnen afbakenen.'

'Het bewijs is niet bepaald legaal...'

'Ik heb het vanmorgen al met Mazzotta besproken, toen jij je haar liet doen. Ze heeft ons groen licht gegeven.'

'Wat is dit nu? Een wedstrijdje wie er eerste wordt op kantoor? En trouwens, wat mijn haar doen betreft, nadat ik Sara naar school heb gebracht, heb ik Ilaria in Brotzu opgezocht.'

'Hoe gaat het met haar?'

'Ze is nog steeds buiten bewustzijn. Ze lieten me niet bij haar.'

'Dat lijkt me een heel goede beslissing van hen,' zei Eva spottend.

'*Schrimpra*,' antwoordde Rais.

'Ik neem aan dat dat iets aardigs over mij was, toch?'

'Nou en of. Ontzettend aardig.'

100

De Ladu-gebieden, Barbagia Superiore

De wind raasde door de droge steeneiken en het regende eikels, die de kinderen later zouden oprapen om aan de varkens te voeren. Onweerswolken overschaduwden het land. Uit de loodzware lucht was echter nog geen druppel gevallen. Het was nu bijna een jaar geleden dat het voor het laatst geregend had. De natuur werd krankzinnig, zoals dat gaat met iemand op leeftijd wiens routine wordt verstoord. Water was een essentiële voorwaarde voor de opeenvolging van de seizoenen. Zonder water ging alles mis.

Bastianu stapte uit zijn jeep en liep verder naar de woningen van de Ladu. De honden volgden hem blaffend. Eén blik volstond om ze te laten ophouden en verdwijnen. Hij ging rechtstreeks het huisje van zijn oudste tante binnen. Hij trof haar aan in een vochtige kamer, waar geknede zuurdesembroden lagen te rusten. Ze zat in een hoek tussen de jongste neven en nichten.

'Eruit,' beval de man met een stem zo krachtig als een schot van een machinegeweer. De andere vrouwen verdwenen uit de kamer.

'Hoe gaat het?' vroeg hij met trillende stem, terwijl hij op de grond knielde en haar magere handen vastpakte. Zijn tante was er altijd al geweest, zolang als hij zich kon herinneren. Het was zo gewoon dat ze er altijd was dat het nooit bij hem was opgekomen dat ze ziek kon worden of zelfs kon sterven. Diep in zijn ziel geloofde een niet-rationeel deel van hem dat tante Gonaria, de vrouw die zijn moeder had vervangen, hem nooit zou verlaten, dat ze hem zou overleven. Maar op dat moment werd hij zich bewust van al haar kwetsbaarheid en van de vergankelijkheid van het leven.

'Ben je voor mij eerder van je werk gekomen?'

'Reken maar.'

Haar ogen werden vochtig. 'Dat had niet gehoeven, Bastianu.'

'Maak nou geen grapjes. Zal ik je naar het ziekenhuis brengen?'

'Het ziekenhuis? Ik?' zei de oude vrouw sarcastisch. Ze schudde haar hoofd. 'Nee, wij Ladu zijn geen volk voor ziekenhuizen.'

Wie weet hoe lang de ziekte haar vanbinnen al uitteerde; die ochtend had het oudje minstens vier keer bloed opgehoest. Toen ze hem hadden laten roepen, had Bastianu onmiddellijk zijn kantoor verlaten en was als een bezetene naar huis gereden.

'Ik wil graag dat je naar de dokter gaat, tante.'

'Nee,' antwoordde de vrouw vastberaden, terwijl ze haar omslagdoek stevig om zich heen hield. 'Als ik dan toch moet sterven, laat het dan thuis zijn, waar ik ben geboren en getogen.'

'Jij sterft niet, begrepen?'

'Dat klopt. Dat kan niet. Ik moet eerst wachten tot Benignu gaat.'

Bastianu glimlachte. 'Ik breng je naar bed, goed?'

De vrouw knikte. Haar neef was de enige man die haar mocht aanraken.

Hij nam haar heel voorzichtig in zijn armen, alsof ze van kristal was, droeg haar naar haar kamer en legde haar zachtjes op bed. 'Je bent lichter dan een veertje, tante,' zei hij, terwijl hij haar toedekte.

'Het lichaam laat me in de steek.'

'Je hebt gewoon wat rust nodig.'

'Mijn vader...'

'Ik zal voor *mannoi* zorgen. Dat beloof ik.'

'Vertel het hem niet van Micheli...'

'Natuurlijk niet, maak je geen zorgen. Ga nu maar slapen. Ik stuur de meisjes naar je toe, goed?'

De vrouw knikte. Bastianu kuste haar voorhoofd en stopte haar in alsof ze een klein kind was.

Toen hij de deur dichtdeed, waren zijn ruwe wangen nat van de tranen. Met de rug van zijn hand veegde hij ze af en hij liep naar beneden. Hij gaf zijn nichten de opdracht om voor haar te zorgen en ging naar buiten. Hij liep de binnenplaats over, waar kippen rondscharrelden, en bereikte de houtschuur. Hij trok zijn jas uit, greep de bijl en begon met grof geweld hout te hakken. Het beukende blad doorkliefde enorme boomstronken. Met zijn fysieke inspanningen gooide hij al zijn woede en frustraties als neef en als vader eruit.

Een tijdje later vonden zijn broers hem in de opslagruimte voor het gereedschap: hij was de hakmessen en zeisen aan het naslijpen met de slijpsteen. Als vallende sterren schoten de vonken alle kanten op, om een moment later te doven.

'Bastia!' riepen ze luid.

De reus liet het pedaal waarmee hij de slijpsteen liet draaien los en wendde zich naar hen toe. 'Hebben jullie hem gevonden?' vroeg hij, terwijl hij zijn zweet afveegde.

'Nee. Nog niet.'

Nadat het een paar tellen ongemakkelijk stil was, knikte de man. 'Hij kan niet ver weg zijn. Blijf naar hem zoeken en breng hem gauw hiernaartoe. We kunnen niet langer wachten.'

De Ladu knikten en lieten hem alleen met al zijn narigheid.

101

Carbonia

Paola Erriu had erg haar best moeten doen, maar uiteindelijk was de vriendin van Dolores gaan praten. Ze was helemaal van de kaart van wat ze gehoord had.

Ze bedankte de vriendin en nadat ze gegevens van het meisje had genoteerd om de getuigenis te bevestigen – die ze overigens ook met haar telefoon had opgenomen – keerde ze terug naar haar auto. Ze moest dit zo snel mogelijk met Nieddu bespreken, want het was heel waarschijnlijk dat ze een grote blunder hadden begaan. Ze probeerde hem opnieuw te bellen, maar tevergeefs.

Wat is er verdomme aan de hand? dacht ze. Ze probeerde het nog eens op zijn nummer bij het politiebureau. Er werd niet opgenomen, dus belde ze Assunta, de administratief medewerker.

'Hoi Assunta, met mij. Nog nieuws van commissaris Nieddu?'

'Nee, Paola. Hij is niet komen opdagen en heeft ook niet gebeld.'

'Oké. Tot straks.'

Ze stond op het punt om weg te rijden toen haar telefoon ging. 'Eindelijk, verdomme,' zei ze, terwijl ze naar haar tas reikte.

Maar het was niet degene die ze verwachtte. Het was haar advocaat, die ze al meer dan een jaar niet gesproken had. Erriu fronste haar wenkbrauwen en nam op.

'Dag Paola. Bel ik gelegen? Heb je even tijd voor me?'

'Ik... Ja, natuurlijk. Ga je gang.'

'Luister, vanmorgen ontving ik een e-mail met een aangetekende brief die aan jou is gericht. Hij is naar mij gestuurd, als zijnde jouw advocaat, en een kopie naar een notaris.'

'Is het een rechtszaak?'

'Nee, nee. Het is een handgeschreven testament.'

'Een testament? Ik heb in de afgelopen tijd geen overlijdens in mijn omgeving meegemaakt.'

'Ene Maurizio Nieddu, inwoner van Carbonia. Hij laat je zo ongeveer al zijn bezittingen na. Een woning, wat grond, geld...'

'...'

'Paola? Ben je er nog?'

'Hij is mijn leidinggevende, maar hij is niet dood,' antwoordde de agent ongemakkelijk.

'Ik weet niet wat ik moet zeggen. Ik heb net alles naar je toe gemaild. Er is ook een persoonlijk briefje voor jou bij.'

'Wat staat erin?'

'Ik citeer: "Maak niet dezelfde fout als ik. Zeg die godvergeten baan op en geniet van het leven." Verder niets. Wat wil je dat ik...'

Paola Erriu beëindigde het gesprek. Ze startte de auto, schakelde naar de eerste versnelling en vertrok met gierende banden naar het huis van de commissaris.

'Alsjeblieft, baas, zeg me in godsnaam dat het niet waar is,' smeekte ze.

102

Coördinatiecentrum, afdeling Moordzaken, hoofdbureau Cagliari

Toen Rais en Croce het coördinatiecentrum binnenliepen, begrepen ze uit de geurenmix van een tiental verschillende aftershaves, zweet, koffie- en etensresten, de te warme lucht en stiekem gerookte sigaretten, dat de rechercheurs van de speciale eenheid de hele nacht hadden doorgewerkt.

'Wat ruikt het hier lekker,' merkte Mara op. Met haar gebruikelijke lijzige tongval zei ze nog iets hardop in het onverstaanbare dialect. Haar collega's voelden zich kennelijk aangesproken, want even later werden er een paar ramen geopend om de boel te luchten.

'Mag ik weten wat je zei?' vroeg Eva.

'Nee, beter van niet. Ik wil graag dat kleine beetje waardigheid houden dat ik nog overheb,' antwoordde Rais met een scheef lachje.

Ze wachtten tot Farci was uitgesproken met een van de rechercheurs en liepen toen naar hem toe.

'Alsjeblieft,' zei Mara, terwijl ze hem een stapeltje papieren gaf. Het was het onderzoeksrapport over de antropoloog waar Farci om had verzocht zodat hij het aan zijn leidinggevenden kon sturen.

'Uitstekend,' zei Farci nadat hij het snel bekeken had. 'Nog nieuws?'

'Op dit moment niks bijzonders. Maar we hopen vanmiddag zowel van de digitale recherche als van het forensisch team nieuwe informatie te krijgen.'

'Dat hebben we broodnodig, Croce, want ik moet een paar mensen uit het team halen.'

'Waarom?' vroeg Mara.

'Er is een overval op een pantserwagen geweest op de 554. Een serieuze zaak, geen amateurs. Er is ingegrepen door een collega die geen dienst had. Hij heeft een van de overvallers gedood. De rest is ontsnapt.'

'Shit.'

'Hoeveel man zijn we eraan kwijt?'

'Zeker vijf of zes.'

'Dat is een behoorlijke aderlating.'

'De adjunct-hoofdcommissaris wilde eigenlijk nog meer agenten, want volgens hem is de zaak-Murgia gesloten.'

'Ik zou me maar niet zoveel zorgen maken. *Pagu genti, bona festa*,' was het commentaar van Rais.

'Dat wil zeggen?' vroeg Croce.

'"Weinig maar goed", betekent het min of meer,' vertaalde Farci. 'Wanneer willen jullie weer met de docent aan de slag?'

Eva wilde antwoorden toen haar telefoon in de achterzak van haar spijkerbroek begon te trillen. 'Sorry, meneer,' zei ze. 'Het is Paola Erriu.'

'Neem maar op.'

'Hallo Paola.'

Rais en Farci zagen de inspecteur bleek worden en iets onverstaanbaars mompelen.

'Hé, wat is er verdomme nou weer?' vroeg Mara.

Eva liet de telefoon zakken en fluisterde geschokt: 'Het gaat om Nieddu.'

103

Carbonia

Niet alle moordzaken zijn hetzelfde. Sommige blijven je voor altijd bij. Je draagt ze mee als littekens. Na een paar jaar doen ze geen pijn meer en merk je er niks meer van. Ze horen bij je. Het littekenweefsel vervaagt, totdat je het uiteindelijk negeert. Er is echter maar iets kleins voor nodig – een geur, een blik of een woord – om de wond opnieuw te infecteren en de doos van Pandora te heropenen. De doos die bijna alle rechercheurs vanbinnen met zich meedragen en die een onstuitbare stroom bevat aan nare herinneringen en schuldgevoelens die zo akelig zijn als een darmparasiet. Wat de fysieke en mentale afstand tussen jou en de zaak ook mag zijn, hij zal je altijd weten te vinden, als een rusteloze geest die blijft zeuren om gerechtigheid. Hij staat met je in de rij voor de kassa in de supermarkt, bekijkt je in de wachtkamer bij de dokter, je voelt zijn aanwezigheid als je dineert met je gezin. De zaak blijft op dezelfde manier aan je knagen als wanneer je de liefde van je leven hebt laten gaan. De dorst naar de waarheid wordt gaandeweg minder, maar dat geldt niet voor de zielen die veroordeeld zijn tot een eeuwigdurende nacht, die jij op een of andere manier lichter moet maken. Dat is je werk. Of misschien is het wat meer: het is wie je bent. Het is waarvoor je geboren bent. Je missie. Je veroordeling. En als je probeert om ze te vergeten, dan houden de geesten van de slachtoffers je uit je slaap. Je bespeurt ze aan het voeteneind van je bed. Ze fluisteren over jouw schuld. Ze betichten je ervan dat je je hebt overgegeven. Op den duur maken ze je gek en zul je alles doen om ze weg te jagen. Wat dan ook.

Barrali kende dit obsessieve gevoel heel goed, want hij had er meer dan veertig jaar mee geleefd. Toen hij het lijk van zijn oud-collega in de badkuip vol bloed bekeek, vroeg Moreno zich af welke zaak Maurizio had besmet; de erfzonde, zoals hij het noemde: het eerste gewelddadige contact met de duisternis dat een keerpunt was in het leven van een politieagent. Wat het ook was geweest, de moord op Dolores moest bij Nieddu nare herinneringen hebben opgeroepen, demonen die hij nooit had kunnen verslaan. De duisternis had het van hem gewonnen.

Barrali sloeg een kruis en keerde terug naar de keuken, waar Rais en Croce probeerden om Paola Erriu te troosten. De vrouw was duidelijk in shock.

'Heeft hij een briefje achtergelaten?' vroeg Moreno aan Croce.

De inspecteur toonde haar het bericht dat Paola haar per e-mail had doorgestuurd: *Maak niet dezelfde fout als ik. Zeg die godvergeten baan op en geniet van het leven.*

Barrali knikte somber. Hij legde een hand op de schouder van de snikkende vrouw en wenste haar sterkte toe. De twee inspecteurs liepen achter hem aan naar buiten.

'Heb je zoiets al eerder gezien?'

'Waarom vraag je dat?' vroeg Moreno, terwijl hij Mara vragend aankeek.

'Omdat je helemaal niet verbaasd lijkt, Moreno. Het lijkt wel of je het verwacht had,' zei Rais. Ze zou op dat moment een nier willen afstaan voor een sigaret, maar de belofte aan haar dochter won het van haar verlangen.

'Slechts één keer,' antwoordde de inspecteur. 'Een paar jaar geleden.'

'Al die foto's van Dolores... Het lijkt alsof hij vergiffenis wilde,' zei Eva.

'Dat denk ik ook,' reageerde Barrali, terwijl hij met het handvat van zijn wandelstok speelde.

Hij was erg ongerust. Hij had de indruk dat Maurizio pas de eerste van hen was die eraan onderdoor was gegaan. En hij wist ook wel waar die dreiging vandaan kwam: uit het verleden.

'Misschien is het gek wat ik zeg, maar Nieddu was in 1986 aanwezig op de plaats delict. Hij heeft de moordzaak van destijds meegemaakt, hoewel hij nog heel jong was.'

'Wat wil je daarmee zeggen?' vroeg Rais.

'Dat het daar allemaal begonnen is. Al dat kwaad en al die onrust komen uit het verleden. Het lijkt wel of die oude zaken zoveel wanorde hebben meegebracht dat ze ook de balans in de daaropvolgende jaren hebben verstoord.'

'Sorry, maar ik volg je niet,' zei Rais.

'Sommigen zouden het, wat oppervlakkiger gezegd, een vloek noemen,' probeerde Moreno uit te leggen. 'Ik denk dat moord een vitaal evenwicht verbreekt. Als dat evenwicht niet op een of andere manier wordt hersteld, veroorzaakt het gebrek aan gerechtigheid een chaos die het leven van ons allemaal beïnvloedt: zowel dat van de agenten als dat van de slachtoffers. Niet genezen kwaad brengt meer kwaad voort, in een eindeloze spiraal.'

Oké, nu is hij helemaal de weg kwijt, dacht Mara, terwijl ze instemmend knikte.

'Kijk me niet zo aan. Ik ben niet gek geworden, Rais. Als je denkt dat ik het mis heb, zul je helaas nog weleens moeten terugdenken aan mijn woorden, want Maurizio is pas de eerste,' zei Barrali opgewonden. 'Ik wacht in de auto op jullie.'

De twee inspecteurs keken toe terwijl hij naar de auto van Mara liep.

'Heb je dat gehoord? We hebben een filosoof in ons midden. Nietzsche met een Sardijns sausje,' merkte Rais op.

Croce durfde niet te zeggen dat Barrali volgens haar gelijk had. Ze voelde intuïtief de negatieve energie die uitging van de moord op Dolores: als een magnetische kracht waardoor ze zelf werd aangetrokken.

'We hebben een waardevolle bondgenoot en vriend verloren,' zei Eva. 'Daar zou ik me maar op focussen. De enige manier waarop we afscheid van hem kunnen nemen, is door deze moordzaak voor eens en voor altijd op te lossen.'

'Dat is iets wat zeker is,' antwoordde Rais. Ze keek toe terwijl de medewerkers van de forensische recherche de woning verlieten en groen licht gaven aan de uitvaartverzorger van de politie.

'Eerst Dolores, toen Deidda die in het ziekenhuis aan het vechten is voor haar leven, en nu Nieddu. De rekening wordt steeds hoger.'

Croce knikte. In gedachten liet ze de woorden van Moreno nog eens passeren: bij de eerste moord, die uit 1961.

Daar is het allemaal begonnen, bedacht ze.

'Niet genezen kwaad brengt meer kwaad voort, in een eindeloze spiraal,' had Moreno gezegd. Ze was het er helemaal mee eens: als ze de enorme chaos die hun leven was binnengedrongen wilden beëindigen, moest de oorzaak van dit kwaad worden genezen. Daarvoor zouden ze de echte moordenaar van Dolores Murgia moeten vinden.

104

Caffè degli Spiriti, Bastion van Saint Remy, Cagliari

Je kon niet zeggen dat Maya's dood de oorzaak van de breuk tussen hen was. Er was al eerder iets voor altijd kapotgegaan, namelijk toen de artsen de tumor bij het meisje hadden ontdekt. Het kwaadaardigste osteosarcoom: een veroordeling zonder beroepsmogelijkheid. Eva had aangevoeld dat er iets aan de hand was omdat Maya binnen een paar dagen tijd telkens wakker was geworden met bloeduitstortingen, zwellingen en bulten die Marco en zij niet thuis konden brengen. Het was alsof iemand haar 's nachts sloeg of uit bed gooide en haar tegen de grond kwakte. Nadat de artsen het meisje hadden onderzocht, volstond één blik om Eva het gevoel te geven dat haar hart werd verscheurd. Een paar dagen later was de pijn begonnen, voortdurend stekende scheuten: 'Alsof er een hond aan mijn botten knaagt,' zei het meisje. Op zesjarige leeftijd had Maya haar eerste amputatie ondergaan en een chemokuur gekregen. Toen de specialist haar de resultaten van de botscan en de CT-scan toonde, moest Eva aan een woestijnroos denken: een door zand en wind bewerkt mineraal dat voorkomt in woestijngebieden. Het leek wel alsof er zo'n cluster van kristallen bij haar dochters longen en in andere delen van haar lichaam zat. Na het advies van de kinderarts om met een psychologische behandeling bij kanker te beginnen, wist Eva dat er geen hoop was op herstel.

Op dat moment was de relatie met haar man voorbij geweest: Eva had het verschrikkelijke lot van het kind niet kunnen aanvaarden, was in de ontkenning geschoten en had zich koppig vastgeklampt aan de hoop dat Maya zou herstellen. Marco had echter begrepen dat het alleen nog maar meer schade en pijn zou veroorzaken – vooral bij het meisje – als ze de ziekte ontkenden en in een bubbel van illusies leefden.

Eva had vrij genomen van haar werk en haar dochter bijgestaan tijdens haar lijdensweg zonder haar ook maar een seconde alleen te laten. Ze had een bijna obsessieve band met het kind ontwikkeld. Acht maanden na de diagnose hadden de chirurgen haar beide benen moeten amputeren. Op een dag, terwijl Marco haar optilde om haar van de rolstoel naar haar bed te brengen, was hij in tranen uitgebarsten. Eva had hem het appartement uit geduwd en hem letterlijk geslagen. Ze had hem verboden om ooit nog zijn verdriet aan het meisje te tonen als hij haar wilde blijven zien. Die woorden hadden de afstand tussen hen vergroot. De Eva op wie Marco verliefd was geworden en met wie hij getrouwd was, bestond niet meer. Ze was overgenomen door de móéder Eva, die buiten zichzelf was van verdriet en woedend op alles en iedereen.

Terwijl ze op hem zat te wachten in het Caffè degli Spiriti, het bijzonderste panoramaterras van de stad dat boven op het bastion van Saint Remy uitzicht gaf over heel Cagliari en de baai, dacht Eva terug aan die dagen van totale wanhoop. Haar hevige reactie kwam voort uit een diep schuldgevoel: als Maya met die ziekte in haar lijf was geboren, was het op een of andere manier háár verantwoordelijkheid dat dit gebeurd was. De pijn was zo erg geweest dat het meisje verslaafd geraakt was aan oxycodon, een pijnstiller net zo krachtig als morfine. Het geschreeuw en gehuil van het kind hadden geleid tot gebroken nachten.

De inspecteur sloot haar ogen en probeerde de pijnlijke herinneringen te laten stoppen.

'Je hebt me verrast,' zei hij een paar minuten later toen hij onder de sierlijke terrasoverkapping bij haar aan tafel ging zitten. 'Ik had niet bepaald verwacht dat je me nog zou opzoeken.'

'Ik gedroeg me gisteren als een nog grotere trut dan anders,' antwoordde Eva, en ze haalde haar schouders op.

'Leve de eerlijkheid,' zei hij met een glimlach. Hij vroeg de kelner om zijn drankje: een dry martini. 'Je hebt contact met mijn vriend van het forensisch instituut gehad.'

'Ja, maar dat is niet de reden waarom ik je wilde spreken.'
'O nee?'
Eva nam nog een slok en schudde lichtjes haar hoofd.
'Wilde je me excuses aanbieden?'
'Nee, zo aardig is dit nou ook weer niet bedoeld.'
Marco glimlachte. 'Waardoor ben je dan van gedachten veranderd?'
'Een van de rechercheurs met wie ik samenwerkte heeft gisteravond zelfmoord gepleegd.'
Marco trok een wenkbrauw op. 'Wacht even: jij schiet iemand neer, een collega van je pleegt zelfmoord, al die foto's van dat vermoorde meisje bij jou aan de muur... Wat is er in godsnaam aan de hand, Eva?'
'Ik weet het niet, maar daar gaat het niet om.'
'Wat is er dan wel?'
'Door de verdwijning van het meisje heb ik over veel dingen nagedacht, ook over ons. Er zijn een heleboel dingen die we nooit hebben uitgepraat, of beter gezegd: die ik nooit heb uitgesproken.'
'Dat je niet eens naar de begrafenis van je eigen dochter bent geweest, bijvoorbeeld?'
Eva had die dolksteek wel zien aankomen, maar had niet verwacht dat het haar zo'n pijn zou doen. 'Bijvoorbeeld,' antwoordde ze slechts, terwijl haar hart ineenkromp.
De kelner bracht hem zijn drankje. Marco maakte van de gelegenheid gebruik om te betalen en zei tegen zijn vrouw dat hij liever op een wat rustiger plekje verder wilde praten. Ze liepen naar de balustrade van het bastion en gingen op een bankje zitten.
'Alle vrouwen op het terras vraten je op met hun ogen. Je ziet er goed uit.'
'Dank je.'
'Doe maar geen moeite. Ik weet dat je van mij niet hetzelfde kunt zeggen; ik zie eruit als een vaatdoek. Het interesseert me eerlijk gezegd niet hoe ik eruitzie.'
'Ik weet het, maar jij moet ook verder, je moet dit achter je...'

'Marco, ik zeg het niet om ruzie te maken of om je te kwetsen, maar hoe slim en intuïtief je ook bent, je kunt niet in het hoofd van een moeder kruipen. Je kunt niet begrijpen hoe het voelt. Ik weet heel goed dat Maya ook jouw dochter was, maar ik wil niet verder. Niet alleen, in elk geval. Ik bedoel dat als ik verderga, ik dat met haar doe. Met de herinnering aan haar.'

'Waarom heb je je haren dan geverfd?'

'Dat was een vergissing. Ik dacht dat ik mezelf voor de gek kon houden. Maar ik realiseerde me al snel dat het zo niet werkt. En de afgelopen tijd ben ik dat steeds meer gaan inzien, terwijl ik nog nooit zo dicht bij de dood ben geweest als in de laatste dagen.'

'Ik begrijp het niet.'

'Ik weet dat je het niet begrijpt. Je bent een man.'

'Aha, is het nu zelfs tijd voor gendergrappen?'

'Ik werk samen met een behoorlijk zure collega. Ze heeft me vast met haar akelige karakter besmet.'

Ze glimlachten beiden en een paar minuten lang nipten ze in stilte van hun drankjes.

Omdat hij kennelijk niet de moed had om het onderwerp aan te snijden, begon Eva er maar over. Ze draaide er niet echt omheen: 'Heb je een ander?'

Ze zag aan zijn blik dat hij op het punt stond te liegen, maar hij bedacht zich op het laatste moment en zei: 'Ja, inderdaad.'

Eva knikte, zonder rancune. 'Ik ben blij voor je. Geloof me, ik wil geen slachtoffer zijn, en ik hoef van niemand medelijden of aandacht vanwege mijn verdriet.'

'Het is nooit een wedstrijdje geweest wie het meeste verdriet heeft, Eva, ook al kreeg ik soms wel die indruk.'

'Ik weet het, en het spijt me. Als het jou wel lukt om je leven weer op te bouwen, nou, dan ben ik daar echt blij om.'

'Dank je.'

'Kom om, vertel het me dan.'

'Wat moet ik vertellen?'

'De reden waarom je hier bent.'

'Hoe bedoel je?'

'Denk je dat ik dom ben? We houden nog steeds van elkaar en je blijft voor altijd de vader van mijn dochter. Maar onze relatie is allang voorbij. Dus wees niet zo bang. Vraag het me gewoon.'

Marco kon de blik van zijn vrouw niet langer dan een tel verdragen. 'Oké,' gaf hij zuchtend toe.

105

Bastion van Saint Remy, Cagliari

Eva wachtte een paar seconden en vroeg toen: 'Zij heeft het je gevraagd, hè?'

'Ja.'

'Het is dus vrij serieus tussen jullie.'

'Ja, ze zegt dat… Ze zegt dat het de enige manier is om een einde te maken aan…'

'Ik snap het.'

Dit verschil tussen hen was precies wat hen bijna twee vreemden van elkaar had gemaakt: Marco wilde vergeten en Eva zou dat nooit kunnen. De rechercheur besefte dat ze op een of andere manier steeds had geweten dat hij niet alleen uit bezorgdheid en genegenheid had geprobeerd haar te vinden en het contact te herstellen. Dat was misschien juist wel de reden waarom ze hem nooit had geantwoord: om de emotionele band die hen beiden aan Maya verbond niet definitief te hoeven verbreken. Als ook hij was vertrokken, zou Eva er echt helemaal alleen voor staan, opgesloten in een kolkende spiraal van verdriet en eenzaamheid.

'Ik had je al veel eerder moeten loslaten. Het was egoïstisch van me om je al die tijd vast te houden, al was het… hoe zal ik het zeggen… platonisch.'

'Nee joh, echt niet, het is gewoon…'

'Ik weet dat ik fout zat, en ik hoop dat je het me vergeeft. Je moet alleen weten dat ik het deed omdat… Ik wilde niet mijn hele gezin kwijtraken. Ik had tijd nodig. Ik weet niet of je me kunt begrijpen.'

'Ja,' zei hij.

Maar Eva wist dat hij dat nooit zou kunnen, en de reden was eenvoudig: Marco wílde het niet begrijpen, hij wilde gewoon vergeten en verdergaan met de volgende bladzijde.

'Heb je de papieren bij je?'

Marco knikte gegeneerd. 'Ik... Ik bedoel, ik heb niet...'

'Maak je niet druk. Waar moet ik tekenen?'

De man gaf haar de scheidingsakte en de stukken voor de verdeling.

'Zul je me uitnodigen voor de bruiloft?' vroeg ze, zodra ze de handtekeningen had gezet.

Marco bloosde en stamelde iets.

'Rustig maar. Het was een grapje.'

'Je bent echt een kreng geworden. Deze stad doet je geen goed.'

'Nee, ik knap juist op hier. Luister, ik moet jou ook iets vertellen. Het betreft alleen ons, als gezin. Het is iets wat je moet weten voordat je verdergaat met je leven. Iets wat je waarschijnlijk heel erg zult vinden. Het is óók de reden waarom ik afstand van je heb genomen.'

Hij staarde haar aan, niet op zijn gemak.

'Het gaat om Maya.'

106

Viale Poetto, Cagliari

Soms is het gemakkelijker om afscheid te nemen met een kus dan met woorden, bedacht Eva terwijl ze uit de douche stapte. Nadat ze aan haar man had verteld wat ze meer dan twee jaar voor hem verborgen had gehouden, had ze een heel andere reactie gekregen dan ze verwacht had. Marco had een paar minuten gezwegen en toen had hij eenvoudig gezegd: 'Dank je wel.'

Verder niets.

Die reactie had haar volledig verrast en uit opluchting dat ze van een zware last bevrijd was, had ze tranen in haar ogen gekregen, net als hij.

Waarschijnlijk had hij beseft dat hij geen woorden had om uit te drukken wat hij haar wilde zeggen en daarom had hij haar gekust. Een intense kus, maar totaal anders dan de hartstochtelijke kussen tijdens hun eerste koortsachtige nachten; het was inniger, een manier om haar ziel gerust te stellen en haar te laten weten hoe dankbaar hij haar was – als man en vader – voor haar opoffering, moed en mededogen. Toen was hij weggegaan, want alle woorden zouden dat laatste moment van hen samen alleen maar verpest hebben.

Eva veegde de beslagen badkamerspiegel schoon en haalde een hand door haar vochtige haren. Voor het eerst voelde ze zich weer vredig vanbinnen. De bekentenis had haar gezuiverd. Ze sloot haar ogen en hoorde in gedachten weer de woorden die ze tegen hem had gezegd.

'Ik zag in je ogen dat je de moed niet zou hebben, dus heb ik het je expres nooit gevraagd,' had ze gezegd. 'De artsen zeiden dat de laatste maanden de ergste zouden zijn, dat ze op een gegeven moment de pijn niet meer zou kunnen verdragen en dat ze haar dan in een coma zouden moeten brengen. Waarschijnlijk moesten er nog meer delen van haar botten worden verwijderd. Dus nog meer operaties, nog meer amputaties en ondraaglijke pijn... Ik kon haar niet langer zo zien lijden. Onder de pijnstillers, opgezwollen van de cortisonen; ze was ons kleine meisje niet meer. Ze was een arme ziel met pijn.'

Het was haar gelukt om tijdens het hele verhaal niet te huilen. 'Een moeder kan haar kind zo niet zien. Het is iets onmenselijks, iets onnatuurlijks. Er moest een einde komen aan die voortdurende lijdensweg. Juist ik, als moeder, zou daarvoor moeten zorgen... En dat heb ik gedaan.'

'Hoe dan?' had Marco stotterend gevraagd.

Ze had het hem verteld en hij had geknikt: ze was immers politieagent, en ze wist hoe ze geen sporen moest achterlaten.

'Daarom ben ik niet naar de begrafenis gegaan. Ik heb haar het leven gegeven, maar ik heb het haar ook weer ontnomen. Ik ben een moordenaar. In die kerk was geen plaats voor mij. Ik hoop dat je het ooit kunt begrijpen en me kunt vergeven.'

In zijn ogen had ze geen spoortje van beschuldiging gezien.

'Marco?' zei ze, terwijl ze aan zijn arm schudde en het ergste verwachtte.

Hij had haar echter alleen maar bedankt.

Ze schrok op uit haar gedachten doordat haar telefoon trilde. Het kon met het onderzoek te maken hebben en ze opende haar berichten. Het was een appje van Mara met de foto die was genomen in de nacht waarin Melis was opgepakt: de selfie waarop ze lachend tussen hun collega's stonden. Ook Nieddu stond erbij, met die halve glimlach van hem. *Ik blijf er maar naar kijken, ik kan niet geloven dat hij het echt gedaan heeft*, had Rais geschreven. *We moeten de zaak oplossen. Ook voor hem.*

Dat gaan we doen, antwoordde Eva.

Ze bleef nog even naar het beeld staren.

'Niet genezen kwaad brengt meer kwaad voort, in een eindeloze spiraal,' had Barrali gezegd. Croce besefte dat haar partner helemaal gelijk had: ze moesten de zaak oplossen voordat er nog meer onschuldigen de dupe zouden worden.

107

Archiefruimte van het rechercheteam, hoofdbureau Cagliari

Eva Croce had de ochtendvergadering van de speciale eenheid bijgewoond, aantekeningen gemaakt van de laatste ontwikkelingen en had zich daarna teruggetrokken in het oude archief van het rechercheteam, het hoofdkwartier van Onopgeloste Zaken. Ze had behoefte aan rust en stilte. Het plan was om al het materiaal over de moord op Dolores opnieuw te bekijken, met in haar achterhoofd de gedachte dat de goeroe van Nuraxia de moord niet daadwerkelijk had verricht.

Toen ze voetstappen op de trap hoorde, wierp ze een blik op haar horloge: het was al halftwee geweest. De tijd was omgevlogen. Ze dacht dat het Rais zou zijn, die terugkwam van het forensisch lab, maar zij was het niet.

'Paola,' riep ze verbaasd uit.

'Hé, wat doe jij in hemelsnaam hier beneden?'

'Nou, ik werk hier eigenlijk,' zei Eva. 'Ze hebben ons als team Onopgeloste Zaken hiernaartoe gebonjourd.'

'Nu snap ik waarom Rais altijd zo over de zeik is.'

Erriu liep naar haar toe en na een ongemakkelijk moment omhelsden de twee elkaar.

'Hoe gaat het met je?' vroeg Croce, terwijl ze Paola bekeek: ze was niet opgemaakt en haar gezicht was ingevallen. 'Ik had niet verwacht je hier te zien.'

'Het gaat iets beter, maar ik ben er nog steeds helemaal ondersteboven van.'

'Dat kan ik me voorstellen. Ben je hier om met Farci te praten?'

'Ja. Ik heb hem gevraagd om bij de autopsie te zijn. We verwachten helemaal geen andere uitkomst dan dat hij... Maar gelet op alles wat er de laatste tijd gebeurd is, willen we alle twijfel rondom zijn dood uitsluiten.'

Croce knikte. Wat haar betreft was het absoluut zeker dat Nieddu had besloten om er een einde aan te maken: de scène die hij had gecreëerd liet geen ruimte voor een andere interpretatie.

'Denk je dat het een goed idee is? Ik bedoel, ben je klaar om daarbij te assisteren?'

'Ik weet niet of ik er klaar voor ben of niet. Maar ik voel dat ik dit voor hem moet doen.'

Eva streelde haar arm en knikte.

'Ik wilde je ook persoonlijk vertellen dat als Trombetta de zelfmoord bevestigt, ik verlof zal aanvragen en misschien wel ontslag neem. Eerst Dolores, nu Maurizio. Ik kan er niet meer tegen, denk ik.'

Croce wilde haar vragen waarom, maar ze hield zich op het laatste moment in. Het was niet aan haar om over de keuzes en het gedrag van haar collega te oordelen, zeker niet in deze omstandigheden.

'Ik begrijp het helemaal. Ik heb ook weleens verlof aangevraagd, al was dat in een andere situatie. Soms is dat de beste manier om erachter te komen welke kant je op wilt.'

'Ja. Er is nog een andere reden waarom ik je even wilde spreken.'

'Vertel.'

'Sorry, maar gisteren was ik helemaal in de war en is het me ontschoten.'

'Nee joh, dat geeft niks.'

'Ik hoop dat dit getreuzel van mij jullie niet in moeilijkheden brengt, maar...' De assistent haalde een dossier en een USB-stick uit haar tas en gaf ze aan Croce. 'Je had gelijk over Dolores.'

Er liep een rilling over Eva's rug. 'Wat bedoel je?'

'Gisterochtend heb ik een van haar beste vriendinnen ondervraagd. Ik moest aardig vasthoudend zijn, maar uiteindelijk lukte het me om haar aan het praten te krijgen... Hoe dan ook, ze heeft het me verteld.'

'Je bedoelt...'

'Ja,' zei Paola. 'Dolores en de docent hadden een affaire.'

108

Kantoor van het rechercheteam, hoofdbureau Cagliari

Toen de geluidsopname stopte, viel er een doodse stilte in Farci's kantoor. De leidinggevende schudde vol ongeloof zijn hoofd en staarde naar de anderen: de twee inspecteurs, Aiello en Ferrari, die hen hielpen met de telefoongegevens en de social media, en Adele Mazzotta, de officier van justitie.

'Ik zou zeggen dat dit niet best is voor de positie van de docent,' zei Farci. 'Iedereen weet dat het slachtoffer van een moord statistisch gezien bijna altijd een relatie met de moordenaar heeft. Hier is zelfs sprake van een intieme relatie. Nonnis heeft alles om een perfecte verdachte te zijn, toch?'

De anderen knikten. Farci had de bijeenkomst beperkt tot hen zessen, omdat de officiële theorie van de speciale eenheid nog steeds was dat Melis de moordenaar was: dat was wat er onder druk van hogerhand aan de pers was meegedeeld om de verslaggevers en het publiek gerust te stellen.

'Helemaal als we alle leugens erbij optellen die hij en zijn vrouw ons hebben verteld,' zei Eva.

'Daar komt nog iets bij,' zei Rais. 'De digitale recherche heeft uit de locaties van zijn telefoon afgeleid dat hij de avond vóór de moord in de buurt van de Monte Arci was.' Mara gaf de betreffende informatie aan de officier van justitie. 'Na een tijdje verdween het signaal, maar de docent heeft zich ongeveer drie kwartier in het gebied opgehouden, misschien nog wel langer.'

'En toen?' vroeg Farci.

'Toen kwam hij weer in beweging. Voordat hij terugging naar

Cagliari, maakte hij een tussenstop bij Barumini,' legde Rais uit.

'Ligt dat op de route?' vroeg Eva.

'Verdomd... Sorry. Ik wilde zeggen: nee, dat is precies het punt. Vanaf de Monte Arci is het een autorit van ongeveer een uur. Hij is gedurende ongeveer een uur tussen Barumini en Gergei gestopt en heeft zijn telefoon uitgezet. Om zes uur 's ochtends heeft hij hem weer aangezet, en de driehoeksmeting geeft aan dat hij toen al in Cagliari was.'

'Gergei ligt op ongeveer tien minuten rijden van Serri,' verzuchtte Farci.

De drie vrouwen wisselden een tevreden blik: het spoor dat naar Nonnis leidde werd steeds duidelijker.

'Ik vind het allemaal best dubbelzinnig, gelet op wat hij de inspecteurs heeft verteld,' merkte hoofdassistent Gioele Aiello op.

'Enig idee wat de docent in het gebied te zoeken had?' vroeg Adele Mazzotta.

'Nou, ik denk niet dat hij op dat nachtelijke tijdstip asperges aan het plukken was,' zei Mara.

'Rais!' brieste Farci, die paars aanliep.

'Sorry, hoor.'

Eva keek naar Mara, die haar bemoedigend toeknikte.

'Volgens onze reconstructie op basis van het bewijsmateriaal denken we dat het meisje verplaatst is,' zei Croce, terwijl ze zich tot Mazzotta wendde. 'In eerste instantie kan ze hebben deelgenomen aan de rituelen op de Monte Arci, waar ze waarschijnlijk verkracht is door Melis en zijn volgelingen. Daarna is ze meegenomen naar een andere plek, waar ze ongeveer een dag of anderhalve dag gebleven is, terwijl ze bewusteloos was, aldus het autopsierapport.'

'Nonnis kan dus degene zijn die haar van de Monte Arci naar het gebied in Gergei heeft gebracht?' vroeg Adele.

De twee rechercheurs knikten.

'Wat denken jullie ervan?' vroeg de officier van justitie aan de twee mannen die hadden geholpen bij het onderzoek naar het online leven van de docent.

'Op grond van het bewijs dat tot nu toe verzameld is, mevrouw, zou ik zeggen dat de twijfel over de vraag of hij een rol bij de moord heeft gespeeld is omgeslagen in verdenking.'

'Daarover bestaat steeds meer zekerheid,' voegde Rais eraan toe. 'Want uit het verslag van de twee collega's die Nonnis bewaken, weten we dat de docent gisteravond met zijn auto naar de wasstraat is geweest. Een grondige reiniging van het interieur, compleet met het "ontsmetten van stoelen en tapijten", aldus het rapport.'

'Dat wil helemaal niks zeggen, want als hij ermee te maken heeft, zou hij beslist de ochtend erna zijn auto gewassen hebben,' zei Paolo Ferrari.

'Normaal gesproken zou ik het met je eens zijn,' vervolgde Mara. 'Maar volgens onze collega's was de auto al brandschoon toen hij ermee naar de wasstraat ging.'

'Overijverig dus,' merkte Eva op. 'Na ons gesprek met zijn vrouw is hij zeker achterdochtig en nerveus geworden. Hij wil vast geen enkel risico lopen en is alle sporen aan het wissen die hem misschien de eerste keer zijn ontgaan. Vandaar de tweede wasbeurt.'

'Slaan we nu niet door met onze reconstructies?' vroeg Farci een beetje provocerend.

'Nee, dat zou ik niet willen zeggen,' bracht de officier van justitie in. 'Het lijkt mij een op feiten gegronde reconstructie.'

Er kwam een duivels glimlachje rond Mara's mond en Eva schopte haar 'per ongeluk' tegen haar been.

'Ik wil daar ook nog aan toevoegen dat we gisteren via de afluisterapparatuur het echtpaar hoorden ruziën,' verklaarde Aiello. 'Zijn vrouw maakte zich grote zorgen, maar hij maande haar nogal grof tot stilte en gaf verder niks prijs. Op dat moment hebben ze hun telefoons uitgezet, waardoor we de rest niet konden horen. De spanning was echter om te snijden; het leek echt alsof de twee iets te verbergen hadden.'

'Hoe wilt u nu verder, mevrouw?' vroeg de leidinggevende.

'Als Valerio Nonnis daadwerkelijk een rol in deze moordzaak heeft gespeeld, dan denkt hij op dit moment, hoe nerveus hij ook is, dat hij veilig is omdat Melis als de dader wordt gezien. Gezien het feit dat de dood van de goeroe algemeen bekend is, zal de docent niet denken dat we hem verdenken.'

De anderen knikten instemmend.

'Ik stel voor dat we het spel op deze manier spelen: we maken gebruik van dit psychologische voordeel. Als we hem arresteren, zal hij zwijgen en bijstand van een advocaat vragen. Laten we hem in plaats daarvan als getuige-deskundige oproepen en het gesprek opnemen met het excuus dat het niet lukt om zijn hele verhaal op dat moment in een proces-verbaal op te schrijven. De twee inspecteurs die hem al hebben gesproken kunnen hem vragen om zonder enige verplichting met hen mee te gaan naar het bureau. Tijdens het verhoor wil ik dat het huis en de auto van de docent worden doorzocht. Ik zal zelf de forensische recherche instrueren, want ik wil een grondig onderzoek.'

Farci maakte een notitie en knikte.

'Zodra jullie Nonnis hierheen hebben gebracht,' vervolgde Adele, 'kunnen Aiello en Ferrari zijn vrouw ophalen en in een andere kamer zetten. Het is belangrijk dat de docent niet weet dat we haar ook ondervragen, want ik begrijp uit jullie rapport dat ze zogezegd nog weleens coöperatief zou kunnen zijn, toch?'

De twee rechercheurs knikten. 'Ja, ze is onzeker. Ze houdt het bij mij nog geen vijf minuten vol,' zei Rais.

'Mooi. Ik zal toekijken en luisteren, maar ik wil me er aanvankelijk niet mee bemoeien. Laat ze praten, en zodra ze zichzelf gaan tegenspreken, maak je het ze moeilijk. We hebben nu allereerst meer bewijs nodig dat jullie theorie kan ondersteunen. Met een beetje vakmanschap en als we het goed spelen, krijgen we dat van henzelf. Bent u akkoord, meneer?'

Farci knikte.

'Nog vragen?'

Niemand antwoordde.

'Geweldig. Aan het werk dan,' zei Adele, terwijl ze opstond en de vergadering beëindigde.

109

Boswachterspost, Orani

Toen Bastianu Ladu zag dat zijn privételefoon ging, verliet hij het kantoor en sloot zich op in de wc. Hij opende de kraan van de wasbak en nam toen pas op. Er waren maar een paar mensen die dit nummer hadden. En zowel zijn broers als zijn neven wisten dat ze hem alleen in uitzonderlijke gevallen mochten bellen.

Ze hebben Micheli zeker gevonden, dacht hij.

'Hallo?'

'Met mij,' zei Nereu, een van zijn jongere broers.

'Hebben jullie hem gevonden? Waar zat hij?'

'Nee, Bastia, ik bel niet over je zoon...'

'Waarvoor dan? Je weet dat je me niet...'

'Het gaat over tante Gonaria.'

'...'

'Ze heeft het niet gered, Bastia.'

De reusachtige man voelde zich plotseling zo klein als een kind. Hulpeloos en machteloos. Hij moest op de toiletpot gaan zitten om de klap te verwerken en niet op de grond in elkaar te zakken als gevolg van een bijna totale fysieke gevoelloosheid.

'Ben je er nog?'

'Ja, ik ben er nog,' zei hij na een paar tellen met zwakke stem, terwijl zijn hart in zijn borstkas tekeerging. 'Raak haar niet aan en waag het niet om haar te verplaatsen. Ik kom eraan.'

Hij hing op en droogde zijn tranen. Het schuldgevoel dat hij niet bij haar was toen ze stierf, brak zijn hart.

Wees een man, zei hij tegen zichzelf, terwijl hij tot bloedens toe op de binnenkant van zijn wangen beet. *Jij moet ervoor zorgen dat je de familie nu bij elkaar weet te houden. Wat er ook voor nodig is.*

Bastianu Ladu spuugde het bloed in de wasbak en gooide wat water over zijn gezicht, dat binnen een paar tellen weer de gebruikelijke keiharde gelaatstrekken kreeg.

110

De wijk Genneruxi, Cagliari

'Als we het mis hebben, dan zitten we zwaar in de problemen, dat weet je, hè?' zei Rais, terwijl ze vanuit de auto naar het huis van Nonnis keek. Ze zette de motor af, maar stapte niet uit. Met haar nagels die met semipermanente, felrode nagellak waren gelakt, trommelde ze op het stuur. Nog even en Eva zou die nagels een voor een afbreken.

'We hebben het niet mis,' antwoordde ze kil.

'Had je voor deze gelegenheid niet even een wat volwassener outfit kunnen kiezen dan dit puberale hardrockpak?'

'Laten we niet opnieuw beginnen. Als je je onzeker voelt, begin je op mij te vitten, ik ken je inmiddels... Ben je er klaar voor?'

'Daar is onze ondersteuning. Stel dat ze moeilijk doen en niet mee willen naar het bureau?' vroeg Rais.

'Dan doen we wat Mazzotta heeft gezegd: hem arresteren we en haar nemen we met een of andere smoes mee, waarbij we haar eens stevig onder druk zetten. Wat is er? Ben je zenuwachtig, Rais?'

'Een beetje. Ik denk aan Nieddu en Deidda. Ik voel me verantwoordelijk...'

'Niet aan hen denken. Denk aan Dolores en aan wat ze haar aangedaan hebben.'

Mara deed even haar ogen dicht en werd meteen overspoeld door de beelden van het lijk bij de bron in Serri en de foto's van de autopsie in het dossier. Ze voelde zich verbonden met de moeder van het arme meisje en dacht eraan hoe zij zich zou hebben gevoeld als het haar dochter was in plaats van Dolores.

Toen ze haar ogen weer opende, waren ze ijskoud.

'Oké. Voor Dolores,' zei ze.

'Voor Dolores,' herhaalde Eva.

De twee inspecteurs stapten uit de auto, die niet als politieauto herkenbaar was, en staken de weg over. Ze wilden net aanbellen toen ze vanachter de deur van Nonnis' woning een vrouw hoorden huilen en vervolgens gillen. Ze hoorden duidelijk Rita Masia schreeuwen: 'Zo is het genoeg, je moet ze de waarheid vertellen!'

'Verdomme...' siste Mara, terwijl ze haar rechterhand op de kolf van haar Beretta legde.

Eva hield haar oor tegen de deur. Ze hoorde een doffe klap gevolgd door gerinkel van gebroken glas.

'We gaan,' zei ze tegen haar partner.

De twee grepen hun wapens en gebaarden hun collega's aan de overkant van de straat dichterbij te komen.

'Shit,' siste Eva, uit angst voor de gedachte dat ze weer geweld moesten gebruiken.

111

De wijk Genneruxi, Cagliari

Op het moment dat Nonnis – nadat de agenten een minuut lang hadden geschreeuwd en gescholden – de voordeur opende, zag hij vier pistolen die op hem gericht waren.

'Handen op je hoofd, twee stappen naar achteren en op je knieën!' riep Mara.

De ongewapende docent staarde hen versuft aan, alsof hij niet begreep wat er gebeurde. Toen hij iets probeerde te zeggen, sprongen de twee mannen op hem af en dwongen hem tegen de grond. Ze boeiden hem ruw, waarbij ze een knie in zijn rug duwden en de loop van de Beretta tegen zijn nek hielden.

Het was moeilijk over het hoofd te zien dat de woning ondersteboven was gehaald. Ze vonden de vrouw van Nonnis en Mara bekommerde zich om haar, terwijl Eva met het pistool in haar hand de woning doorzocht om te controleren of er nog andere mensen waren.

'Niemand,' zei ze toen ze de woonkamer weer in liep. 'Hoe gaat het met haar?'

Rais wees naar het gezwollen gezicht van Rita Masia. Te oordelen naar de blauwe plek die steeds donkerder werd, moest Nonnis hard naar haar uitgehaald hebben.

'Er is niks gebeurd. Hij heeft niks gedaan,' bleef de vrouw herhalen. Ze verkeerde duidelijk in shock.

'Waar zijn uw kinderen?' vroeg Eva.

'Mevrouw?' drong Rais aan, en ze knipte met haar vingers voor de ogen van de vrouw. 'Waar zijn de kinderen?'

'Bij mijn moeder.'

'Help hem overeind,' beval Eva.

Croce zag Mara met een strijdlustige houding op de docent aflopen en ze greep haar bij de arm om haar tegen te houden. 'Blijf kalm. We hebben een doel voor ogen, denk daaraan,' fluisterde ze haar toe.

Rais blies uit en duwde hem op de bank.

'Hou hem in de gaten,' droeg Mara de twee agenten op.

'Ik kan uitleggen... Het is niet wat...'

'Hou je mond,' commandeerde Rais.

Ze namen Rita mee de keuken in en deden de deur dicht. Eva opende de vriezer, haalde er wat ijsblokjes uit, stopte ze in de eerste de beste plastic zak die ze kon vinden en gaf ze aan de vrouw, die ze als een kompres tegen de zwelling hield, waarbij ze haar voorhoofd fronste van de pijn door de ijskoude zak.

'Hebt u een ambulance nodig? Wilt u naar de dokter?' vroeg Eva.

'Nee, nee... Het gaat wel. Valerio... Laat hem vrij, ik wil geen aangifte doen, er was niks aan de hand...'

De twee rechercheurs keken elkaar veelzeggend aan. Ze zouden zonder meer het huiselijk geweld gebruiken om de weerstand van de vrouw te breken. Maar eerst was er nog iets anders wat hun zorgen baarde en waarover ze duidelijkheid wilden: het hele huis stond op zijn kop, alsof het grondig doorzocht was. Maar door wie? En waarom?

'We zullen het straks over uw man hebben. Kunt u ons eerst vertellen wat hier gebeurd is?'

'Mevrouw!' spoorde Rais haar aan. Ze had er genoeg van dat de vrouw niets zei.

'Ik... Niet... Een diefstal... Ze hebben geprobeerd te stelen, maar...' Rita barstte in tranen uit.

Rais begon echter te lachen. 'Mevrouw, wie wilt u iets wijsmaken? Ik begin mijn geduld te verliezen en geloof me, daar wordt de situatie voor u en uw man niet beter van. Wat is er in hemelsnaam gebeurd hier?'

Rais had haar rol in het verhoor gekozen. Daardoor stapte Eva ook in haar rol.

‘Rais, rustig aan. Kom, laten we even overleggen,’ zei ze, terwijl ze haar bij de arm pakte en meenam naar de woonkamer. Ze stuurde een van de mannen om op de vrouw te letten.

‘Bent u al gekalmeerd?’ vroeg Mara aan de docent.

Valerio knikte.

‘Kunt u ons vertellen wat er hier gebeurd is, meneer?’ vroeg Eva op een veel vriendelijker toon dan haar partner.

‘Er is bij ons inge...’

‘Nee, nee. Misschien zijn we niet duidelijk genoeg,’ zei Rais, terwijl ze door haar knieën ging. Er lag een satanische grijns om haar lippen. ‘Het is nu wel genoeg met die onzin die jullie met elkaar hebben afgesproken, Nonnis. We kwamen eigenlijk om te vragen of u wat foto’s wilde bekijken, maar we werden getuige van een mishandeling. Klappen, verwondingen, huiselijk geweld: het kost ons maar even om er nog twee of drie overtredingen aan toe te voegen, plus de belediging van een ambtenaar in functie, toch? Wilt u de komende maanden misschien antropologie doceren in de gevangenis van Uta?’

In dit stadium was het belangrijk om ‘u’ te blijven zeggen: ze zouden pas op het geschiktste moment op ‘je’ overgaan, als hij op het punt stond te breken. Vanwege ondervragingsdoeleinden was het handiger om hem in het begin de illusie te geven dat zijn positie min of meer gelijk was aan die van hen.

‘Meneer, de afgelopen keer dat we elkaar zagen, hebt u tegen ons gelogen,’ zei Croce teleurgesteld. ‘Wilt u ons echt voor de gek blijven houden?’

‘Ik... Nee.’

Hij had niet eens de moed om haar aan te kijken. Nu ze hem zonder sjaal konden bekijken, herkenden ze de wonden in zijn nek: nagels. Geen twijfel mogelijk. Nog iets wat hun theorie bevestigde, en daar kon het gewelddadige gedrag van de man tegenover zijn vrouw aan worden toegevoegd. Nonnis had een probleem met het beheersen van zijn woede, en voor wat betreft het lijk van Dolores was het wel duidelijk dat degene die haar had vermoord de controle had verloren. Ze was ten prooi gevallen aan een enorme woede-uitbarsting. Net zoals de antropoloog die zojuist had gehad.

'Dus?' vroeg Rais abrupt.

Als Mara zorgde voor bedreigingen en grof gedrag, moest Eva zorgen voor vertrouwen en openheid.

'Zullen we het anders doen, meneer? Laten we allereerst die handboeien eens afdoen.'

'Wat? Ben je gek geworden?' sputterde Rais tegen, terwijl ze opging in haar rol van bad cop.

Eva maakte zelf de polsen van de man los. 'Is dit beter?' vroeg ze, waarbij ze hem op zijn schouder klopte.

'Veel beter,' antwoordde de man.

'Mooi. Waar waren we gebleven? Wat zou u ervan zeggen als we bij ons op kantoor verder zouden praten? Dan vertelt u ons in alle rust wat er aan de hand is.'

'Ik... Mijn vrouw. Is ze in orde? Ik wil haar eerst graag zien.'

'Hoezo, wilt u de klus afmaken of zo?' spotte Mara.

'Nee, mijn hemel. Nee. Ik wil er alleen zeker van zijn...'

'Waarom ook niet, waarom ook niet,' zei Rais, die Rita ging halen.

'Hebt u het huis zo overhoopgehaald?' vroeg Eva.

'Wat? Nee, absoluut niet.'

De rechercheur knikte. Het stel verborg iets. Of iemand.

'Valerio!'

De twee inspecteurs lieten toe dat de man en vrouw elkaar omhelsden, alsof de ruzie van daarnet een onbeduidend voorval was geweest dat ze alweer vergeten waren.

'Uw vrouw is gevallen en heeft haar hoofd gestoten. We nemen liever geen risico en laten haar voor de zekerheid naar de Spoedeisende Hulp brengen,' legde Eva uit.

'Wat? Ik wil niet...' wierp de vrouw tegen.

'Hebt u daar bezwaar tegen?' vroeg Rais, die zich met een bijna uitdagende blik tot de man wendde.

'Ik... Nee, natuurlijk niet. Ga maar, schat. Het is goed om je te laten nakijken, je weet maar nooit.'

'En jij dan?'

'Rustig maar. Maak je geen zorgen. Laat je onderzoeken; het spijt me dat ik niet met je mee kan.'

‘Gaan we? Hoe sneller we dit ophelderen, hoe sneller u weer bij haar kunt zijn,’ loog Croce.

Nonnis knikte.

‘Jongens, kunnen jullie mij en de docent een lift geven?’ vroeg Croce.

‘Zeker, mevrouw.’

Terwijl ze het huis verlieten, knipoogde Eva stiekem naar haar partner.

‘Wat zou u ervan zeggen om een jasje of nog iets warmers aan te doen?’ vroeg Rais aan de vrouw.

Rita Masia knikte en Mara hielp haar om een jas uit te zoeken. Toen ze terugkwamen, liepen ze Gioele Aiello en Paolo Ferrari tegen het lijf, die net de woning binnengingen, hun badges duidelijk zichtbaar op hun borst.

‘Wie...’

‘Dat zijn onze collega’s. Ze zullen het huis in de gaten houden tot jullie terugkomen,’ legde Rais uit. ‘Wilt u iets melden in dit verband?’

‘Nee.’

Jammer voor je, dacht Mara.

‘Alles duidelijk?’ vroeg de inspecteur aan de twee collega’s, die knikten. Ze zouden op de forensische recherche wachten, maar dat mocht Rita Masia niet weten.

‘Mooi zo. Ik begeleid mevrouw naar het ziekenhuis. Ik zie jullie straks.’

Rais opende het portier en hielp de vrouw te gaan zitten. Zelf nam ze ook plaats, startte de auto en reed de wijk uit.

‘Maar... naar welk ziekenhuis gaan we eigenlijk?’ vroeg Rita toen ze na ongeveer tien minuten merkte dat Rais in de tegengestelde richting van Brotzu reed, het dichtstbijzijnde ziekenhuis.

‘Ik heb me bedacht, mevrouw. Als we op dit tijdstip op de Spoedeisende Hulp terechtkomen voor de behandeling van een eenvoudige schaafwond, zijn we morgenochtend nóg niet klaar. Bij ons op kantoor zijn meer dan genoeg artsen beschikbaar die u in een mum van tijd onderzocht hebben,’ verzekerde Mara haar met een glimlach om haar mond. ‘Of wilt u toch liever naar het ziekenhuis?’

‘Ik… Nee, dat is prima.’

‘Geweldig,’ zei Mara. De rest van de autorit sprak ze geen woord meer. Ook dat was onderdeel van de strategie. Ze wist dat de vrouw zich op dat moment duizend dingen afvroeg, waardoor ze steeds ongeruster werd. Rais kon het zich niet beter wensen.

Derde deel

Terra mala

Gezichten uit een ver verleden komen opnieuw
tevoorschijn uit de gezichten die ik om me heen zie:
mensen die van de aarde en uit de herinnering
verdwenen zijn, mensen die zijn opgegaan in het niets,
en die tegelijk zonder dat ze het weten
in de latere generaties worden herhaald,
in een soort eeuwig voortbestaan
waarvan men niet kan zeggen
of het een triomf van het leven is
of een triomf van de dood.

– Salvatore Satta, *De dag des oordeels*

112

Kantoor van het rechercheteam, hoofdbureau van Cagliari

Ze lieten de docent in de waan dat ze hem daadwerkelijk hadden opgehaald omdat zijn hulp nodig was, en ze zetten hem dan ook ongeveer een uur lang in zijn eentje in een kamer zodat hij de foto's van de Nuraxia-aanhangers kon doornemen om te zien of er gezichten tussen zaten die hem bekend waren. Tegelijkertijd werd zijn vrouw naar een ander kamertje gebracht, waar een arts haar onderzocht en de blauwe plekken op haar gezicht verzorgde. De twee inspecteurs hadden de arts vriendelijk verzocht haar gerust te stellen, haar de indruk te geven dat het ergste voorbij was en dat ze nu snel weer met haar man naar huis zou gaan. Allemaal onzin. Die avond zou er niemand meer ergens naartoe gaan.

Nadat ze Farci en Mazzotta van de laatste ontwikkelingen op de hoogte hadden gebracht, had de officier van justitie het huiszoekingsbevel en de opdracht voor de inbeslagneming van eventueel bewijsmateriaal getekend, ook met betrekking tot het kantoor van de docent. En zo was Aiello met twee forensisch rechercheurs op weg gegaan naar de universiteit, terwijl Ferrari met een nog groter team de huiszoeking kon voortzetten, waarbij eveneens de auto van Nonnis werd geïnspecteerd.

Psychisch gezien was Nonnis beslist de sterkste van het stel en Mazzotta stemde daarom in met een 'vriendelijke' verhoortechniek waardoor ze zijn vertrouwen zouden winnen. De gedachte erachter was hem te vriend te houden en wat tijd te rekken totdat hun collega's – in de woning, de auto of in het kantoor – onweerlegbaar bewijsmateriaal hadden gevonden, waarna ze tot een officiële beschuldiging konden overgaan. Van hen beiden had Eva de vertrouwelijkste relatie met hem opgebouwd en daarom zou zij hem ondervragen.

'Het is van belang dat u het alleen doet, zodat hij niet de indruk krijgt dat hij wordt verhoord,' zei Mazzotta.

'Geen probleem, mevrouw.'

'U daarentegen, moet een tegenovergestelde strategie volgen,' droeg de officier van justitie aan Mara op.

'Ik moet haar een schop onder haar kont geven.'

'Ik zou het anders hebben gezegd, maar daar komt het wel op neer, ja,' antwoordde Mazzotta zonder haar glimlach te onderdrukken. 'Dokter Farci en ik zullen luisteren en observeren, zodat we kunnen ingrijpen als dat nodig is. Zullen we beginnen?'

De inspecteurs knikten en openden de dans.

113

Verhoorkamer 1 van het rechercheteam, hoofdbureau Cagliari

'Zo, hier zijn we dan,' zei Eva toen ze haastig de kamer binnenkwam met een dik dossier onder haar arm, een dampende kop koffie en een tweeliterfles water met twee plastic bekers in haar handen. 'Alstublieft, deze is voor u. Ik dacht dat u daar wel aan toe zou zijn,' zei ze, en ze gaf hem de koffie.

'Hartelijk dank. Dat is erg aardig,' antwoordde Nonnis.

'Graag gedaan. Iets gevonden?' vroeg ze, terwijl ze het leren jack uittrok en over haar stoel hing. Ze had Farci gevraagd om de verwarming in de kleine kamer elk halfuur iets hoger te draaien: een klassieke verhoortactiek.

De man had twaalf foto's met de bijbehorende gegevens uit de dossiers gehaald. 'Deze hier. Het zijn voornamelijk mensen die ik ontmoet heb bij conferenties en boekpresentaties over onderwerpen die met archeologie of Sardijnse antropologie te maken hadden. Als er tijdens een conferentie een esoterisch onderwerp aan bod kwam, over wat dan ook, schoten dit soort figuren als paddenstoelen uit de grond,' zei hij met een ondertoon van walging in zijn stem.

'Uitstekend,' zei Eva. Ze sloeg een notitieblok open en maakte duidelijk wat aantekeningen. 'Ik hoorde van mijn collega dat uw vrouw in orde is; er zijn geen complicaties ten gevolge van haar "val". Binnen een uur is ze weer thuis.'

Nonnis knikte. Zijn gezicht verraadde onrust en onbehagen. Je kon zien dat hij haar eigenlijk een heleboel vragen wilde stellen, maar hij was gewiekst genoeg om zijn mond te houden.

Terwijl ze een grote beker water voor hem inschonk, zei Eva dat ze graag op goede voet van start wilde gaan. 'We hebben ons bij u gemeld omdat we de onderzoeksrapporten van inspecteur Barrali gelezen hebben, waarin hij lovend is over uw expertise inzake de materie. Het was onze bedoeling om u officieel te consulteren over, laten we zeggen, het cultische aspect van de moord op Dolores Murgia.'

De man nam een slok koffie en knikte.

'Om eerlijk te zijn hadden we niet verwacht in een echtelijke ruzie te belanden.'

Geen reactie.

'Wij hebben er eigenlijk niet zoveel belang bij om het huiselijk geweld onder de aandacht van de officier van justitie te brengen, tenzij uw vrouw aangifte wil doen, maar ik heb begrepen dat ze dat niet wil. Samen met mijn collega probeer ik de moordzaak rond te krijgen met behulp van al het bewijs tegen Melis, en eerlijk gezegd hebben we een beetje haast. Als we kunnen vermijden dat we tijd verspillen met het invullen van stapels papierwerk... Ik bedoel, als u hypothetisch gezien zou besluiten om ons een handje te helpen, dan zou ik bijvoorbeeld mijn collega's ervan kunnen overtuigen dat uw vrouw gewoon is gevallen.'

'Akkoord.'

'Wacht. Als we op deze manier te werk gaan, wil ik vanaf het begin graag duidelijk zijn: geen leugens meer. Als ik de indruk krijg dat u me iets op de mouw speldt, gaat de afspraak niet door en bel ik de officier van justitie om een dossier aan te maken in verband met mishandeling en huiselijk geweld.'

'Dat is niet nodig. Ik zal eerlijk zijn tegen u,' verzekerde de man.

'Oké. Nog één ding: zoals u ziet ben ik in mijn eentje en in theorie zou ik een schriftelijk verslag van ons gesprek moeten maken, zodat ik het voor de officier van justitie aan het dossier van de zaak kan toevoegen. Is het voor u een probleem dat we die hele toestand omzeilen en ons gesprek opnemen? We besparen dan een hoop tijd, zodat we allebei voor het avondeten weer thuis kunnen zijn.'

Eva sprak op een vertrouwelijke en totaal niet beschuldigende toon, zodat Nonnis zich niet geïntimideerd voelde door wat ze zei.

'Dat is prima. Geen probleem, wat mij betreft,' antwoordde hij.

'In verband met de privacy moet ik u vragen dit formulier te ondertekenen, waarmee u toestemming geeft voor de opname. Ik informeer u ook dat u hier bent als getuige omdat u rechtstreekse informatie had over de moordverdachte, Roberto Melis. Kunt u bevestigen dat u hem persoonlijk kende?'

'Ja.'

'Als we u zouden vragen om in de rechtbank een verklaring af te leggen die ons kan helpen om de rituele basis van de moord en de banden tussen die riten en Nuraxia te bevestigen, zou u daar dan aan meewerken?'

'Uiteraard.'

'Mooi zo. U mag zich door een advocaat laten bijstaan als u dat prettiger vindt.'

De man was slim genoeg om te beseffen dat ze het verzoek om een advocaat zou kunnen uitleggen als onwil om met haar te spreken; ze zou het negatief kunnen uitleggen, als een soort schuldbekentenis.

'Nee, ik heb geen advocaat nodig.'

De bewakingscamera's en de microfoons stonden al aan sinds Nonnis meer dan een uur geleden was binnengekomen, maar dat wist hij niet.

Eva zette de opnameapparatuur aan, identificeerde zich, vermeldde tijd en plaats van het gesprek, liet de docent zijn persoonsgegevens opnoemen en vroeg hem opnieuw of hij bijstand van zijn advocaat wenste of een beroep op gratis rechtsbijstand wilde doen. Nonnis antwoordde van niet en ondertekende het formulier waarin hij afzag van rechtsbijstand.

Eva jubelde inwendig: de idioot gooide zijn eigen glazen in.

'Ik ben nog iets vergeten,' begon de inspecteur. 'U zei eerder dat er bij u ingebroken is. Wilt u daar aangifte van doen?'

'Zou dat helpen?'

'Eerlijk? Tenzij u weet of vermoedt wie het was, zou ik zeggen van niet.'

Ze hadden afgesproken dat Rais via Rita Masia zou uitzoeken wat er in het huis was gebeurd. Ze hadden de onderwerpen die ze met de respectievelijke verdachten moesten bespreken verdeeld. Na ongeveer een halfuur zouden ze pauze nemen om verkregen informatie uit te wisselen.

'In dat geval niet. Of geeft u me nog even de tijd om het met mijn vrouw te bespreken, zodat we samen kunnen beslissen wat we doen.'

'Oké, dat is prima. Nog een laatste punt voordat we verdergaan. Kunt u bevestigen dat u geen contact met de pers hebt gehad over de zaak-Dolores Murgia?'

'Absoluut.'

'U hebt met niemand gesproken?'

'Nee.'

'Fijn,' zei Eva, ogenschijnlijk opgelucht. 'Tussen ons gezegd, de media zitten erbovenop en we willen de zaak voor eens en altijd afronden.'

Door een gevoel van saamhorigheid te wekken en je samen met de verdachte aan één kant te scharen, krijgt hij het gevoel bij de 'goodguys' te horen. Croce wist wel hoe ze een verhoor moest aanpakken.

'Vertel me nog eens over Roberto Melis. Toen u hem voor het eerst ontmoette, enzovoort.'

Ze liet hem veertig minuten praten zonder hem te onderbreken. Zelfs niet toen hij afdwaalde naar dingen die weinig met Melis en de moordzaak te maken hadden. Ze toonde interesse en gaf hem de indruk dat ze een en al oor was. Zodra ze merkte dat ze het vertrouwen van de docent gewonnen had en hij zijn *caffè doppio* ophad, waarbij hij intussen – gelet op het feit dat ze zijn beker telkens had bijgevuld – minstens een liter water had gedronken, pakte ze een aantal foto's uit het dossier en liet ze aan hem zien.

Ze toonden het naakte lichaam van de man die Rais opgehangen had aangetroffen in Serramanna, zonder masker.

'Dit is Ivan Curreli. Kent u hem?'

Deze abrupte terugkeer naar de wrede realiteit bracht de antropoloog van zijn stuk. Hij werd bleek.

Maar Croce was nog maar net begonnen.

Ze gaf hem geen tijd om te antwoorden en vuurde nog een vraag op hem af: 'Kunt u mij vertellen of uw vrouw op de hoogte is van de affaire die u gedurende ongeveer anderhalf jaar met Dolores Murgia had?'

114

Verhoorkamer 2 van het rechercheteam, hoofdbureau Cagliari

Mara had dezelfde tactiek als haar collega gebruikt en had de vrouw een formulier laten tekenen waarmee ze instemde met opname van het gesprek en afzag van de aanwezigheid van een advocaat. In tegenstelling tot Eva hield zij haar getuige niet voor de gek, maar dreigde ze haar man wegens mishandeling te laten opsluiten als ze niet zou meewerken. Na de standaardvragen om wat op gang te komen, dropte ze haar eerste bom.

'Uw man heeft verklaard dat hij in de nacht van 31 oktober op 1 november thuis was bij u en de kinderen. Kunt u dat bevestigen?' vroeg ze terloops, alsof het al duidelijk was en alleen nog maar vastgelegd hoefde te worden.

'Ja.'

'Jullie zijn samen gaan slapen en hij heeft de hele nacht thuis doorgebracht,' ging ze verder.

'Precies,' antwoordde Rita Masia, die daarmee in de val van de rechercheur trapte. Tijdens de eerste paar zinnen van de rechercheur had de vrouw de velletjes van haar nagelriem gebeten tot het ging bloeden. Nu was ze als een kind op haar vinger aan het zuigen. Mara bedacht dat het haar achtjarige dochter waarschijnlijk zelfs zou lukken om de weerstand van de vrouw te breken.

'Mooi zo, dus jullie waren samen.' Mara glimlachte en schudde haar hoofd. 'Kunt u me dan uitleggen hoe het kan dat volgens de gps-signalen de telefoon van uw man zich die avond eerst in de omgeving van de Monte Arci bevond en later in de gemeente

Gergei?' vroeg ze sarcastisch, terwijl ze het rapport van de digitale recherche toonde.

Rita werd bleek en stamelde iets onverstaanbaars.

Mara bleef op haar huid zitten en liet haar een foto zien: 'Is dit uw auto?'

De foto leek te zijn gemaakt van bovenaf, vanaf een viaduct.

Rita kon alleen maar knikken.

'De getuige heeft mijn vraag bevestigend beantwoord,' sprak de rechercheur in verband met de opnameapparatuur. 'Nou, het is best vreemd dat uw man die avond bij u was, mevrouw, want deze foto is door de verkeerspolitie gemaakt op de 131, rond halftwaalf 's avonds. Uw man had nogal haast... Wat zegt u daarop? Kan hij overal tegelijkertijd zijn of zo?'

In tegenstelling tot de verklaring van Nonnis, die de rechercheur verzonnen had, was de foto wel echt. Farci had hem haar gegeven vlak voordat ze de kamer binnenging.

De vrouw raakte volledig in paniek. Hoewel ze het niet liet blijken, voelde Mara empathie en had ze medelijden met haar: Rita was meerdere keren bedrogen door haar man en om haar gezin te beschermen probeerde ze hem nu te verdedigen, terwijl ze haar eigen positie er alleen maar mee verslechterde. Als vrouw en als moeder stond ze aan haar kant, en had ze graag de opnameapparatuur uitgezet om haar te adviseren niks meer te zeggen en hulp van een advocaat te vragen. Maar als rechercheur moest ze – hoe zwaar haar dat moreel ook viel – doorgaan tot het einde, ook al kostte het de vrouw haar waardigheid. Dat was ze Nieddu en Deidda verschuldigd. En bovenal Dolores.

'Heeft uw man u vaker geslagen?' vroeg ze op gematigder toon.

'Nee.'

Door de tranen van de vrouw kon Mara niet zien of ze loog.

Mara schonk een glas water voor haar in en gaf haar een zakdoekje. 'Haal eens diep adem.'

De vrouw was overrompeld door de plotseling veranderde houding en gehoorzaamde. Zelfs dit was ingecalculeerd: een goede verhoortechniek bestond voor negentig procent uit psychologie en slechts voor de resterende tien procent uit een mengeling van logisch denken en intuïtie. Niets werd aan het toeval overgelaten. Geen blik zelfs.

Mara wilde net weer in de aanval gaan toen er iemand krachtig op de deur klopte.

Rita schrok op en legde haar hand op haar hart.

'Wacht hier even. Ik ben zo terug,' zei Mara zorgzaam.

Ze liep de kamer uit en stond oog in oog met Farci en Mazzotta. 'Wat is er? Ik ben goed, maar zo goed nou ook weer niet. Ik heb nog een beetje tijd...'

Als antwoord liet de commissaris haar een foto op zijn telefoon zien. 'Deze stuurde Ferrari net. Dit hebben ze gevonden bij de huiszoeking.'

Het was een handgeschreven briefje: *Geef ons de video of we gaan achter je kinderen aan.*

Rais kreeg kippenvel.

'Het lijkt erop dat het huis ondersteboven is gekeerd door degene die dit briefje heeft achtergelaten, denkt u niet?' zei de officier van justitie.

Mara knikte. 'Ze zochten dus iets. Die video.'

'Precies,' zei Farci. 'En dat is nog niet alles. Bij het onderzoeken van de auto heeft de forensische recherche meerdere bloedsporen gevonden. Een bloedspoor met een impactpatroon, dus...'

'Ze werd in de auto geslagen,' vervolgde Rais.

Adele kwam tussenbeide en zei: 'Als het Dolores' bloed is, ja. Dat kunnen we nog niet zeggen. Dat verklaart wel alle moeite die Nonnis heeft gedaan om de auto schoon te maken; overigens dus tevergeefs.'

'Kun je me de foto van het briefje even sturen?' vroeg Mara aan haar baas.

'Zeker. Komt er meteen aan.'

'We moeten uitzoeken wat de vrouw over die video weet en of haar man gechanteerd wordt. Misschien is dit wel het verband met Melis,' zei de officier van justitie. 'Wilt u zelf verdergaan of wilt u afgewisseld worden?'

'Hoe doet Eva het?'

'Geweldig,' antwoordde Farci. 'Zij weet echt hoe het moet. Maar jij? Ik zie dat je het lastig hebt. Zal ik het overnemen?'

'Absoluut niet. Kunnen jullie wat foto's van de bloedsporen in de auto sturen?'

'Geef me een paar minuten.'

'Oké. Stuur iemand in uniform om ze te brengen, goed?'

'Prima.'

Mara stuurde haar moeder een berichtje om te zeggen dat Sara beter bij haar kon blijven slapen en ging nog vastberadener dan eerst de verhoorkamer weer binnen. 'Neem me niet kwalijk. Het was een dienstmededeling,' zei ze tegen de vrouw, die haar beleefde glimlach beantwoordde. 'Mevrouw, mag ik u iets geks vragen?'

'Ja hoor.'

'Houdt u van uw kinderen?'

'Wat?! Natuurlijk, wat is dit voor...'

Mara liet haar het briefje met het dreigement zien. 'In dat geval kunt u me beter vertellen wat dit betekent.'

115

Verhoorkamer 1 van het rechercheteam, hoofdbureau Cagliari

'Ik wacht nog steeds op een antwoord,' zei Eva, waarbij ze de docent in de ogen bleef kijken. 'Weet uw vrouw van uw affaire?'

'Nee, dat weet ze niet,' gaf Valerio toe.

'En van de andere vrouwelijke studenten met wie u in de afgelopen jaren iets hebt gehad?'

'Ik weet niet...'

'Hou ons niet voor de gek, meneer. Er gaan geruchten rond. We hebben ook met de rector gesproken. Hij vertelde dat die escapades uw carrière de das om hebben gedaan en dat u vanaf het volgende semester niet meer welkom bent op de universiteit van Cagliari. Hebt u dat ook niet aan uw vrouw verteld? Ik neem aan dat zij niet werkt, toch? Hoe willen jullie dan rondkomen met twee kleine kinderen die onderhouden moeten worden?'

Nonnis liep paars aan en zijn ogen werden bloeddoorlopen.

Eva had opzettelijk de temperatuur in de verhoorkamer laten oplopen om de woedebeheersing van de verdachte op de proef te stellen. Ze zag zijn gezichtsuitdrukking veranderen als een snoeppapiertje waar een vlam bij werd gehouden, en ze werd gedreven door de wetenschap dat hij degene was die Dolores had mishandeld. Ze werd er naar van, maar tegelijkertijd gaf het haar de adrenaline van een jager: ze had haar prooi te pakken.

Misschien om te voorkomen dat hij zou ontploffen en om een paar seconden te winnen, schonk de docent zichzelf een beker water in en dronk dat langzaam op.

Eva maakte van de gelegenheid gebruik om de berichten te lezen die Farci haar een paar minuten eerder had gestuurd. Met een onverstoorbare uitdrukking wist ze haar verbazing over de nieuwe aanwijzingen goed te verbergen.

'U zei dat dit gesprek zou gaan over...'

Ze onderbrak hem beleefd en zei: 'Ik vind het vervelend, maar u blijft maar tegen me liegen. Hoe kunnen we een vertrouwelijke band opbouwen als u zoiets belangrijks verzwijgt als een romantische relatie met het moordslachtoffer over wie het hier gaat?'

Nonnis was nog steeds van de wijs gebracht door de plotselinge verandering van de houding en de toon van de rechercheur, en hij wist niet goed hoe hij moest reageren.

'En het spijt me, maar dit is niet het enige waar ik mee zit.'

'Waarmee nog meer dan?' zei hij, terwijl hij zijn wenkbrauwen fronste.

'Vertel me nog eens hoe u uw handen opengehaald hebt.'

'Nou, ik denk dat we daarover...'

'Ga maar weer zitten, meneer, want anders moet ik mijn collega vragen om uw vrouw hiernaartoe te brengen zodat ik het haar kan vragen. Dan kan ik haar meteen voorhouden dat u een affaire had met onder anderen Dolores Murgia, dat u op het punt staat uw baan te verliezen en dat we u officieel zullen aanklagen voor mishandeling en huiselijk geweld, waarbij het ouderlijk gezag u zal worden ontnomen. Weet u wat de maatschappelijk werkers zullen zeggen als we melden dat uw vrouw geen aangifte tegen u wil doen?'

Nonnis leek geen adem te halen.

'Ze hebben maar drie seconden nodig om vast te stellen dat het een disfunctioneel gezin betreft en dat uw vrouw niet in staat is om voor de kinderen te zorgen, zodat ze ook haar het ouderlijk gezag zullen ontnemen. Wilt u dat? Dat uw kinderen uit elkaar worden gehaald en in een instelling worden geplaatst?'

De handen van de docent begonnen te trillen.

'Als u nog eens opstaat, vertelt u me dan eens hoe ik u kan verdedigen tegenover mijn collega die helemaal overtuigd is van uw schuld?' kaatste Eva terug.

'Schuld?'

'Goed, als u het zo wilt spelen... Hebt u een alibi voor de nachten tussen 30 oktober en 2 november?'

Op het gezicht van de man verscheen een zelfverzekerde glimlach. 'Jazeker, ik was thuis bij mijn vrouw en kinderen, net als alle andere avonden.'

'O ja? En wie is dit dan? Uw tweelingbroer?' zei Eva, en ze liet hem de foto zien die op de 131 was genomen.

Nonnis werd bleek. Deze keer was hij wat voorzichtiger voordat hij zijn mond opendeed.

'Als ik uw vrouw zou ondervragen en ze zou uw alibi bevestigen, dan zou ik meteen een aanklacht tegen haar indienen. Ik maak geen grapje. Uw telefoon is getraceerd in de omgeving van de Monte Arci en een paar uur later in de buurt van Gergei, tien minuten van Serri. Komt die plek u bekend voor?'

Valerio had zichzelf niet helemaal onder controle en knipperde met zijn ogen. Vaak.

'Wat deed u daar, zo laat 's nachts?'

'...'

'En vindt u het niet, hoe zal ik het zeggen, bizar dat juist u ons de tip gaf dat Melis zich op de Monte Arci bevond, dezelfde Melis die u zoals u dat zelf zei verafschuwde?'

'...'

'En verder, sorry dat ik het zeg, maar hebt u al in de spiegel gekeken? Weet u hoe die wonden in uw hals in de forensische criminologie worden genoemd? Defensieve nagelsporen. Typisch voor een vrouw die aan een verkrachting probeert te ontkomen. En raad eens, Dolores is verkracht. Meerdere keren. Vertelt u me alstublieft nog eens hoe u aan die krassen komt.'

'...'

Als een bokser die de tegenstander in de hoek weet te drijven, verlaagde Eva niet de frequentie of de intensiteit van de klappen, maar ging ze nog harder tekeer.

'We hebben uw vrouw ondervraagd en zij heeft gezegd dat u uw handen hebt verwond bij het repareren van de auto, terwijl u ons vertelde dat het bij een archeologische opgraving is gebeurd. Wie moeten we nou geloven? Is er iemand die uw verhaal kan bevestigen? Ik ben een en al oor, vertel me gerust wie erbij was tijdens de opgraving zodat ik er iemand naartoe kan sturen om een verklaring op te nemen. Nou?'

'...'

'Behalve ikzelf zijn er drie andere politieagenten die kunnen getuigen dat u uw vrouw mishandelde en dat u daarbij een zeer gewelddadig karakter toonde. Kijkt u eens hoe Dolores is toegetakeld.'

Ze liet hem een paar foto's zien van het gezwollen gezicht van het lijk. Nonnis kon er nauwelijks naar kijken en leek er veel moeite mee te hebben.

'Kom op, kijk eens goed... Ik zou zeggen dat degene die haar heeft toegetakeld serieuze problemen met woedebeheersing heeft, vindt u niet?'

'Melis was toch...'

'Veel te gemakkelijk om de schuld in de schoenen van een dode te schuiven. Ik zal u vertellen dat er ten minste tien mensen zijn die onder ede willen liegen dat Melis het kamp van de neo-Nuraghen niet eerder heeft verlaten dan op de avond van onze inval. Hoeveel mensen zijn er die voor u kunnen getuigen dat u hier niets mee te maken hebt?'

Glinsterende ogen. Verwijde pupillen. Zweetdruppels op het voorhoofd. Hyperventilatie. Bevende handen. Verschillende zenuwtrekjes... De docent stond op instorten.

'Ik smeek u, help het me alstublieft begrijpen, want ziet u, juist door de samenwerking met onze collega Moreno Barrali bent u op de hoogte van details over de moorden uit 1975 en 1986 die bijna niemand kent en die nooit via de pers naar buiten zijn gekomen. Je zou dus kunnen zeggen dat u een expert bent op het gebied van die moorden, zoals ook blijkt uit de rapporten die u voor Moreno hebt gemaakt. Dus wie zou er beter dan u een rituele moord in scène kunnen zetten die lijkt op die van dertig en veertig jaar geleden, en daarbij de perfecte zondebok kunnen aanwijzen, namelijk uw aartsrivaal Roberto Melis?'

'Ik denk dat het nu echt beter is om...'

'Geeft u het nu al op? Na anderhalf uur? Ik weet wel wat u wilt doen, wie u wilt bellen... Maar zoals ik u al heb verteld: als u ermee stopt en niet meer met mij praat, haal ik uw vrouw erbij. Hoe lang denkt u dat het duurt om haar te laten bekennen?'

'Nee, alstublieft, ze heeft er niks mee te maken...'

'Ze lijkt me niet zo stoer, integendeel. Ze heeft een heel meegaand karakter, is iemand die je, als je de juiste bewoordingen gebruikt, alles kunt laten bekennen. Denkt u dat ze u zal blijven verdedigen als ze hoort van uw relatie met Dolores? Ik slinger haar een hele reeks overtredingen naar het hoofd, waaronder het beramen van en medeplichtigheid aan een moord, om te beginnen. Wilt u me daartoe dwingen?'

'...'

'Nee, ik denk niet dat u iemand nodig hebt. We zoeken samen een oplossing, oké? Als u even met me meedenkt, zal ik het u niet moeilijk maken. Maar als u vervelend gaat doen...' Ze haalde een paar foto's uit het dossier die haar collega's van hem in de wasstraat hadden gemaakt. 'Wat kunt u hierover zeggen?'

'Is je auto wassen nu ook al een misdaad?'

'Kunt u bevestigen dat u dat bent?'

'Ja.'

'En kunt u bevestigen dat het om dezelfde auto gaat als de auto die door de verkeerspolitie op camera is vastgelegd?' Het was meer een vraag voor een strafrechtadvocaat dan voor een antropoloog.

Nonnis had geen idee wat het beste antwoord was, dus zweeg hij. In het lastige parket waarin hij zich bevond, betekende zwijgen dat hij instemde.

Eva pakte vervolgens haar telefoon en liet hem de beelden zien die Farci haar had gestuurd en die door de forensisch specialisten in de auto waren gemaakt. 'Wat u ziet zijn bloedvlekken. U hebt veel moeite gedaan om ze eruit te krijgen, maar u had nog beter uw best moeten doen, vindt u niet?'

'...'

'Zullen we een weddenschap afsluiten? Wat denkt u: hoe waarschijnlijk is het dat het bloed van Dolores is?'

'...'

'Zullen we het over het motief hebben? Een crime passionnel, erg populair bij rechters en jury's. Samen met de stress van het verliezen van uw baan bij de universiteit en uw duidelijke problemen met het beheersen van uw agressie...'

'...'

'Hebt u niks te zeggen? Prima, dan praat ik wel. Hoe lang denkt u dat een officier van justitie er met al dit bewijs over moet nadenken alvorens de rechtbank om een arrestatiebevel te verzoeken? Ik zeg het zelf maar: geen seconde. En de rechter die een overspelige echtgenoot ziet staan die met vrouwelijke studenten naar bed gaat en zijn vrouw slaat: denkt u dat die rechter het u gemakkelijk zal maken? Ik denk van niet. Helemaal niet.'

De spanning in de kamer was om te snijden en de docent hulde zich in stilte.

'Dus?' vroeg Eva na anderhalve minuut.

'Dus wat?' mompelde hij machteloos.

'Wilt u dat ik een advocaat voor u bel?'

De man veegde met de rug van zijn hand in zijn ogen en over zijn voorhoofd en haalde zijn neus op. Aan zijn kant van de tafel glinsterden zweetdruppels die langs zijn gezicht naar beneden waren gedruppeld.

'Nee,' mompelde hij na een paar tellen.

116

Kantoor van het rechercheteam, hoofdbureau Cagliari

‘Holy shit, zij is echt goed, zeg,’ zei Farci, die het verhoor op het scherm volgde.

‘Mee eens,’ bevestigde de officier van justitie, eveneens onder de indruk. ‘Ze heeft hem klemgezet en hij had niet eens de moed om te ontkennen.’

‘Ja, ze doet het best aardig,’ zei Rais, waarbij ze haar armen geïrriteerd over elkaar sloeg.

De commissaris en de officier van justitie keken haar spottend aan.

‘Best aardig?’ herhaalde Farci. ‘Ze is een verdomde ster, Mara.’

‘Nou, niet overdrijven, hoor.’

Mara had geen succes gehad bij de vrouw van Nonnis: toen ze haar het briefje had getoond en had verteld dat de forensische recherche dat bij haar in huis gevonden had, was Rita hysterisch in tranen uitgebarsten en het was Mara niet gelukt om haar te kalmeren. Bij die neurotische reactie kon Mara zichzelf wel slaan om haar eigen domheid: ze had aangenomen dat de vrouw van de bedreiging op de hoogte was, maar dat was kennelijk niet zo. Haar man had haar vast in het ongewisse gelaten. Dus had ze gezegd dat ze gingen pauzeren en had ze haar alleen gelaten om het verhoor van haar partner te kunnen volgen.

‘Hij verbergt iets,’ zei Rais tegen haar beide collega’s.

‘Eva heeft hem een duidelijk scenario van moord met voorbedachten rade voorgehouden met aanranding als strafverzwarende omstandigheid, en hij geeft geen kik. Er is iets waar hij banger voor is dan voor levenslang, en ik denk niet dat het zijn vrouw is.'

Farci en Adele gaven geen antwoord. Ze wisten dat Mara gelijk had.

'Wil je haar een handje helpen?' stelde Farci voor.

'Nee, dat heeft geen zin. Hij gaat echt niet praten.'

De officier van justitie wilde er net wat tegen inbrengen toen een collega van Moordzaken de aandacht van de commissaris trok.

'Nu niet,' gebaarde Farci naar hem, terwijl hij zijn ogen weer op de monitor richtte.

'Het is belangrijk, meneer. Het gaat om Ilaria.'

De drie verzamelden zich bezorgd rond hun collega en hingen aan zijn lippen.

'En, zeg je nog wat?' spoorde Mara hem aan.

'Ilaria... heeft het niet gehaald. Ze is een paar minuten geleden gestorven.'

Rais zag Farci naar adem happen alsof hij zelf in zijn borst was geschoten. Hij legde een hand op zijn hart en kromp zo erg ineen dat zijn collega hem moest ondersteunen. Ze hielpen hem op een stoel en iemand belde een ambulance.

'Nee, geen ambulance. Het gaat al, het gaat al... Het was gewoon even een...'

Hij kreeg tranen in zijn ogen.

Mara moest zich even omdraaien, want als ze naar hem keek, werd ze zelf ook emotioneel.

In gedachten zag de rechercheur Ilaria's starende ogen weer voor zich toen ze haar wonden dichtdrukte en merkte dat het warme bloed haar eigen blouse doorweekte. Ze onderdrukte haar eigen snikken. Uit het veld geslagen ging ze zitten, terwijl het nieuws zich als een lopend vuurtje verspreidde.

117

Verhoorkamer 1 van het rechercheteam, hoofdbureau Cagliari

De weigering om zich door een advocaat te laten bijstaan had bij Eva de alarmbellen laten rinkelen. Ondanks het feit dat ze hem geen uitweg had geboden – iets wat nooit mocht ontbreken in zo'n soort verhoor, en ze wilde hem die net aanbieden – had Valerio Nonnis zich bereid verklaard om zonder bijstand door te gaan, zich bewust van de risico's die daarbij kwamen kijken.

Waarom toch? vroeg de rechercheur zich af. Ze kon maar één mogelijke verklaring bedenken: omdat er iets is waarvoor hij banger is dan voor de gevangenis. Of liever gezegd: iemand. Eva wist dat ze van het moment gebruik moest maken, dus speelde ze de dreigbriefkaart.

'En wat zegt u hiervan?' vroeg ze, en ze toonde hem de foto op haar telefoon.

'Ik heb niks te zeggen.'

'Iemand is uw woning binnengegaan, heeft op zoek naar deze video zo ongeveer alles overhoopgehaald, bedreigt uw kinderen, en u hebt niks te zeggen? Wat voor vader bent u?'

'...'

'Weet uw vrouw van het briefje?'

Uit de flikkering van angst in zijn ogen maakte Eva op dat de man erin geslaagd was om het bericht voor zijn vrouw verborgen te houden.

'Kijk, meneer, ik wil één ding duidelijk maken. Iedere andere rechercheur in mijn plaats had allang een officier van justitie geroepen om u aan te klagen en naar de gevangenis te sturen. Uit ervaring weet ik dat de bewijzen tegen u onweerlegbaar zijn en dat u geen tegenbewijs hebt. Maar op dit moment wil ik in eerste instantie voorkomen dat onschuldige mensen moeten boeten voor de zonden van anderen. En dan heb ik het over uw vrouw en kinderen. Dat briefje is duidelijk genoeg: uw kinderen worden bedreigd. U moet me vertellen door wie. Dan kunnen we ze beschermen.'

'U weet niet hoe graag ik dat zou willen geloven,' zei Nonnis met een droevige glimlach.

'In welke zin?' vroeg Eva, die even van haar stuk gebracht was.

'Jullie konden Melis zelfs in de gevangenis niet beschermen. Datzelfde geldt voor zijn rechterhand. Of dachten jullie echt dat het zelfmoord was?'

Deze keer was het Eva die stil bleef. Ze aarzelde een paar seconden en vervolgde: 'Wie zit hierachter?'

De antropoloog schudde zijn hoofd. 'Bent u echt zo naïef? U denkt de situatie onder controle te hebben, maar in werkelijkheid hebt u geen idee wat er gaande is.'

'Vertel het dan maar.'

'En dan eindigen zoals Melis? Nee, bedankt.'

Eva's hersenen draaiden overuren om een opening in het psychologische pantser van de man te vinden. *Het antwoord ligt bij Dolores: terug naar haar*, dacht ze.

'Luister, we gaan een stapje terug, want er is nog iets wat ik niet begrijp... U had al meer dan een jaar een relatie met Dolores. Toch hebben we maar weinig sporen van telefonisch contact tussen jullie gevonden, wat vreemd is voor zo'n intieme relatie. Ik denk dat jullie een prepaidtelefoon gebruikten om elkaar te bellen.'

Ze kon zijn verdediging bijna horen openbreken. Dat was een goede opmerking van haar geweest.

'U had al ervaring met overspel en wist hoe u geen sporen moest achterlaten. Als het bloed in uw auto van Dolores blijkt te zijn, bent u ineens op basis van de huidige stand van zaken de laatste die haar levend heeft gezien.'

'Wat heeft dat te maken met de...'

'Alles, alles, want dan zou u voldoende tijd hebben gehad om u van de telefoons te ontdoen.'

'...'

'Misschien ziet u toch iets over het hoofd. Het is waar, dat geef ik toe, dat we op dit moment de betreffende telefoonnummers nog niet weten. Maar... Van mijn collega's weet ik dat Gergei geen grote stad is, sterker nog: hoeveel inwoners zullen er zijn, duizend?'

'Waar wilt u naartoe?'

'Volgens het gps-signaal van uw telefoon bevond u zich buiten het dorp. Hoeveel telefoons zouden daar, zo buitenaf, op dat late tijdstip signalen afgegeven hebben?'

'...'

'Weet u wat mijn collega's van de digitale recherche op dit moment aan het doen zijn? Ze gaan alle signalen na die uitgezonden zijn in de betreffende tijdspanne in het gebied waar uw telefoon is getraceerd.'

Nonnis slaagde er niet in zijn verbazing te verbergen.

'Het is slechts een kwestie van een paar uur, of misschien een paar minuten, voordat we de nummers van jullie schaduwtelefoons hebben achterhaald, want die zullen vast in de buurt zijn geweest van de telefoon die u normaal gesproken gebruikt. Op dat moment heb ik u niet meer nodig om achter de waarheid te komen, begrijpt u? We kunnen dan bij jullie sms'jes, gespreksgeschiedenis, locaties, enzovoort. Ik bied u een laatste kans. Als u ook maar een greintje verstand hebt, werk dan mee... Wat deed u daarginds?'

'Er is iets wat u niet begrijpt, mevrouw: noch u, noch uw collega's kunnen mij beschermen,' zei de man op een neutrale toon, bijna berustend. 'Ik ben eigenlijk al dood.'

Hij zei het zo natuurlijk dat Eva er kippenvel van kreeg.

Toen barstte Nonnis in een hysterisch lachen uit waar hij niet meer mee kon ophouden.

118

De Ladu-gebieden, Barbagia Superiore

Het lichaam was gewassen, aangekleed en lag onder een spierwit laken op een houten plank die was neergelegd op een tafel vlak bij de open haard die niet brandde. De *attitadoras*, de klaagvrouwen, hadden zich in volgorde van anciënniteit rond Gonaria's lichaam verzameld, donker en onbeweeglijk als kraaien. Het geïmproviseerde mortuarium werd alleen verlicht door een tiental kaarsen. Het was doodstil.

Toen Bastianu het hutje aan de rand van het dorp binnenkwam, weken de vrouwen uiteen en lieten hem dichterbij. Met een bijna heilige fijnzinnigheid nam de man het laken van het gezicht van zijn tante. Hij verbaasde zich erover hoe de dood haar huid had opgerekt, waardoor ze jonger leek dan ze was.

Bastianu streelde haar voor de laatste keer, iets wat hij niet meer had kunnen doen voor ze stierf. Hij boog zich voorover en kuste zijn tante op haar lippen, terwijl hij zijn tranen probeerde in te houden.

Normaal gesproken zouden de *attitadoras* schreeuwen, zouden ze hun haren uittrekken en hun kleren verscheuren. Als kind en tiener had Bastianu veel begrafenissen binnen zijn familie bijgewoond en het gemeenschappelijke kenmerk van die gebeurtenissen was de felle uiting van verdriet, waarbij de oudere vrouwen schreeuwden en huilden, en zich soms stuiptrekkend op de grond wierpen. Maar die avond bleven de vrouwen stil en onverstoorbaar, zoals hij had bevolen. Het treuren om Gonaria's dood moest op een ander moment plaatsvinden.

Bastianu gebood zijn neven het stoffelijk overschot weg te brengen. Hij pakte de schop die Boele, een van zijn broers, hem aangaf en waarmee hij eigenhandig het graf zou graven. Hij vertrok aan het hoofd van de stoet, gevolgd door de vrouwen.

Plotseling kwam Boele naast hem lopen en fluisterde hem in zijn oor: 'Bastia, ik weet dat dit niet het moment is, maar Nereu heeft gebeld en gezegd dat hij je zoon en het meisje heeft gevonden.'

Het familiehoofd knikte, veegde zijn tranen af en antwoordde: 'Zeg hem dat hij ze zo snel mogelijk naar huis brengt, allebei. Goedschiks of kwaadschiks. En hou het voor jezelf, begrepen?'

Zijn broer knikte, verliet de optocht en rende naar het dorp van de Ladu. Hij bedacht dat hij Bastianu nooit eerder had zien huilen en dat verontrustte hem tot in het diepst van zijn ziel.

119

Verhoorkamer 2 van het rechercheteam, hoofdbureau Cagliari

Mara stopte de video en liet het scherm zakken. Ze keek met een ijskoude uitdrukking naar Rita Masia en sloeg haar benen over elkaar. Het idee was kort daarvoor bij haar opgekomen: ze had een van de jongens die het verhoor registreerden gevraagd om haar een compilatie te geven van het gesprek tussen Croce en Nonnis. De collega had gezegd dat het geen probleem was en had de beelden op haar laptop gezet. Te oordelen naar de vernietigende blik van de vrouw had deze ingeving het effect waarop ze gehoopt had.

'Dit is de situatie waarin uw man zich bevindt,' zei de rechercheur na een paar seconden koeltjes, zonder tekeer te gaan. Ze hadden wel gedacht dat de stiltes van de antropoloog en de beschuldigingen van Eva haar op andere gedachten zouden brengen. 'U had zeker niet gedacht dat hij tot zoiets in staat was, hè?'

De vrouw schudde langzaam haar hoofd. Er was geen traan gevloeid toen ze de video bekeek. Dit verdriet ging veel dieper.

'Mijn collega is heel duidelijk geweest tegen Valerio, dus ik zal ook duidelijk zijn. Uw man is betrokken bij de moord op Dolores Murgia.'

De vrouw onderdrukte een kreet en hield haar lippen op elkaar.

'Als u nu weer gaat janken, trek ik mijn handen van u af, bel ik de officier van justitie en laat ik u naar de gevangenis begeleiden wegens beraming van en medeplichtigheid aan een moord,' brieste Rais. 'Weet u wat dat betekent? Dat u pas weer naar buiten komt als uw kinderen klaar zijn met hun middelbare school.'

Ze gaf haar een paar seconden om het dreigement te verwerken.

'Wilt u dat? Naar de gevangenis om de man te beschermen die u bedrogen heeft en die de levens van uw kinderen in gevaar brengt?'

Rita schudde krachtig haar hoofd.

'Kijk, u hebt een mond om mee te praten. Stop dus maar met stommetje spelen. Weet u iets van die video, ja of nee?'

'Nee, ik weet niks.'

'Is er iets wat u wel weet? Als u niks zegt, weet ik niet zo goed wat ik met u aan moet. Zonder informatie kan ik de officier van justitie er niet van overtuigen om een oogje dicht te knijpen.'

'Die nacht is hij rond elf uur vertrokken. Hij heeft me niet verteld waar hij naartoe ging. Hij kwam 's ochtends terug en leek wel in shock. Zijn handen zaten onder het bloed, alsof hij iemand had afgetuigd.'

Mara wierp een blik van verstandhouding naar de verborgen microcamera en keek toen weer naar de vrouw. Ze drong niet aan. In verband met processuele doeleinden was het altijd beter een spontane verklaring niet te onderbreken, om te voorkomen dat de verdediging kon stellen dat de getuige was gemanipuleerd.

'Hij wilde me niet vertellen wat er gebeurd was of waar hij was geweest... Hij zei dat ik geduld moest hebben, dat hij wist hoe hij wat geld kon verdienen en dat we daarmee alles konden oplossen. Ik mocht geen vragen stellen, maar moest hem dekking geven voor het geval dat er iemand zou vragen waar hij geweest was.'

Geld, seks, bloed: de heilige drie-eenheid van de misdaad, dacht Mara. Ze bleef luisteren en onderbrak haar niet.

'Hij herhaalde steeds maar weer: "Je moet je normaal gedragen en op geen enkele manier de aandacht trekken." Ik begreep niet... of beter gezegd, ik had wel geraden dat hij zichzelf in de nesten had gewerkt, maar zoiets had ik nooit gedacht,' zei ze, waarbij ze naar de computer wees. 'Alles, behalve dat.'

Rais gaf haar nog een paar seconden, maar toen ze zag dat ze niet verderging, vroeg ze haar: 'Ik wil graag dat u nu goed oplet.

Haal even diep adem en luister goed, want uw leven en dat van uw kinderen hangen ervan af. Kunt u bedenken waarom uw man van de Monte Arci naar Gergei is gegaan? Wat ging hij daar doen? Hebben jullie daar misschien een huisje, of wonen er vrienden of familieleden in die buurt?'

Rita Masia veegde haar ogen af, trok haar neus op en mompelde toen: 'Ik wil garanties, zwart-op-wit.'

Rais barstte in lachen uit. 'Meent u dat, mevrouw? Denkt u dat dit een aflevering van *Criminal Minds* is?'

'Ik wil garanties,' herhaalde ze onverstoord.

'Garanties... Uiteraard, die kan ik u wel meteen geven.' Ze stond op, ging achter haar staan en fluisterde in haar oor: 'Ik garandeer u dat u een hele tijd in de gevangenis zult doorbrengen. Vertel me eens, wie zal er voor uw kinderen zorgen als u en uw man allebei achter de tralies zitten?'

Rita Masia verraste haar; ze bleef onbewogen.

De rechercheur liep nonchalant naar de deur. 'Doe haar handboeien om en neem haar mee,' beval ze de twee geüniformeerde agenten die binnenkwamen. Mara was de drempel al over toen ze de schrille stem van de vrouw hoorde.

'Een huis! We hebben een oud landhuis van mijn ouders geërfd, net buiten Gergei.'

Rais glimlachte, knipoogde naar Eva, die buiten de kamer stond te wachten, en samen gingen ze de kamer weer in.

120

Kantoor van het rechercheteam, hoofdbureau Cagliari

'En dan te bedenken dat ik hiernaartoe ben gekomen met het idee dat ik vakantie kon vieren,' zei Eva, terwijl ze een paar crackers uit de automaat van de kantine at.

Rais liet een snuivend lachje horen en veegde haar handen met een vochtige doek af. Elke keer als ze de verhoorruimte verliet moest ze een gevoel van misselijkmakende viezigheid van zich afschudden. 'Vakantie... Ja joh.'

'Ik denk dat het de zoveelste lange nacht gaat worden.'

'Dat weet ik wel zeker. Denk je dat hij het was?' vroeg Rais.

Ze stonden in het kamertje vanwaaruit je de beelden van de bewakingscamera's kon zien, inclusief die in de verhoorkamers. Croce keek naar Nonnis: hij zat nu al meer dan een uur in zijn eentje, met de ellebogen op tafel en zijn hoofd in zijn handen. Hij zag er uitgeput uit, maar had zich niet over het zenuwslopende wachten beklaagd, niet één keer zelfs. Hij leek zich vooral te vervelen.

'Eerlijk? Ik weet het niet. Er zijn een paar dingen die ik niet begrijp,' zei Eva.

Kamer nummer twee was leeg. Na de bekentenis over het stulpje in Gergei hadden de twee rechercheurs Rita Masia in een politiewagen gezet en haar opgedragen om hun collega's de weg ernaartoe te wijzen. Er reed een klein forensisch team met ze mee dat een eerste inspectie kon uitvoeren en de eventuele plaats delict zou kunnen onderzoeken als hun verdenkingen gegrond mochten blijken.

'Met al dat bewijs tegen hem? Croce, zelfs Perry Mason kan in dit geval een levenslange gevangenisstraf door het Hof van Cassatie niet voorkomen. Hij is er geweest. *Spacciau*.'

Na werktijd waren de kantoren leeggelopen. Veel medewerkers gingen Deidda een laatste groet brengen, zo ook Farci. Mara had dat ook graag gedaan, maar dat kon niet. Ze wachtten op een telefoontje dat de schuld van de antropoloog hopelijk definitief kon bevestigen.

'Als Barrali te weten komt dat de docent van wie hij hulp heeft ingeschakeld al die informatie heeft gebruikt om een moord in scène te zetten... Ik wil er niet over nadenken hoe hij zal reageren,' zei Rais. 'Ik hoop maar dat de dementie tegen die tijd zijn hersenen al heeft opgevreten.'

'Jij bent echt een verschrikkelijk wezen.'

'Ik zeg het voor zijn bestwil. Wat denk je nou?'

De trillende telefoon van Mara maakte een einde aan het gekibbel.

'Dit zijn ze,' zei ze tegen haar partner.

Eva riep de officier van justitie, die een paar bureaus verderop met oortjes in het verhoor van Nonnis aan het terugluisteren was.

'Het zijn de collega's van de forensische dienst,' lichtte ze toe.

'Mooi,' antwoordde Adele. Ze liep naar Mara toe, die het gesprek op de luidspreker zette.

'We zijn er klaar voor. Mazzotta, de plaatsvervangend officier van justitie, is er ook bij. Ga je gang,' zei Mara.

'Met de aanwijzing van de vrouw hebben we het huis gevonden en op grond van het eerste onderzoek ter plaatse is het aannemelijk dat het om de plek gaat waar het slachtoffer gevangen is gehouden.'

De drie vrouwen voelden een ijzige rilling over hun rug gaan. Onbewust hadden ze gehoopt dat ze het mis hadden.

'Waar leidt u dat uit af?' vroeg de officier van justitie.

'Wijdverspreide bloedsporen. Touwmateriaal en iets wat een mondprop lijkt, ook onder het bloed. En lange donkere haren. Ik herhaal: dit is op basis van een eerste onderzoek, maar er is waarschijnlijk nog wel meer. Ik wilde jullie meteen op de hoogte stellen om...'

Croce onderbrak hem en zei: 'Fijn dat u dat gedaan hebt. We vragen u alleen nog, als dat mogelijk is, om wat foto's van de plek te sturen, zodat we enigszins een beeld krijgen.'

'Geen enkel probleem,' antwoordde de forensisch onderzoeker.

'Zijn de bloedsporen op het eerste gezicht zodanig dat je kunt denken aan een afranseling?' vroeg Mara.

'Op het eerste gezicht zou ik zeggen van niet. Ik herhaal: het lijkt er meer op dat het slachtoffer hier opgesloten zat. Ze was waarschijnlijk al gewond of zat vanwege een andere reden onder het bloed.'

'Als jullie telefoons vinden, zou u ons dan onmiddellijk willen terugbellen?' vroeg Adele.

'Doen we, mevrouw.'

'Tot later en bedankt,' zei Mara, die daarmee een eind maakte aan het gesprek.

Ze keken elkaar gespannen aan. Nog geen minuut later kwamen de eerste beelden binnen.

'Het arme meisje,' fluisterde Adele, terwijl ze de foto's bekeek. Ze wekten woede en honger naar gerechtigheid in haar op.

'We gaan,' zei Rais, die naar de hal wilde sprinten.

Eva greep haar arm om haar tegen te houden. 'Wacht. Laten we eerst alles op een rijtje zetten. Als we onvoorbereid naar binnen gaan, lopen we het risico dat we het verpesten.'

'Ze heeft gelijk,' beaamde de officier van justitie.

'Laten we even nadenken over de samenhang van de gebeurtenissen en de chronologie,' stelde Eva voor. 'Stel dat Dolores daadwerkelijk bij Melis en de neo-Nuraghen is geweest, oké? We weten nu dat Nonnis daar in de buurt was. Hij heeft het meisje waarschijnlijk opgehaald in zijn auto, waar ze een enorme ruzie hebben gekregen. Als het tijdstip samenvalt met de reconstructie van Trombetta, is Dolores nadat ze in elkaar is geslagen waarschijnlijk bewusteloos geraakt.'

'Op dat moment moet hij het in zijn broek hebben gedaan, want hij is geen moordenaar. Omdat hij niet wist wat hij moest doen, heeft hij haar meegenomen naar een rustige plek, naar het landhuisje van zijn vrouw in Gergei om precies te zijn,' zei Rais.

'Waarom heeft hij haar daar niet gewoon achtergelaten, of de hulpdiensten gebeld?' vroeg de officier van justitie.

'Misschien omdat hij bang was dat het meisje hem zou beschuldigen als ze bijkwam,' antwoordde Mara.

'Het was beter om haar naar een veilige en rustige plek te brengen en te wachten tot ze bij zou komen,' zei Eva.

'Maar toen hij zich realiseerde dat ze niet meer bijkwam...'

'Op dat moment wist hij dat er geen andere mogelijkheid was. Vandaar het idee om iemand anders de schuld in de schoenen te schuiven. En waarom dan niet Melis?' speculeerde Croce. 'Het huis schoonmaken en de sporen uitwissen zou hij later wel doen, maar op dat moment moest hij eerst het meisje kwijtraken.'

Rais knikte. 'Ja, dat klinkt logisch.'

'En de video? Welke rol speelt die in dit geheel? En hoe passen de vermeende moorden op Melis en zijn rechterhand in dit plaatje?'

De twee rechercheurs staarden Adele aan en konden haar geen zinnig antwoord geven.

'Vanaf het begin hadden we allemaal het idee dat iemand van hogerhand of zo zich ermee bemoeide, of vergis ik me?'

De rechercheurs knikten bevestigend.

'We vermoedden dat Melis werd beschermd door belangrijke figuren. Als je erover nadenkt, blijkt uit het verhoor met Nonnis dat dat ook voor hem geldt. Hij heeft aan mevrouw Croce verteld dat zij en haar collega's hem niet kunnen beschermen. Dit doet vermoeden dat ook hij een slachtoffer is van "die belangrijke figuren", of niet?'

'Laten we ervan uitgaan dat dat het geval is,' stelde Eva voor. 'Dus, de video. Welke rol speelt die?'

'Misschien had Nonnis met de video iets compromitterends in handen van een van die figuren,' zei Rais.

'Hoe kwam hij daar dan aan?' vroeg Adele.

Mara haalde haar schouders op.

'Dolores,' zei Croce. 'Het meisje zelf is misschien de sleutel van alles.'

'Hoe bedoel je?'

'Denk maar na, Rais. We moeten niet vergeten dat Dolores al een aantal maanden met de neo-Nuraghen omging, maar we weten heel goed dat ze eigenlijk al eerder een relatie met Nonnis had, en Nonnis haatte Melis. Ik neem aan dat ze dat wel wist. Dus dit is een belangrijk verband.'

'Barrali heeft ons verteld dat hij vermoedde dat de sekte ook bezocht werd door hooggeplaatste figuren,' verzuchtte Mara. 'De drie M's, mevrouw, zodat we elkaar begrijpen.'

'Precies,' vervolgde Croce. Om haar mond lag een droevige glimlach. 'Laten we een stapje terug doen en in gedachten houden dat Nonnis wist dat zijn universitaire carrière voorbij was.'

'Het salaris ook dus,' zei de officier van justitie. 'En tijdens het verhoor vertelde zijn vrouw, ik citeer: "Hij wist hoe hij wat geld kon verdienen."'

'Bingo,' zei Rais, die de redenering van haar collega's onderschreef. 'De klootzak kan het meisje hebben gebruikt om te spioneren binnen de sekte en belastend materiaal te verzamelen waarmee hij iemand kon chanteren.'

'Jezus...' fluisterde Adele Mazzotta.

'Gelet op het briefje, het huis dat ondersteboven gehaald is en zijn onwil om mee te werken, zou ik zeggen dat ze daarin geslaagd is,' zei Eva. 'Maar er moet iets mis zijn gegaan.'

'De verkrachting. Dolores is verkracht. Het genetische materiaal onder haar nagels liegt niet: Melis en die andere klootzak hebben haar verkracht,' vervolgde Adele. 'Misschien wist ze weg te komen of maakte ze van de eerste de beste gelegenheid gebruik om te ontsnappen en heeft ze Nonnis gebeld om haar te komen halen.'

Eva knikte. 'Maar er is iets misgegaan. Ze hebben ruziegemaakt. Waarom?'

'Misschien omdat Dolores was weggegaan of omdat ze bang was. Misschien wilde ze hem het bewijs van wat ze gezien had niet geven. Wie weet was ze die nacht wel getuige van iets heel verschrikkelijks en heeft ze iemand herkend die te machtig is om te chanteren... Misschien dat, of misschien zullen we het nooit weten,' zei Adele.

'Tenzij hij het ons vertelt,' reageerde Rais.

'Waarom zou hij? Hij vertrouwt ons niet,' antwoordde de officier van justitie.

'Nee, daar gaat het niet om,' zei Eva.

De andere twee keken haar afwachtend aan.

'Kijk naar hem,' zei Croce, en ze wees naar de monitor. 'Ziet hij er wanhopig uit? Ik vind van niet. Hij weet dat hij niks te vrezen heeft, want hij heeft zijn wapen nog.'

'De video,' mompelde Adele.

'Precies. Daarom hoeft hij niks te zeggen. Vooral nu hij in onze handen is en "die figuren" hem niks kunnen maken.'

'Dus wat doen we nu?' vroeg Rais.

'We moeten de video vinden, eerder dan de rest,' zei Adele.

121

Verhoorkamer 1 van het rechercheteam, hoofdbureau Cagliari

Het leek erop dat Nonnis in slaap was gevallen. Dat was niet zo ongewoon: de emotionele uitwerking van een verhoor veroorzaakte een enorme stress voor iemand die niet gewend is aan politieagenten en politiebureaus. Toch zette dit Eva aan het denken, want als zij de docent was geweest, zou ze stijf hebben gestaan van spanning en ongeacht hoe lang – en hoe intensief – ze ondervraagd zou zijn, ze zou geen oog hebben kunnen dichtdoen.

Rais wist het probleem dat de man was ingedut gemakkelijk op te lossen door met haar handen op de tafel te slaan en een oorverdovend lawaai te maken. Nonnis schrok wakker en sprong op van zijn stoel.

'Welkom terug,' groette Mara, terwijl ze aan de andere kant van de tafel ging zitten. 'Lekker geslapen?'

Ook Eva ging zitten en toonde hem zonder veel omhaal de foto's van zijn schuilplaats in de buurt van Gergei. 'Komt dit u bekend voor?'

Nonnis hield verbijsterd zijn mond.

'Zoals u ziet, is het een kwestie van tijd,' zei Croce, die haar telefoon opborg. 'Alles komt zo langzamerhand bovendrijven.'

'Het lijkt wel een open riool, met die shitzooi van jou,' spotte Rais. 'Leuk, zo'n horror-bed-and-breakfast. Wat zei Dolores ervan? Hoeveel sterren kreeg je?'

'…'

'Heb ik hem beledigd, denk je?' vroeg Mara aan haar collega.

Eva merkte dat haar partner op 'jij' was overgestapt, een teken dat ze op het punt stond hem stevig aan te pakken.

'Eh... ik denk het wel.'

'Ik...' stamelde de man.

'Aha, dus je hebt je tong nog niet ingeslikt. Goed nieuws.'

'Wat zou u ervan denken om ons over de video te vertellen?' stelde Eva voor.

Voordat hij iets kon zeggen, zwaaide de deur open en kwam adjunct-hoofdcommissaris Grattaglia tevoorschijn, gevolgd door een man die zo stijlvol gekleed was dat het leek alsof hij zo van de cover van GQ was gestapt.

'Eruit jullie,' gromde de leidinggevende met een minachtende blik.

De elegante man haastte zich de kamer in en knipoogde in het voorbijgaan naar Rais.

'Jij? Nee, dat geloof ik niet.' Rais grijnsde. 'Zeg dat het een grap is.'

'Wat is er aan de hand?' vroeg Eva.

'Je bent over de schreef gegaan, dat is er aan de hand,' antwoordde de modekoning. Hij ging naast Nonnis zitten, fluisterde iets in zijn oor en gaf hem een kopie.

'Welk deel van "eruit" is jullie niet duidelijk?' bromde Grattaglia.

Toen ze zich weer naar de docent draaide, zag Eva dat Nonnis een document ondertekende.

'Mag ik even met mijn cliënt overleggen, alstublieft? Onder vier ogen.'

'Shit,' siste Croce.

De twee rechercheurs legden zich bij de feiten neer en verlieten de kamer. Voordat hij de deur dichtdeed, stak de advocaat nog even zijn hoofd de gang in. Hij wendde zich tot de adjunct-hoofdcommissaris en zei: 'Meneer, u weet het ongetwijfeld al, maar mevrouw Rais is mijn ex-vrouw en onze relatie is momenteel niet echt ideaal. Als u wilt, zal ik een schriftelijk verzoek indienen, maar het lijkt me als belemmerende factor passend om haar van de zaak te halen, vindt u niet? Dat is in ieders belang, bedoel ik, met het belang van de zaak voorop.'

‘Wat is er in godsnaam aan de hand?’ riep Adele, die de gang in stormde.

De ex-man van Rais sloot de deur met een glimlach om zijn lippen.

‘Wat er gebeurd is, is dat deze twee buiten hun boekje zijn gegaan,’ zei de adjunct-hoofdcommissaris. ‘Waar is Farci?’

‘In het ziekenhuis, bij Deidda,’ antwoordde Rais.

‘Meneer Grattaglia, kan ik u even spreken?’ vroeg de plaatsvervangend officier van justitie. Haar toon was vlijmscherp. De man knikte, wendde zich toen tot de twee onderschikten en zei: ‘Rais, jij bent met onmiddellijke ingang niet meer betrokken bij dit onderzoek.’

‘Maar...’

‘Ga naar huis voordat ik me echt kwaad maak. Morgen om acht uur melden in mijn kantoor. Croce, heb jij toevallig het eindrapport ontvangen van de commissie over het gebruik van dodelijk geweld tijdens werktijd?’

‘Nee, meneer.’

‘Ik ook niet. Wat doe je verdomme dan op je werk?’

‘...’

‘Wegwezen,’ beval de leidinggevende.

122

Het dorp van de Ladu, Barbagia Superiore

Ze gooiden hem voor zijn voeten op de grond alsof hij een zak mest was. Ze hadden zijn handen achter zijn rug gebonden en over zijn gezicht zat een donkere kap. Uit het gebrom dat achter de grove stof vandaan kwam maakte Bastianu op dat hij een prop in zijn mond had. De jongen schopte en kronkelde als een beest.

'Genoeg,' zei de vader.

Bij het horen van dat zware stemgeluid verstijfde Micheli.

De man knikte naar Nereu, die Micheli de kap afdeed. Ze waren in de werkplaats van Benignu Ladu. Bastianu zat in de schommelstoel van de oude man, zijn grote handen op zijn knieën, zijn ogen gericht op zijn zoon. Alleen het naargeestige gekraak van het hout, dat het gewicht van die reusachtige man maar nauwelijks kon dragen, doorbrak de stilte.

'Je hebt me verraden.'

De jongen voelde de enorme teleurstelling en pijn van zijn vader, die verborgen zaten achter die ogen van obsidiaan. Op dat moment realiseerde hij zich dat welke straf hem ook te wachten stond, hem niets zoveel pijn kon doen als die blik. Het was als een afscheid. Dat besef overweldigde hem.

'Je hebt mij en je familie verraden... Tante Gonaria is dood. Benignu ligt op sterven. Als je me had gehoorzaamd, was het waarschijnlijk allemaal anders gelopen.'

Bastianu pakte het masker dat zijn grootvader had uitgesneden. Hij stond op, liet het op de grond vallen, stampte er een paar keer met zijn werklaarzen op en versplinterde daarmee het kunstwerk dat zoveel zweet had gevergd.

'Nu is het te laat om de dingen recht te zetten. Al het kwaad dat ons zal overkomen, en ik zweer je dat het zal komen, is alleen aan jou te danken.' Voordat hij wegliep, draaide de man zich kort om en zei: 'Je hebt mijn hart gebroken, mijn jongen.'

Micheli richtte zich op en probeerde zijn ongenoegen uit te schreeuwen, maar zijn ooms hadden de deur al dichtgedaan en de zware grendel ervoor geschoven. Hij hoorde het hangslot dichtklikken en gekrenkt liet hij zich als een verloren ziel op de grond vallen.

123

De parkeerplaatsen bij het hoofdbureau, Cagliari

Voordat ze gedesillusioneerd, moe en geërgerd het hoofdbureau verlieten, had Adele Mazzotta Eva een berichtje gestuurd waarin ze hun vroeg om haar op de parkeerplaats van het politiebureau te ontmoeten. Ze zaten in de auto van Rais op haar te wachten, beiden verzonken in hun eigen gedachten.

'Hij heeft in elk geval veel smaak qua kleding,' zei Croce plotseling om de stilte te doorbreken. Mara barstte in lachen uit en Eva deed mee.

'Ja, een groot stuk stront, maar smaakvol gekleed.'

'Hij had ook een stuk stront kunnen zijn dat er dan ook nog eens als stront uitzag. Laten we het maar van de zonnige kant bekijken, toch?'

'Heel erg bedankt, Croce. Mijn eigenwaarde is nu weer een stuk gestegen.'

'Is hij goed in zijn werk?'

'Helaas wel, ja. Heel goed.'

'Wat ik zo snel van hem heb gezien, zijn horloge, de schoenen, het pak... Het lijkt me niet dat Nonnis zich bijstand van zo iemand kan veroorloven.'

'Zeker weten. Hij ligt ver buiten zijn bereik, en van de meeste mensen die ik ken trouwens. Hij is een rijzende ster aan het firmament.'

'Hoe verklaar je dit dan?'

'Dat wij samen waren? Rot op, Croce,' riep Rais verontwaardigd uit.

‘Nee, sukkel, maar wat weet je nu wél?’ zei Eva glimlachend. ‘Ik bedoel, hij dook zomaar uit het niets op. Ik denk dat zij hem gestuurd hebben.’

‘Zíj?’

‘Wie anders? Ga maar na: de informant op het hoofdbureau vertelt ze dat hij op het punt staat om door te slaan en dat we een stapel bewijs hebben. Uit angst dat we de video, als die al bestaat, eerder te pakken hebben dan zij, sturen ze ter plekke de beste strafpleiter. Die toevallig ook nog eens jouw ex is.’

‘Een slimme zet, want zoals je hebt gehoord ben ik meteen van mijn taak ontheven, net toen we op het punt stonden achter de waarheid te komen.’

‘Liggen jullie met elkaar in de clinch?’

‘Vraag je dit als rechercheur of als vrouw?’

‘Allebei.’

‘Hij heeft mij zoveel narigheid bezorgd. Heeft me bedrogen met zo’n beetje iedereen. Op het laatst deed hij er niet eens meer stiekem over. Hij heeft me zo voor paal gezet dat ik uiteindelijk de handdoek in de ring heb gegooid.’

‘Wat vreselijk voor je.’

‘Dus om je vraag te beantwoorden: ja, ik haat hem.’

‘Het is dus uitgesloten dat hij jou vertelt wie hem heeft ingehuurd?’

‘Dat had je gedroomd. Vergeet het maar.’

Eva wist niet waarom, maar ze stond op het punt om haar over Maya te vertellen. Ze voelde dat dit het juiste moment was, misschien omdat Mara voor het eerst haar kille masker had laten zakken waarachter ze haar ware identiteit verborg, en het was goed dat zij ook iets van zichzelf liet zien.

‘Daar is ze. We gaan,’ zei ze, en ze stapte de auto uit, de ijskoude nacht in.

Eva volgde haar en samen liepen ze de officier van justitie tegemoet.

‘Leeft de adjunct-hoofdcommissaris nog of hebt u hem opgegeten?’ begon Rais.

Adele glimlachte half en stak een Marlboro op. Terwijl ze over haar buik wreef zei ze: 'Ik ben hem nog aan het verteren.'

De twee rechercheurs beantwoordden haar glimlach.

'Jullie hebben geweldig werk verricht, dat wilde ik jullie zeggen.'

'Jammer dat het nu niet veel uithaalt,' antwoordde Mara, die de verleiding probeerde te weerstaan om een sigaret te vragen.

'Dat zijn uw woorden.'

'Hij kan dan Nonnis wel verneuken, maar niet de klootzak die zijn reet kwam redden. Sorry voor het taalgebruik,' vervolgde Rais.

'Denkt u dat Grattaglia ook bij het gezelschap hoort?' vroeg Eva.

'Ik weet het niet. Ik kreeg meer de indruk dat hij gedwongen was om uit bed te komen, zich aan te kleden en dit "probleem" op te lossen. Het bevel kwam misschien van iemand die veel hoger op de ladder stond dan hij.'

'De hoofdcommissaris, zeker,' zei Rais.

'Waarschijnlijk. Hoe dan ook, ik heb alleen u binnenboord kunnen houden, Croce. Voor u, Rais, heb ik niks kunnen doen.'

'Dat verbaast me niks, mevrouw.'

'Het spijt me. Ik heb erop gestaan dat u wordt toegevoegd aan het speciale team, Croce. Want nu Nieddu, Erriu en Deidda weggevallen zijn, weet ik eerlijk gezegd niet wie ik behalve Farci nog kan vertrouwen. Jullie hebben bewezen aan mijn kant te staan, en ik kan jullie verzekeren dat ik niet zal rusten totdat deze zaak opgelost is. Dus morgen gaat u weer aan het werk, mevrouw Croce. En u, Rais...'

'Eh, die toon belooft niet veel goeds.'

'Nee hoor, stel je voor. Ik wilde u alleen vragen om een oogje voor ons in het zeil te houden, als dat kan.'

Mara knikte.

'Goed. Dan ga ik weer naar binnen om nog wat papierwerk in orde te maken. Aiello en Ferrari zijn terug en helpen me een handje. Gaan jullie maar slapen, dat hebben jullie wel verdiend.'

Voordat ze zich omdraaide, vond Eva nog de moed om iets te zeggen. 'Mevrouw, sorry, maar ik zou u nog iets willen vragen.'

‘Zeker weer een van uw gebruikelijke rare verzoeken?’ vroeg Adele met een glimlach.

‘Inderdaad.’

Mara keek haar vreemd aan.

‘Ik zal open en eerlijk zijn, maar verklaar me niet voor gek.’

Dit laatste wekte al hun nieuwsgierigheid.

‘U hebt mijn erewoord, Croce. Vertel op.’

124

De Ladu-gebieden, Barbagia Superiore

De stank van verrotting en ziekte was zo intens dat het bijna ondraaglijk was. Toen de kleinzoon de kamer in liep, dacht hij bijna dat zijn grootvader al dood was. Maar dat was hij niet, hoewel hij er wel zo uitzag.

'Bastianu... Je hebt eindelijk de moed verzameld om naar boven te komen,' prevelde de oude man met een beetje spot in zijn grafstem.

Dat woordje 'eindelijk' verontrustte hem. De vloerplanken kraakten onder zijn gewicht. Bastianu probeerde de walgelijke geur te negeren, ging bij het sterfbed van zijn grootvader zitten, die opgerold aan de linkerkant van het bed lag, en legde een hand op zijn rug.

'Heb je niet eens het lef om het me te vertellen?'

Weer kreeg hij het gevoel alsof de oude man in zijn ziel aan het wroeten was. 'Wat vertellen?'

'Ik ben oud en blind, dat is waar ook. En ik lig te sterven. Maar ik ben geen idioot.'

Bastianu verkleurde van schaamte.

'Mijn dochter.'

Bastianu ademde langzaam uit en sloot zijn ogen. 'Ze is er niet meer, sorry.'

'Dacht je nou echt dat ik dat niet gemerkt had?'

'Ja. Sorry, *mannoi*.'

'Heeft ze geleden?'

Het had geen zin om nog te liegen. Niet tegenover hem. 'Ja,

dat denk ik wel. Het was geen fijne dood.'

'Precies zoals in mijn dromen.'

'Ik ben geen goede kleinzoon geweest, het spijt me. En ook geen goede vader.'

'Ze hebben hem terug naar huis gebracht, toch? Je zoon.'

Hoe kan het in godsnaam dat hij... zei hij in gedachten tegen zichzelf, maar toen besefte hij dat de oude man bijzondere gaven had. Misschien kon hij echt met de schaduwen spreken.

'Ja. Hij zit nu in jouw werkplaats. Opgesloten als een dief.'

'Het meisje...'

'Esdra.'

'Zij, ja. Ze zijn er samen vandoor gegaan, neem ik aan.'

'Ja, *mannoi*.'

'Je begrijpt het nog steeds niet, hè?'

'Wat moet ik begrijpen?'

'Dacht je nou echt dat hij het meisje op wie hij verliefd is zou kunnen vermoorden? Dat zijn liefde voor de Godin zo groot is dat hij bereid zou zijn zo'n offer te brengen?'

Bastianu verstijfde.

'Als hij sterk zou zijn, als hij werkelijk jóúw en míjn opvolger zou zijn, dan zou hij het zonder blikken of blozen gedaan hebben. Net zoals jij dat gedaan hebt, met je vrouw. Maar zo ging het niet. Hij is weggelopen en heeft ons verraden.'

De kleinzoon was verbijsterd. 'Dat heb je de hele tijd al...'

'Natuurlijk. Ik wilde alleen dat jouw ogen opengingen. Omdat je vader bent, kon je de waarheid niet zien. Ik heb het niet voor hem gemaakt, maar ik heb het voor jou gemaakt, Bastianu.'

Op dat moment zag de man pas echt in hoe ongeschikt hij als familiehoofd was. Er welden tranen op in zijn ogen, want hij wist wat de oude man hem ging vragen. 'Nee, dat kan ik niet,' stotterde hij.

'Als je het niet kunt, maak me dan nu alsjeblieft dood met je eigen handen. Ik sterf liever dan dat ik mijn familie ten onder zie gaan... En als je ook daar de moed niet voor hebt, geef me dan je mes maar, dan doe ik het zelf wel.'

'Je wist het vanaf het eerste moment,' herhaalde Bastianu, die niet langer moeite deed om de ontzetting in zijn stem te verbergen. 'Je wist dat hij zou ontsnappen...'

125

Viale Poetto, Cagliari

Voordat ze het kantoor verliet, had Eva de afbeelding geprint die Rais haar de avond daarvoor had toegestuurd. Ze pakte het papier, vouwde het open en plakte het naast de foto's van Dolores aan de muur. Nu stak de opgewonden glimlach van Nieddu, Ilaria en alle anderen – inclusief zij en Mara – af tegen de droefenis van de andere foto's en gaf het moment van geluk dat met de selfie was vastgelegd wat licht in de duisternis.

Met haar vingers ging ze over de gezichten en in zichzelf zei ze een gebed op voor de twee collega's die er niet meer waren. Ze pakte Maya's koffertje en haalde er een envelop uit die in cellofaan was verpakt. Ze maakte hem open en haalde de rode vlechten van haar dochter tevoorschijn. Die had ze met tranen in haar ogen afgeknipt, voordat ze met de dodelijke kaliuminjectie een eind had gemaakt aan het lijden dat haar dochters leven tot een hel op aarde maakte. Voorzichtig legde ze het haar op het bed, sloot haar ogen en streelde het. Ze liet zich door haar geheugen meevoeren naar de sensaties die ze voelde als ze de haren van haar kleine meisje aanraakte.

'Ik voel dat je weggaat,' fluisterde ze in het lege huis. 'Ik weet niet of het goed of slecht is, maar ik weet dat ik je moet laten gaan.'

Haar vingertoppen gingen over de zijdeachtige haren, wat haar het idee gaf dat Maya bij haar was en naar haar luisterde.

Het eiland en die zaak waren een soort vagevuur voor haar geweest. Tot die conclusie was ze een uur geleden gekomen, toen de mist in haar hoofd was opgetrokken en ze haarscherp had ingezien wat er met Dolores gebeurd was.

'Misschien verklaar je me voor gek, maar ik denk dat jij me hiernaartoe hebt geleid, naar dit eiland. Alsof je wist dat ik dit moest doen om Dolores te bevrijden, om jou te bevrijden en om...' Het was moeilijk om toe te geven. Maar ze sprak zichzelf moed in en zei toen: 'En om jou te laten gaan, mijn schatje.'

Ze opende haar ogen en voelde dat als Maya er ooit al geweest was, ze de zolderkamer nu verlaten had. Ze was er niet meer. Ze rook aan de haren, maar haar geur was allang verdwenen.

'Bedankt dat je het me vergeven hebt,' zei ze, terwijl ze ging liggen.

Toen ze in slaap viel, hield ze de vlechten van Maya nog steeds vast.

Om haar mond lag de vredige glimlach van iemand die niet meer bang is om te dromen.

126

De Ladu-gebieden, Barbagia Superiore

De oude man draaide zich met moeite op zijn rug. 'Natuurlijk wist ik het,' fluisterde hij na een paar seconden.

'Het echte offer was niet dat van Micheli, maar dat van mij,' zei Bastianu nog steeds vol ongeloof.

Benignu beaamde dit met een onmerkbare beweging van zijn hoofd.

'In tijden van grote hongersnood is het niet genoeg om een van onze vrouwen te offeren. Dat is niet voldoende voor de Godin... Als het land verdort en de hemel geen verademing brengt, dan moet de *mazzamortos* zijn dierbaarste bezit opgeven, zodat de Godin hem haar vergiffenis waardig acht.'

'Jij hebt dus mijn vader geofferd. Hij is niet aan een ziekte gestorven, jij was het...'

De tranen liepen over het gezicht van de oude man, als twee riviertjes door de bochten en de dijken, gevormd door de rimpels die zijn gezicht hadden uitgehold.

'Dat heb ik gedaan om jou te redden, je broers, de hele Ladu-gemeenschap en de anderen die in deze bergen wonen. Wij zijn de beschermers van de Godin. Onszelf opofferen voor het welzijn van onze gemeenschap, dat is ons lot. Dat is al eeuwen zo.'

Bastianu ging staan, met zijn reusachtige gestalte.

'Toen ik mijn zoon doodde, kreeg ik een andere. Ik had jou,' fluisterde de oude man.

De kleinzoon boog zich voorover en nam het hoofd van de oude man in zijn handen. Hij negeerde de stank van de dood en kuste zijn gezicht, waarbij zijn lippen nat werden van de bittere tranen. Hij herinnerde zich hoe fijn hij het als kind had gevonden om te worden vastgehouden door die reus die zijn grootvader was. Nu waren de rollen omgedraaid.

'Ik hoef je niet te doden,' mompelde Bastianu. 'En je hoeft het ook niet zelf te doen... Wat mijn vader betreft, heb je het juiste gedaan. We moeten je allemaal dankbaar zijn voor je keuze.'

Benignu zuchtte.

Zijn kleinzoon kuste hem nog eens op zijn voorhoofd en liet hem gaan. 'Nu is het mijn beurt om hetzelfde te doen,' zei hij.

De oude man glimlachte vluchtig en wist dat hij nu eindelijk zonder zorgen in vrede kon sterven.

'Dag *mannoi*,' zei Bastianu ter afscheid, en hij hield voor de laatste keer zijn grootvaders hand vast.

127

Località Capitana, de wijk Sant'Elena

Eva had gewacht tot Rais klaar was bij de adjunct-hoofdcommissaris en toen waren ze zonder een woord te zeggen samen naar de parkeerplaats gelopen. Mara had de auto gestart en ze waren weggereden. Ze hadden de hele weg geen woord gesproken. Pas toen ze de auto bij Barrali's huis parkeerde, verbrak Rais de stilte. 'Weet je zeker dat je dit wilt doen?'

Eva knikte.

'Dan gaan we.'

Grazia kwam hun glimlachend tegemoet en deed open.

'Goeiemorgen dames.'

Ze begroetten elkaar en wisselden wat beleefdheden uit.

'Hoe gaat het met hem?' vroeg Eva.

Het gezicht van de vrouw betrok. 'Nieddu's dood heeft hem behoorlijk aangegrepen. Hij was er echt kapot van.'

'Het heeft ons allemaal overvallen,' zei Mara. 'Maar Moreno lijdt er vast het meest onder, want hij heeft met hem samengewerkt.'

'Waar is hij nu?' vroeg Croce.

'Achter, in de tuin. Ik heb hem even aan het werk gezet,' zei Grazia met een knipoog.

'Luister...' begon Eva gegeneerd.

'Jullie willen hem over de zaak spreken, dat had ik al geraden,' zei de vrouw, terwijl ze naar de dossiers keek die Mara bij zich had. 'Dat is prima. Sterker nog, ik denk dat ik van de gelegenheid gebruikmaak om wat boodschappen te doen. Door zijn ziekte laat ik hem namelijk de laatste tijd niet graag meer alleen. Vinden jullie dat erg?'

'Natuurlijk niet. Wij blijven hier, geen probleem,' verzekerde Mara haar.

'Perfect. Jullie weten de weg, toch?'

De twee rechercheurs knikten.

'Tot straks dan.'

'Tot straks.'

Eva en Mara keken elkaar een paar seconden aan en liepen naar de tuin achter het huis, waar Moreno druk aan het snoeien was.

'Handen omhoog!' riep Mara, waardoor hij opsprong.

Eva schudde haar hoofd en verborg haar gezicht in haar handen. 'Dit kan niet waar zijn.'

'Ik kon het niet laten. Sorry, Moreno.'

De man legde een hand op zijn hart en vervloekte haar in het dialect van Barbagia.

'Vergeef het haar maar, Moreno. Ze heeft vast een moeilijke jeugd gehad,' zei Eva verontschuldigend.

'Hoor wie het zegt,' antwoordde Mara.

'Jezus, ik had bijna het loodje gelegd. Dit zet ik je betaald, Rais,' zei de inspecteur, en hij liet zich op een van de smeedijzeren stoelen vallen. 'Goeiedag, ik had geen bezoek van jullie verwacht.'

'Ja, sorry daarvoor,' zei Eva, die op haar beurt ook ging zitten. 'We wilden je bijpraten over de zaak en jouw mening horen. Ik zeg alvast dat je het niet leuk zult vinden.'

De man trok zijn handschoenen uit en knikte. 'Dat verbaast me niks. Willen jullie iets hebben? Koffie?'

'Ik haal het wel,' zei Mara. Ze stond op en liep naar de keuken. 'Praat jij hem maar bij.'

Eva gaf hem de papieren.

'Hoeveel zorgen moet ik me maken?' vroeg Barrali, die zijn leesbril opzette.

'Het gaat om een van jouw bronnen,' zei Eva. 'Valerio Nonnis, de antropoloog. We denken dat hij Dolores vermoord heeft.'

128

Località Capitana, de wijk Sant'Elena

Een halfuur later was Barrali op de hoogte van de laatste ontwikkelingen. Hij sloot het dossier, knikte en zette zijn bril af. 'Dat hebben jullie verdomd goed gedaan. Heel goed, echt waar.'

'Mazzotta heeft ons erg geholpen. Als ze ons niet zo had geholpen en gesteund, zouden we nog steeds niks bereikt hebben,' antwoordde Eva.

'Wat vervelend voor je, van je ex-man,' zei Barrali tegen Mara. 'Dat was onder de gordel.'

'Ik moet je zeggen dat het me uiteindelijk niet heel erg verbaast. Het is te verwachten van zo'n klootzak.'

'Wat kan ik voor jullie doen, dames? Dit is een knap stukje werk, lijkt me.'

'Eén ding is ons nog niet duidelijk,' zei Mara.

'Vertel.'

'Tot een bepaald moment klopt het verhaal. En dan gaat er iets mis, juist in de nacht van *sa die de sos mortos*,' vervolgde Mara.

'We hebben Nonnis twee keer kunnen ondervragen,' vervolgde Eva. 'We realiseerden ons allebei dat die smeerlap ernstige problemen heeft met zijn woedebeheersing, maar dat hij niet koelbloedig is. Verre van dat. Ik had er niet veel voor nodig om hem te laten ontploffen. Toen begreep ik dat hij nooit een moord zou kunnen plegen. Tenminste, niet de moord op Dolores, die koelbloedigheid en een nauwgezette planning vereiste.'

'Tenzij hij alles al tot in de puntjes had gepland, als een soort rampenplan,' opperde de inspecteur.

Eva en Mara keken elkaar even aan, en toen tuurde Eva naar de kobaltblauwe zee. Ze merkte dat het de eerste echte herfstdag was sinds ze op het eiland was aangekomen. Donkere wolken pakten zich samen aan de hemel. Over hooguit een uur zou er een wolkbreuk losbarsten.

'Nee,' zei de rechercheur, terwijl ze haar blik weer op Barrali richtte. 'We denken dat het anders gegaan is.'

'Hoe dan?'

'Nou, wie zou dat nou beter weten dan jij, Moreno?' zei Rais met een stem die stokte van woede.

'Valerio heeft Dolores niet vermoord,' zei Eva. 'Jij was het.'

129

Località Capitana, de wijk Sant'Elena

'Hoe hebben jullie het ontdekt?' was het enige wat de inspecteur na een paar seconden stilte zei.

'Vraag het haar maar,' zei Mara. 'Het was haar idee.'

Barrali staarde Eva aan en haalde zijn schouders op. 'Gun je jezelf deze voldoening ook al niet?'

'We hebben stelselmatig dezelfde fout gemaakt: we bleven maar als politieagenten denken. We waren vooral bezig om deugdelijk bewijs te vinden voor een onweerlegbare aanklacht. Daardoor werden we misleid en zagen we niet wat het meest voor de hand lag. Een cruciale fout. Maar toen ik me afvroeg wat ik in Nonnis' plaats had gedaan als ik te maken had met een meisje dat zo ongeveer in coma lag, terwijl mijn auto en mijn kleren onder haar bloed zaten en al het bewijs naar mij leidde, toen moest ik aan jou denken.'

'Hoezo?'

'Omdat de waarheid nooit zo ingewikkeld is. De waarheid is altijd ontzettend gewoon en simpel. En als ik in de schoenen van de docent had gestaan, in die toestand, terwijl ik door de adrenaline en de angst om betrapt te worden niet kon nadenken, dan zou ik hebben gedaan wat het meest logisch was: hulp vragen.'

'En van wie anders dan van mijn fijne vriend bij de politie?' vervolgde Rais. 'Dat ben jíj, de enige die hem in die situatie kon helpen.'

'Omdat ik toch wat bedenkingen had, heb ik Mazzotta gevraagd om de gegevens van jouw telefoon te checken. Diep vanbinnen hoopte ik dat ik me vergiste.'

'Maar ze vergiste zich niet,' zei Rais.

'Uit de analyse van de gegevens blijkt dat je op de avond voor de moord een telefoontje kreeg van een anoniem nummer. Je bent naar de schuilplaats van Nonnis in Gergei gereden, waar hij het meisje naartoe had gebracht.'

'De gps-locaties liegen niet, Moreno,' zei Mara. 'Net als jouw vingerafdrukken die de forensische recherche daar heeft aangetroffen.'

Barrali bleef stil en de rechercheurs dachten even dat ze hem kwijt waren. 'Ga maar door,' zei hij toen tegen Eva.

'We weten natuurlijk niet wat er precies gebeurd is die nacht, en wat jullie tegen elkaar gezegd hebben. Maar we denken dat jij, toen je besefte dat je niks meer voor het meisje kon doen, hebt voorgesteld om de moord in scène te zetten en alles naar Melis te laten wijzen, om op die manier iedereen op een verkeerd spoor te zetten.'

'Toen Croce mij, voordat we de telefoongegevens hadden, vertelde dat ze jou verdacht, heb ik gezegd dat ze gek was. Dus om me te overtuigen heeft ze me verteld over die novembernacht in 1961... Dat maakte het gemakkelijker om een motief te schetsen: door een rituele moord in Serri in scène te zetten, met dezelfde eigenaardigheden als de oude delicten, dacht je voldoende aandacht te trekken om ook de oude zaken, waardoor je altijd al geobsedeerd was, heropend te krijgen. Vers bloed om een oude zaak, die iedereen al vergeten was, weer nieuw leven in te blazen.'

'Je wist wel dat wij het in ons eentje niet zouden redden om jouw zaak onder de aandacht te brengen, dus heb je ons een handje geholpen, om het zo maar eens te zeggen,' zei Eva.

Rais viel haar bij: 'Je hebt Nonnis uit de problemen gehaald en de rituele moorden in de schijnwerpers gezet. Twee vliegen in één klap.'

'We weten ook vrijwel zeker dat jij degene was die aan de pers gelekt heeft, toch?' vroeg Croce.

Barrali knikte.

'Je wist dat je hersenen je steeds meer in de steek lieten en dat dit misschien wel je laatste kans was om de zaak heropend te krijgen. Of vergis ik me?' vroeg Rais.

'Nee, Mara. Je vergist je niet,' gaf de inspecteur toe.

'Ik neem aan dat Grazia van niks weet,' zei Eva.

'Dat heb je goed gezien. Ze heeft er niks mee te maken. Laat haar er maar buiten.'

Croce knikte. Ze had veel medelijden met Barrali. Zijn obsessie zat zo diep dat hij een moord had gepleegd om gerechtigheid te krijgen. Moreno belichaamde een enorme tegenstelling, de nachtmerrie voor iedereen die de waarheid nastreeft: jezelf met je eigen missie te gronde richten. Zijn daad was zo tegennatuurlijk, maar tegelijkertijd zo menselijk dat ze met hem meeleefde: ze leken meer op elkaar dan je zou denken. Ook zij had iemand gedood voor een hoger doel en was zichzelf daarbij verloren. Daarom viel het haar zo zwaar om zijn daad te veroordelen.

'Je had beter je best kunnen doen om de sporen uit te wissen,' merkte Rais op.

'Dat had gekund, ja, maar het kon me niet schelen. Ik wist dat het vroeg of laat zou uitkomen. Ik had alleen niet gedacht dat het zo snel zou zijn. Ik heb jullie onderschat.'

'Waarom heeft Nonnis het meisje in elkaar geslagen? Ik neem aan dat je hem dat gevraagd hebt, toch?' vroeg Eva.

'Aanvankelijk handelde Nonnis alleen uit wrok tegen Melis. Hij had Dolores overgehaald om zich bij de neo-Nuraghen aan te sluiten en bewijzen te verzamelen waarmee ze hem in diskrediet konden brengen. Hij wist destijds wel dat de riten ook door invloedrijke mensen werden bezocht, maar hij had geen bewijzen. Toen Dolores hem vertelde wie ze er gezien had, kreeg hij een idee.'

'Hij liet het meisje een verborgen camera dragen,' raadde Eva.

'Precies... In de nacht van 31 oktober ging het echter de verkeerde kant op voor Dolores. Ze nodigden haar uit om aan de orgies mee te doen, maar ze weigerde. Dus dwongen ze haar drugs te nemen en hebben ze haar verkracht. Meerdere keren... Dan weten jullie misschien waarom ik er geen enkele moeite mee had om Melis erin te luizen, die klootzak. Hij moest ervoor boeten, hoe dan ook.'

'Ga verder,' zei Mara.

'Ik weet niet hoe, maar Dolores wist uit het kamp te ontsnappen en heeft Valerio gebeld, die haar heeft opgehaald. Het is me niet duidelijk wat er is gebeurd. De versie die hij verteld heeft ruikt op een kilometer afstand al naar leugens... Ik denk zelf dat hij haar gevraagd heeft of het gelukt is om alles op video vast te leggen, dat ze dat bevestigd heeft, maar dat ze er niks voor voelde om ermee door te gaan, omdat de mensen die ze gefilmd heeft echt heel machtig zijn. Misschien wilde ze hem de camera niet geven. Ik denk dat hij niet meer wist wat hij moest doen. Misschien heeft ze gedreigd om hem aan te geven of hem te verraden tegenover zijn vrouw, en de rest kun je je dan wel voorstellen.'

'Jij bent degene die haar keel heeft doorgesneden, toch?'

'Ja, Mara. Dat had Nonnis nooit gekund. Voor jullie beleving: het meisje bevond zich in een vegetatieve toestand en reageerde op geen enkele prikkel. Als er ook maar een minimale kans was geweest om haar te kunnen redden of te kunnen wekken, dan had ik haar niks gedaan. Dat zweer ik op het leven van mijn vrouw.'

'Heb jij de video bekeken?' vroeg Eva.

Mara onderbrak haar en zei: 'Het zit anders, Croce. Hij hééft de video, nietwaar? Dat is de reden dat Nonnis jouw naam niet genoemd heeft, want jij bent nu de beslissende factor.'

'Jullie hebben goed werk geleverd. Het spijt me dat ik jullie op een dwaalspoor heb gebracht en ik zal het mezelf nooit vergeven dat Nieddu dood is door... Maar ik heb niet de bedoeling om ermee door te gaan.'

'Waarom niet?'

'Voor jullie veiligheid. Je hebt gezien hoe het met Melis en Curreli is afgelopen. En met Nonnis loopt het misschien niet anders af... Vergeet de video. Het is voor het onderzoek niet zo belangrijk.'

Eva wilde net aandringen, toen ze zag dat Barrali keek naar iets wat er achter haar gebeurde. Croce draaide zich om en zag dat

Adele Mazzotta, Aiello en Ferrari eraan kwamen. De tijd die de officier van justitie hun had gegund was voorbij.

Barrali stond op. 'Ik vond het fijn om met jullie samen te werken,' zei hij tegen de twee rechercheurs. Zijn stem klonk zo oprecht dat zelfs Rais het fatsoen had om haar mond te houden.

'Ik ook, Moreno,' zei Eva, terwijl ze haar hand uitstak.

De man gaf haar een hand en glimlachte. Toen ze in die kalme, aardige ogen keek, kon Eva hem zelfs geen moment als een moordenaar beschouwen.

130

Het Dal van de Zielen, Barbagia Superiore

Uit de temperatuur leidde Micheli af dat ze vrij hoog moesten zitten. Door de kap, die ze nog geen seconde hadden afgezet, kon hij niet zien waar ze waren. 'Stop,' beval zijn oom, terwijl hij Micheli's arm greep. Toen ze de kap afdeden, deinsde Micheli onwillekeurig achteruit. Hij stond aan de rand van een ravijn.

'Het is ongeveer tweehonderd meter diep,' zei Bastianu achter hem, met de handen gekruist achter zijn rug.

Micheli draaide zich om en keek naar zijn vader, die een zware loden jas aanhad.

'Toen ik klein was, was deze richel de snelste route van de hoogvlakte naar het dal. Je moest natuurlijk wel de ballen hebben om te springen. Het is een sprong van twee meter om aan de andere kant te komen. Wie bang was en niet durfde, werd vernederd door het hele dorp.'

'Pap...'

Bastianu negeerde hem en bleef doorpraten: 'Op een dag wilde ons nichtje, Badora heette ze, ons koste wat het kost volgen en proberen te springen. Ik was zes, maar ik kan het me nog herinneren alsof het vijf minuten geleden gebeurde. Ze nam een aanloop en sprong. Een moment lang zag ik haar door de lucht zweven en dacht ik dat ze het misschien wel zou halen... Maar helaas... Weet je nog, Nereu?'

De jongere broer knikte. 'Wat er van haar over was, zag eruit als een bes van de *corbezzolo* die vertrapt was door een ezel.'

Bastianu lachte. 'Ik moet zeggen dat dat best een goed beeld geeft, ja.'

'Papa, alsjeblieft...'

'Weet je wat? Ik denk niet dat je mijn zoon bent. Als je dat wel was, zou ik hier nu niet zijn, in deze situatie.'

De jongen begon te huilen.

Bastianu schudde zijn hoofd en siste: 'Ik schaam me dat ik je heb meegenomen naar de plek van onze voorouders... Weet je wat hier vroeger gebeurde?'

Micheli schudde zijn hoofd en probeerde hem aan de praat te houden om tijd te winnen.

'Vroeger, toen onze stamhoofden te oud werden om de familie te blijven leiden, en hun lichamen hen vernederden en het begaven, bereidden de oudste zonen een feestmaal voor de hele gemeenschap. Ze vierden het groots, zoals bij een geboorte of een bruiloft. Na het feest namen ze het oude familiehoofd mee en ze brachten het hier naar boven, in sommige gevallen op hun eigen schouders.'

Micheli beefde van top tot teen, want hij had wel door waar zijn vader op doelde. Hij was ervan overtuigd dat zijn vader hem alleen maar een lesje wilde leren. Maar toen hij de blik van zijn vader zag, vervloog zijn vertrouwen.

'De zoon gaf de oude man tijdens die wandeling gewoonlijk wat kruiden om op te kauwen. Die hadden de kracht om de geest te kalmeren en de angst voor de dood weg te nemen. Wanneer ze de top bereikten, glimlachte het oude hoofd doorgaans gelukzalig, klaar om geofferd te worden.'

Bastianu deed een stap dichter bij de kalkstenen rand van de klif en keek omlaag, de mond van de stenen afgrond in.

'Dan omhelsde de zoon het stamhoofd, gaf hem zijn zegen en duwde hem over de rand, de leegte in... Die gewelddadige dood bekrachtigde met bloed het feit dat het stokje binnen de familie werd doorgegeven. De oude man offerde zich op voor het voortbestaan van zijn nageslacht, begrijp je?'

Micheli knikte.

'Als de dingen waren gegaan zoals ze hadden moeten gaan, had jij me hier over een paar jaar naartoe moeten brengen en me aan de Godin moeten offeren. Mijn bloed zou tot in de grotten zijn doorgedrongen, waardoor jou en onze familie een aantal goede jaren te wachten zouden staan, met haar bescherming.' Hij keerde zich om naar de jongen. 'Maar kijk ons nu hier staan. De traditie is verbroken en de rollen zijn omgedraaid.'

Micheli begon te schreeuwen en verzette zich.

Bastianu wenkte Nereu, die een doek in de mond van zijn neefje propte om zijn geschreeuw te smoren.

'Laat me nu maar alleen, Nereu,' zei hij tegen zijn broer, die knikte en terugkeerde naar het dorp. 'Het is prachtig hier, hè? Het lijkt wel of je het hele eiland kunt zien.'

De jongen probeerde weg te rennen, maar Bastianu greep hem razendsnel bij zijn arm en hij drukte de jongen dwingend tegen zijn borst. Hij omhelsde hem zo stevig dat de jongen bijna geen adem kreeg en zijn botten leken te breken. Alle wanhoop die hij als vader had, lag besloten in de kracht van die greep.

'Sst, sst. Sterf tenminste als een man, mijn zoon,' fluisterde hij, en hij kuste hem op zijn lippen 'De prop zit in je mond, zodat ik je niet hoor schreeuwen. Maak je geen zorgen, je zult niets voelen.'

Voordat hij van gedachten kon veranderen, slingerde hij hem met zijn bovenmenselijke armen over de rand, in de muil van de berg, en hij draaide zich om zodat hij niet hoefde te kijken.

Daar boven kon hij niet eens de plof van het lichaam horen, maar hij meende wel de echo van het gelach van een vrouw te horen, die tegen de rotswanden weerklonk.

Je geest bedriegt je, zei hij tegen zichzelf, terwijl hij zijn tranen afveegde.

'*A una bida nche l'ant ispèrdida in sa nurra de su notte. Custa morte est creschende li lugore a sa luna. Abba non naschet si sàmbene non paschet*,' declameerde hij, waarbij hij naar de hemel met de donkere wolken keek. Een paar seconden later rolden de eerste donderslagen al door de lucht en de temperatuur – die al laag was – daalde plotseling nog een paar graden. De man kon nog net op tijd beschutting zoeken in een rotsspleet. Kort daarna barstte er een bui los die zich met ongekend geweld op de berg stortte.

Ik heb nog nooit in mijn leven zoveel water gezien, dacht hij, en hij keek verrukt naar het noodweer. *Mannoi had gelijk. Dit betekent dat je nog niet klaar bent met je werk. Jij moet doen wat je zoon niet gelukt is: Esdra moet sterven om de Godin te bedanken dat ze ons heeft vergeven. Er is geen tijd voor tranen. Het ritueel moet vanavond nog worden uitgevoerd.*

Een paar kilometer van het Dal van de Zielen, in het dorpje van de Ladu, glimlachte Benignu toen hij eindelijk de regen met bakken uit de lucht hoorde komen. Tevreden dat zijn kleinzoon naar hem had geluisterd, blies hij een paar minuten later rustig zijn laatste adem uit.

Epiloog

Ik bespeurde duidelijk
een andere tijd
en die heb ik gezien.

– Marcello Fois, *L'infinito non finire*

Het Nuraghen-heiligdom in Santa Vittoria, Serri, de zomer van 2017

Het voelt vreemd om hier weer terug te zijn, waar het allemaal is begonnen. Ik wilde graag tegen sluitingstijd komen, zodat ik de massa's toeristen kon vermijden. De man die me het kaartje verkocht vroeg of ik een gids nodig had. Hij had me moeten herkennen, want het was de man die op die ochtend, negen maanden geleden, Dolores had gevonden. Maar dat gebeurde niet. Hij hield me voor een gewone toerist. Hij sprak me zelfs in het Engels aan. Ik speelde het spelletje mee en met mijn accent uit Cork antwoordde ik dat ik geen gids nodig had. Sinds ik mijn eigen haarkleur weer heb, word ik vaak voor een buitenlander aangezien.

Terwijl ik naar het heiligdom loop, realiseer ik me dat ik de enige overgebleven rechercheur ben die bij de zaak-Dolores betrokken was. Farci stierf nog voordat het Kerstmis was. In de nacht waarin Nonnis werd verhoord, had hij een 'stil hartinfarct' gehad: hij had wel pijn gehad, maar was gewoon blijven doorwerken alsof er niks aan de hand was en dat had de situatie verergerd. Toen hij een maand later na zijn werk thuiskwam, werd hij getroffen door een herseninfarct. De collega's beweerden dat dit de laatste stuiptrekking van die vervloekte zaak was. Bang dat ze net zo zou eindigen als Giacomo, Ilaria en Maurizio, had Rais een jaar verlof aangevraagd. Ze had behoefte aan wat afstand en had genoeg van de praatjes die de ronde deden over dat zij zogenaamd de volgende zou zijn. Niemand weet of ze terugkomt. Ik heb al ongeveer zes maanden niks van haar gehoord.

Vanaf de top van het heiligdom kijk ik naar het uitzicht en van daaruit zie ik het hele rotsplateau van Giara di Serri. Het is een ongelooflijke plek die met de wereld verzoent. Ik haal een paar keer diep adem en loop verder, omringd door herinneringen.

Barrali was de laatste die ons verlaten heeft, een week geleden. Dat ik vandaag hier ben, is ook vanwege hem. Vanmorgen zat er een envelop in mijn brievenbus. Hij was zo licht dat ik dacht dat er niks in zat. Op de achterkant stonden alleen twee handgeschreven woorden. Geen postzegel, geen geadresseerde. Alleen *van Moreno*, een mooi vrouwelijk handschrift. Toen ik de envelop opende en het geheugenkaartje zag, wist ik meteen waar het om ging. Dit was Barrali's manier om sorry tegen me te zeggen.

Eenmaal op kantoor liet ik het kaartje alleen maar door mijn vingers draaien en vroeg ik me af wat ik moest doen: ermee naar de officier van justitie, het kaartje vernietigen of de video bekijken. Er zijn verschillende mensen gestorven vanwege die illegale beelden en daardoor voelde ik me immens verantwoordelijk. Uiteindelijk heb ik een beslissing genomen en ik hoop dat Moreno – waar hij ook is – zich niet beledigd voelt.

Als ik bij de heilige bron arriveer, voel ik me wat duizelig. Ik buk en strijk over de stenen waar Dolores is vermoord. Met het tegenlicht zijn er nog wat restjes gestold bloed zichtbaar. En precies daar zet ik de zeelelie neer die ik voor haar heb meegebracht.

Ik kijk om me heen. Ik ben alleen.

'Hallo Dolores,' fluister ik. Ik kus mijn vingertoppen en leg ze op de steen. 'Ik kwam alleen om je gedag te zeggen en om je te zeggen dat er morgen voorgoed een eind aan deze geschiedenis komt.'

Ja, want uiteindelijk had ik niet de moed om de video te bekijken. Ik heb er alleen maar vier kopieën van gemaakt en ze anoniem naar de twee belangrijkste kranten van het eiland en naar twee onafhankelijke online nieuwssites gestuurd. Morgen rond deze tijd zal het waarschijnlijk wel bekend zijn gemaakt en zullen degenen met bloed aan hun handen wel gekruisigd worden voor hun zonden.

'We staan bij je in het krijt, Dolores. Wij allemaal,' zeg ik als ik opsta.

Terwijl ik naar de uitgang loop, denk ik aan het vergeefse offer van Moreno. De afdeling Onopgeloste Zaken is voorlopig stopgezet. De oude dossiers uit 1975 en 1986 liggen weer stof te happen in de archieven en ik geloof dat ze voor altijd onopgelost zullen blijven. Ik ben overgeplaatst naar Moordzaken. Ik weet eigenlijk nog steeds niet of dat een promotie is of de zoveelste straf. Ik weet alleen dat ik heb besloten om in Cagliari te blijven. Het is de plek waar ik voor de tweede keer geboren ben, en ik begin me hier thuis te voelen.

Als ik bij de auto kom, met het heerlijke lichte gevoel dat ik die akelige geschiedenis eindelijk achter me kan laten, voel ik mijn telefoon trillen. Bij het zien van het nummer moet ik glimlachen.

'Dus je leeft nog?' zeg ik.

'Dacht je nou echt dat je van me af was?' antwoordt Rais.

'Dat had ik gehoopt, ja.'

'Waar ben je?'

Ik kijk om me heen en zeg dan: 'Dat geloof je nooit.'

Woordenlijst

Opmerking van de vertalers
Het Sardijns (ook wel Sardisch) is een officiële taal, die alleen op het eiland Sardinië wordt gesproken. 'Het' Sardijns bestaat eigenlijk niet; er zijn vier of vijf variëteiten en zelfs daarbinnen zijn nog grote verschillen. In dit boek, dat zich voornamelijk afspeelt in het zuiden van Sardinië, komt voornamelijk de Campidanese variëteit naar voren. Deze wordt op het eiland het meest gesproken en is het meest beïnvloed door het Italiaans.

Het Sardijnse citaat op p. 17, p. 203-204 en p. 465
A una bida nche l'ant ispèrdida in sa nurra de su notte. Custa morte est creschende li lugore a sa luna. Abba non naschet si sàmbene non paschet.
Voor een leven dat in het holst van de nacht verloren is gegaan. Door deze dood zal het licht van de maan steeds feller schijnen. Het water stroomt pas als er bloed heeft gevloeid.

Sardijnse begrippen
a cudda manera: slonzig, slordig (letterlijk 'op zo'n manier')
abbardente: letterlijk 'brandend water', 'vurig water': grappa, aquavit, jenever
arresoja: Sardijns vouwmes (zie ook *resolza*)
attitadoras: klaagvrouwen
ba' (afkorting van *babbu*): pa, papa
bagassa burda: vuile hoer

bagassedda: klein loeder, krengetje
balentes: Sardijnse bandieten die aanzien genoten vanwege hun Robin Hood-achtige praktijken.
Barbagia: het ruige binnenland van Sardinië, dat nog niet zo heel lang geleden als gevaarlijk gebied werd beschouwd. Het is een dunbevolkt gebied met hoge bergen.
bellu casinu: mooie puinzooi
bidduncola: vrouw uit het achterland, provinciaaltje
binu nieddu: een rode wijnsoort
bruxa: heks
bundu: duivel, demon
caddozzoni: snackverkopers
Cagliaritano (vrouwelijk: *Cagliaritana*): inwoner van Cagliari, de hoofdstad van Sardinië.
calloni: klootzak, eikel, slappe zak
caras de bundos: duivels masker, verduiveld masker
carazza 'e boe: traditioneel stierenmasker tijdens het Sardijnse carnaval
cardanca: teek (ook gezegd van een persoon die 'plakkerig' is)
carrasegare, carrescare: Sardijnse benaming voor carnaval, afgeleid van *carre 'e segare*, 'vlees om te verscheuren'
casteddaio: dialect dat wordt gesproken in Cagliari
Casteddu: Cagliari
Casteddu 'e susu: een van de vier historische wijken van Cagliari, letterlijk 'de burcht daarboven'
cazzu diaulu: loop verdomme naar de duivel
Civitates Barbariae (Lat.): barbaarse/vreemde culturen of volkeren
carnevale sardo: Sardijns carnaval
chi sa terra ti siat lebia: moge je rusten in vrede
coga: heks (zie ook *bruxa*)
continentales: de mensen van 'het continent', oftewel het vasteland van Italië
crastulare: roddelen
cumprendiu?: begrepen?, gesnopen?
cusinzos: Sardijnse leren laarzen of hoge schoenen
de sàmbene frittu: koudbloedig

Dea Madre: Moedergodin
domus de janas: feeënhuizen, elfenhuizen
eja!: hm, uhuh, 'precies!'
farriscazzustusu!: bemoei je met je eigen zaken!
femminedda: vrouw(tje), wijf, meid
fil'e ferru: Sardijnse grappa, letterlijk 'ijzerdraad', zo genoemd omdat het in het verleden verboden was om zelf sterkedrank te stoken. Mensen begroeven de flessen met zelfgestookte grappa in hun eigen tuin en staken op die plekken ijzerdraadjes in de grond om de flessen te kunnen terugvinden.
fizz'e bagassa: hoerenzoon, hoerenjong
fizzu meu: mijn zoon
Gennargentu: de hoogste berg van Sardinië (ruim 1.800 meter hoog), in het gelijknamige gebergte in het binnenland van het eiland
Ichnusa: Sardijns biermerk
limba antica: oude taal, idiolect
ma ha' fari coda!: lik m'n reet!
Maimone: Sardijnse naam voor Dionysos, hoewel ook wordt gezegd dat het verwijst naar een godheid uit de nuraghische mythologie (de god van het water en de regen)
malarione: oversekste klootzak, of iets van die strekking
mamuthone: een van de figuren uit het Sardijnse carnaval; een dierlijk wezen met een donker houten masker, een schapenvacht en een tros zware bellen om zijn lichaam.
mannoi: opa, grootvader
mazzamortos: de veerman van de zielen/geesten
mischinedda: arm kleintje, arme schat
muccadore: Sardijnse hoofddoek, meestal zwart
nudda: niks
nuraghi (enkelvoud *nuraghe*): torens uit de bronstijd, waarvan er naar schatting meer dan 6.500 zijn gebouwd en die op heel Sardinië te vinden zijn. Ze behoren tot het belangrijkste archeologische erfgoed van het eiland.
pagu genti, bona festa: letterlijk 'weinig mensen, goed feest', oftewel ook met een klein groepje mensen kun je grootse dingen doen.

Ook wel in de betekenis van 'klein, maar fijn'.

pane guttiau: een variant op *pane carasau*, typisch Sardijns flinterdun brood. *Pane guttiau* is de variant die is bereid met olijfolie en zout (en soms ook met rozemarijn).

paperi: papieren, documenten

pintadera: ronde vorm van keramiek of terracotta met een geometrische opdruk, die wordt gebruikt als stempel voor de versiering van brood, stoffen of lichaamsdelen

protosarden: eerste inwoners van Sardinië (vanaf ca. 6.000 v.C.)

puttu sacru (Italiaans: *pozzo sacro*): heilige bron

resolza: Sardijns vouwmes (zie ook *arresoja*)

rundinedda: zwaluwtje

s'imbovamentu: tot een os verworden

sa: bepaald lidwoord (vrouwelijk enkelvoud, vergelijk het Italiaanse *la*)

sa die de sos mortos: letterlijk 'de dag van de doden', Allerzielen

sa genti arrubia: letterlijk 'het rode volk', Sardijns koosnaampje voor de flamingo's die overal langs de kust van het eiland te vinden zijn (maar voornamelijk in het zuiden)

sa pippia 'e Mannaghe, ook *sa mamma 'e sa funtana*: poppetje dat de geest van bronnen en watervallen symboliseert

sa sposa: typisch Sardijns koosnaampje, 'liefje', 'schatje'

sàmbene: bloed

sas: bepaald lidwoord (vrouwelijk meervoud, vergelijk het Italiaanse *le*)

sas animas: de geesten, de zielen,

sas animas malas: de boze geesten

sciadau: arme, ongelukkige, zielige

scimpru: sukkel, domoor

sos: bepaald lidwoord (mannelijk meervoud, vergelijk het Italiaanse *li* en *gli*)

sos carabineris: de carabinieri

su: bepaald lidwoord (mannelijk enkelvoud, vergelijk het Italiaanse *il* en *lo*)

su dillu: traditionele Sardijnse dans

su tziu: oom, wordt ook als koosnaampje gebruikt ('mijn beste')

spacciau: over en uit, reddeloos verloren, verleden tijd
tanca (meervoud *tancas*): landerijen, maar ook de grenzen daarvan
taschedda: leren buidel
terra mala: aarde/grond die onheil brengt, 'ongeluksgrond'
Trexenta: gebied ten noorden van Cagliari
tumbas de sos zigantes, Italiaans: *tombe dei giganti* (enkelvoud: *tomba dei giganti*): 'reuzengraven'
tzia rua bagassa: lelijke oude hoer, of iets van die strekking
tzilleri: kroeg, café, eethuisje
Unione Sarda: grootste krant van Sardinië (een andere Sardijnse krant is *La Nuova Sardegna*)
US *Cagliari* (*Unione sportiva Cagliari*), ook: *Cagliari Calcio*: voetbalclub Cagliari
vesserias: flauwekul, onzin
ziodde: oude tante

Italiaanse begrippen
'ndrangheta: Calabrese maffia
NOCS (*Nucleo Operativo di Centrale Sicurezza*): speciale eenheid van de Italiaanse staatspolitie, die zich voornamelijk bezighoudt met terrorismebestrijding